mtb

Zum Buch:

Vor 300 Jahren hat Dougal Kincaid seine große Liebe begraben. Jetzt steht sie auf einmal wieder vor ihm. Aber es ist nicht Li Lei, die zu ihm zurückgekehrt ist. Die junge Frau mit den faszinierenden goldbraunen Augen ist Dr. Leah Chin, die den Vampiren mit ihren genetischen Kenntnissen bei einem brisanten Problem helfen soll. Dougals Auftrag ist es, sie zu beschützen – ein schwieriges Unterfangen, wenn ihr Anblick ihn ständig an seinen Verlust erinnert … und sein Herz in ihrer Gegenwart in Flammen steht.

„Ein wildes Vergnügen aus Abenteuer, Romantik und fantastischen Elementen – ein wahrer Leseschatz!“

Addicted to Romance

Zur Autorin:

Kerrelyn Sparks unterrichtete Französisch und Geschichte an der Highschool, bis im Jahr 2002 ein Traum für sie in Erfüllung ging: Ihr erstes Buch wurde veröffentlicht. Mit ihrem Ehemann und ihren drei Kindern lebt die mehrfach preisgekrönte Bestsellerautorin im Großraum Houston, Texas, wo es sehr zur Enttäuschung ihrer Tochter keine Vampire gibt.

Lieferbare Titel:

Fluch und Vorurteil
Vampire mögen's heiß
Vamps and the City

Umwelthinweis:
Dieses Buch wurde auf chlor- und säurefreiem Papier gedruckt.

Kerrelyn Sparks

Vampirzähmen leicht gemacht

Roman

Aus dem Amerikanischen von
Bianca Andreasen

mtb

MIRA® TASCHENBUCH
Band 65116
1. Auflage: Januar 2017

MIRA® TASCHENBÜCHER
erscheinen in der HarperCollins Germany GmbH,
Valentinskamp 24, 20354 Hamburg
Geschäftsführer: Thomas Beckmann

Deutsche Erstveröffentlichung

Titel der amerikanischen Originalausgabe:
The Vampire with the Dragon Tattoo

erschienen bei: Avon Books, New York

Published by arrangement with
Avon Books, an imprint of HarperCollins Publishers, LLC.

Konzeption/Reihengestaltung: fredebold&partner GmbH, Köln
Umschlaggestaltung: büropecher, Köln
Titelabbildung: Romantic Novel Covers
Satz: GGP Media GmbH, Pößneck
Druck und Bindearbeiten: GGP Media GmbH, Pößneck
Printed in Germany
Dieses Buch wurde auf FSC®-zertifiziertem Papier gedruckt.
ISBN 978-3-95649-648-6

www.mira-taschenbuch.de

Für die Engel im Himmel und auf Erden,
die über uns wachen.

Danksagung

Ich kann kaum glauben, dass dies das vierzehnte Buch der „Love at Stake“-Reihe ist!

Als ich Roman Draganesti 2005 erstmals kennenlernte, hätte ich mir nie träumen lassen, dass diese Reihe so lange andauern würde. Es gibt eine Vielzahl von Menschen, denen ich danken möchte. Zuerst meinem Ehemann und meinen Kindern für ihre Liebe und ihren Zuspruch. Dann meinen Kritikpartnern MJ, Sandy und Vicky. Jedes Buch steht für eine so lange Reise, und es hilft enorm zu wissen, dass ich nicht allein bin, wenn ich mich kontinuierlich ins Unbekannte vorkämpfe.

Auf beruflicher Ebene bin ich unheimlich dankbar für die großartige Unterstützung meiner Agentin Michelle Grajkowski, meiner Lektorin Erika Tsang und ihrer Assistentin Chelsey. Mein Dank geht an all die Fachleute bei HarperCollins, insbesondere Pam, Caroline und Jessie von der Presseabteilung sowie an Tom von der Grafikagentur, der sich mit dem neuesten Cover selbst übertroffen hat.

Mein persönlicher Dank geht an Susan Chao, die mir beigebracht hat, „Gun bei!“ zu sagen. Danke auch an den Friseur Wilson im Etheria Salon and Spa in Houston, der meine Inspiration für den Vampirstylisten beim Digital Vampire Network war.

Und zu guter Letzt geht mein tiefster Dank an alle Leser und Buchhändler da draußen, die mir dabei geholfen haben, dass die „Love at Stake“-Reihe schon vierzehn Bücher umfasst. Danke, dass ihr meinen Vampiren und Gestaltwandlern ein solch langes und glückliches Leben ermöglicht!

1. Kapitel

Dougal Kincaid war nicht in Partystimmung.

Sein Magen rumorte, als er den Festsaal bei Romatech Industries betrat. Zu viele Leute. Das Stimmengewirr schmerzte in seinen Ohren und allein der Gedanke an den sinnlosen Small Talk grauste ihn. Jahrhundertelang hatte er Situationen wie diese gemieden, indem er Dudelsack gespielt hatte. Aber diese Zeiten waren vorbei. Was ihm wiederum nur eine Möglichkeit ließ, um diese Nacht zu überleben.

Blissky.

Hoffentlich konnte die Mischung aus synthetischem Blut und Whisky seine untoten Sinne abtöten, bevor man ihn mit denselben Fragen konfrontieren konnte, die er schon in den letzten vier Jahren zu hören bekommen hatte. *Wie geht's der neuen Prothese? Kannst du noch immer ein Schwert führen? Wirst du wieder Dudelsack spielen können?*

Er hatte eine viel bessere Frage: Wie schnell konnte er sich betrinken? Mit diesem Vorsatz steuerte er das Getränkebuffet an.

Sie meinen es nur gut, sagte er sich. Nur auf diese Weise konnten sie ihm ihre Sorge zeigen. Das war besser, als niemanden zu haben, der sich sorgte. Aber, verdammt, er hatte seine Hand verloren und nicht seinen Stolz. Ein Mann war mehr als nur seine Hände. *Mehr als nur seine Musik?* Seine Brust zog sich angesichts des vertrauten Schmerzes, der ihn bei diesem Gedanken durchfuhr, krampfhaft zusammen. Ohne Musik fühlte er sich halbleer, fehlte ein Teil seiner Seele. Und die Hälfte, die ihm geblieben war, war nur noch eine traurige Melodie des Bedauerns.

Auf dem ersten Buffettisch stapelten sich Snacks für Menschen, also ging er weiter.

„Hey, Mann, wie geht's?" Phineas schlug ihm auf den Rücken. „Sag meiner Kleinen Hallo."

Dougal warf einen Blick auf das Kind in Phineas' Armen. Vor sechs Monaten hatte Phins Frau Brynley Zwillinge zur Welt gebracht. Angesichts des gerüschten pinken Kleids musste dies das Mädchen sein.

„Hallo." Dougal registrierte die seltsame Pause, die darauf folgte. Wurde von ihm erwartet, dass er mehr sagte? Er durchforstete sein Gehirn nach dem Namen des kleinen Mädchens. Gwyneth. So hieß sie. Und Benjamin war der Junge. Abgekürzt wurden sie Gwyn und Ben gerufen, was sich auf die Spitznamen ihrer Eltern, Phin und Bryn, reimte.

Sein Magen rebellierte. „Hallo, Gwyn."

Das kleine Mädchen quietschte so laut, dass Dougal zusammenzuckte.

„Sie mag dich." Phineas strahlte sie stolz an. „Ist sie nicht wunderschön?"

„Ist sie." Nach einer weiteren Pause ging Dougal davon aus, dass weitere Komplimente nötig waren. „Schönes ... Kleid."

„Ja, ihre Mom liebt es, für die Kleine einzukaufen." Phineas lächelte ihn an. „Und, Kumpel? Wie geht's der Hand?"

Er biss die Zähne zusammen. „Welcher?"

Phineas lachte. „Touché, Bro. Na, ich sollte mal besser gehen und nach Bryn sehen. Ben hat vorhin eine Bombe in seiner Windel hochgehen lassen."

Danke für die Info. Dougal schlenderte zum nächsten Buffettisch. Darum hatten sich Sterbliche und Wandler versammelt, hauptsächlich Frauen und Kinder, die die riesige fünfstöckige Torte bestaunten. Wo zum Teufel war der Blissky?

„Hey, Dougal. Kennst du schon meine Tara Jean?"

Es war Ian MacPhie, der ein anderes Kind mit sich herumtrug. Diesmal wusste Dougal, was er sagen sollte. „Sie ist wunderschön. Hübsches Kleid."

„Danke." Ian betrachtete ihn bekümmert. „Ich kann mich noch gut daran erinnern, wie du den Dudelsack auf meinem Junggesellenabschied gespielt hast. Ich vermisse das."

Innerlich zuckte Dougal zusammen. *Sie meinen es gut.*

„Wie macht sich die schicke neue Hand?", wollte Ian wissen.

Und es geht wieder los. „Na, wenn du schon fragst ... Sie besteht aus einer Legierung aus reinstem Titan, das so hart ist, dass es für Raumschiffe und U-Boote verwendet wird. Gib mir drei Sekunden und ich bohre sie in deinen Brustkorb und reiße dir dein verdammtes Herz heraus."

Ians Augen weiteten sich. „Oh Mann. Krieg dich wieder ein."

„Das ist alles, was ich tun kann." Dougal hob die rechte Hand und nutzte seine vampirische Gedankenkontrolle, um die Finger zu einer Faust zu ballen. Die Bewegung war geschmeidig, verursachte jedoch eine Reihe von klickenden Lauten. Der superstarke Griff war perfekt, um ein Schwert zu halten, doch der Mangel an manueller Geschicklichkeit erschwerte das Spielen des Dudelsacks. Anders ausgedrückt: Jetzt eignete er sich mehr zum Töten als dazu, Musik zu machen.

Er schluckte seine Frustration hinunter. „Hast du den Blissky gesehen?"

Ian schnaubte. „Das ist eine Geburtstagsfeier für einen Haufen Kinder. Hier gibt es keinen Blissky."

Kein Blissky?

„Tara ist im September eins geworden", fuhr Ian fort. „Austins kleines Mädchen hat in ein paar Tagen Geburtstag und Robbys Junge im November. Mit drei Geburtstagen so nahe beieinander dachten wir, dass wir eine große Party schmeißen. Ich bin froh, dass du kommen konntest."

Als hätte er eine Wahl gehabt. Die Familie Echarpe war hier

und als ihr Bodyguard hatte sich Dougal ihnen angeschlossen. „Irgendwo muss es Blissky geben. Das verdammte Zeug wird hier hergestellt."

Ian schüttelte den Kopf. „Versuch dich zu entspannen und die Party zu genießen."

„Gibt es Blier?"

Ian zog eine Augenbraue hoch. „Was du brauchst, ist eine gute Frau."

Ich hatte eine. Und ich habe sie verloren. „Ich brauche einen Drink." Dougal marschierte zum letzten Buffettisch. Wie viel hatte er in den letzten Jahrhunderten verloren? Seine erste und einzige Liebe. Seine Freiheit. Seine Familie. Seine Sterblichkeit. Seine Hand. Seine Musik. Machte so viel Verlust ihn zu einem Verlierer?

Sofort schob er diesen Gedanken beiseite. Er hätte nie so lange durchgehalten, wenn er sich einer solchen negativen Einstellung hingegeben hätte. Er war hart im Nehmen. Er kämpfte, egal was kam.

Ich werde dich finden. Egal, was passiert. Selbst wenn es tausend Jahre dauert, werde ich dich finden.

Das alte Versprechen hallte in seinem Schädel nach und erinnerte ihn daran, dass er den einzigen Menschen, der ihm alles bedeutet hatte, im Stich gelassen hatte. Er ließ seinen Blick durch den Festsaal wandern und registrierte all die glücklich verheirateten Paare. Sie redeten, lachten, bewunderten ihre Babys.

Sein Herz schmerzte in seiner Brust. Der Verlust, den er vor beinahe dreihundert Jahren erlitten hatte, traf ihn erneut, beinahe so, als wäre es erst vor wenigen Momenten passiert.

Er riss eine Flasche Bubbly Blood aus einem Eiskübel und goss die Mischung aus synthetischem Blut und Champagner in eine Sektflöte.

„Auf die besonderen Vampir-Momente", murmelte er und kippte die Hälfte des Glases hinunter.

Jemand tippte seinen Arm an. Es war Bethany, das älteste Kind der Echarpes. Vor ein paar Jahren, als Heather mit den Zwillingen schwanger gewesen war, hatte Jean-Luc Bethany adoptiert.

Das neunjährige Mädchen warf ihm einen schüchternen, verschämten Blick zu. „Ich habe vergessen, wo die Toiletten sind. Kannst du sie mir zeigen?"

Suchend sah er sich nach Heather um. „Kann deine Mom nicht mit dir gehen?"

„Sie ist mit den Zwillingen beschäftigt und Papa ist in einem wichtigen Meeting mit Onkel Angus und Roman."

Dougal trank sein restliches Glas aus. Niemand hatte ihn über ein wichtiges Meeting informiert.

„Dougal!" Bethany starrte ihn verzweifelt an. „Ich muss dorthin!"

„Ich bringe dich hin." Er schnappte sich die Flasche Bubbly Blood. „Hier entlang."

Er führte sie durch die Doppeltür ins Foyer von Romatech und dann den westlichen Korridor hinunter. Auf halbem Wege zum MacKay-Sicherheitsbüro erreichten sie die Toiletten. Bethany ging hinein und er lehnte sich gegen die Wand, trank noch mehr Bubbly Blood und grübelte darüber, was los sein konnte. Angus MacKay, Chef von MacKay Security and Investigation, schickte einen monatlichen Bericht an all seine Angestellten, damit diese informiert blieben. Aber darin hatte er das heutige Meeting mit keinem Wort erwähnt.

Den Berichten zufolge waren die meisten Anhänger nach dem Tod der beiden Malcontent-Anführer Casimir und Corky zurück nach Russland und Osteuropa geflohen. Wann immer die bösen Vampire Ärger machten, sandte Angus ein Sicherheitsteam dorthin.

Master Han war ein weiterer bösartiger Vampir, der seine Armee in China vergrößerte und sein Territorium erweiterte.

Drei Vampirlords hatten ihm zur Seite gestanden, aber Russell Hankelburg, ein Mitarbeiter von MacKay S&I, war es gelungen, einen von ihnen zu töten. Das war, bevor er sich seinen Sender herausgerissen und unerlaubt von der Truppe entfernt hatte. Etwa dreimal im Jahr schickte Angus jemanden, um Russell aufzuspüren, aber soweit Dougal wusste, blieb der Ex-Marine verschwunden.

Dougals letzte Mission war vor über einem Jahr in Alaska gewesen, wo er einem Werbär geholfen hatte. Allerdings hatte er diesen Job nur bekommen, weil alle anderen anderweitig im Außendienst und somit beschäftigt gewesen waren.

Er trank einen weiteren Schluck seines Bubbly Bloods und schalt sich in Gedanken selbst. Während die anderen Jungs gegen das Böse kämpften, wartete er auf ein kleines Mädchen, bis es aus der Damentoilette kam. *Stell dich den Tatsachen. Sie glauben nicht, dass du mehr draufhast, als den Babysitter zu spielen.*

Nach dieser verhängnisvollen Schlacht vor vier Jahren, bei der er seine Hand verloren hatte, war er dankbar gewesen, überhaupt bei MacKay S&I angestellt bleiben zu dürfen. Angus hatte dafür gesorgt, dass er zu Jean-Luc Echarpe nach Texas versetzt wurde, wo er Robby MacKay als Leiter der Sicherheitsabteilung abgelöst hatte. Angesichts der Tatsache, dass Jean-Luc der beste Schwertkämpfer in der Vampirwelt war und problemlos selbst für seine Sicherheit sorgen konnte, war es ein einfacher Job. Aber wenn es darum ging, seine Familie zu beschützen, lehnte Jean-Luc keine Hilfe ab – nicht einmal dann, wenn sie einhändig daherkam.

Auch Jean-Luc verdiente Dougals Dankbarkeit. Trotz seines vollen Terminkalenders hatte er sich die Zeit genommen, Dougal zu zeigen, wie er mit seiner linken Hand fechten konnte. Und als er vor zwei Jahren seine erste Handprothese erhalten hatte, hatte Jean-Luc ihn erneut trainiert.

Jetzt war Dougal dazu in der Lage, mit beiden Händen ein Schwert zu führen – ein seltenes Talent unter den Angestellten von MacKay S&I. Warum arbeitete er dann noch immer als besserer Babysitter? Warum wurde er nicht in den Außendienst versetzt? Die Langeweile war kaum noch auszuhalten. Vielleicht sollte er einfach in Rente gehen.

Und was tun? In seinem Cottage auf der Isle of Skye sitzen und die ganze Nacht aufs Meer hinausstarren? Dort gab es niemanden, kein anderes Geräusch, außer dem klagenden Vogelgezwitscher und den Wellen, die sich an der kalten Steinküste brachen. Eine Nacht folgte der anderen in einem leeren, trostlosen Refrain, der sich bis in alle Ewigkeit zog.

Seine Freunde mochten ihn mit Fragen löchern, die alte Wunden aufrissen, aber wenigstens machten sie sich Gedanken um ihn. Er wurde nicht mit einer Seele zurückgelassen, die zur Hälfte leer war.

Er hob die Flasche, um erneut daraus zu trinken.

„Dougal?“ Angus’ Stimme dröhnte durch den Gang. „Was machst du hier draußen?“

Er schluckte so schnell hinunter, dass seine Augen zu tränen begannen. Angus und seine Frau Emma näherten sich ihm, und ihre Blicke wanderten zwischen ihm und der Flasche Bubbly Blood in seiner Hand hin und her. Verflucht, vermutlich dachten sie, dass er während der Arbeitszeit trank. Na ja, genau genommen tat er das auch.

„Wir haben dich gesucht“, sagte Emma, ihre Augen funkelten amüsiert.

„Aye“, bestätigte Angus. „Wir müssen reden.“ Er deutete auf das Sicherheitsbüro.

„Ich bin gleich da.“ Dougal warf einen Blick auf die Tür der Damentoiletten und spürte, wie seine Wangen warm wurden. „I-ich warte auf Bethany, damit ich sie zurück zur Party begleiten kann.“

Emma lächelte. „Ich kümmere mich um sie. Ihr zwei könnt ruhig gehen."

Dougal nickte und folgte Angus ins Büro.

Drinnen saß Freemont, der jüngere Bruder von Phineas, hinter dem Schreibtisch und mampfte einen Donut. Als er sie bemerkte, sprang er auf die Beine und salutierte, den Donut noch in der Hand, der daraufhin einige Krümel Puderzucker an seiner Augenbraue hinterließ. „Alles ruhig im Gebäude, Sir. Vor zehn Minuten hat Robby das Gelände überprüft. Die Außenanlagen sind sicher."

„Gut." Angus marschierte durch das Büro. Bei jedem Schritt raschelte der Kilt um seine Knie. „Und unser Gast unten im Haus?"

„Der seltsame Psycho?" Freemont deutete auf die Wand voller Überwachungsmonitore gegenüber vom Schreibtisch. „Er ist immer noch in Stasis."

Ein seltsamer Psycho? Dougal starrte auf die Bildschirme. Die Party im Festsaal war in vollem Gang. Draußen auf dem Flur führte Emma gerade Bethany zurück zur Feier. Der Eingangsbereich war leer, genau wie die Cafeteria und Romans Labor. Laszlo war in einem der Labore, und es sah aus, als würde er saubermachen und alles neu ordnen. Keine Aktivitäten auf dem Parkplatz und beim Haupteingang.

In der unteren Monitorreihe entdeckte Dougal etwas Interessantes und lehnte sich vor, um es besser erkennen zu können. Es handelte sich um den Silberraum im Keller, der errichtet worden war, um Vampire festzuhalten. Ein Mann lag auf der Bahre, bewusstlos, seine Arme und Beine mit Haltegurten gefesselt. „Wer ist das?"

„Die bessere Frage wäre, *was* ist er", antwortete Angus.

Dougal richtete sich auf. „Er ist kein Vampir?"

Angus schüttelte den Kopf. „Aber auch nicht wirklich menschlich. Wir haben ihn in den Silberraum gesteckt, damit keiner seiner Vampirfreunde sich reinteleportieren und ihn befreien kann. Er ist extrem stark, genau wie wir. Und da er tagsüber ganz normal wach ist, war ich besorgt, er könnte unsere menschlichen Wachen überwältigen. Die einzig sichere Art, ihn festzuhalten, war, ihn in Stasis zu versetzen."

„Du hättest es sehen sollen!" Freemonts Augen glitzerten vor Aufregung. „Der Psycho ist so stark, dass drei Vampire ihn festhalten mussten, damit Abby ihm die Injektion geben konnte."

Dougal grub in seinem Gedächtnis. Er war zu lange aus der Welt gewesen, während er in Texas festsaß. „Abby ist Gregoris Frau?"

„Aye. Die Tochter von Präsident Tucker. Glücklicherweise ist sie auch eine Biochemikerin, die ihren Doktor in Staseforschung gemacht hat." Angus klopfte Freemont auf den Rücken. „Du kannst jetzt zur Party gehen."

„Cool!" Freemont ging zur Tür und stopfte sich dabei den Rest seines Donuts in den Mund. „Ich glaube, sie schneiden gleich die Torte an."

Als die Tür hinter ihm zufiel, setzte Angus sich auf den Stuhl hinter dem Schreibtisch. „Ich komme gerade von einem Meeting mit Jean-Luc und Roman."

„Aye." Dougal nahm auf einem der Stühle vor dem Tisch Platz und stellte die Flasche Bubbly Blood neben sich auf dem Boden ab.

„Phineas und Austin waren bisher für die Sicherheit hier bei Romatech zuständig", begann Angus. „Austin will weitermachen, wenn er nicht gerade auf einer Mission ist, aber Phineas möchte eine längere Beurlaubung. Seine Zwillinge und die Ranch in Wyoming spannen ihn ziemlich ein. Außerdem glaube ich, er bevorzugt das Landleben, nun, da er sich jeden Monat verwandeln muss."

Dougal nickte. Für Phineas musste die Umgewöhnung an

sein neues Hybrid-Dasein als Halbvampir und Halbwerwolf schwierig gewesen sein. Zum Glück war seine Frau eine Werwölfin und konnte ihm dabei helfen.

Angus lehnte sich in seinem Stuhl zurück. „Dadurch wird hier eine Stelle frei. Ich habe Robby gefragt, ob er Interesse daran hat, aber er will wieder nach Texas versetzt werden. Die Familie seiner Frau Olivia lebt dort. Sie möchte, dass ihre Großmutter ihr mit dem Kind hilft."

Das überraschte Dougal nicht. Für menschliche Frauen musste es anstrengend sein, wenn ihre Vampir-Ehemänner den ganzen Tag über tot waren und ihnen nicht mit dem Nachwuchs helfen konnten. „Also wird Robby die Sicherheitsleitung bei Romatech in Texas übernehmen?"

„Er wird sie managen, aber auch für die Sicherheit bei Jean-Luc zuständig sein." Angus lehnte sich vor und stützte die Ellbogen auf den Tisch. „Er kehrt in seinen alten Job zurück."

Dougal blinzelte. „Du meinst …?"

„Aye. Damit bist du arbeitslos."

Ich werde entlassen. Dougal sprang auf. „Ich verstehe. Ich dachte daran, in Rente zu gehen …"

„Einen Teufel wirst du tun. Ich brauche dich." Angus deutete ihm an, sich wieder hinzusetzen, aber Dougal war zu angespannt, um dem Befehl Folge zu leisten. „Jean-Luc hat mir gesagt, dass du ein Schwert genauso gut mit links wie mit rechts führen kannst."

„Aye."

„Er ist der Ansicht, dass deine Talente bei ihm verschwendet werden. Roman und ich sind derselben Meinung. Wie wäre es also, wenn du hier der Sicherheitschef wirst?"

Benommen setzte Dougal sich wieder. „Hier?"

„Aye. Außerdem will ich dich wieder auf die Missionsliste setzen." Angus' Blick fiel auf seine Handprothese und wanderte dann zurück in sein Gesicht. „Kriegst du das hin?"

„Aye.“ Als Angus ihn nur weiterhin anstarrte, entschied Dougal, dass er überzeugender klingen musste. „Ich kriege es hin. Ich will es tun.“

Angus lächelte. „Gut.“ Er deutete auf die Flasche am Boden. „Wie wär's mit einem Drink, um das zu feiern?“

„Aye.“ Dougal hob die Flasche auf und goss Bubbly Blood in die beiden Kaffeetassen, die Angus von der Anrichte genommen hatte. „Wann soll ich anfangen?“

„Sofort.“ Angus trank einen Schluck aus seiner Tasse.

Dougal warf einen Blick auf den Monitor, der den Silberraum zeigte. „Dann muss ich mehr über den … Gast erfahren. Wer ist er?“

„Wir kennen seinen Namen nicht. Er weigert sich, uns irgendetwas zu sagen und flucht nur auf Chinesisch. J.L. und Rajiv haben ihn vor zwei Wochen hergebracht. Ich habe sie wieder nach China geschickt, um Russell aufzuspüren.“

„Haben sie ihn gefunden?“, fragte Dougal.

„Nein. Aber sie glauben, er hat sie gefunden.“ Angus nippte erneut an seiner Tasse. „Eine Truppe von Master Hans Soldaten hat sie aus dem Hinterhalt überfallen. Sie waren in ernsten Schwierigkeiten, bis ein ganzer Schwarm an Pfeilen die Hälfte der Gegner außer Gefecht gesetzt hat.“

„Russell?“

Angus nickte. „Er muss es gewesen sein, aber als der Kampf vorbei war und sie die Umgebung abgesucht haben, war keine Spur von ihm zu finden.“

Dougal deutete auf den Monitor. „Also ist das einer von Master Hans Soldaten?“

„Aye. Er ist sterblich oder war es zumindest. Jetzt hat er einige der Superkräfte, die wir besitzen. Wir sind nicht sicher, wie Han die Sterblichen verwandelt, aber es hat etwas mit dem Dämon Darafer und den Drogen zu tun, die er erschaffen hat.“

Dougal runzelte die Stirn. Sie hatten schon früher bösartige Vampire besiegt, doch keiner von ihnen hatte sich mit einem Dämon zusammengetan.

„Das Problem an der Jagd auf Russell ist, dass er hofft, Master Han zu töten“, fuhr Angus fort. „Um ihn zu finden, müssen wir also auch nach Master Han suchen.“

„Was ist daran falsch?“, fragte Dougal. „Sollen wir etwa nicht versuchen, den Bastard auszuschalten?“

„Das müssen wir, aye, aber es ist verdammt schwierig, ihn tatsächlich zu finden. Er hat einen Großteil von Südchina, Tibet und den nördlichen Regionen von Thailand und Myanmar eingenommen. Das ist ein riesiges Gebiet. J. L. und Rajiv haben Monate dort verbracht und dreißig Außenposten entdeckt, die alle schwer bewacht werden. Soweit ich das beurteilen kann, teleportiert sich Master Han von einem Lager zum anderen und sie wissen nie, wo er als Nächstes auftauchen wird.“

Dougal zuckte zusammen. „Als würde man Whac-A-Mole spielen.“

„Aye. Inzwischen hat Master Han fast tausend Soldaten, die auf die dreißig Außenposten verteilt sind. Sie sind J. L. und Rajiv zahlenmäßig so überlegen, dass die beiden ihr Bestes tun, um jede Konfrontation zu vermeiden.“ Angus seufzte. „Darüber habe ich mit Roman und Jean-Luc gesprochen. Wir stecken in einem moralischen Dilemma.“

„Inwiefern?“

„Diese Soldaten mögen der Feind sein, aber sie sind sterblich.“ Angus hielt Dougal seine Tasse hin, damit er sie mit Bubbly Blood auffüllen konnte. „Wir haben uns nie schuldig gefühlt, wenn wir Malcontents getötet haben. Das sind miese Bastarde, die Jahrhunderte damit verbracht haben, Menschen zu ermorden – und es auch noch genießen.“

„Aye“, murmelte Dougal, „und sie sind schon untot. Wenn

wir sie erledigen, bleibt nur Staub übrig.“ Genau wie seine Hand, nachdem man sie ihm im Kampf abgehackt hatte.

Angus nickte. „Aber wenn wir Master Hans Soldaten töten, verschwinden sie nicht. Ihre Körper bleiben erhalten, genau wie unsere Schuldgefühle. Und soweit wir wissen, fahren ihre Seelen direkt in die Hölle.“

Wieder zuckte Dougal zusammen. „Das wusste ich nicht.“

„Unsere Jungs haben das auf ihrer ersten Mission in China gelernt. Die Sterblichen freuen sich über ihre Superkräfte als ein Geschenk von Darafer, aber wenn sie sterben, gehören ihm ihre Seelen für immer.“ Angus fuhr sich mit der Hand durchs Haar. „Wir wissen nicht, ob die Sterblichen diesem Handel zugestimmt haben oder ob sie durch die Gedankenkontrolle von Vampiren dazu gezwungen wurden. Roman und ich haben lange darüber diskutiert und weigern uns, uns auf einen Kampf gegen diese Sterblichen einzulassen. Wir wollen sie nicht töten.“

Und ihre Seelen in die Hölle schicken. Dougal leerte seine Tasse und füllte sie erneut mit Bubbly Blood. „Während wir warten, erschafft Master Han mehr von ihnen. Er verdammt noch mehr Seelen.“

„Ich weiß. Aus diesem Grund haben J. L. und Rajiv einen der Soldaten mitgebracht. Wir haben hier gute Wissenschaftler: Roman, Laszlo und Abby. Wir hatten gehofft, sie könnten herausfinden, was mit den Menschen passiert ist, um sie zurückzuverwandeln.“

„Dann könnten wir sie retten, statt sie zu töten“, schlussfolgerte Dougal.

„Aye.“ Angus leerte seinen Becher und stellte ihn auf dem Tisch ab. „Abby hat Blut- und Gewebeproben von unserem Gast studiert und ist sich sicher, dass er genetisch verändert wurde. Das geht über ihr Fachgebiet hinaus, also hat sie vorgeschlagen, dass wir einen Experten suchen, der uns hilft.“

Dougal nickte. „Habt ihr jemanden gefunden?"

„Dr. Lee hat jemanden aufgetrieben", sagte Angus und bezog sich damit auf den Vampirarzt aus Houston. „Da er immer mehr Vampire und Wandler sowie Kleinkinder behandeln muss, hat er nach einem Assistenten gesucht. Glücklicherweise hat er einen Mediziner gefunden, der auch einen Doktortitel in Genetik hat. Ein junger Sterblicher und ein Genie, wenn es nach Dr. Lee geht. Er bringt sie heute Abend her."

„Sie?"

„Aye." Angus stand auf und begann, im Raum auf und ab zu laufen. „Vor einer Woche hat er sie eingestellt, aber er hatte ein paar Probleme damit, ihr die Wahrheit über Vampire und Wandler mitzuteilen."

Dougal trank seine Tasse aus. War es richtig, eine unschuldige sterbliche Frau in dieses Chaos hineinzuziehen? „Sie hat es nicht gut aufgenommen?"

„Nein. Sie hat sich so aufgeregt, dass sie kündigen wollte, also musste er ihre Erinnerung löschen, um sie weiter als Angestellte zu behalten. Wir wollen sie nicht verlieren."

Dougal verzog das Gesicht. „Und er bringt sie her? An einen Ort, an dem es vor übernatürlichen Kreaturen nur so wimmelt?"

„Wir hielten es für das Beste. Als Wissenschaftlerin bewundert sie Roman und das synthetische Blut, das er erschaffen hat. Sie weiß auch um Abigails Erfolge und freut sich, sie kennenzulernen." Angus deutete auf den Monitor, der den Festsaal zeigte. „Außerdem findet dort eine riesige Party für ein paar Kinder statt. Wie erschreckend können wir auf sie wirken, wenn wir so in unsere Kinder vernarrt sind?"

Dougal schnaubte. „Also überzeugen wir sie davon, dass wir sanft wie Lämmer sind?"

Angus lächelte. „So ist der Plan."

„Wie steht es um das moralische Dilemma, eine unschuldige

Frau dieser Gefahr auszusetzen? Was, wenn sie nichts mit uns zu tun haben will?“

Angus’ Lächeln verblasste. „Wir brauchen sie. Und da du nun hier arbeitest, erwarte ich von dir, dass du deinen Beitrag dazu leistest, sie davon zu überzeugen, uns zu helfen.“ Er hob eine Hand, als Dougal widersprechen wollte. „Du denkst vielleicht, es ist falsch, sie in diese Sache einzubeziehen, aber was, wenn sie die Soldaten befreien kann, die von Master Han versklavt wurden? Sie könnte über tausend Seelen retten.“

Also überwog das Schicksal von vielen das von einem? Das war eine unbarmherzige Logik, die Dougal nicht besonders gefiel. Wie oft hatte er sich in der Vergangenheit über das grausame Schicksal geärgert, das man ihm ohne seine Zustimmung zugeteilt hatte? Das Gleiche könnte auch dieser Frau passieren.

Er atmete tief durch. Die Würfel waren gefallen und er konnte nicht dagegen ankämpfen. Das Einzige, was er tun konnte, war, sie mit bestem Wissen und Gewissen zu beschützen. „Hoffentlich wird sie heute Abend positiv reagieren.“

„Wie du schon sagtest, wir werden so sanft wie Lämmer sein.“ Angus näherte sich der Monitorwand. „Sie sind da.“

Dougal sah zu dem Bildschirm, der einen schwarzen Wagen zeigte, der auf den Parkplatz fuhr. „Wer ist bei ihr?“

„Abby hat sie heute Nachmittag bei LaGuardia abgeholt und zu Romans Stadthaus gebracht. Nach Sonnenuntergang haben sich Dr. Lee und Gregori angeschlossen. Das ist Gregoris Auto. Er fährt.“

„Sie planen, ihr bald die Wahrheit zu sagen?“, fragte Dougal.

„Aye“, erwiderte Angus. „Abby wird sie zuerst ins Labor führen. Laszlo bereitet schon alles vor.“

Dougal warf einen Blick auf den Monitor, auf dem Laszlo gerade einen Stapel Papiere sortierte. Kein Wunder, dass der Chemiker den Raum gesäubert hatte. Er hatte sich sogar das unbändige Haar gekämmt und einen frischen weißen Laborkittel mit einer vollständigen Reihe an Knöpfen angezogen.

Dougal sah wieder zum dämmrig beleuchteten Parkplatz, wo das Auto am Haupteingang anhielt. Seine Nerven spannten sich an, während sich etwas Schweres auf seine Schultern legte. Irgendetwas stimmte nicht. Die Luft schien plötzlich zu dick zum Atmen zu sein. Er griff nach der Flasche Bubbly Blood und trank einen Schluck. Es half nicht.

Gregori und Dr. Lee stiegen vorne aus und öffneten die hinteren Türen. Zwei Frauen kamen heraus. Die eine war klein mit lockigem kastanienbraunen Haar. Abigail Tucker Holstein – renommierte Wissenschaftlerin, Tochter des amerikanischen Präsidenten und Gregoris Ehefrau. Dougal konnte nur einen kurzen Blick auf die andere Frau erhaschen, bevor sie sich von der Kamera wegdrehte. Sie hatte langes schwarzes Haar, das ihr über die Schultern fiel.

Seine Handprothese schloss sich enger um die Flasche Bubbly Blood.

Im Eingangsbereich gab Gregori den Sicherheitscode ein und öffnete dann die Tür zum Foyer.

„Dr. Lee hat den Fehler gemacht, einfach mit der Wahrheit herauszuplatzen“, sagte Angus, den Blick konzentriert auf die Monitore gerichtet. „Abby ist der Meinung, dass wir zuerst ihr wissenschaftliches Interesse wecken sollten. Dann haben wir eine bessere Chance, sie für uns zu gewinnen.“

Sie stoppten im hell erleuchteten Foyer, wodurch Dougal ihre Rückseite besser erkennen konnte. Die zierliche Form ihrer Wirbelsäule, die steifen Schultern und die neugierige Art, wie sie den Kopf neigte, ließen sie beinahe … vertraut wirken. Schmerzhaft vertraut.

Sein Schulterblatt begann zu brennen, als sich das Tattoo erwärmte. *Dreh dich um. Dreh dich zur Kamera.*

Ihr Kopf bewegte sich ein wenig, als hätte sie ihn gehört.

Dreh dich um. Dreh dich zu mir um. Ein Gefühl sengender Hitze breitete sich entlang seines Tattoos aus, das sich über seinen Rücken, seine Schulter und seine Brust zog. Es brannte sich einen Weg von der Schwanzspitze über den Körper des Drachen, bis es sich in dessen feurigem Atem, der blutrot über seinem Herzen eingeritzt war, entlud.

Der überraschende Schmerz ließ ihn die Zähne zusammenbeißen. Warum quälte ihn das Tattoo ausgerechnet jetzt, wenn es doch seit 1746 Ruhe gegeben hatte? Es kostete ihn all seine Kraft, überhaupt ein Flüstern zustande zu bringen. „Wie heißt sie?"

„Dr. Chin. Leah Chin", erwiderte Angus.

Li Lei. Dougals Herz hämmerte in einer traurigen Melodie, die ihn so lange schon verfolgte. *Ich werde dich finden. Egal, was passiert. Selbst wenn es tausend Jahre dauert, werde ich dich finden.*

Es hatte beinahe dreihundert Jahre gedauert, aber er hatte sie gefunden. *Dreh dich um, Li Lei. Dreh dich zu mir um.*

Sie wirbelte herum, sah sich im Foyer um und blickte dann direkt in die Kamera.

Sie war es nicht.

Ein plötzlicher Schmerz legte sich auf sein Herz. Natürlich war sie es nicht. Wie könnte das auch sein? Er hatte sie selbst auf einem grünen Hügel begraben, mit Blick auf den Jangtse-Fluss, der ihr das Leben genommen hatte. Er hatte sie für immer verloren.

Er ballte die Hand zur Faust und die Flasche Bubbly Blood zersprang in seiner Prothese.

2. Kapitel

Leah Chin war nicht in Partystimmung.

Ein Blick in den großen Raum, wo die Feier in vollem Gang war, genügte, damit sich ihre Nerven anspannten. So viele Leute, die miteinander lachten und redeten, die glücklich und zufrieden miteinander waren. Während ihrer Zeit auf dem College, an der Medizinischen Hochschule und auf dem Graduiertenkolleg hatte sie zahllose Veranstaltungen miterlebt, die dieser hier ähnelten. Und sie hatte nie hineingepasst.

Sie war ohne Freunde oder Klassenkameraden aufgewachsen, also war sie nur schlecht auf das Sozialleben am College vorbereitet gewesen. Außerdem war es auch nicht besonders hilfreich gewesen, als Vierzehnjährige mit dem Studium zu beginnen. Menschen hatten sie schon immer fasziniert, allerdings nur aus der Ferne. Sie konnte die lebhaften Grimassen der bunten Fische in einem Aquarium bewundern, ohne je hineinzuspringen und mitzuspielen. Spring und du gehst das Risiko ein, zu ertrinken. Oder von Haien gefressen zu werden.

Wieder sah sie zur Überwachungskamera in der Ecke neben der Eingangstür. Jemand starrte sie an. Sie konnte es fühlen. *Hör auf, so paranoid zu sein!* Trotzdem prickelte ihre Haut bei diesem seltsamen Gefühl. Statt die Wissenschaftlerin zu sein, die eine Probe unter dem Mikroskop untersuchte, schien sie heute Abend die Probe zu sein.

„Möchten Sie reingehen und Hallo sagen?“ Dr. Lee deutete auf den großen, lauten Raum.

„I-ich möchte nicht stören.“ Schließlich war sie in dem Glauben hergekommen, eine Führung durch Romatech Industries zu bekommen und seinen Besitzer, den renommierten Wissenschaftler Roman Draganesti, kennenzulernen. Niemand hatte etwas von einer Party gesagt. „Ich bin nicht eingeladen."

„Jeder ist eingeladen", erklärte Dr. Lee. „Es ist eine Geburtstagsparty für drei Kinder. Sehr nette Leute. Sie werden sie mögen."

„Sie beißen nicht", fügte Gregori Holstein, ein Funkeln in den Augen, hinzu. Seine Frau warf ihm einen missbilligenden Blick zu.

„Sie können sie später kennenlernen." Abby Holstein tätschelte ihr beruhigend den Arm. „Wie wäre es, wenn wir zuerst in mein Labor gehen?"

„Ja." Leah ergriff die Gelegenheit beim Schopf. „Bitte."

„Wunderbar." Abby lächelte sie an. „Ich kann es kaum erwarten, Ihnen zu zeigen, woran ich gerade arbeite."

„Ich werde mal auf die Suche nach Roman gehen." Gregori zwinkerte seiner Frau zu und schlenderte dann einen Korridor links von ihnen hinunter.

Leah bemerkte die Zärtlichkeit in Abbys Augen, während diese ihrem Ehemann nachsah. *Es muss schön sein, jemanden so sehr zu lieben.*

„Ich komme in ein paar Minuten nach. Ich will zuerst nach den Geburtstagskindern sehen." Dr. Lee blieb an der Tür stehen, die in den großen, lauten Raum führte. „Ich habe dabei geholfen, sie zur Welt zu bringen, wissen Sie?"

Leah blinzelte. „Wollen Sie damit sagen, dass diese Menschen Ihre Patienten sind?" Als Dr. Lee sie vor einer Woche eingestellt hatte, hatte er erwähnt, dass er der persönliche Arzt einer ausgewählten Gruppe von Klienten war. Von ihr wurde erwartet, dass sie ihm aushalf, wann immer er sie benötigte, aber hauptsächlich war sie für ihre Fachkenntnis in der Genetik eingestellt worden.

Er lächelte. „Sie sind jetzt auch ihre Ärztin. Irgendwann an diesem Abend werden sie Sie treffen wollen. Wann immer Sie bereit dafür sind."

Sie schluckte hart, als Dr. Lee den geräuschvollen Raum betrat. Da waren so viele von ihnen. Es würde eine Weile dauern, bis sie sich in der Gegenwart von allen wohlfühlen würde. Ihr Blick glitt hastig über die Menge. Hüpfende, fröhliche Kinder. Nur eine Handvoll der Erwachsenen sah älter aus als vierzig. Genau genommen schienen die meisten von ihnen auf dem Höhepunkt ihrer Gesundheit zu sein.

„Es sind wirklich nette Leute", sagte Abby sanft.

„Sie wirken sehr gesund." Leah wich ins Foyer zurück, als ein paar neugierige Blicke den Weg zu ihr fanden. „Wozu benötigen sie zwei Ärzte auf Abruf?"

Abby zögerte, bevor sie antwortete. „Sie haben ... besondere Bedürfnisse." Mit einem kurzen Lächeln deutete sie auf die Doppeltür auf der gegenüberliegenden Seite des Foyers. „Mein Labor ist dort entlang."

Nach einem letzten besorgten Blick auf die Partygäste ging Leah zu der Doppeltür.

„Sie sind nicht besonders gesellig?", fragte Abby und hielt ihr die Tür auf.

Leah betrat den nächsten Gang. „Ich wollte den Menschen schon immer helfen. Deswegen bin ich Ärztin geworden. Aber dann habe ich gemerkt, dass ich mich besser für die Laborarbeit eigne." Und dafür, allein zu sein.

„Sie haben ein bisschen wie ein Reh im Scheinwerferlicht gewirkt." Abby warf ihr ein verständnisvolles Lächeln zu. „Als mein Vater von mir verlangt hat, dass ich an Wahlkampfveranstaltungen und Staatsdinners teilnehme, habe ich mich genauso gefühlt. Das Beste, was ich tun konnte, war, mich nicht zu übergeben."

„Tatsächlich?" Leah starrte sie verblüfft an. „Dabei wirken Sie so ... selbstbewusst."

Abby schnaubte. „Ich habe gelernt, mich zu verstellen, aber mich trotzdem immer furchtbar unbeholfen auf gesellschaftlichen Veranstaltungen gefühlt. Außerhalb des Labors wusste ich nie, was ich sagen sollte. Für Sie ist es ähnlich, oder?"

„Ja. Die Wissenschaft ist sehr viel verlässlicher als die Menschen."

Abby nickte lächelnd. „So habe ich auch gedacht … bis ich meinen Ehemann kennengelernt habe." Sie bog nach links in einen anderen Gang ab. „Hier entlang."

Während sie Abby folgte, sah Leah sich um. An der Wand zu ihrer Linken folgte eine Tür auf die nächste, rechts hingegen schien die Wand nur aus Glas zu bestehen. Von hier aus konnte sie auf ein Basketballfeld und eine gut beleuchtete Terrasse mit Tischen und Stühlen sehen. In der Ferne entdeckte sie einen Pavillon, der mit funkelnden weißen Lichtern geschmückt war. So hübsch. „Das scheint ein schöner Arbeitsplatz zu sein."

Abby nickte. „Ich bin sehr glücklich hier. Und ich habe ein fantastisches Labor."

Leah musterte Abigail Holstein neugierig. Könnten sie tatsächlich Freundinnen werden? Auf dem College und an der Medizinischen Hochschule hatte es unzählige Studenten gegeben, die sich mit Leah anfreunden wollten. Aber sie hatten ihre Nähe nur gesucht, weil sie auf kostenlosen Nachhilfeunterricht vom berühmt-berüchtigten Freak gehofft hatten, der das College mit vierzehn und die Medizinische Hochschule mit siebzehn begonnen hatte. Hinter ihrem Rücken hatten sie sie Dr. Freakazoid genannt. Und sobald sie sie nicht mehr gebraucht hatten, um einen Kurs zu bestehen, waren sie genauso schnell verschwunden, wie sie aufgetaucht waren.

Sie hatte diesen Lebensabschnitt so naiv und vertrauensselig begonnen. Es war eine grausame Lektion gewesen, zu erfahren, dass Menschen viel zu oft unzuverlässig und unberechenbar waren. Gewinnsüchtig und brandgefährlich. Man konnte nie wissen, wann sich ein scheinbar harmloser Fisch als Hai entpuppte. Allein zu bleiben war der einzige Weg, um sicher zu sein.

Der Wissenschaft dagegen konnte sie vertrauen. Anders als Menschen verbanden sich Chemikalien auf eine konsistente, verlässliche Weise. Sie konnten auseinanderfallen oder explodieren, aber nur, wenn *sie* eine neue Variable dazugab. In ihrem Labor hatte sie die Kontrolle, war die Königin in einem Universum, in dem alle Bestandteile den Regeln folgten.

Sie atmete tief durch. „Als Dr. Lee mich eingestellt hat, sagte er, ich würde die meiste Zeit im Labor verbringen. Meine Forschungen in der Genetik haben ihn am meisten interessiert."

„Ja, darauf sind wir sehr gespannt." Abby verlangsamte ihre Schritte und blieb schließlich ganz stehen. „Lassen Sie sich nicht von der Anzahl der Patienten aus der Ruhe bringen. Sie haben recht damit, dass sie sehr gesund sind. Sie werden sie nur ärztlich betreuen müssen, wenn einer von ihnen verletzt ist. Oder ein Kind erwartet."

Leah fiel auf, dass Abby die Hand auf ihren Bauch legte. „Sind Sie …?"

Grinsend nickte sie. „Wir haben es letzte Nacht herausgefunden."

„Wow. Herzlichen Glückwunsch."

Mit einem Strahlen im Gesicht beugte sich Abby näher zu Leah. „Verraten Sie es niemandem, okay? Wir werden es auf der Party verkünden."

Leah nickte. Wie würde Abby wohl reagieren, wenn sie wüsste, dass ihr nie zuvor ein Freund ein Geheimnis anvertraut hatte? Wäre sie geschockt? „Von mir erfährt niemand etwas."

Abby verknotete ihre Finger miteinander. „Gregori ist so aufgeregt! Und seine Mutter erst … sie wird ausflippen!"

„Ich bin sicher, Ihre Eltern werden sich unheimlich freuen", fügte Leah hinzu.

Abbys Lächeln verblasste etwas. „Das hoffe ich."

Gab es etwa Probleme? Ein Schauder wanderte Leahs Wirbelsäule hinunter und sie sah über ihre Schulter. Da war noch eine Kamera mit einem kleinen Licht, das rot leuchtete. „Werden wir beobachtet?"

Abby warf einen Blick auf die Kamera. „Gut möglich. Wir haben ein fantastisches Sicherheitsteam."

„Können sie uns hören?"

„Ich schätze schon, wenn sie die Lautstärke aufdrehen." Abby zuckte mit den Schultern. „Machen Sie sich keine Gedanken. Hier gab es keine Zwischenfälle mehr seit dem Bombenangriff vor ein paar Jahren." Sie zuckte zusammen. „Es war keine große Sache. Niemand wurde ernsthaft verletzt."

Leahs Kinnlade klappte herunter. „Es gab einen Bombenangriff?"

„Ich weiß, es ist schwer zu begreifen, dass jemand so etwas tun würde, wenn man bedenkt, wie viele Leben synthetisches Blut retten kann. Aber ich fürchte, da draußen gibt es einige seltsame ... Leute." Abby tätschelte ihr den Arm. „Ich wollte Ihnen keine Angst einjagen. Tut mir leid."

„Schon gut." Leah sah erneut zur Kamera. Wurden sie belauscht? „Ich weiß, dass die Welt voller Spinner ist."

Abby warf ihr einen besorgten Blick zu. „Das können Sie laut sagen." Sie ging einige Schritte voraus und blieb dann neben einer Tür stehen. „Willkommen in meinem Labor."

„Hey, findet hier eine Party ohne mich statt?", fragte Gregori, als er das Sicherheitsbüro betrat. „Hier riecht es nach Bubbly Blood."

„Es gab einen kleinen Unfall." Angus deutete auf die Stelle, wo Dougal, halb vom Schreibtisch verdeckt, die Scherben dessen aufsammelte, was einmal eine Flasche gewesen war, und sie in den Mülleimer warf.

„Hey, Kumpel, lange nicht gesehen“, begrüßte Gregori ihn. „Wie geht’s der bionischen Hand?“

„Gut.“ Dougal richtete sich auf. „Ich … habe meinen Griff für einen Moment unterschätzt.“ Auf keinen Fall würde er zugeben, dass er die Kontrolle darüber verloren hatte. Angus könnte es sich anders überlegen und ihn doch nicht hier einsetzen. Oder sich weigern, ihn auf Missionen zu schicken.

Glücklicherweise schien Angus mehr daran interessiert zu sein, das Geschehen auf den Monitoren zu beobachten, als Spekulationen über seinen *kleinen Unfall* anzustellen.

„Wo ist Roman?“ Gregori suchte auf den Bildschirmen nach seinem Boss.

Angus deutete auf einen Korridor, den Roman mit Jean-Luc entlanglief. „Sie sind auf dem Weg zur Party.“

„Ich werde ihn anrufen.“ Gregori wählte die Nummer auf seinem Handy und bat Roman dann, sich in zehn Minuten auf den Weg zu Abbys Labor zu machen.

In der Zwischenzeit hatte Dougal einen Besen und ein Kehrblech in dem kleinen Schrank gefunden. Wenn das hier sein Büro sein würde, konnte er auch damit anfangen, sich darum zu kümmern. Er fegte die letzten Reste der zerbrochenen Flasche zusammen und warf sie in den Mülleimer.

„Ich frage mich, worüber sie reden.“ Angus drehte die Lautstärke an dem Monitor auf, der Abby und Leah zeigte.

„*Wir haben es letzte Nacht herausgefunden*“, sagte Abby lächelnd und strich über ihren Bauch.

„*Wow*“, erwiderte Leah. „*Herzlichen Glückwunsch.*“

„Ach Mann.“ Angus wandte sich an Gregori. „Du wirst Vater?“

Gregori grinste. „Jepp. Darauf kannst du deinen kleinen karierten Rock verwetten.“

Angus verdrehte die Augen. „Das arme Kind.“

Lachend boxte Gregori ihm gegen die Schulter. „Ich

wusste, dass Abby es nicht für sich behalten kann. Sie ist so aufgeregt."

„Glückwunsch", sagte Dougal. Sein Blick wanderte genau in dem Moment zurück zum Monitor, als Leah über ihre Schulter in die Kamera sah. Seine Hand verkrampfte sich und seine Finger krallten sich um den Griff des Kehrblechs.

„*Werden wir beobachtet?*", wollte Leah wissen.

Zum Teufel, ja. Er zuckte zusammen, als er die Dellen bemerkte, die er in dem Metallgriff hinterlassen hatte. Warum reagierte er so heftig? Das war nicht Li Lei.

„*Gut möglich*", antwortete Abby. „*Wir haben ein fantastisches Sicherheitsteam.*"

„*Können sie uns hören?*", fragte Leah.

Er wandte sich ab, als sich seine Schuldgefühle mit einem Stich in seiner Brust meldeten, weil er sie belauschte. Als er Besen und Kehrblech wieder im Schrank verstaute, entdeckte er eine halbleere Flasche Blissky im obersten Fach. Genau das, was er gerade brauchte. Er stellte die Flasche auf den Tisch und holte drei Pappbecher von der Anrichte.

Abby erzählte von dem Bombenangriff, und er sah genau im richtigen Moment zum Monitor, um Leahs erschrockene Reaktion mitzuerleben. Verdammt, sie hatten kein Recht dazu, sie in diese Welt hineinzuziehen. Sie wirkte so jung. Anfang zwanzig vielleicht. In ihrem Gesicht spiegelte sich eine zerbrechliche Unschuld wider. Eine Unschuld, die sie zerstören würden.

Er goss etwas von dem Blissky in die drei Becher. „Wie wär's mit einem Schluck?"

„Tolle Idee!" Gregori hielt seinen Becher in die Höhe. „Auf unsere wunderschönen Frauen!"

„Darauf trinke ich." Angus kippte seinen Blissky hinunter.

Gregori warf Dougal einen amüsierten Blick zu. „Oder in deinem Fall auf deine zukünftige wunderschöne Frau."

Dougal schnaubte verächtlich, dann blickte er wieder zum Monitor, nur um zu bemerken, wie Leah in die Kamera starrte, als könnte sie ihn sehen. Sein Herzschlag setzte aus. Ein weiteres Brennen zog sich der Länge nach durch sein Tattoo, und er zuckte mit der rechten Schulter.

„Ich weiß, dass die Welt voller Spinner ist“, sagte sie leise.

Ach Mädchen, du hast ja keine Ahnung. Aber sie würde es früh genug herausfinden. Plötzlich hatte er den Drang, sich zu ihr zu teleportieren und sie von hier wegzubringen. Weit weg von einer Welt voller Vampire, Wandler und Dämonen. Aber wie sollte er sie vor den *Spinnern* beschützen, wenn er selbst einer von ihnen war?

„Cheers.“ Er kippte den Blissky hinunter und hieß das Brennen in seiner Kehle willkommen. Er verdiente es.

„Willkommen in meinem Labor.“ Abby öffnete die Tür und führte Leah hinein.

Angus ging zu dem Monitor, der das Labor zeigte, und drehte die Lautstärke auf.

„Müssen wir sie belauschen?“, fragte Dougal.

Angus seufzte. „Ich weiß, das ist nicht die übliche Vorgehensweise, aber ich mache mir Sorgen darüber, wie Dr. Chin auf die Neuigkeiten reagieren wird.“

„Das ist einer meiner Kollegen.“ Abby deutete auf Laszlo, als dieser nach vorne eilte. „Laszlo Veszto. Er ist der brillanteste Chemiker, der mir je begegnet ist.“

Laszlo errötete und hielt Leah die Hand hin. „Ich bin hocherfreut, Sie kennenzulernen.“ Als sie ihre Hand in seine legte, schüttelte er sie kräftig. „Wir freuen uns sehr, Sie hier zu haben. Ich war den ganzen Abend damit beschäftigt, das Labor vorzubereiten.“

„Wirklich?“ Leah befreite ihre Hand aus seinem Griff.

„Ja!“ Laszlo griff nach einem der Knöpfe an seinem Kittel. „Wir können Ihnen einige interessante Fallstudien zeigen.“

„Klingt gut.“ Leah sah sich im Labor um. „Es ist schön hier.“

„Ja.“ Laszlo lächelte sie an, während er an seinen Knöpfen herumspielte.

Leah kniff die Augen zusammen, als sie die Kamera in der Ecke entdeckte. Zur gleichen Zeit goss Dougal mehr Blissky in seinen Pappbecher und trank ihn in einem Zug aus.

Abby schlenderte zu dem langen Stahltisch, auf dem sich mehrere Mikroskope und Papierstapel befanden. „Ist alles vorbereitet?“

„Ja“, erwiderte Laszlo und lächelte Leah noch immer an.

„Ha!“ Gregori zeigte auf den Monitor. „Schaut euch nur dieses dümmliche Grinsen auf seinem Gesicht an. Er ist verliebt!“

Dougals Hand schnappte zu und zerquetschte den Pappbecher darin. Was zur Hölle? Bevor irgendjemand den zerdrückten Becher bemerken konnte, warf er ihn in den Müll. Oder versuchte es zumindest, denn seine Faust öffnete sich nicht. *Öffnen*, befahl er seiner Hand. Seine Finger krallten sich weiterhin um den Pappbecher.

Angus schüttelte den Kopf. „Verknallt vielleicht. Ich werde mit Laszlo reden müssen. Wir können nicht riskieren, dass persönliche Gefühle unsere Pläne gefährden.“

Öffne dich, verdammt! Öffnen! Endlich entspannte sich Dougals Faust und der Pappbecher fiel in den Müll.

Währenddessen war Leah an den Tisch getreten und schaute durch das erste Mikroskop. „Interessant“, murmelte sie, dann hob sie den Papierstapel daneben auf.

„Hoffentlich schluckt sie den Köder“, sagte Angus.

Dougal näherte sich den Monitoren.

Leah überflog die erste Seite, dann die zweite. Abby beobachtete sie dabei und nagte nervös an ihrer Lippe. Laszlo verdrehte einen Knopf an seinem Kittel.

„Hier gibt es eindeutig Mutationen in der DNA-Sequenz.“

Leah blätterte zur dritten Seite. „Sogar ein paar drastische Veränderungen. Ist der Mann noch am Leben?"

Abby zögerte. „Im Moment schon, ja."

Gregori verzog das Gesicht.

Leah legte die Papiere zurück. „So etwas habe ich nie zuvor gesehen. Einige dieser Mutationen könnten einen Menschen stärken, aber andere ..." Sie schüttelte den Kopf. „Ich bin nicht sicher, ob das jemand überleben würde. Weist er irgendwelche bizarren Symptome auf?"

Abbys Mundwinkel zuckten. „Abgesehen von einer seltsamen Lust auf Disco Dance? Nein."

Gregori versteifte sich. „Was ist daran so seltsam?"

Angus brachte ihn mit einer Handbewegung zum Schweigen.

Irritiert schüttelte Leah den Kopf. „Wo ist der Patient? Kann ich ihn sehen?"

„Sie haben ihn schon gesehen", antwortete Abby. „Es ist Gregori."

Leah schnappte nach Luft. „Was?" Sie blätterte erneut durch die Papiere. „Das verstehe ich nicht. Ihr Mann wirkt so gesund."

„Das ist er auch", bestätigte Abby. „Zumindest, wenn er ... wach ist."

Dougal zuckte zusammen. Die Kacke war am Dampfen.

Angus runzelte die Stirn. „Ich habe ein mieses Gefühl bei der Sache. Gregori, ruf Dr. Lee an. Er soll sofort ins Labor gehen."

Während Gregori den Anruf machte, tippte Leah mit dem Finger auf den Papierstapel. „Ihr Ehemann könnte in ernsten Schwierigkeiten stecken. Er sollte sofort in ein Krankenhaus eingeliefert und beobachtet werden." Ihre Augen weiteten sich. „Oh mein Gott, Sie sind mit seinem Kind schwanger?"

„Es geht mir gut. Wirklich. Genau wie Gregori." Abby wechselte einen besorgten Blick mit Laszlo.

Der nickte, während er wild an seinem Knopf drehte. „Es gibt eine absolut logische Erklärung dafür, das garantiere ich Ihnen."

„Ach wirklich?" Leah musterte ihn ungläubig. „Und wie erklären Sie sich das?"

Abby atmete tief ein. „Mein Mann ist ein Vampir."

3. Kapitel

Leahs Herzschlag beschleunigte sich.

Sie wich zurück und konnte nur mit Mühe den Drang unterdrücken, sofort zur Tür zu rennen. Ihr Blick wanderte von der Präsidententochter zum sogenannten brillanten Chemiker und wieder zurück. Wusste der Präsident, dass seine Tochter verrückt war?

Heilige Scheiße, das ganze Gebäude könnte voller durchgeknallter Leute sein. Sogar die gruseligen Leute, die sie durch die Kamera beobachteten … Ihr stockte der Atem. Natürlich … Sie wurde hereingelegt! Die Kamera nahm alles auf und es würde irgendwo im Internet landen. Das war nicht das erste Mal, dass irgendwelche Leute versuchten, sie wie eine Idiotin dastehen zu lassen.

Auf dem College war sie aufgrund ihres jungen Alters und des Rufs, ein Genie zu sein, ständig das Ziel irgendwelcher dummen Streiche gewesen. Einmal hatte sich eine Gruppe Verbindungsstudenten als lebende Tote verkleidet und sich um das Wohnheim der Studentinnen versammelt. Die Mädchen hatten sie angefleht, ihren überlegenen Intellekt einzusetzen, um sie vor der Zombie-Apokalypse zu retten.

Diesmal waren es also die Untoten. Sie verschränkte die Arme vor der Brust und gab sich unbeeindruckt. „Sie sind mit einem Vampir verheiratet?“

„Ja.“ Abby nickte mit einem hoffnungsvollen Ausdruck im Gesicht, als würde sie tatsächlich davon ausgehen, dass sie diesen Unsinn glaubte.

Leah warf einen kurzen Blick zur Kamera und wandte sich

dann wieder Abby zu. „Wie sind Sie zu dieser Schlussfolgerung gelangt? Hat er sich in eine Fledermaus verwandelt und ist durchs Schlafzimmer geflattert?“

Enttäuschung ersetzte die Hoffnung in Abbys Miene. „Sie glauben, ich würde Witze machen.“

„Haben Sie wirklich erwartet, dass ich das ernst nehme?“, gab Leah zurück.

Laszlo zeigte auf die Papierstapel auf dem Tisch. „Aber wir haben Ihnen unsere Laborarbeit gezeigt. Und die Daten …“

„Können manipuliert werden“, fiel Leah ihm ins Wort. „Oder in diesem Fall extra angefertigt sein.“ Sie starrte die Kamera finster an. „Das Spiel ist aus. Ich mache nicht mit.“ Sie marschierte auf die Tür zu, die auf halbem Wege geöffnet wurde.

Dr. Lee eilte herein. „Gibt es ein Problem?“

„Ja“, erwiderte Leah zur selben Zeit wie Abby und Laszlo. Stirnrunzelnd sah sie zu den beiden. „Sie spielen mir einen dämlichen Streich.“

„Das ist kein Streich“, beharrte Abby. „Vampire gibt es wirklich.“

Leah schnaubte. „Warum sollten Sie das glauben? Hat Ihr Mann Sie gebissen?“

„Nun, ja, das hat er. Und er kann …“

„Was? Wie ein Affe von einem Baum zum nächsten springen?“ Leah hob die Hand, um Abby zum Schweigen zu bringen. Die arme Frau litt an Wahnvorstellungen. „Sie sollten sich hinlegen und etwas ausruhen. Angesichts Ihres Zustands ist es durchaus möglich, dass Sie Probleme mit Hormonschwankungen haben …“

„Ich bilde mir das nicht ein“, grummelte Abby.

„Vielleicht sind Sie einfach nur überarbeitet“, fuhr Leah fort. „Ich kenne das. Wenn ich mich in einem Projekt vertiefe, kann es passieren, dass ich vergesse zu essen oder zu schlafen. Zum

Beispiel diese Woche. Ich hatte so viel zu tun, dass ich mich kaum daran erinnern kann."

Dr. Lee zuckte zusammen. „Möglicherweise ist eine Demonstration nötig."

„Gute Idee." Abby wendete sich Laszlo zu. „Wie wäre es, wenn du bis zur Zimmerdecke schwebst?"

Laszlo runzelte die Stirn und zog fest an seinem Knopf. „Wenn du das wünschst, aber es könnte sie in Panik versetzen."

„Nur zu", befahl ihm Dr. Lee. „Sie braucht einen realen Beweis."

„Also ist der Chemiker auch ein Vampir?", spottete Leah.

Laszlos Knopf sprang von seinem Kittel ab und landete mit einem *Ping* auf dem Stahltisch. Er warf ihr einen entschuldigenden Blick zu. „Das ist nichts Schlechtes. Betrachten Sie es einfach als … einen ungewöhnlichen Gesundheitszustand."

Leah schüttelte den Kopf. Diese Leute waren meldepflichtig. „Sie sind ein Vampir?"

„Ja", gab Laszlo zu und beeilte sich, hinzuzufügen: „Aber ein sehr freundlicher, das versichere ich Ihnen."

„Nun, das ist … beruhigend", murmelte Leah. Ein netter Blutsauger. Das ergab genauso viel Sinn wie ein netter Serienkiller. Sie warf Abby einen Blick zu. „Und Sie? Sind Sie Casper, der freundliche Geist?"

Abby betrachtete sie mitfühlend. „Ich bin ein Mensch, genau wie Sie. Ich weiß, dass das ein Schock für Sie sein muss. Als ich es herausfand, war ich genauso geschockt. Ich bin sogar ohnmächtig geworden."

„Ich werde nicht ohnmächtig." Leah machte eine wegwerfende Handbewegung. „Und ich stehe auch nicht unter Schock. Ich bin … bestürzt darüber, dass Sie sich vormachen, so etwas Lächerliches wie …" Sie hielt inne, als Laszlo bis zur Decke hinaufschwebte.

Okay, das war nicht normal. Da mussten unsichtbare Fäden im Spiel sein. Ein Funke Ärger glomm in ihrem Inneren auf. „Das reicht! Ich glaube nicht, dass irgendjemand hier ein Vampir ist!"

„Aber ich bin einer." Laszlo zuckte zusammen, als er mit dem Kopf gegen die Zimmerdecke stieß.

„Ich ebenfalls", fügte Dr. Lee hinzu.

Leah wirbelte zu ihm herum. Ihr Chef war ein Vampir?

„Ich auch." Ein weiterer Mann betrat das Labor. Er war groß, dunkel und attraktiv.

Und untot? Leah starrte ihn an. „Wer sind Sie?"

Er neigte den Kopf zur Seite. „Roman Draganesti, zu Ihren Diensten. Ich bin hocherfreut, Sie kennenzulernen, Dr. Chin."

Das war das wissenschaftliche Genie, das synthetisches Blut erfunden hatte? Leah schluckte hart. Entweder war er genauso verrückt wie alle anderen in diesem Raum oder aber sie waren tatsächlich …

Vampire.

Eine kalte Gänsehaut breitete sich auf ihrem Körper aus. *Nein, das ist unmöglich.* Es musste eine logische, wissenschaftliche Erklärung dafür geben. *Wozu irgendetwas erklären? Verschwinde endlich von hier!*

Sie machte einen Schritt auf die Tür zu, aber Dr. Lee und Mr. Draganesti blockierten den Ausgang. Ein kurzer Rundumblick bestätigte ihr, dass dies der einzige Weg nach draußen war.

„Ihr Herz rast", murmelte Mr. Draganesti.

Mit zusammengekniffenen Augen wandte sie sich ihm zu.

„Übernatürliches Gehör", erklärte er.

„Warum sollte ich Ihnen glauben? Angesichts dieser Situation könnte jeder darauf kommen, dass mein Herzschlag erhöht ist." Hinter ihr schlug etwas auf dem Boden auf. Sie erschrak und wirbelte herum, nur um zu sehen, dass Laszlo auf den Fliesen gelandet war.

Sie hastete zu ihm und stellte sich auf die Zehenspitzen, um mit der Hand über seinem Kopf durch die Luft zu streichen. Keine unsichtbaren Fäden. „Wie haben Sie das gemacht? Tragen Sie spezielle Schuhe, die Sie in die Luft heben? Oder vielleicht sind es Magneten?"

„Es heißt Levitation." Laszlo betrachtete sie mit einem traurigen Ausdruck. „Muss ich es noch mal machen?"

„Nein." Sie packte sein Handgelenk und maß seinen Blutdruck. „Sehen Sie?" Sie ließ seinen Arm fallen. „Sie haben einen Puls. Sie sind am Leben. Also hören sie *sofort* mit diesem Mist auf!"

„Leah, beruhigen Sie sich." Dr. Lee näherte sich ihr vorsichtig.

„Das werde ich nicht." Sie wich vor ihm zurück. „Und ich arbeite nicht länger für Sie. Das hier ist ein grausamer Scherz, den ich mir nicht gefallen lassen werde!"

„Um Himmels willen, Leah ..." Dr. Lee musterte sie flehend. „Wir wollen nicht grausam sein. Nur ehrlich."

„Nein!" Sie schüttelte den Kopf. „Ich werde mir das nicht länger anhören! Vampire sind nicht real. Sie lügen mich an. Sie lügen ..."

„Verdammt, bringen Sie mich nicht dazu, wieder Ihre Erinnerung zu löschen!" Dr. Lee wirkte leicht verzweifelt und hob abwehrend die Hände. „So meinte ich das nicht. Wir würden Ihnen nie wehtun. Das müssen Sie uns glauben."

Ein Schauder wanderte ihren Rücken hinab und ließ sie frösteln. „Sie ... was haben Sie getan?"

Mit der Hand fuhr Dr. Lee sich durch sein kurzes graues Haar. „Das ist so verdammt frustrierend. Vor ein paar Tagen habe ich versucht, Ihnen die Wahrheit zu sagen, aber Sie haben es nicht gut aufgenommen."

„Sie ... Sie haben meine Erinnerung gelöscht?"

„Sie hatten eine Panikattacke. Das schien der einzige Weg zu sein, Sie zu beruhigen."

Es fiel ihr schwer zu atmen. Oh Gott, waren die letzten Tage deshalb so verschwommen? Hatte er ... an ihrem Gedächtnis herumgepfuscht?

„Mein liebes Kind", sagte Roman sanft. „Vielleicht sollten Sie sich setzen?"

„Sie sind sehr blass", fügte Abby hinzu.

„Ich werde nicht ohnmächtig." Leah stolperte zur nächsten Wand mit einer Arbeitsplatte und einem Waschbecken. Sie wusste nicht, ob sie wütend oder ... zu Tode verängstigt sein sollte. Jemand hatte ihr Gedächtnis manipuliert? Dr. Lee besaß eine solche Fähigkeit?

Sie starrte ihr Spiegelbild über der Spüle an und zog eine Grimasse, als sie ihr blasses, angeschlagenes Gesicht sah. Verdammt sollten sie alle sein. Sie würde nicht zulassen, dass irgendjemand ihre Erinnerungen beeinflusste. Sie würde sich an das hier erinnern.

Aber das bedeutete, dass sie eine neue Realität akzeptieren müsste. Eine, in der es Vampire gab? Mit zitternden Fingern drehte sie den Wasserhahn auf.

„Lassen Sie mich helfen." Abby tauchte neben ihr auf und zog ein paar Papiertaschentücher aus dem Spender.

Sie wich etwas vor ihr zurück.

„Leah, bitte ...", flüsterte Abby. „Ich bin sterblich. Und eine Wissenschaftlerin, genau wie Sie." Sie faltete die Papiertücher zusammen und befeuchtete sie unter dem kalten Wasser. „Hier. Drücken Sie sich das in den Nacken."

Leah nahm die nasse Kompresse und warf einen Blick in den Spiegel über dem Waschbecken. Dort konnte sie Abby und sich selbst sehen, genau wie den Stahltisch hinter ihnen. Aber keinen Laszlo.

Sie schaute zurück, japste nach Luft und ließ die Kompresse fallen. Roman Draganesti stand direkt hinter ihr. „Was? Wie haben Sie ...?" Sie drehte sich wieder zum Spiegel.

Er war nicht darin zu sehen.

„Glauben Sie uns jetzt?“, fragte er sanft.

Der Raum begann sich zu drehen, und sie klammerte sich an den Rand der Spüle. *Vampire waren real?* Das war wissenschaftlich unmöglich. Sie kniff die Augen zusammen. Hatte sich ihre Welt gerade auf den Kopf gestellt? War sie in eine alternative Realität gestolpert? Halluzinierte sie?

„Atmen Sie tief durch“, flüsterte Abby. „Es wird alles gut.“

Leah schüttelte den Kopf. Nein, es würde nie wieder gut sein. Ihre sichere und wissenschaftliche Welt war gerade über ihr zusammengebrochen. Woran konnte sie sich jetzt noch festhalten? Wie konnte sie noch ihren Instinkten vertrauen, wenn diese ihr sagten, dass sie den Verstand verloren hatte?

Kalter Schweiß brach ihr aus. Sie hielt ihre Hände unter den kühlen Wasserstrahl. Ihre Augen brannten beim Anblick ihrer zitternden Finger. Passierte das hier wirklich?

Sie spritzte sich etwas Wasser ins Gesicht und richtete sich dann auf, um die Rinnsale im Spiegel zu sehen, die ihre Haut hinabliefen. Es war real. Stand der Vampir noch immer hinter ihr? Sie formte mit ihren Händen eine Schale und spritzte Wasser über ihre Schulter.

Ein überraschter Laut. Sie drehte sich um und entdeckte Mr. Draganesti hinter sich, der die Tropfen von seinem Shirt und seiner Krawatte wischte.

Er warf ihr einen schiefen Blick zu. „Meine Frau hat die Neuigkeit auch nicht besonders gut aufgenommen.“

„Ihre *Frau*?“, spottete Leah. „Anscheinend ist sie darüber hinweggekommen.“

Er nickte. „Shanna freut sich darauf, Sie kennenzulernen. Unsere Kinder sind auch auf der Party. Sofia ist vier und Constantine sechs Jahre alt.“

„Schon?“ Lächelnd schlenderte Dr. Lee zu ihnen hinüber.

„Mir kommt es vor, als wäre es erst gestern gewesen, dass ich sie entbunden habe."

„Ich weiß." Mr. Draganesti grinste. „Sie wachsen so schnell."

Leah zog eine Grimasse, als sie seine spitzen Eckzähne bemerkte. Hatten sie Fangzähne, die sie ausfahren konnten wie im Film? Wie viele Halsschlagadern hatten sie damit bereits durchbohrt?

Als Mr. Draganesti das Entsetzen in ihrem Gesicht bemerkte, verblasste sein Lächeln. „Es gibt keinen Grund, sich vor uns zu fürchten, Dr. Chin. Ich habe das synthetische Blut entwickelt, um uns von dem Zwang zu befreien, Menschen für unser Überleben zu benutzen."

Also war Romatech Industries so etwas wie ein Supermarkt für sie. Leah machte einen Schritt zur Seite aus seiner Reichweite. „Vor dem synthetischen Blut haben Sie sich von Menschenblut ernährt?"

Mr. Draganesti nickte. „Unglücklicherweise, ja. Wir haben genommen, was wir brauchten, und dann die Erinnerung des Sterblichen gelöscht."

„Es hat mir nie gefallen, Leute zu verletzen", grummelte Laszlo, während er den losen Knopf in seine Tasche stopfte. „Es war wie ein Geschenk Gottes, als wir uns vom synthetischen Blut ernähren konnten."

„Wir versuchen, keine Menschen zu verletzen, aber es gibt auch einige böse Vampire, die genau das tun", warnte Dr. Lee. „Wir nennen sie Malcontents. Sie genießen es, Sterbliche zu quälen und zu töten."

„Wir bekämpfen sie seit Jahrhunderten", fügte Mr. Draganesti hinzu.

„Das hier sind die guten Jungs." Abby deutete auf die Männer. „Ich hätte mich nie in Gregori verliebt, wenn er nicht einer der Guten gewesen wäre."

Wie konnte ein Vampir gut sein? Sie waren von Natur aus

Parasiten. Leah verschränkte die Arme vor der Brust. „Wie alt sind Sie?"

„Ich bin nur etwas über hundert." Dr. Lee warf Mr. Draganesti einen amüsierten Blick zu. „Du bist der Alte hier."

Er zuckte die Achseln. „Ich wurde 1461 geboren und 1492 verwandelt."

„Sie kannten Kolumbus?" Leah zuckte zusammen. Sie war durcheinander und stellte schon dumme Fragen.

Mr. Draganesti lächelte. „Mein Sohn hat mich dasselbe gefragt. Möchten Sie jetzt auf die Party gehen? Vielleicht fühlen Sie sich etwas besser, wenn Sie etwas gegessen haben."

„Hier gibt es richtiges Essen?", fragte Leah.

„Eine ganze Menge sogar", antwortete Dr. Lee. „Und eine riesige Geburtstagstorte. Fünf Schichten und jede in einer anderen Geschmacksrichtung. Tino zufolge ist Schokolade die beste."

Mr. Draganesti lachte. „Ich bin sicher, er hat jede Schicht probiert."

„Natürlich." Dr. Lee grinste zurück. „Als ich ihn gesehen habe, war seine Nase mit Schokoladenglasur verschmiert."

Leah atmete tief durch. Trotz der scheinbar normalen Unterhaltung über Kuchen fiel es ihr noch immer schwer, all das zu begreifen. Vampire. Vampire mit Ehefrauen und Kindern. Wie war das möglich? Allerdings klang der Schokoladenkuchen verlockend.

Sie schüttelte den Kopf. „Mr. Draganesti …"

„Nennen Sie mich Roman."

Sie warf ihm einen schiefen Blick zu. *Nennen Sie mich bloß nicht Abendessen.* „Warum bin ich hier? Was wollen Sie von mir?"

Er zog die Brauen hoch. „Sie kommen direkt zur Sache. Das gefällt mir. Wir haben stets versucht, die Menschen vor bösen Vampiren zu beschützen, aber es gibt einen in China, der uns große Sorgen bereitet. Er nennt sich Master Han."

„Er mutiert Sterbliche und benutzt sie dafür, seine Schlachten zu schlagen", fügte Dr. Lee hinzu. „Wir müssen Master Han besiegen, aber wir wollen diese Sterblichen nicht töten."

„Das rechne ich Ihnen hoch an", murmelte Leah. „Was ist mein Part in der Geschichte?"

„Die Sterblichen wurden auf genetischer Basis mutiert", erklärte Abby. „Da Sie eine Expertin in diesem Bereich sind, hatten wir gehofft, Sie könnten einen Weg finden, wie wir sie wieder zurückverwandeln können."

Leah schluckte das bittere Gefühl von Enttäuschung hinunter. Sie wusste, sie war aus beruflichen Gründen hier, doch für einen Moment hatte sie geglaubt, Abby wollte ihre Freundin sein. Ihre Augen brannten. Hier stand sie, umringt von Vampiren, vermutlich in Gefahr, und ärgerte sich über ihre verletzten Gefühle? Wie dumm von ihr. Aber jeder kam mit Hintergedanken auf sie zu. Sie wollten ihr Gehirn, ihr Fachwissen, ihre Expertenmeinung. Niemand sah sie als normale Person, mit der man Zeit verbringen konnte.

„Ich hatte mich darauf gefreut, mit Ihnen zusammenzuarbeiten." Abby betrachtete sie traurig. „Und ich hatte gehofft, wir könnten einander kennenlernen."

Meinte sie das wirklich ernst? Leah starrte sie an. Kannte sie die Einsamkeit, wenn man nie irgendwo dazugehörte?

„Wir verstehen es, wenn Sie ablehnen", sagte Roman. „Aber bitte denken Sie gründlich darüber nach, bevor Sie sich entscheiden. Wenn Sie uns helfen, könnten Sie das Leben von über tausend Männern retten."

Über tausend Leben? Das war nicht etwas, dem sie so einfach den Rücken zukehren konnte. „Ich werde darüber nachdenken. Aber ich brauche etwas Zeit."

„Natürlich." Roman nickte. „Heute Abend wurden Sie praktisch ins kalte Wasser geworfen."

„Aber Sie halten sich wacker." Dr. Lee schenkte ihr ein

Lächeln. „Jetzt können wir uns entspannen und die Party genießen, ja?"

Sich mit Vampiren entspannen? Leah sah zur Kamera. Diesen wachsamen Blick, den sie auf sich fühlte … Gehörte er den Augen eines Vampirs? Hatte er sie wie eine Laborratte dabei beobachtet, die ihren Weg aus dem Labyrinth zu finden versuchte? Unglücklicherweise war der Abend noch nicht vorbei und sie noch immer im Labyrinth. Nur einen Schritt von einem Nervenzusammenbruch entfernt. „Ich wäre jetzt lieber mit Abby allein."

„Das verstehen wir." Roman machte einen Schritt zurück, um sie vorbeizulassen.

„Na kommen Sie." Abby ging auf die Tür zu. „Lassen Sie uns etwas von dem Schokoladenkuchen probieren."

„Verdammt, ist das gut." Freemont schob sich eine Gabel voll mit Kuchen in den Mund, als er ins Sicherheitsbüro zurückkehrte. „Ihr wisst ja gar nicht, was ihr verpasst."

„Ungefähr fünftausend Kalorien", murmelte Gregori.

Dougal beäugte Freemonts Teller, der mit fünf Kuchenstücken beladen war. Anscheinend machte er es wie Tino und probierte alle Geschmacksrichtungen.

Grinsend stellte Freemont seinen Teller auf dem Tisch ab. „Ich werde mir diesen Kuchen zum Untertan machen."

Angus schnaubte. „Während du das tust, behalte die Monitore im Auge. In ein paar Minuten gehe ich zu Emma, um sie darüber zu informieren, dass alles ziemlich gut läuft."

Dougal war sich da nicht so sicher. Während er Leah dabei beobachtete, wie sie den Korridor hinunterging, hatte er das dumme Gefühl, dass sie nur einen Schritt von einer ausgewachsenen Panikattacke entfernt war. Dennoch hielt sie den Kopf hoch erhoben und den Rücken durchgedrückt. Sie war eine mutige Frau, die Tapferkeit zeigte, als ihre sichere Welt um sie herum zusammenbrach. Im Labor hatte sie sich allen entgegengestellt und nicht zugelassen, dass sie sie einschüchterten. Ihre Charakterstärke war beeindruckend.

„Gregori, du solltest zur Party gehen“, fuhr Angus fort. „Flirte mit deiner Frau und zeig Dr. Chin, wie charmant wir sein können.“

„Ist das ein Befehl?“, spottete Gregori.

„Ist das zu viel für dich?“, entgegnete Angus.

„Nein.“ Gregori warf ihm einen schiefen Blick zu. „Ich bin immer charmant.“

„Gut. Zeig der Frau Doktor, wie harmlos wir sind. Sanft wie Lämmer, wie Dougal es formuliert hat.“ Angus' Blick heftete sich auf ihn. „Du solltest mit ihm gehen. Vielleicht fühlt sie sich besser, wenn sie weiß, wer hinter der Kamera war.“

Dougal fühlte sich unwohl. Jedes Mal, wenn sie mit diesem trotzigen, vorwurfsvollen Ausdruck in die Kamera gesehen hatte, hatte sich sein Herz in seiner Brust zusammengezogen. Er wusste einfach, dass sie es gehasst hatte, dabei beobachtet zu werden, wie ihr alles, was ihr lieb und teuer war, weggenommen wurde.

Er war die ganze Zeit hin- und hergerissen gewesen. Ein Teil von ihm hatte sich abwenden und ihr die Privatsphäre geben wollen, die sie verdiente. Aber ein größerer Teil von ihm hatte wie gebannt auf den Monitor gestarrt in der Hoffnung, dass seine Anwesenheit ihr irgendwie die nötige Stärke verleihen könnte, um ihren Schmerz zu lindern, indem sie ihn teilten. Er kannte den Schmerz, wenn man alles verlor, nur zu gut.

Er sah auf den Bildschirm, als sie das Foyer zusammen mit Abby durchschritt. Er war noch immer hin- und hergerissen. Bei der Vorstellung, sie persönlich zu treffen, hämmerte sein Herz. Sie war die faszinierendste Frau, die ihm in den letzten Jahrhunderten begegnet war. Aber sein Gefühl sagte ihm, sich in Zurückhaltung zu üben, da sie und ihre mentale Stabilität nur an einem seidenen Faden zu hängen schienen. Wenn er riss, würde sie wegrennen und nie mehr zurückkommen. „Ich glaube nicht, dass sie in nächster Zeit noch mehr Vampire treffen will."

„Ich rufe Abby an und finde heraus, was sie darüber denkt." Gregori öffnete die Bürotür. „Komm schon, Dougal. Lass uns feiern."

„Nicht vergessen", kam es von Angus, „wir sind so sanft wie Lämmer."

„Und so spitz wie Nachbars Lumpi", fügte Gregori lachend hinzu, bevor er Dougal auf den Rücken schlug. „Los geht's."

4. Kapitel

Leah war unheimlich erleichtert, dass all die erwachsenen Partygäste sich auf der entgegengesetzten Seite des Raumes versammelt hatten.

Sie waren so damit beschäftigt, Geschenke zu öffnen und die Kinder zu beobachten, dass sie Abby und sie kaum beachteten.

Am Buffet packte sie Käse, Cracker und Früchte auf einen kleinen Teller, während Abby ihnen zwei Becher Punsch eingoss. Sie schob sich ein Stück Ananas in den Mund und warf einen misstrauischen Blick zu der Gruppe auf der anderen Seite des Saals. Wie viele von ihnen waren Vampire? Und wie zum Teufel konnten Vampire Babys kriegen? Schossen diesen süßen kleinen Kindern hin und wieder Fangzähne heraus und sie verwandelten sich in blutdurstige Monster?

Mommy, ich habe gerade die Nanny getötet. Kann ich einen Keks haben?

Schaudernd ließ sie ihren Blick zum Foyer wandern. Vielleicht sollte sie behaupten, sie müsste auf die Toilette, dann könnte sie sich vorne rausschleichen und ein Taxi rufen. Aber kam sie auch an dem bewachten Eingangstor vorbei oder müsste sie über die Mauer klettern?

Würden sie sie gehen lassen? Sie wusste um ihr großes Geheimnis. Und sie behaupteten, ihre Hilfe zu brauchen.

„Hier." Abby überreichte ihr einen Becher mit Fruchtpunsch.

Leah nippte daran. „Stimmt es? Wenn ich Ihnen helfe, könnte ich über tausend Leben retten?"

Abby nickte. „Das glauben wir zumindest." Sie trank von

ihrem Punsch. „Wie Sie wissen, standen drei Mikroskope im Labor. Das erste, durch das Sie hindurchgeschaut haben, zeigt eine Blutprobe von Gregori. Die zweite Blutprobe ist eine von Romans Sohn Tino. Und die dritte stammt von einem von Master Hans Soldaten. Sie können sie sich anschauen, wann immer Sie sich bereit dazu fühlen."

Leah seufzte. „Ich fürchte, ich komme nicht besonders gut damit klar."

„Sie halten sich wacker." Abby tätschelte ihre Schulter und visierte dann den zweiten Tisch an. „Kommen Sie, lassen Sie uns die Desserts probieren."

Leah folgte ihr, aber statt die überdimensionale Torte zu bewundern, schweifte ihr Blick zurück zu der Menge auf der anderen Seite. Was um alles in der Welt …? Dort standen zwei Männer in Kilts. Der letzte Mann, den sie in einem Kilt gesehen hatte, war ihr irischer Großvater gewesen. Eine Welle an Trauer brandete über sie hinweg, als sie sich vage an eine eindringliche Melodie erinnerte. Wie sehr sie ihn vermisste …

Niemand hatte das Leben so sehr genossen wie Grandpa, also schien es wie ein Sakrileg zu sein, dass diese Untoten sich auf die gleiche Weise kleideten wie er. Beide Männer hielten ein kleines Kind in ihren Armen. „Sind alle Kinder Halbvampire?"

„Diejenigen wie Tino schon. Wollen Sie zurück ins Labor gehen und sich seine Blutprobe ansehen?"

Leah warf ihr einen zweifelnden Blick zu. „War das die ganze Zeit der Plan? Mich bei meiner wissenschaftlichen Neugier zu ködern?"

Abby zuckte zusammen. „Nun, Sie müssen zugeben, dass das alles sehr faszinierend ist, nicht wahr?"

„Ich gebe gar nichts zu. Allein der Gedanke daran, dass Vampire real sein könnten … Entweder bin ich verrückt oder ich träume." Leah schob sich einen Käsewürfel in den Mund.

Cheddar, scharf und cremig. Würde er so echt schmecken, wenn sie nur träumte? Aber die Alternative war, dass sie den Verstand verlor. Und diese Schlussfolgerung brachte sie der heillosen Panik einen Schritt näher.

Sie betrachtete den dritten Buffettisch. Er war voller Flaschen sowie leerer Sekt- und Weingläser. „Ist das synthetisches Blut?“

„Ja.“ Abby biss in eine schokoladenüberzogene Erdbeere. „In den Flaschen auf Eis ist Bubbly Blood, eine Mischung aus synthetischem Blut und Champagner. Roman hat ein ganzes Fusion-Cuisine-Menü für Vampire kreiert. Blier ist halb Bier, Blissky halb Whisky. Sie verstehen schon.“

„Vampire betrinken sich gern?“

Abby kicherte. „Ich habe gesehen, wie Gregori sich schon das ein oder andere Gläschen gegönnt hat.“ Ein summender Laut kam aus ihrer Hosentasche und sie zog ihr Handy hervor. „Oh, das ist er.“ Lächelnd hielt sie sich das Telefon ans Ohr. „Hi Liebling.“

Leah schauderte. Lieblingsblutsauger?

Nach einer kurzen Pause runzelte Abby die Stirn. „Nicht jetzt. Gebt uns etwas Zeit, okay?“, sagte sie und legte auf. „Ich gehe davon aus, dass Sie in nächster Zeit keine weiteren Vampire kennenlernen wollen.“

„Richtig.“ Leah sah erneut zu den Vampiren auf der gegenüberliegenden Seite hinüber. Sie lächelten und plauderten wie ganz normale Leute. Aber sie waren nicht normal. Nichts war noch normal. „Warum tragen einige der Männer Kilts?“

„Sie sind Schotten.“ Abbys Blick wanderte über die Leute. „Das sind Robby MacKay und Ian MacPhie. Sie sind unsere Sicherheitskräfte.“

Leah drehte sich, bis sie die Kamera mit dem rot blinkenden Punkt entdeckte. Wurde sie noch immer beobachtet? Wenn sie durch die Eingangstür flitzte, würden sie dann Vampire in Kilts verfolgen? „Wenn ich nicht zustimme, werden sie meine Erinnerungen wieder löschen, oder?“

Als Abby schwieg, drehte sich Leah zu ihr um. „Oder?“

Abby zuckte zusammen. „Ist es so hart, all das zu akzeptieren?“

Leahs Herz raste. Was schwer zu akzeptieren war, war die Art, wie gefangen sie sich fühlte. Genötigt. Es war, als hätten sie ihr Gehirn als Geisel genommen. Spiel mit oder wir pfuschen darin herum. Mit zitternden Händen stellte sie ihren Becher und ihren Teller auf den Tisch.

„Leah, niemand wird Ihnen wehtun“, versicherte Abby ihr, aber ihre Stimme klang gedämpft und weit weg.

Schwindel vernebelte ihr die Sicht, aber Leah schüttelte das Gefühl ab. Sie würde eher einen Fluchtversuch starten, als bewusstlos zu werden. Alles, bloß keine Schwäche zeigen. Sie drehte sich zum Eingang, sammelte ihre Kräfte und ihren Mut für diesen wahnwitzigen Kurzstreckenlauf zum Foyer und zur Tür … doch dann erstarrte sie.

Gregori blieb im Eingangsbereich stehen, bemerkte sie und Abby und winkte ihnen zu. Ein anderer Mann gesellte sich zu ihm. Er war klein und trug einen Laborkittel. Laszlo. Grüßend hob er die Hand und warf ihr ein hoffnungsvolles Lächeln zu.

Leahs Blut rauschte in ihren Ohren. Es gab kein Entkommen. Die Laborratte war im Labyrinth gefangen. Der Guppy in einem Aquarium voller Haie. *Willkommen in deiner neuen Welt.*

Ein dritter Mann tauchte in ihrem Blickfeld auf und ihr stockte der Atem. Er war riesig und seine Schultern nahmen problemlos die Hälfte des Eingangs ein. Ein Kilt. Noch jemand von der Security? Warum blockierte er die Tür? Ahnte er, dass sie einen Fluchtversuch starten würde?

Sie hob den Blick von seiner breiten Brust und den imposanten Schultern hoch in sein Gesicht. Seine Augen … Er sah sie direkt an. Direkt durch sie hindurch, als könnte er bis in ihre

Seele schauen. Dabei bewegte er seine rechte Schulter mehrmals angespannt hin und her.

Leah wandte sich ab.

Wer war er? Ihr Nacken prickelte, als könnte sie körperlich spüren, wie sich der Blick aus seinen grünen Augen in sie hineinbohrte. Scharfe Smaragde, die durch ihre Abwehr hindurchschnitten, bis sie völlig nackt war. Das Donnern in ihren Ohren wurde leiser. Eine seltsame Ruhe legte sich über sie, ein Gefühl der Unvermeidlichkeit, als hätte ihr ganzes bisheriges Leben sie nur auf diesen Moment vorbereitet. Sie wusste ohne jeden Zweifel, wer er war. Den ganzen Abend über hatte sie gespürt, wie er sie beobachtete.

Er war der Mann hinter der Kamera.

Dougal zuckte innerlich zusammen.

Leah Chin hatte einen einzigen Blick auf ihn geworfen und sich abgewandt. Wieder spürte er die Schulter, wo das verdammte Tattoo vor Wärme kribbelte.

„Dr. Lee und Roman sind der Ansicht, dass es gut läuft", sagte Laszlo.

Wunschdenken. Sie war kurz davor, abzuhauen. Dougal konnte die Anspannung in ihrer Haltung sehen und die Aura der Verzweiflung fühlen, die von ihr ausging. Sie war ein mutiges Mädchen, aber ihr Mut war an seine Grenzen gestoßen. Ihr Anblick brachte ihn dazu, sie in seine Arme ziehen zu wollen, allerdings bezweifelte er, dass sie den Trost eines Vampirs willkommen heißen würde. „Hältst du es nicht für falsch, sie in unsere Welt hineinzuziehen?"

Laszlo drehte wieder an einem Knopf seines Laborkittels herum. „Wir brauchen ihre Hilfe. Auf ihrem Fachgebiet ist sie absolut brillant."

„Außerdem spricht sie Mandarin", fügte Gregori hinzu. „Falls wir nach China zurückmüssen."

Dougal versteifte sich. „Du würdest sie auf eine Mission mitnehmen? Wir sollten sie nicht wegen unserer Probleme einer gefährlichen Situation aussetzen.“

„Entspann dich, Kumpel“, befahl Gregori. „So lange wir den Gefangenen im Silberraum haben, kann sie von hier aus arbeiten.“

Laszlo nickte „Ich freue mich darauf, mit ihr zusammenzuarbeiten.“

Grinsend stieß Gregori seinen Ellbogen in dessen Rippen. „Gib es zu, Bro. Du hast dich heftig in sie verknallt.“

Laszlo errötete. „Nun, sie ist ein Genie. Und sehr hübsch noch dazu.“

Dougals Prothese ballte sich zur Faust und er versteckte sie hinter seinem Rücken. *Öffne dich, verdammt!* Unglücklicherweise wählte Leah genau diesen Moment, um einen Blick in seine Richtung zu werfen. Bevor er den finsteren Ausdruck von seinem Gesicht wischen konnte, sah sie wieder weg. *Verdammter Mist.* Sie musste glauben, dass er sie hasste, wo er doch in Wahrheit … Was war die Wahrheit? Er wollte verzweifelt, dass sie das Mädchen war, das er vor beinahe dreihundert Jahren verloren hatte? Das war unmöglich. Und eine Beleidigung für diese Frau, die mutig, strahlend und schön auf ihre ganz eigene Weise war.

„Ich könnte dir ein paar Tipps geben“, bot Gregori an.

Laszlo zog fester an seinem Knopf. „I-ich bin nicht sicher, ob sie irgendeine Art von Aufmerksamkeit von mir will.“

„Kumpel.“ Gregori musterte ihn stirnrunzelnd. „Wenn du sie willst, musst du um sie kämpfen.“

Der Knopf sprang vom Laborkittel ab und fiel klappernd auf den Marmorboden. Als Laszlo sich danach bückte, fiel ihm sein ungebändigtes Haar in die Augen. Er schob es zurück und stopfte den Knopf in seine Tasche.

Gregori klopfte ihm auf den Rücken. „Keine Sorge, Bro. Ich sorge dafür, dass du bereit für sie bist.“

Einen Teufel wirst du tun. Dougal verspannte sich, seine Hand war noch immer zur Faust geballt. Sollte er seine Absichten verkünden? Welche Absichten? Ginge es nach ihm, würde er das arme Mädchen davonlaufen lassen.

„Was du brauchst, Kumpel, ist eine Veränderung von Grund auf", erklärte Gregori. „Ich mache dir einen Termin bei Wilson, drüben beim Digital Vampire Network. Er ist derjenige, der normale Vampire wie Fernsehstars aussehen lässt."

„E-er kann mich gut aussehen lassen?", fragte Laszlo.

„Er kümmert sich um mein Haar." Gregori strich mit der Hand über seine perfekte Frisur. „Er wird auch deinen Kleiderschrank updaten. Nicht falsch verstehen, Bro, aber du siehst aus wie … na ja, wie ein Nerd."

Laszlo sah auf sein kariertes Shirt, den Brusttaschenschoner aus Plastik und die khakifarbenen Hosen hinab, die von einem Gürtel weit oben an seiner Taille zusammengehalten wurden. „Stimmt etwas nicht mit meinen Klamotten?"

Gregori seufzte tief. „Du brauchst Hilfe, Bro." Er warf einen Blick auf Dougal. „Dir würde ein kleines Update auch nicht schaden, weißt du? Wie lange trägst du diesen Kilt schon? Ein paar hundert Jahre?"

„Der ist neu", spottete Dougal. Er hatte ihn vor ein paar Jahren in Glasgow bestellt. Na gut, vor zehn Jahren. Endlich gelang es ihm, seine Handprothese zu entspannen.

„Und dieses gerüschte Shirt?" Gregori beäugte es skeptisch. „Hast du das einem Piraten geklaut?"

„Nein." Dougal hatte seine Auseinandersetzungen mit Piraten gehabt, aber dabei war es nie um ein Shirt gegangen.

Gregoris Mundwinkel zuckten. „Wir sollten deine bionische Hand gegen einen Haken tauschen und dir eine Augenklappe besorgen. Das passende lange, wilde Haar dazu hast du ja schon."

„Es ist nicht wild", grummelte Dougal. Er hatte es mit einem

Lederband zurückgebunden. Als er einen Blick in Leahs Richtung warf, entdeckte er, dass sie ihn beobachtete. Dann drehte sie sich weg. Zum ersten Mal in Jahrhunderten fragte er sich, was eine Frau wohl sah, wenn sie ihn anschaute. Wirkte er wirklich wie ein verdammter Pirat?

„Was mache ich nur mit euch Jungs?“ Gregori seufzte. „Laszlo sieht aus wie ein Nerd, und du, Dougal, du musst den Rock, das Shirt und diese haarige Handtasche loswerden. Das Ding ist gruselig.“

Dougal blickte auf sein Sporran aus schwarzem Bisamfell hinunter. „Es ist sehr praktisch. Wo sollte ich sonst mein Geld aufbewahren?“

„In deinen Taschen!“ Gregori starrte ihn ungläubig an. „Schon mal davon gehört? Herrgott noch mal, Kumpel, du bist mittelalterlich.“

Er versteifte sich. „Ich bin nicht mittelalterlich.“

„Dougal, du trägst ein totes Tier als Accessoire.“

„Ich bin nicht mittelalterlich“, wiederholte er. „Ich wurde 1746, nach der Schlacht von Culloden, verwandelt. Das war die Zeit der Aufklärung, falls du es noch nicht wusstest.“

Gregori schnaubte. „Du hast für Bonnie Prince Charlie gekämpft? Wie aufklärend war das?“

Dougal biss die Zähne zusammen. „Ich habe für die Freiheit von der englischen Tyrannei gekämpft. Als ein verdammter Yankee solltest du das verstehen.“

Gregori zuckte mit den Schultern. „Na schön. Aber ich sag dir, Mann, wenn du eine Frau finden willst, musst du ein bisschen upgraden.“ Seine Augen begannen zu leuchten. „Ich wette, du brauchst auch ein bisschen Übung. Rühr dich nicht vom Fleck.“ Er durchquerte das Foyer und verschwand den Gang hinunter.

Laszlo fummelte an einem anderen Knopf herum. „Was hat er vor?“

„Ganz sicher nichts Gutes.“ Dougal sah zu Leah. Sie knabberte an einer Erdbeere und sah neugierig zu der Gruppe Vampire auf der anderen Seite des Raumes. „Ist es dir ernst mit ihr?“

„I-ich bin nicht sicher“, antwortete Laszlo leise. „Sie könnte unter Schock stehen, also lasse ich sie besser eine Weile in Ruhe und gebe ihr die nötige Zeit, sich daran zu gewöhnen …“

Während Laszlo das Thema weiter mit sich ausmachte, beobachtete Dougal Leah. Sie war eine natürliche Schönheit, und er würde sein Jahreseinkommen darauf verwetten, dass sie sich dessen nicht bewusst war. Ihr Haar war lang, dick und schwarz, ihr Gesicht schmal und filigran, ihr Hals schlank und anmutig. Sie ähnelte Li Lei so sehr. Die gleiche cremig weiße Porzellanhaut. Die gleiche Art, wie sie den Kopf zur Seite neigte. Die gleiche kleine Nase und der exquisit geschnittene Mund. Fast hätte er aufgestöhnt, als sie in eine Erdbeere biss und sich dann den Saft von den Lippen leckte.

Ihre Augen waren anders. Sie waren heller, eher goldbraun, und ihre Form war etwas runder. Und da war noch ein weiterer Unterschied. Ein riesiger. Leah Chin war am Leben. Das hier war kein Geist, umwoben von Schuldgefühlen, sondern eine lebhafte, entzückende Frau.

Li Lei hatte sich das Haar immer streng zurückgebunden, aber Leah trug es offen. Wie ein prächtiger, schimmernder Vorhang, der bei jeder ihrer Bewegungen mitschwang. Er konnte es kaum erwarten, es zu berühren, seine seidige Textur zu ertasten und mit den Fingern hindurchzufahren.

Er ließ seinen Blick tiefer wandern. Ihr gestricktes Oberteil bedeckte ihre Schultern, aber er hatte keinen Zweifel daran, dass sie wunderschön waren. Das enge Material betonte ihre Brüste und erlaubte ihm, sich vorzustellen, sie wären …“

„Hügel“, sagte Laszlo. „Eher Berge.“

„Was?“ Dougal warf ihm einen misstrauischen Blick zu.

„Papierkram“, erklärte er. „Berge an Papierkram. Ich glaube nicht, dass ich Zeit habe, Dr. Chin zu umwerben.“

„Richtig.“ Dougal schaute zu Leah hinüber und ertappte sie dabei, wie sie ihn anstarrte. Ihre Augen weiteten sich und sie wandte sich ab. Verdammt, war er so schrecklich anzusehen? Ihre abrupte Bewegung ließ ihr Haar hin und her schwingen. Es war gerade geschnitten und endete knapp unter ihren Schulterblättern.

Ein Bild tauchte vor seinem inneren Auge auf. Er lag flach auf dem Rücken, während sie rittlings auf seinem Schoß saß. Und als sie sich nach vorne lehnte, um ihn zu küssen, strich ihr Haar sanft über sein Gesicht. Er würde in ihrer Sanftheit versinken, in ihrem süßen Duft. Allein die Vorstellung davon machte es unter seinem Kilt ziemlich …

„Eng“, fuhr Laszlo fort. „Ein sehr enger Zeitplan. So viel zu tun und so wenig Zeit.“

„Aye“, murmelte Dougal. So viel, was er tun würde. Er würde sie überall liebkosen, jeden Zentimeter ihrer cremeweißen Haut erkunden, sie stöhnen und sich winden lassen und sie vor Lust zum Schreien bringen. Er richtete sein Sporran, um seinen harten …

„Stab“, sagte Laszlo. „Der Mitarbeiterstab hat jede Nacht Meetings.“

„Jede Nacht, aye“, murmelte Dougal. Er würde sie jede Nacht befriedigen.

„Oh Gott, nein“, flüsterte Laszlo.

Dougal folgte seinem Blick und entdeckte Gregori, der auf sie zukam. In seinen Händen trug er VANNA. Wer würde ein lebensgroßes Sexspielzeug auf eine Geburtstagsparty für Kinder bringen? Offensichtlich war sie kein Geschenk für die Kinder. Das bedeutete …

„Zur Hölle …“, grollte Dougal.

5. Kapitel

Wie oft hatte sie ihn dabei ertappt, wie er sie quer durch den Raum angestarrt hatte?

Ungefähr so oft, wie er sie dabei ertappt hatte, das Gleiche zu tun. Leahs Wangen wurden warm. Was hatte er an sich, das ihren Blick immer wieder auf sich zog?

Zunächst mal war er aller Wahrscheinlichkeit nach ein Vampir, also war es verrückt, ihn überhaupt anzuschauen. Aber genau das tat sie. Wieder und wieder. Und das war unglücklicherweise nur ein weiterer Beweis dafür, dass sie nicht mehr klar denken konnte. Nur ein Schritt davon entfernt, komplett durchzudrehen.

Er war gut aussehend, aber das waren die meisten Männer in diesem Raum. Aufgrund ihres irischen Großvaters hatte sie schon immer eine Schwäche für Männer in Kilts gehabt, aber es gab noch andere Männer in Kilts auf der Party. Männer, die sie nicht angaffte. Außerdem vermittelte er ihr nicht gerade ein Gefühl von Sicherheit. Ganz im Gegenteil. Laszlo wirkte viel sicherer. Genau wie die fröhlichen Männer mit den Babys in den Armen.

Lag darin der Unterschied? Jeder hier schien glücklich zu sein, nur der Mann in der Tür nicht. Waren ihre angespannten Nerven daran schuld, dass sie sich zu der einzigen Person hingezogen fühlte, die genauso unruhig zu sein schien wie sie selbst?

Sie konnte seinen Blick auf sich spüren, konnte die prickelnde Hitze in ihrem Rücken fühlen. Die letzten paar Male, die sie zu ihm gesehen hatte, hatte er grimmig und wütend gewirkt. Intensiv. Als würde ein Feuer in ihm brennen, das nur darauf wartete, wie ein Vulkan auszubrechen.

Wieder warf sie ihm einen Blick zu und erstarrte. In seinen Augen lag so viel Hunger. Und Schmerz. Er ließ sie erzittern und berührte ihr Herz.

Eine Seite in ihr hatte schon immer das starke Bedürfnis gehabt, leidenden Menschen zu helfen. Als könnte das irgendwie all den Schmerz auslöschen, den sie selbst stillschweigend ertragen hatte. Aus diesem Grund hatte sie darauf bestanden, auf die Medizinische Hochschule zu gehen, auch wenn sie sich in Gegenwart von anderen Menschen unwohl fühlte.

Aber das hier war kein normaler Mann. Sie konnte sich nicht erlauben, sich darauf einzulassen. Nicht auf ihn. Tief in ihrem Herzen wusste sie, dass er die Macht hatte, sie mehr zugrunde zu richten als jeder andere Mann auf dieser Welt.

Sie drehte ihm den Rücken zu. „Wer ist er … der Mann neben Laszlo?"

Abby kniff die Augen zusammen. „Das muss Dougal sein. Dougal Kincaid. In letzter Zeit hat man nicht viel von ihm gesehen. Er hat die Echarpes in Texas bewacht."

„Also gehört er zur Security?" Leah nippte an ihrem Punsch und schluckte hart, als Abby nickte. Natürlich gehörte er zu den Sicherheitsleuten. Er hatte sie den ganzen Abend über beobachtet. Sogar jetzt konnte sie fühlen, wie sich der scharfe Blick aus seinen smaragdfarbenen Augen in ihren Hinterkopf bohrte. „Ein Vampir?"

„Ja."

Single? Leah stoppte sich, bevor sie die Frage laut aussprechen konnte. Sie musste den Verstand verloren haben.

„Er kam mir immer ein bisschen schüchtern vor", sprach Abby weiter. „Eher wie der ruhige Typ Mann."

Ruhig, bis der Vulkan ausbricht. Unwillkürlich fragte Leah sich, ob sie die Einzige war, die spürte, dass er gleich explodieren würde.

„Er ist Musiker." Lächelnd kam Abby einen Schritt näher. „Wollen Sie eine witzige Geschichte hören? Lara hat mir davon erzählt. Einer der Vampire, Jack, hat einen Junggesellenabschied für Ian in einem Hotelzimmer im Plaza organisiert. Dougal hat Dudelsack gespielt, sie waren alle vom Blissky betrunken und wollten tanzen. Dabei waren sie so laut, dass die Hotelleitung die Polizei gerufen hat. Jack hatte es höllisch schwer, das alles zu erklären."

Leah blickte zu der gut gelaunten Gruppe. Anscheinend feierten Vampire gern. „Was ist dann passiert? Wurden sie festgenommen?"

Abby kicherte. „Nein, aber es endete damit, dass Jack die Polizistin geheiratet hat. Lara ist dort drüben." Sie deutete auf die Menge. „Sie erwartet auch ein Kind."

Leah schluckte hart. Dieses Muster alarmierte sie. „Nehmen sich die Untoten immer Sterbliche zur Frau?"

„Nun, nicht immer." Abby griff nach dem Kuchenmesser. „Welche Geschmacksrichtung möchten Sie probieren?"

Nicht immer? Bedeutete das etwa, dass einige der anwesenden Frauen auch Vampire waren? Oder etwas anderes?

Ihr Herz begann wieder zu rasen. Was, wenn Vampire nur die Spitze des Eisbergs waren? Was, wenn die normale Welt um sie herum in Wirklichkeit abnormal war?

„Ich denke, ich probiere die pinke Schicht." Abby gab ein Stück auf einen kleinen Teller. „Ich bin nicht sicher, ob es Kirsche oder Erdbeere ist. Was hätten Sie gern?"

Meinen Verstand zurück. Leah betrachtete die verschiedenen Schichten. Weiß, Limonengelb, Pink, Samtrot und Schokolade.

„Du solltest die mit Schoko probieren", sagte eine junge Stimme neben ihr.

Leah zuckte zusammen. Der kleine Junge hatte blonde Locken, blaue Augen und einen Klecks Schokoladensoße auf der Nase. „Du … du bist Romans Sohn?"

Er nickte lächelnd. „Ich bin Tino."

Ein Halbvampir? Leah wich etwas zur Seite aus.

„Wie ist dein Name?", fragte Tino.

„Ich bin … Dr. Chin."

„Oh." Tino nahm sich ein Schokoladencookie vom Tisch und knabberte daran. „Der Schokokuchen ist der beste."

„Du isst normales Essen?"

Tino nickte mit vollem Mund. „Meine Mom sagt, ich bin überraschend normal." Er zog die Nase kraus. „Aber ich weiß nicht, ob das was Gutes ist." Er deutete nach oben. „Willst du einen Ballon?"

Leah folgte seinem Blick. An der Decke schwebten Heliumballons.

„Welche Farbe möchtest du?", fragte Tino.

„Ich weiß ni…" Leah brach ab, als der kleine Junge sich in die Luft erhob. „Oh Gott. Oh mein Gott." *Ein Halbvampir.*

„Er ist wirklich sehr normal", beruhigte Abby sie leise. „Er kann nur ein paar Tricks, die …"

„Wissen Sie, was Sie getan haben?" Leah drückte sich die Hand gegen die Brust, da ihr das Atmen schwerfiel. „Sie haben eine neue Art erschaffen."

„Die Kinder sind so gut wie menschlich. Das werden Sie sehen, wenn Sie Tinos Blutprobe untersuchen."

„*So gut wie* menschlich?" Sofort fragte Leah sich, ob sie noch immer einen Fluchtversuch wagen könnte. Unglücklicherweise würde der große Vulkan von einem Mann, Dougal, sie aufhalten.

Oder auch nicht. Gregori war in weiblicher Begleitung zurückgekehrt und die anderen Männer hatten sich ins Foyer zurückgezogen, die Aufmerksamkeit allein auf die Frau gerichtet.

Sie trug ein glitzerndes rotes Kleid, das gerade so ihren Hintern bedeckte und sich auf eine Weise an ihren Körper schmiegte, die geradezu wollüstig war. Gregori hatte einen Arm um sie geschlungen und grinste sie an.

„Oh nein“, wisperte Abby. „Das ist VANNA. Ich dachte, er wäre sie losgeworden.“

Leah zuckte zusammen. Die arme Abby war schwanger und ihr Ehemann traf sich mit einer anderen Frau?

Gregori stieß VANNA in Dougals Arme. Mit einem düsteren Blick versuchte dieser sie zurückzuschieben, aber Gregori lachte nur. Dougal sah zu Leah und seine Miene verfinsterte sich nur noch mehr. Er stapfte davon und nahm die Frau mit sich.

Leah schauderte. „Ist diese Frau sicher?“

„Sie ist nicht …“

„Hier ist dein Ballon.“ Tino unterbrach Abby und landete neben ihnen, in seinen Händen ein pinkfarbener Ballon. „Ich dachte, dir gefällt der pinke, weil du ein Mädchen bist.“

„Danke.“ Wie selbstverständlich griff Leah nach dem Band. Als sie zurück in Richtung Foyer sah, waren Dougal und die Frau verschwunden.

„Lass Coco ihn bloß nicht anfassen“, warnte Tino sie. „Ihre Klauen sind so scharf, dass er platzen könnte.“

„Klauen?“

„Lassen Sie mich Ihnen ein Stück Kuchen geben.“ Abby hastete zurück zur Torte und ließ ein Stück auf einen Teller plumpsen. „Tino, möchtest du noch ein Stück?“

„Nein, danke. Ich bin voll.“ Er lächelte Leah an. „Coco wollte mit den Ballons helfen, aber ihre Nägel sind zu scharf. Das ist bei allen Werpantherkindern so.“

Leah schnappte nach Luft und der Ballon flog davon. „Wer-*was*?“

Im selben Moment, in dem Gregori VANNA in Dougals Arme stieß, schob dieser sie protestierend zurück.

Dummerweise schloss sich seine Handprothese um ihren Oberarm und weigerte sich, wieder loszulassen.

„Zum Teufel", flüsterte er. Er wollte nicht, dass irgendjemand etwas von seiner fehlenden Kontrolle erfuhr. Warum ausgerechnet heute Nacht? Er war gerade wieder dabei. Wenn Angus sah, dass er nicht mal seine eigene verdammte Hand kontrollieren konnte, würde er vielleicht nie wieder eine zweite Chance bekommen.

Gregori gluckste hinter ihm, als er die Eingangshalle auf der Suche nach einem freien Konferenzraum durchschritt. *Verdammt.* Alle würden sich fragen, warum er mit einer Gummipuppe allein sein wollte, und wenn man Gregori so hörte, wusste er bereits, was sie glauben würden.

Er betrat den erstbesten Konferenzraum und kickte die Tür zu. Das Zimmer war leer und durch das Fenster, durch das man den vorderen Parkplatz sehen konnte, nur schummrig beleuchtet.

Öffnen! befahl er seiner Hand. Nichts.

„Lass los!" Er schüttelte seinen rechten Arm in dem Versuch, VANNA quer durch den Raum zu werfen. Sie wackelte wild auf und ab, blieb jedoch im Griff seiner verräterischen Hand gefangen. Einer ihrer Stöckelschuhe fiel ab und landete klappernd auf dem Konferenztisch. Ihre blonde Perücke blieb haften, aber ihr Haar stand in alle Richtungen ab, als hätte man sie an eine Steckdose angeschlossen.

Verflucht. Er rammte sie gegen die Wand, drückte sie mit dem linken Arm dagegen, während er seine rechte Hand zu befreien versuchte. Mit jedem Ziehen hob sich ihr Arm höher und höher. Ihre steifen Finger verfingen sich in seinem Haar und lösten es aus dem Band.

„Verdammt. *Lass los!*" Er riss seine Hand zur Seite. Ihr Körper folgte der Bewegung, aber nicht ihr Kleid. Das hauchdünne Material zerriss und blieb in seiner linken Faust zurück.

„Was für ein Mist“, brummte er und ließ das Kleid fallen.

Er zögerte einen Moment lang, überrascht davon, wie ihre Brüste aussahen. Ihre Nippel waren sogar aufgerichtet, als wäre sie erregt. Ihre glasigen Augen starrten ihn durch wilde Haarsträhnen hindurch an. Ihr Mund war in einem benebelten Lächeln eingefroren. Sie hatte sogar eine Zunge. Und Zähne.

Zum Teufel, das war die mieseste Situation, in der er sein könnte. Er atmete tief durch und schloss die Augen. Er musste sich nur entspannen und seine Prothese würde loslassen. Dann würde er VANNA zurück in Gregoris Büro werfen und vergessen, dass das jemals passiert war.

Gregori und Laszlo hatten VANNA vor Jahren als Alternative dazu entwickelt, echte Frauen zu beißen. Als gute Vampire hatten sie sich alle angewöhnt, synthetisches Blut aus der Flasche zu trinken, aber einige von ihnen hatten den Nervenkitzel vermisst, ihre Zähne in einem hübschen Hals zu vergraben. Um dieses Dilemma zu lösen, war Gregori auf die Idee mit VANNA gekommen, die Vampire Artificial Nutritional Needs Appliance.

Er hatte zwei lebensgroße Sextoys für Menschen gekauft, VANNA White und VANNA Black, und Laszlo hatte eine Pumpe und eine Gummileitung in beide eingebaut. Die Pumpe klang wie ein menschliches Herz und ließ synthetisches Blut durch die Leitungen laufen, die auf beiden Seiten von VANNAs Hals installiert waren, als wären es Halsschlagadern. Gregori musste sie aufgefüllt haben, denn Dougal konnte das Blut riechen, das durch sie hindurchfloss.

Damals schien VANNA eine gute Idee gewesen zu sein, aber sie hatte nicht funktioniert. Es war schwierig, in ihre Gummihaut zu beißen, und Roman hatte einen seiner Fangzähne bei einem Testversuch verloren.

Dougal war eher drauf und dran, seinen Verstand zu verlieren statt seiner Fangzähne. Er könnte auch seinen Job verlieren, wenn er seine dämliche Hand nicht unter Kontrolle brachte.

Öffnen, befahl er der Prothese ruhig. Nichts.

Er atmete tief ein und versuchte es noch mal. Keine Reaktion.

Mit zusammengebissenen Zähnen starrte er auf seine Hand. *Du wirst mir gehorchen! Öffne dich!* Noch immer nichts.

„Verdammt!" Er setzte VANNA auf den Tisch und zwang ihre Beine dazu, sich in einem Neunzig-Grad-Winkel an den Hüften zu verbiegen. Ihre Beine ragten hervor und öffneten sich weit.

Er trat dazwischen. „Wegen dieser Sache werde ich nicht meinen Job verlieren. *Öffne dich!*"

Seine Hand umklammerte ihren Oberarm weiterhin.

Zorn durchströmte ihn und er brüllte auf. Mit der linken Hand stieß er sie auf den Tisch. Als ihre Beine nach oben schnellten, die Füße zur Decke, verhedderte sich ihr verbliebener Stöckelschuh am Saum seines Kilts und zog ihn hoch.

„Du verdammte Hexe aus der Hölle!"

„Wer-*was*?", wiederholte Leah, als Abby zögerte.

„Werpanther." Tino sah dem Ballon nach, als dieser wieder zur Decke schwebte. „Soll ich ihn zurückholen?"

Ein Schauder kroch Leahs Wirbelsäule hinunter. „Panther? Wie riesige Killerkatzen?"

Tino zog die Brauen zusammen. „Sie sind nett. Meine Tante ist ein Werpanther. Willst du sie kennenlernen?"

Der Raum begann sich zu drehen und Leah tastete nach der Tischkante, um sich daran festzuhalten.

„Immer mit der Ruhe." Abby näherte sich ihr langsam. „Wir wollten es Ihnen sagen, sobald wir uns sicher waren, dass Sie damit umgehen können."

Tino zuckte zusammen. „Hab ich es verbockt?“

„Es ist okay“, versicherte Abby ihm.

„Es ist nicht okay.“ Leah hatte Schwierigkeiten zu atmen. „In diesem Raum sind riesige Killerkatzen?“

„Werkatzen“, sagte Abby. „Oder Werpanther, um genau zu sein. Ich weiß nicht, ob Rajiv hier ist. Er ist ein Wertiger.“

„Was hat das zu bedeuten?“ Leah presste sich eine Hand gegen die Brust. Ihr Herz hämmerte wie wild. „Sie sind zur Hälfte Katzen?“

„Im Moment sind sie Menschen.“ Abby berührte sie am Arm. „Wir nennen sie Wandler. Werwölfe, Werkatzen, Werbären. Auf Hawaii habe ich sogar mal einen Werdelfin getroffen. Sie verwandeln sich ein- oder zweimal im Monat, wenn der Mond voll ist. Ich kann Ihnen ein paar Blutproben von einem von ihnen zeigen, wenn Sie sie studieren …“

„Ich will sie nicht studieren!“ Leah machte einen Schritt zurück und hob abwehrend die Hände. „Ich will meine Welt zurück, meine sichere Welt, in der Menschen Menschen bleiben!“

„Es tut mir leid.“ Abby warf ihr einen mitfühlenden Blick zu. „Ich weiß, das ist schwer zu verdauen. Aber sobald Sie alle kennengelernt haben, werden Sie erkennen, wie nett …“

„Ich will niemanden kennenlernen!“, schrie Leah. Sie zuckte zusammen, als die Gruppe am anderen Ende des Raumes zu ihr herübersah. Oh Gott, die Vampire und Wandler starrten sie an.

Sie wich zurück. *Tolle Leistung, Leah. Mach das Rudel übernatürlicher Kreaturen wütend.*

„Entspannen Sie sich“, wisperte Abby sanft. „Niemand wird Ihnen wehtun.“

Tino betrachtete sie traurig. „Ich wollte dir keine Angst machen. Ich dachte, du weißt schon alles. Mein Dad hat gesagt, du schließt dich uns an.“

Sich ihnen anschließen? Leah schluckte Luft. „I-ich muss …“ *Abhauen.* Aber das konnte sie kaum laut aussprechen. „Ist eine Damentoilette in der Nähe?“

„Im Flur gegenüber vom Foyer.“ Abby deutete Richtung Eingangsbereich. „Ich kann Sie begleiten.“

„M-mir geht’s gut. Ich muss nur ein paar Minuten allein sein.“ Leah rannte ins Foyer. Schwer atmend sah sie zurück. Niemand war ihr gefolgt. Gott sei Dank.

Aber sie beobachteten sie. Ihr Körper kribbelte unter einer Gänsehaut. Sie sah zu der Kamera bei der Eingangstür hoch. Das rot blinkende Licht verspottete sie. *Kein Entrinnen.* Sie senkte den Blick auf die Doppeltür. Mit ziemlicher Sicherheit verschlossen.

Was war mit einem Fenster? Vielleicht könnte sie aus einem leeren Raum nach draußen klettern. Ruhig durchquerte sie das Foyer, damit es so wirkte, als wäre sie nur auf dem Weg zur Damentoilette. Sie schlenderte in den Korridor und versuchte es an der ersten Tür links. Verschlossen.

Der zweite Türknauf bewegte sich mit einem winzigen Klicken. Bingo. Sie stieß die Tür auf und erstarrte.

„Du verdammte Hexe aus der Hölle!“

Der Raum war dunkel, aber sie sah genug, um den Mann im Kilt zu erkennen. Der Vulkan war ausgebrochen.

Dougal hatte eine Frau auf den Tisch gedrückt. Er stand mit dem Rücken zu Leah, aber sie bemerkte sein wildes Haar und die Tatsache, dass sein Kilt vorne angehoben war. Die Beine der Frau waren weit gespreizt und hüpften jedes Mal auf und ab, wenn er sich gegen sie presste.

„Lass los, verdammt!“ Er stieß sie so hart gegen den Tisch, dass ihr Kopf dagegen knallte.

Leah schnappte nach Luft.

Er warf einen Blick über seine Schulter und versteifte sich.

„Oh Gott“, hauchte sie und wich zurück.

„Warte!“ Ruckartig wirbelte er zu ihr herum und riss den Arm der Frau von ihrem Körper.

Leah schrie.

Blut schoss aus der Schulter der Frau hervor und spritzte auf Dougals Gesicht und sein weißes Shirt.

Sie stolperte zurück. Der Raum begann sich zu drehen, zusammen mit seinem angeschlagenen blutigen Gesicht.

„Es ist nicht so, wie es aussieht.“ Er machte einen Schritt auf sie zu, den Arm der Frau in seiner blutverschmierten metallenen Hand.

Rote, blutähnliche Punkte flackerten vor ihren Augen, und dann geschah etwas, was Leah nie zuvor passiert war.

Sie wurde bewusstlos.

6. Kapitel

„Verdammt, Mann, was zur Hölle ist passiert?“, brüllte Angus im Sicherheitsbüro.

Dougal straffte die Schultern. „Es war meine Schuld. Ich werde es Dr. Chin erklären ...“

„Einen Teufel wirst du tun!“, unterbrach Angus ihn. „Du hast sie genug für einen Abend terrorisiert.“

Dougal warf einen Blick auf die Monitore, konnte sie allerdings nirgendwo entdecken. Der Anblick von Leahs blassem entsetzten Gesicht hatte seinen Griff um VANNAs Arm endlich lockern können. Nur Sekunden bevor Leah das Gleichgewicht verloren hatte, war der Arm auf den Boden gefallen – und sein Herz war mit ihm gesunken. Wie konnte sie ihn jemals als etwas anderes sehen als ein abscheuliches Monster?

Ihr Schrei und ihr Zusammenbruch hatten die ganze Partymeute herbeigerufen. Und da stand er im dunklen Konferenzraum, mit verrutschtem Kilt, wildem Haar und blutverschmiertem Gesicht und Klamotten, während eine halbnackte VANNA auf dem Tisch lag, geschändet und verstümmelt. Nur Gregori hatte noch einen Kommentar dazu abgeben können und grinsend gemeint, dass sie noch immer lächelte.

„Wo ist Dr. Chin?“, fragte Dougal.

„Gregori hat sie in ein Schlafzimmer unten im Keller getragen. Du wirst sie auf den Monitoren nicht sehen. Emma zufolge hat sie darauf bestanden, dass sie die Kamera ausschalten.“

Also war sie wach. „Wie geht es ihr?“

„Sie verlangt, dass wir die Polizei rufen und dich wegen

sexueller Nötigung und Körperverletzung ausliefern." Angus zog eine Grimasse. „Es sah so aus, als hättest du …"

„Ich habe keine Gummipuppe gevögelt!" Dougals Herzschlag beschleunigte sich noch weiter. Hielt Leah ihn für einen Vergewaltiger?

„Nun, dafür können wir nur dankbar sein", murmelte Angus. „Aber du hast trotzdem ihren verdammten Arm abgerissen. Nennst du das sanft wie ein Lamm sein?"

Dougal seufzte. Entweder er wirkte wie ein inkompetenter Idiot oder wie ein gewalttätiger Sexualstraftäter. „Meine Prothese hat sich um VANNAs Arm geschlossen und sich nicht mehr geöffnet. Ich wollte nicht, dass irgendjemand es mitbekommt, also habe ich sie in den nächsten Konferenzraum mitgenommen …"

„Deine Hand funktioniert nicht richtig?", fiel Angus ihm ins Wort.

„Sie hat nicht auf meine Gedankenkontrolle reagiert." Dougal ballte eine Faust und öffnete sie wieder. „Jetzt geht es wieder, aber während des Abends hatte ich immer wieder Probleme damit."

Angus warf ihm einen verärgerten Blick zu. „Du hättest etwas sagen sollen. Roman und Abby können deine Hand untersuchen und herausfinden, was damit nicht stimmt. Wenn sie kaputt ist, können sie dich mit einer neuen ausstatten."

Dougal ließ sich schwer auf einen Stuhl fallen. „Ich glaube nicht, dass es an der Hand liegt. Ich weiß, ich hätte es dir sagen sollen, aber ich wollte nicht unfähig wirken."

Angus lehnte sich gegen den Tisch und betrachtete die Prothese. „Du kannst die Hand zur Faust ballen, sie aber nicht wieder öffnen?"

„Aye. Als ich mich vorhin zur Tür gedreht habe, habe ich daher VANNAs Arm mitgenommen."

Angus prustete los. „In dem Fall hättest du einen hervorragenden Schwertgriff. Du kannst noch immer die Security hier übernehmen."

Dougal atmete erleichtert aus. „Danke."

„In der Tat ist es am besten, wenn du hierbleibst, wo Roman und Abby mit dir daran arbeiten können, das Problem zu beheben." Angus seufzte. „Aber bis dahin müssen wir dich vom Missionsplan streichen."

Innerlich stöhnte Dougal. „Ich verstehe."

Angus zog ein neues MacKay-S&I-Poloshirt von einem Regalbrett und warf es ihm zu. „Zieh das an und wasch dein Gesicht. Ich sage Emma, was passiert ist, damit sie es Dr. Chin erzählen kann. Hoffentlich wird sie trotzdem zustimmen, uns mit unserem Gast im Keller zu helfen."

Dougal schaute zu dem Bildschirm, der den Soldaten im Silberraum zeigte. Würde Leah ihnen helfen wollen? Oder hatte er sie so böse verschreckt, dass sie nur noch an eine Flucht denken konnte?

Während er zur Männertoilette marschierte, hallte das Echo seines alten Schwurs in seinen Gedanken wider. *Ich werde dich finden. Egal, was passiert. Selbst wenn es tausend Jahre dauert, werde ich dich finden.*

Ein weiterer Schauer schoss durch die Länge seines Tattoos ,und er rollte mit der Schulter, um das Jucken loszuwerden. Weshalb meldete es sich jetzt nach all dieser Zeit? Das letzte Mal, dass er es gespürt hatte, war nach der Schlacht von Culloden gewesen, als er hinter einen Busch gekrochen war, um zu sterben. Als der Lebenssaft aus seiner Wunde sickerte, hatte er sich vorgestellt, wie Li Lei neben ihm saß und ihm versprach, dass sie eines Tages wieder vereint sein würden. Er hatte Ja gemurmelt, als sich eine beruhigende Wärme auf seinem Tattoo ausgebreitet und ihn in den tiefen Schlaf des Todes gewiegt hatte.

Heute wusste er, dass Connor neben ihm gesessen hatte und sein „Ja" als Zustimmung interpretiert hatte, den Ränken der

Untoten beizutreten. Er war als Vampir wiederaufgewacht, und jahrhundertelang war sein Tattoo so kalt geblieben wie sein untotes Herz.

Hatte Leah den Drachen geweckt? Konnte sie seine halbtote Seele wieder zum Leben erwecken? Nachdem er beinahe dreihundert Jahre auf sie gewartet hatte, war er jetzt kurz davor, sie zu verlieren, bevor er überhaupt mit ihr sprechen konnte. Falls sie darauf bestand zu gehen, würden sie sie nach Hause teleportieren und ihr Gedächtnis löschen.

Er musste sie noch heute Nacht sehen. Bevor er seine Chance verlor.

Leah versteifte sich, als Gregori in den Raum kam und eine Frau wie einen Sack Kartoffeln in den Armen trug.

„Keine Sorge." Abby setzte sich neben sie aufs Bett. „Ich habe ihn darum gebeten, sie herzubringen, damit du sehen kannst, dass sie nicht echt ist. Das ist VANNA Black, die Schwester der Puppe, die du vorhin mit Dougal gesehen hast."

Leah beobachtete, wie Gregori die lebensechte Frau auf einen Polsterstuhl setzte. „Warum sieht sie aus wie eine Cheerleaderin?"

Abby warf ihrem Ehemann einen skeptischen Blick zu. „Gute Frage."

„Das war ich nicht", murmelte Gregori. „Phineas muss ihr das angezogen haben, bevor er geheiratet hat."

Leah schüttelte den Kopf. Vor ein paar Minuten hatte Abby ihr erklärt, dass VANNA ein gescheitertes Experiment war, das die Männer zum Spaß hierbehielten, aber in ihren Ohren klang es ein bisschen schräg. „Und diese Puppe soll verhindern, dass Vampire uns angreifen?"

„Sie müssen sich keine Sorgen darüber machen, angegriffen zu werden." Emma setzte sich in den anderen Polsterstuhl gegenüber vom Bett. „Die Vampire sind aus moralischen Gründen dagegen.“

„Das sind Vampire“, höhnte Leah. „Wie moralisch können sie sein?“

Emma lächelte leicht. „Nun, zu diesem Thema kann ich aus eigener Erfahrung sprechen, da ich selbst zum Vampir geworden bin.“

„Oh.“ Leah zuckte zusammen. „Ich … wollte Sie nicht beleidigen.“

Emmas Lächeln wurde breiter. „Das haben Sie nicht. Es gab mal eine Zeit, da habe ich Vampire gehasst. Aber dann habe ich sie besser kennengelernt. Sie müssen wissen, die Malcontents haben mich mit Angus eingesperrt und ihn hungern lassen, damit ihm keine andere Wahl mehr blieb, als mich zu beißen. Nächtelang hat er sich zurückgehalten. Er war dabei, zu verhungern, hat sich selbst gebissen, und ich habe ihn sogar dabei ertappt, wie er auf einen Tisch geklettert ist, wo das Sonnenlicht ihn treffen würde.“

Abby schnappte nach Luft. „Er wollte sich umbringen?“

Emma nickte. „Ja. Er wollte lieber sterben, als mich zu verletzen. Ich musste ihn anflehen, mich zu beißen, damit er überleben konnte.“

„Also behalten Vampire das Verständnis von Gut und Böse?“, fragte Leah.

„Der Tod ändert den Charakter eines Menschen nicht“, erklärte Emma. „Aus bösen Menschen werden böse Vampire, und gute Männer wie Angus … Nun, er ist mein Held.“

Leah hasste es, das zugeben zu müssen, aber Emmas Geschichte klang ein bisschen romantisch. „Und jetzt sind Sie mit ihm verheiratet?“

„Ja. Wir sind sehr glücklich.“ Emmas Lächeln wurde sehnsüchtig. „Er erinnert mich an einen historischen Helden wie Braveheart oder Rob Roy. Und die Art, wie er spricht, lässt mein Herz höherschlagen.“

Abby nickte zustimmend. „Ein Mann in einem Kilt hat einfach das gewisse Etwas. Ich versuche Gregori schon seit einer Weile dazu zu bringen, sich einen zu besorgen."

Er schnaubte. „Ich trage keinen verdammten Rock."

Das Bild von Dougal tauchte vor Leahs innerem Auge auf. Bis sie ihn dabei erwischt hatte, wie er eine Frau – oder eine Puppe – anfiel, hatte sie ihn für attraktiv gehalten. „Ich verstehe trotzdem nicht, warum Dougal eine Plastikpuppe angegriffen hat." Bei der schockierenden Erinnerung daran, dabei zuzusehen, wie der Arm abgerissen wurde und Blut herausspritzte, schauderte sie.

Im Raum wurde es still. Emma und Gregori wechselten einen besorgten Blick.

„I-ich bin sicher, er hatte einen guten Grund dafür", murmelte Abby.

„Zum Beispiel, dass er ein gewalttätiger Perversling ist?", konterte Leah.

Abby zuckte zusammen. „Er kam mir nie so vor. Ich habe ihn immer für schüchtern gehalten."

„Um ehrlich zu sein", begann Gregori, „war er dagegen, dass wir Sie hierherbringen. Er hat unser Recht infrage gestellt, Sie in unsere Welt hineinzuziehen."

Leah setzte sich auf. Hatte er deshalb so angespannt und unruhig gewirkt, während alle anderen fröhlich waren? War er in Wirklichkeit auf ihrer Seite? Sie schüttelte diesen Gedanken ab. Er war eine gewalttätige, wilde Person. Sie konnte ihm nicht trauen.

Emmas Handy klingelte. „Es ist Angus. Ich gehe nach draußen auf den Flur." Sie eilte aus dem Raum.

Gregori hob VANNA auf und ging in Richtung Tür. „Ich werde sie mal besser los."

„Für immer, hoffe ich", brummte Abby, dann wandte sie sich Leah wieder zu. „Also geht es dir wieder gut?"

„Ich schätze schon." Leah zuckte mit den Schultern. „Ist

es dir schwergefallen, diesen ganzen übernatürlichen Kram zu akzeptieren?"

„Nicht allzu sehr. Ich war verzweifelt auf der Suche nach einigen Pflanzen in China, von denen ich dachte, sie könnten meiner kranken Mutter helfen, aber es schien unmöglich zu sein. Also hat mein Vater es arrangiert, dass die Vampire mich dorthin teleportieren."

„Also hattest du gute Gründe, sie zu akzeptieren."

„Genau." Abby lächelte. „Die Vampire und Wandler haben mich dorthin gebracht und beschützt." Ihr Lächeln verblasste. „Irgendwann hat uns Master Han gefangen genommen, und auf unserer Flucht haben mich ein paar miese Kerle mit einem Schwert angegriffen. Gregori hat sich vor mich geworfen und wurde in den Rücken getroffen. Ich hätte ihn fast verloren." Sie blinzelte gegen ein paar Tränen an und lächelte. „Zurzeit heule ich viel zu leicht. Muss an den Hormonen liegen."

Leah rutschte vom Bett und begann im Zimmer auf und ab zu laufen. Abbys und Emmas Ehemänner klangen wie Helden. Untote Helden, die gegen die übernatürlichen Mächte des Bösen kämpften. Das klang genauso fantasievoll wie die Geschichten, die ihr Großvater ihr immer erzählt hatte.

Grandpa hatte immer behauptet, es gäbe eine Welt jenseits der Wissenschaft, eine magische Welt, die sich nicht logisch erklären ließ. Ihre Mutter hatte sie davor gewarnt, seinen dummen Erzählungen irgendeine Bedeutung beizumessen. Grandpa konnte weder an einer steinigen Küste vorbeispazieren, ohne nach einem Selkie Ausschau zu halten, noch durch grüne Felder streifen, ohne nach den Fae zu suchen. Er hatte behauptet, sein irischer Dudelsack, die Uilleann Pipes, könnte Leprechauns aus ihren Verstecken locken.

Mom hatte ihren Vater und Irland abgelehnt. Sie war in die Staaten gezogen, um am MIT zu studieren, wo sie sich in einen brillanten Physikprofessor verliebt hatte – Dr. Kai Ling Chin.

Leah war zu Hause unterrichtet und auf Basis eines strikten Regimes, bestehend aus Wissenschaft und Rationalismus, erzogen worden. Ihr Verstand war aufgeblüht, aber ihr Herz hatte diesen einen magischen Sommer geliebt, den sie mit Grandpa verbracht hatte. Ihre Eltern waren zu diversen repräsentativen Konferenzen als Sprecher eingeladen worden. Und während ihre beiden Teenagerbrüder schon auf dem College waren, mussten ihre Eltern einsehen, dass ein neunjähriges Mädchen zu jung war, um für sich selbst zu sorgen. Also hatten sie sie nach Irland geschickt.

Grandpa hatte dafür gesorgt, dass sie sich geliebt statt verlassen gefühlt hatte. Und herrlich frei. Sie hatte barfuß auf der Wiese getanzt, während er ein Ständchen mit dem Dudelsack gespielt hatte. Sie hatte Blumen gesammelt, ohne deren Namen auf Latein zu lernen. Und sie hatte in Grandpas Geschichten geschwelgt, in denen nichts so war, wie es schien. Wäre er noch am Leben, würde er jetzt lachen und auf diese bizarre neue Welt trinken, in die sie hineingestolpert war.

Was sollte sie also tun? Sich in ihre sichere Welt flüchten, die Sinn ergab und einfachen Regeln folgte? In der Tote tot blieben, ohne aufzuwachen und nach Blut zu dürsten? In der Menschen einfach Menschen blieben, ohne sich in Killerkatzen zu verwandeln? Ihre Eltern würden ihr zur Flucht raten. Es war die logische Wahl.

Doch Grandpa würde ihr ins Ohr flüstern: „Das Leben ist ein Abenteuer, Mädchen. Genieß es in vollen Zügen und schau niemals zurück.“

Wenn sie so fantasievoll wäre wie ihr Großvater, würde sie glauben, sein Geist hätte sie hierhergeführt. Unweigerlich musste sie an das seltsame Gefühl denken, das sie vorhin gespürt hatte. Als ob ihr bisheriges Leben nur eine Reihe von vielen Schritten gewesen wäre, die sie bis zu diesem Moment geführt hatten. *Schicksal.*

Sie schüttelte den Kopf. Sie war zu vernünftig, um an so etwas wie eine übernatürliche Fügung zu glauben. All ihre Entscheidungen hatte sie selbst getroffen. Sie erschuf ihr eigenes Schicksal. Sie hatte den perfekten Job angenommen, da dieser ihr Fachwissen als Medizinerin und Genetikerin verlangte. Außerdem hatte Dr. Lee ihr großartige Zuschüsse und ein herausragendes Gehalt zugesagt. *Weil die Vampire dich wollten.*

Man hatte sie absichtlich in diese Welt hineingezogen. *Schicksal.* Und sie hatte es gespürt, als sie *ihn* das erste Mal gesehen hatte. Dougal. Der untote Perversling, der lebensechten Sexspielzeugen die Arme abriss. Sie konnte beinahe das gackernde Lachen ihres Großvaters hören.

„Dougal!“, rief Emma im Gang. „Du solltest da nicht reingehen.“

Leahs Herz hämmerte, als sie zur Tür herumwirbelte.

„Angus hat mir von der Fehlfunktion deiner Prothese erzählt“, fuhr sie fort. „Ich werde es Leah erklären.“

Prothese? Hastig wühlte sie in ihren Erinnerungen. Der Raum war dunkel gewesen, aber die Blutspritzer auf Dougals blassem Gesicht und seinem weißen Hemd waren nicht zu übersehen gewesen. Genauso wenig wie sein schockierter Ausdruck und der Arm, den er in der Hand hielt. Einer metallenen, blutbefleckten Hand. Ein Vampir mit einer Handprothese? Und auch noch einer mit einer Fehlfunktion. Bedeutete das etwa, dass der blutige Angriff nur ein Unfall gewesen war?

Sie näherte sich der Tür, als eine tiefe Stimme antwortete.

„... mein Fehler. Ich sollte mich entschuldigen. Ich habe sie zu Tode erschreckt.“

Leah lächelte still. Sein Akzent klang wie eine süße, beruhigende Melodie. In Gedanken ohrfeigte sie sich dafür. Wie konnte sie so etwas überhaupt denken? Dass ein Vampir attraktiv sein könnte? Seine Stimme und sein gutes Aussehen wiegten die Tatsache nicht auf, dass er ein Blutsauger war. Und weshalb war sie so scharf darauf, den Angriff als schlichten Unfall abzutun? Er hatte wie ein Wilder ausgesehen, mit fliegendem Haar und wütend brüllender Stimme.

Ihr Herz machte einen Satz, als seine große Statur den Türrahmen einnahm und sein Blick sie sofort fand. Grüne, ausdrucksvolle Augen, die sie unverwandt beobachteten.

Aus der Nähe war er sogar noch größer. Das marineblaue Poloshirt klebte wie eine zweite Haut an seinem starken Oberkörper und seinen breiten Schultern. Er trug noch immer seinen hellen und farbenfrohen Kilt, der aus grünem, schwarzem und rotem Schottenstoff gefertigt war. Grüne Kniestrümpfe, die seine muskulösen Waden betonten, rundeten das Bild ab.

Er stand breitbeinig da, die Hände in die Hüften gestemmt. Seine Rechte war grau und metallisch. Eine Reihe von klickenden Geräuschen ertönte, als er sie zur Faust ballte. War sie stark genug, um den Arm eines echten Menschen abzureißen?

Sie wich einen Schritt zurück, blickte ihn an und sah den verletzten Ausdruck in seinen Augen.

„Ich mache Ihnen keinen Vorwurf, dass Sie Angst vor mir haben", sagte er sanft. „Aber ich werde Ihnen nichts tun."

Sie straffte die Schultern. „Ich habe keine Angst."

Sein Blick wurde weicher. Seine Haut war blass, was einen starken Kontrast zu den dunklen Bartstoppeln an seinem Kinn und dem langen schwarzen Haar darstellte, das er zu einem ordentlichen Zopf in seinem Nacken zurückgebunden hatte.

Breite Augenbrauen, hohe Wangenknochen, ein starkes Kinn und unzählige wohldefinierte Muskeln an all den richtigen Stellen. Er gehörte zu jenen Männern, die man als schön bezeichnen konnte und die trotzdem herrlich maskulin waren.

Zu schade, dass er tot war.

Und noch bedauerlicher war es, dass sie ihn so anziehend fand. Einen *Vampir*, wie sie sich selbst in Erinnerung rief. Stark und wild genug, um einer Frau den Arm abzureißen.

Sie hob das Kinn. „Sie haben mich durch die Sicherheitskameras beobachtet, nicht wahr? Hat Ihnen die Show gefallen? War mein Auftritt erheiternd?“

Er zog die Brauen zusammen. „Nein. Es hat mir nicht gefallen.“ Ohne Vorwarnung trat er in das Zimmer. „Aber ich bin der Meinung, dass Sie sehr mutig und stark waren.“

Ihr Herz zog sich in ihrer Brust zusammen.

Emma folgte ihm und schob dabei ihr Handy zurück in ihre Tasche. „Nun? Wirst du es ihr erklären oder soll ich es tun?“, fragte sie Dougal.

„Ich mache es.“ Er wandte sich Leah zu und hielt seine rechte Hand in die Höhe. „Meine Finger haben sich um VANNAs Arm geschlossen und die Prothese hat nicht auf meinen Befehl gehört, loszulassen. Ich hatte nicht vor, ihr den Arm abzureißen. Es war ein Unfall.“

Das war beruhigend. Irgendwie zumindest. Er hatte sich trotzdem wie ein Wilder aufgeführt. Der Vulkan in ihm mochte jetzt wieder schlafen, aber wer wusste schon, wann er wieder ausbrechen würde? „Wie befehlen Sie der Prothese, etwas zu tun?“

Er zögerte. „Gedankenkraft.“

Sie unterdrückte ein Schaudern. Wahrscheinlich hatte er die Macht, genauso in ihrem Bewusstsein herumzupfuschen, wie Dr. Lee es getan hatte. „Wo war dann die Fehlfunktion? In Ihrer Hand oder in Ihrem Kopf?“

Dougal zuckte zusammen. „Ich fürchte, in meinem Kopf.“ Er bewegte seine rechte Schulter wie vorhin angespannt auf und ab. „Ich bin nicht verrückt. Ich habe nur die Kontrolle verloren. Auch wenn ich nicht genau weiß, wieso.“

Nun, zumindest schien er ehrlich zu sein. Es wäre so viel einfacher gewesen, es auf einen mechanischen Fehler zu schieben. „Wie haben Sie die Hand verloren?“

„Im Kampf.“ Er verlagerte das Gewicht von einem Fuß auf

den anderen. „Ich bin kein schlechter Schwertkämpfer, aber die anderen waren in der Überzahl. Fünf gegen einen."

„Sie haben mit Schwertern gekämpft?"

„Aye. Ich habe mich auf einen von ihnen gestürzt und ein anderer hat mir die Hand abgeschlagen. Sie wurde zu Staub."

Leah zog eine Grimasse. „Das mitanzusehen muss schrecklich gewesen sein."

„Es hat sich auch nicht besonders gut angefühlt."

„Sie können … Schmerz empfinden?"

Er warf ihr einen schiefen Blick zu. „Glauben Sie, meine Gefühle wären abgestorben?"

„Ich weiß nicht, was ich denken soll."

Er zog eine Braue hoch. „Ich kann alles fühlen, was Sie fühlen."

Seine ausdrucksstarken Augen waren der beste Beweis dafür.

Er trat einen Schritt näher und senkte seine Stimme. „Können wir kurz miteinander reden, Mädchen?"

Ihr Herz begann zu flattern. Seit sie ihren Großvater das letzte Mal gesehen hatte, war sie nicht mehr Mädchen genannt worden. Seltsam, denn dieser Mann war vermutlich älter als ihr Großvater, auch wenn er ziemlich jung aussah. Höchstens ein paar Jahre älter als sie selbst.

„Unter vier Augen", fügte er hinzu.

„Das ist keine gute Idee", warf Emma ein. „Wir können es uns nicht leisten, dass du sie verschreckst."

Er warf ihr einen genervten Blick zu. „Na gut." Er wandte sich wieder Leah zu, die dunklen Brauen fragend hochgezogen. „Möchten Sie gehen?"

Ihr stockte der Atem. „Gehen?"

„Aye. Wenn Sie nach Hause wollen, kann ich Sie von hier wegbringen."

Er *war* auf ihrer Seite. Hoffnung keimte warm in ihrer Brust auf. Sie könnte zurück nach Hause gehen. Dougal würde ihr helfen.

„Dougal", sagte Emma in warnendem Ton.

„Aye, ich weiß." Er musterte sie ärgerlich. „Ihr wollt das arme Mädchen in unsere Welt und unsere Probleme reinziehen, aber hat irgendjemand sie gefragt, was sie möchte?" Er sah wieder zu Leah. „Wir haben kein Recht, Sie hierzubehalten. Wenn Sie zurückwollen, kann ich Sie sofort nach Hause teleportieren."

Leah blinzelte. „Teleportieren?"

„Dougal." Emmas Stimme klang deutlich schärfer. „Wir brauchen sie."

„Sie braucht uns aber nicht."

Emma seufzte. „Wir können sie nicht einfach gehen lassen. Nicht, wenn sie so viel über uns weiß. Es gibt Regeln, die befolgt …"

„So wie mein Gedächtnis zu löschen?", fragte Leah.

„Das werde ich nicht tun", sagte Dougal.

„Was?" Emma versteifte sich. „Das ist gegen die Vorschriften, und das weißt du."

„Zur Hölle mit euren Vorschriften", grollte Dougal. „Wenn ihr ihr genug vertrauen könnt, um zu erwarten, dass sie uns hilft, dann könnt ihr ihr auch mit unserem Geheimnis vertrauen." Wieder wandte er sich Leah zu. „Habe ich recht? Oder planen Sie, der Öffentlichkeit von uns zu berichten?"

Sie schüttelte den Kopf. „Alle würden mich für verrückt halten. Und dann hätte ich es ziemlich schwer, einen anderen Job zu finden."

Sein Mundwinkel wanderte in die Höhe. „Aye, das ist richtig." Er kam näher. „Sollen wir?"

Sie wich vor ihm zurück. Der bisherige Widerwille, hierzubleiben, stammte von dem Gefühl, dazu gezwungen zu werden. Doch nun, da sie eine Wahl hatte, war sie nicht mehr sicher, ob sie wirklich gehen wollte. Im Vergleich zu dem, was sie hier tun könnte, kam ihr jeder andere Job langweilig vor. Allerdings wäre es nicht verkehrt, für ein paar Tage hier rauszukommen und darüber nachzudenken. „Wie funktioniert diese Teleportation?"

„Ich halte Sie fest und lese Ihre Gedanken, um herauszufinden, wohin Sie wollen. Dann sind wir weg."

Die Vorstellung davon, wie er sie in den Armen hielt, war verlockend. Die Sache mit dem Gedankenlesen und plötzlichem Wegsein? Weniger verlockend. Wenn er tatsächlich ihre Gedanken las, könnte er erfahren, wie sehr sie sich zu ihm hingezogen fühlte. Und der Rest klang einfach unmöglich. „Sie meinen also, wir verschwinden und materialisieren uns dann wieder?"

„Aye."

„Das kann nicht sicher sein. Was, wenn unsere Körper aus Versehen miteinander verschmelzen?"

Er lehnte sich vor, um ihr die nächsten Worte zuzuflüstern. „Wenn unsere Körper miteinander verschmelzen, wird das nicht aus Versehen passieren."

Ihre Kinnlade klappte herunter und sie machte noch einen Schritt zurück. Bezog er sich gerade auf Sex? Die Frechheit dieses Mannes ... Er war eindeutig nicht so schüchtern, wie jeder glaubte. „Wie kann ich darauf vertrauen, dass Sie mich nach Hause bringen? Vielleicht teleportieren Sie mich in Ihre ... Ihre Höhle unter der Erde." War das nicht das, was Vampire für gewöhnlich taten?

Seine Mundwinkel zuckten. „Mir sind die Höhlen gerade ausgegangen."

Da war er wieder, dieser Akzent, aber sie ignorierte, wie ihr Herz bei diesem Klang zu flattern begann. „Ich traue Ihnen nicht."

„Das verstehe ich. Sie kennen mich nicht."

Nein, das tat sie nicht. Falls sie dieses Jobangebot ablehnte, würde sie ihn vielleicht auch nie kennenlernen. Und auf einmal schien das verdammt schade zu sein. Wie alt war er? Wo und wann war er verwandelt worden? Warum sah er sie so an, als würde er hungern – und das nicht nur nach Blut?

Wäre es so schlimm, in New York zu bleiben, bis sie ihre Entscheidung traf? Wäre es so schlimm, diesen Job für ein paar Tage auszuprobieren? Unter Umständen würde es sich als das Interessanteste herausstellen, woran sie je gearbeitet hatte. Was, wenn sie diesen Leuten tatsächlich helfen und Leben retten konnte? Möglicherweise würde ihr eigenes Leben dann mehr wie ein Abenteuer wirken. Vielleicht, nur vielleicht, könnte sie zum ersten Mal an einem Ort angelangt sein, an dem sie tatsächlich Freunde finden konnte. Diese Leute würden sie nie für einen Freak halten. Nicht, wenn sie selbst so unnormal waren.

Sie atmete tief durch. „Ich denke, ich bleibe hier und versuche es mal mit dem Job."

Emma klatschte. „Das ist wundervoll! Danke!"

Grinsend eilte Abby herbei. „Ich bin so aufgeregt! Es wird toll sein, mit dir zusammenzuarbeiten."

Leah lächelte. „Es wird auf jeden Fall interessant." Sie warf Dougal einen nervösen Blick zu. Er studierte sie, ein grimmiges Leuchten in den grünen Augen. War er erfreut oder wütend? Sie konnte es nicht einschätzen. „Werden Sie hier sein?"

„Aye." Er zuckte mit der Schulter und sein Blick wurde noch intensiver. „Ich bin für die Sicherheit zuständig. Ich werde gut auf Sie aufpassen."

Ein Schauder wanderte durch ihren Körper und hinterließ eine Gänsehaut. *Er* würde auf sie aufpassen? Dabei stellte er doch die größte Gefahr für sie dar.

Um ehrlich zu sein, hatte sie zumindest einen Teil ihrer Entscheidung, hierzubleiben, seinetwegen getroffen. Auf eine alarmierende Weise spielte sie also gerade mit dem Feuer. Und noch alarmierender war die Tatsache, dass es ihr gefiel.

7. Kapitel

Leah erwachte mit einem Ruck und saß aufrecht im Bett.

Einen Moment lang fühlte sie sich desorientiert, dann erinnerte sie sich, wo sie war: in einem der Gästezimmer von Roman Draganestis Stadthaus in der Upper East Side von Manhattan. Immer mehr Erinnerungen von letzter Nacht prasselten auf sie ein. Vampire, Wandler, Hybridkinder und *er*. Dougal.

Schaudernd zog sie die Decke bis zum Kinn hoch. Er hatte ihr eine Chance zur Flucht gegeben, doch dann war er stattdessen zu einem der Hauptgründe für sie geworden, um dazubleiben.

Sie schüttelte den Kopf, da sie sich bei diesem Gedanken nicht wohlfühlte. In Wahrheit gab es viele Gründe, um hierzubleiben. Diese neue übernatürliche Welt faszinierte sie, die Arbeit forderte sie und sie fühlte sich geehrt, dass sie die Möglichkeit bekam, Leben zu retten. All das waren legitime Gründe, die ihre Entscheidung sehr viel nobler klingen ließen als die Art, wie ihr Herz hämmerte, wenn Dougal sie ansah.

Trotzdem war er derjenige, der ihre Gedanken beherrschte. Wann würde sie ihn wiedersehen? Wo war er gerade? Licht drang durch die Vorhänge, also musste es inzwischen Tag sein. Wahrscheinlich schlief er gerade – oder was auch immer tagsüber mit Vampiren geschah.

Die Uhr auf dem Nachttisch neben dem Bett zeigte an, dass es bereits kurz nach Mittag war. Überrascht sprang sie aus dem Bett und lief ins Badezimmer. Während sie duschte und sich das Haar mit ihrem Lieblingsshampoo wusch, das nach Jasmin duftete, ließ sie ihre Gedanken zurück zur letzten Nacht wandern. Nachdem sie ihre Entscheidung getroffen hatte, war sie mit Abby zurück ins Labor gegangen, um die verbliebenen beiden Blutproben zu studieren.

Abby hatte recht behalten. Im Grunde war Tino menschlich. Aber die dritte Probe, die von einem von Master Hans Soldaten stammte, wies eine alarmierende Anzahl an Mutationen auf. Ihn in einen normalen Zustand zurückzuverwandeln würde nicht einfach werden, aber es war eine Herausforderung, auf die sie sich freute.

Gegen zwei Uhr morgens war sie völlig erledigt gewesen, also hatten Gregori und Abby sie zurück ins Stadthaus gebracht, bevor sie selbst nach Hause gefahren waren. Abby hatte ihr versprochen, sie am nächsten Nachmittag um halb vier abzuholen, damit sie zu Romatech zurückkehren und früh loslegen konnte, wie sie es nannte. Anscheinend würde Leah sich an diese seltsamen Arbeitszeiten gewöhnen müssen, nun, da sie mit Vampiren zusammenarbeitete.

Zu hungrig, um irgendetwas mit ihrem nassen Haar anzustellen, trocknete sie es mit dem Handtuch, schlüpfte in eine Jeans und ein T-Shirt und machte sich auf den Weg nach unten. Zu ihrer Überraschung hörte sie Stimmen aus der Küche – und roch frisch gekochten Kaffee.

Sie öffnete die Schwingtür einen Spalt weit und warf einen Blick hinein. In der Küche waren zwei Frauen und drei Kinder. Zwei von ihnen sahen wie Zwillinge aus, die in Hochstühlen saßen.

Die jüngere Frau, eine hübsche Rothaarige, bemerkte sie und lächelte. „Hi Leah. Komm doch rein und frühstücke mit uns."

Sie entspannte sich und betrat die Küche. „Guten Morgen. Ich meine, guten Nachmittag." Letzte Nacht hatte man ihr die Partymeute vorgestellt, aber es waren so viele von ihnen gewesen, dass sie sich an keinen einzigen Namen erinnern konnte.

„Buenos dias", sagte die ältere Frau. „Ich bin Fidelia." Sie arrangierte Toaststücke mit Marmelade auf zwei Plastiktellern.

„Die Kleinen da sind Jillian und Jean-Pierre."

„Sein Spitzname ist John", fügte ein Mädchen hinzu. „Ich heiße Bethany."

„Und ich Heather." Die junge Mutter goss Milch in zwei Tassen, schraubte einen Deckel mit Trinköffnung darauf und gab sie den beiden Kleinkindern.

„Papa schläft noch", sagte Bethany.

Fidelia schnaubte. „So kann man es auch sagen. Mausetot trifft …" Sie hielt inne, als Heather sich räusperte.

Tot? Die ältere Frau musste übertreiben. „Dann sind Sie also mit einem Vampir verheiratet?", fragte Leah, während sie die Kinder betrachtete. Vermutlich waren sie Hybriden, genau wie Tino.

„Genau." Heather nickte lächelnd. „Ich bin mit Jean-Luc Echarpe verheiratet. Wir sind uns gestern Abend kurz begegnet."

Leah blinzelte. „Der berühmte Modedesigner?" Er war ein Vampir?

„Das ist Papa!" Grinsend setzte sich Bethany in ihrem Stuhl auf.

„Wir sind wegen der Party hergekommen, aber jetzt bleiben wir eine Weile hier und bereiten uns auf die Fashion Week vor." Heather deutete auf den Tresen. „Wir haben gestern ein paar Lebensmittel eingekauft. Bedienen Sie sich einfach."

„Danke." Leah nahm sich einen Bagel, löste die beiden Hälften voneinander und ließ sie in den Toaster fallen. Sie fand einen Teller, ein Messer und ein bisschen Frischkäse. „Also leben Sie in Paris?"

„Schön wär's", höhnte Fidelia.

„Wir wohnen in Texas." Heather nippte an ihrem Kaffee. „Jean-Luc musste untertauchen, als die Medien angefangen haben sich zu fragen, warum er nicht altert."

„Und dann hat er sich in meine Mom verliebt", fügte Bethany hinzu.

Heather lächelte ihre Tochter an.

Sie wirkten wie eine glückliche Familie, dachte Leah wehmütig bei sich und goss sich eine Tasse Kaffee ein.

„Diese Vampire sind unglaublich machohaft." Fidelia biss in ihren Bagel und kniff die Augen zusammen, während sie Leah betrachtete. „Sie sind ein hübsches junges Ding. Ich wette, als Nächstes werden sie hinter Ihnen her sein."

„Fidelia", flüsterte Heather. „Mach ihr keine Angst."

„Sie sollte Angst haben", beharrte Fidelia und drehte sich im Stuhl, um Leah direkt anzusehen. „Wenn es einer dieser Vamps auf Sie abgesehen hat, ist er wie ein Hund mit seinem Knochen. Ein tollwütiger Hund. Mit einem Ständer."

„Fidelia!" Heather warf ihr einen warnenden Blick zu.

Die ältere Frau zuckte mit den Schultern. „Okay. Sie sind eher wie diese Raketen, die Wärmesignale entdecken. Wenn sie der Meinung sind, dass Sie heiß sind, werden sie Sie ins Visier nehmen, bis sie Sie schnappen. Und dann, *bäm*!" Sie klatschte mit den Händen. „Eine Liebesexplosion!"

Bethany kicherte.

Leah schluckte hart. Hatte Dougal sie deshalb mit diesem intensiven, hungrigen Ausdruck in den Augen angesehen? Hatte er es auf sie abgesehen?

„Sie sind *muy macho*, sehr sexy." Fidelia strich sich durchs Haar, das bis auf ein wenig grauen Ansatz völlig schwarz war. „Ich hatte ein Auge auf Robby geworfen, aber er hat ein Mädchen gefunden, das ein paar Jährchen jünger ist als ich."

„Mehr als nur ein paar Jährchen", brummte Heather.

„Ich mag die Schotten am liebsten." Fidelias Augen funkelten. „Und ich mag, was sie unter ihren Kilts tragen. *Nada!*"

Bethany grinste. „Tante Fee, du solltest Dougal heiraten. Er ist noch Single."

Leah stockte der Atem. Sie wandte den anderen den Rücken zu und tat so, als würde sie auf den Toaster warten.

„Ach, Dougal", murmelte Fidelia. „Er ist ein gut aussehender *hombre*. Sagt zwar nie viel, aber ich glaube, er ist mehr ein Mann der Tat."

„Er kann wirklich gut mit einem Schwert umgehen", sagte Bethany.

Fidelia gluckste. „Diese Schotten haben ein paar wirklich lange Schwerter. Und ich wette, sie wissen genau, wie sie sie einsetzen müssen."

Heather räusperte sich. „Ich fürchte, Dougal wird nicht mehr für unseren Schutz zuständig sein. Er ist ab jetzt für die Sicherheit bei Romatech verantwortlich."

Wo ich ihn jeden Abend sehen werde. Leah fuhr zusammen, als die Bagelhälften aus dem Toaster sprangen.

„Ich werde Dougal vermissen", jammerte Bethany. „Wer wird uns dann beschützen?"

„Mach dir keine Sorgen, mein Schatz", antwortete Fidelia. „Mr. Glock und Senor Beretta werden auf uns aufpassen."

„Oh Gott, nein", wisperte Heather. „Du hast sie mitgebracht?"

„Natürlich!", sagte Fidelia. „Aus diesem Grund liebe ich die Teleportation mit Vampiren. Sie nehmen mir nie meine Waffen weg."

Leah sah gerade rechtzeitig über die Schulter zurück, um zu bemerken, wie die ältere Frau ihre große Handtasche tätschelte.

Heather seufzte. „Du hättest sie nicht mitbringen müssen."

„Wie sollen wir tagsüber sonst sicher sein?", konterte Fidelia. „Wir haben Billy in Texas zurückgelassen, damit er das Haus bewacht, und Dougal hat man das Licht ausgeknipst."

Er war *tot*? Das war schon das zweite Mal, dass Fidelia behauptete, die Vampire seien tot. Aber wie sollte das möglich sein? Unterschied sich das Dasein als Untoter nicht von dem als Toter? Leah verteilte etwas Frischkäse auf ihrem Bagel. „Wo ist Dougal?"

„Wahrscheinlich im Keller.“ Heather trank einen weiteren Schluck von ihrem Kaffee. „Dort bleiben die Wachen, wenn sie hier übernachten.“

Mit Bagel und Tasse in den Händen ging Leah zu den anderen an den Tisch. Der Keller. Vielleicht konnte sie hinunterschleichen, wenn niemand aufpasste?

„Rate mal“, sagte Bethany zu ihr. „Mom und ich besuchen heute Nachmittag eine Show. *Mary Poppins!*“

„Oh, das ist schön“, erwiderte Leah und setzte sich.

„Macht euch bloß keine Sorgen um mich“, brummte Fidelia. „Ich bleibe einfach hier bei den Zwillingen.“

„John und Jillian?“, fragte Bethany.

„Nein.“ Fidelias Augen funkelten, als sie wieder ihre Handtasche tätschelte. „Smith und Wesson.“

Leah betrachtete die Handtasche stirnrunzelnd. Wie viele Pistolen waren da drin?

„Wir sollten uns besser beeilen.“ Heather stand auf und stopfte sich den letzten Bissen ihres Bagels in den Mund.

Während Leah frühstückte, wuselten die anderen herum, stellten Sachen beiseite und säuberten die fröhlichen Kleinkinder, die ihre Marmelade im ganzen Gesicht verteilt hatten. Dann gingen sie nach oben in ein Spielzimmer, wie Heather erwähnte. Sie und Bethany würden schon bald zu ihrer Nachmittagsvorstellung am Broadway aufbrechen.

Als es wieder still in der Küche wurde, kehrten Leahs Gedanken zu Fidelias Behauptung zurück, dass Dougal tot war. Es ergab einfach keinen Sinn. Ein Körper konnte nicht stundenlang tot sein und dann auf magische Weise wieder zum Leben erwachen. Er musste sich in einem tiefen Schlaf oder einem komaähnlichen Zustand befinden.

Je länger sie darüber nachdachte, desto dringender musste sie die Wahrheit erfahren. Sie stellte ihr schmutziges Geschirr in die Spülmaschine und verließ dann die Küche, um nach dem

Keller zu suchen. Glücklicherweise musste sie dafür nicht weit laufen. Hinter der ersten Tür, die sie öffnete, führte eine Treppe nach unten.

Am Fuße der Treppe entdeckte sie eine Waschmaschine und einen Trockner. Dann betrat sie einen weitläufigen, hell erleuchteten Raum mit einem Billardtisch in der Mitte. Entlang der Wände standen Sofas und Sessel. In einem kleinen Kühlschrank befanden sich Flaschen mit der Aufschrift Blier. Synthetisches Blut und Bier. Regalbretter mit einer Auswahl an Waffen zogen sich über die obere Hälfte der Wände. Schwerter, Messer, Pistolen und Gewehre. Dazwischen hingen vier Wappen, die zu vier Clans gehörten. MacKay, MacPhie, Buchanan und Kincaid. Farben und Muster des Kincaid-Wappens waren identisch mit jenen, die sie an Dougals Kilt gesehen hatte. *Dougal Kincaid.*

Aber wo war er? Leah erspähte eine verschlossene Tür und öffnete sie. Bei dem Knarren zuckte sie zusammen. Falls er schlief, könnte ihn das Geräusch aufgeweckt haben.

Der Raum war dunkel, also ließ sie die Tür offen, damit Licht aus dem Billardraum hereindrang. Zwei Reihen von Einzelbetten verliefen an den Wänden entlang. Sie alle waren leer – bis auf das erste zu ihrer Linken.

„Hallo?“, flüsterte sie.

Keine Antwort.

Langsam näherte sie sich dem Bett. Er war es. Dougal. „Ich wollte Sie nicht beim Schlafen stören.“ Nun, genau genommen war das nicht ganz richtig. Sie rechnete damit, dass er jeden Moment aufwachte. Schließlich war er ein Wachmann. Sollten die nicht darauf trainiert sein, einen leichten Schlaf zu haben?

Seine große Gestalt schien zu groß für das Bett zu sein, denn seine Füße hingen am Ende hinunter und seine Schultern nahmen die ganze Breite ein. Er lag flach auf dem Rücken, die Hände auf Hüfthöhe gefaltet. Seine linke Hand lag auf der Prothese.

Sie näherte sich vorsichtig weiter. „Hallo?“ Ihr Blick wanderte an ihm hinab. Was zum Teufel hatte er da an? Eine Art Nachthemd? Es wirkte wie etwas, das Ebenezer Scrooge tragen würde. Es war weiß, sackartig und endete auf Wadenhöhe. Das Hemd hatte lange Ärmel mit Knöpfen an den Handgelenken. Eine weitere Reihe Knöpfe befand sich auf Brusthöhe und führte zu einem hohen Kragen.

Sie lächelte. Der Kragen hatte sogar eine Krause. Wie altmodisch konnte er noch sein? Wenigstens trug er keine dieser lächerlichen Nachthauben auf dem Kopf.

„Sind Sie wach?“

Keine Antwort. Sie beugte sich vor, um sein Gesicht erkennen zu können, bereit, sofort zurückzuspringen, wenn er die Augen aufschlug. Sein Haar war offen und fiel ihm bis zu den Schultern. Auf seinem Kinn und Kiefer waren dunkle Bartstoppeln. Sein Mund war geschlossen. Wie konnte ein Mann nur einen so schönen Mund haben?

Erneut betrachtete sie seine Augen. Noch immer geschlossen. „Sie wissen, dass ich hier bin, nicht wahr? Sie tun nur so, als würden Sie schlafen.“

Seine Miene blieb ausdruckslos. Kein Zucken in diesen dunklen Brauen. Nie zuvor hatte sie erlebt, dass die Brauen oder eine Stirn einer Person so ausdrucksstark sein konnten. Die Emotionen ihrer Mutter zeigten sich in ihren Augen und ihrer Stimme. Ihr Vater lächelte entweder leicht oder, was wesentlich öfter vorkam, seine Lippen verzogen sich missbilligend.

Aber Dougal … in ihm erkannte sie Wut, Angst, Schmerz, Hunger, Neugier, Anerkennung und Wissensdurst allein daran, wie er die Stirn runzelte oder die Brauen zusammenzog. Ohne nachzudenken streckte sie die Hand aus und berührte seine Stirn. Seine Haut war glatt und kühl.

Schnell zog sie ihre Hand zurück und blickte zu seinen Augen. Sie waren noch immer geschlossen.

„Sie atmen, oder?“ Prüfend hielt sie die Finger unter seine Nase.

Kein Atem.

Sie legte die Hand auf seine Brust. Hart wie Stein. *Tot wie Stein?*

„Komm schon, wach auf.“ Sie rüttelte an ihm. „Du kannst nicht tot sein. Das ist nicht möglich.“

Sie berührte seine Wange. Kühl. Die Bartstoppeln ließen ihre Fingerspitzen kribbeln. „Du bist einfach zu attraktiv, weißt du? Vielleicht sollte ich dich einfach küssen und …“

Keine Antwort. Würde ein normaler Kerl nicht spätestens jetzt mit der Scharade aufhören, sie packen und an sich ziehen?

Aber er war nicht normal. Sie drückte die Finger an seine Halsschlagader, doch der hohe gerüschte Kragen war im Weg.

„Nun, das sollte dich aufwecken“, murmelte sie und öffnete die obersten drei Knöpfe seines Nachthemds. Dann schob sie die Hand zu seinem Hals, um seinen Puls zu messen.

Nichts.

„Das kann nicht sein.“ Sie versuchte es auf der anderen Seite. *Verdammt.* Er hatte keinen Puls.

Während ihr eigener raste und ihre Finger zitterten, öffnete sie mehr Knöpfe, schob das Shirt beiseite – und erstarrte. Nie im Leben hätte sie damit gerechnet. Ein grüner und violetter Drache wand sich über seine rechte Schulter bis hinab zu seiner Brust. Seine Schnauze war weit aufgerissen und er spuckte rotes und orangefarbenes Feuer. Das Tattoo war im orientalischen Stil angefertigt worden, farbenfroh und kämpferisch. Sie legte die Hand auf die Flammen, die sich in die Haut über seinem Herzen fraßen.

Nichts. Zur Sicherheit drückte sie ihr Ohr gegen seine Brust. Seine Haut war kühl an ihrer Wange.

Kein Herzschlag.

„Oh Gott“, flüsterte sie und richtete sich auf. Sollte sie eine

Herz-Lungen-Wiederbelebung durchführen? Würde das bei einem Vampir überhaupt funktionieren? Es war beinahe zwei Uhr nachmittags. Gut möglich, dass er schon seit dem Morgengrauen tot war.

„Dougal." Sie zerrte an seinem Nachthemd und starrte auf sein schönes Gesicht hinab. Er konnte nicht für immer tot sein. Wenn die Sonne unterging, würde er zurückkommen, oder? War es nicht das, was Vampire taten?

Tränen brannten in ihren Augen. „Du wirst zurückkommen, nicht wahr?"

Warum fühlte sie sich so zu diesem Mann hingezogen? Er konnte sie nicht mit irgendeinem Zauber verhexen, wenn er tot war. Das bedeutete, dass die Anziehung echt war.

„Wirklich verrückt", murmelte sie und blinzelte gegen die Tränen an. Wenn sie nur einen Funken Vernunft hatte, würde sie diesen Mann meiden wie den Teufel persönlich.

Sie eilte aus dem Raum, zog die Tür hinter sich zu und sah nicht zurück.

Kurz nach Sonnenuntergang erwachte Dougal wieder zum Leben.

Seine Augen gewöhnten sich schnell an den dunklen Raum. Das hier war nicht das opulente Gewölbe von Jean-Lucs Haus in Texas, sondern der vertraute Keller in Romans Stadthaus. Und heute Nacht würde er seinen neuen Job antreten. Mit etwas Glück würde er Leah wiedersehen. Vielleicht würde er sie sogar zu Romatech teleportieren.

Er hatte noch immer Schuldgefühle, weil er sie letzte Nacht belauscht hatte, doch diese Schuldgefühle wurden von seiner Bewunderung für sie überschattet. Sie war so stark und mutig geblieben, während ihre sichere Welt um sie herum in sich zusammengefallen war. Und dann hatte sie sogar noch mehr Mut bewiesen, indem sie entschieden hatte, hierzubleiben. Obwohl sie Vampiren mit Misstrauen begegnete, war sie bereit, mit ihnen zusammenzuarbeiten, um Leben zu retten.

Sie hatte ein gutes, ehrenvolles Herz. Und sie war intelligent, wunderschön und mutig. Allein der Gedanke an sie ließ ihn lächeln. So aufgeregt hatte er sich seit Jahren nicht mehr gefühlt. Seit Jahrhunderten. Er wollte mehr über sie wissen. Was machte sie glücklich? Wie sahen ihre Träume aus? Konnte sie sich in jemanden wie ihn verlieben?

Als er sich aufsetzte, bemerkte er, dass sein Nachthemd aufgeknöpft war und offenstand. Wer …? Er sah sich kurz um, doch das Zimmer war leer. Auch den Billardraum fand er leer vor. Wer auch immer sein Hemd aufgeknöpft hatte, war längst verschwunden.

Ein Hauch Parfüm hing in der Luft. Jasmin. Sein Herz raste. Könnte es Leah gewesen sein? War sie neugierig genug, um ihn während seines Todesschlafs zu untersuchen?

Er sprang unter die Dusche, während er über mögliche andere Täter nachdachte. Heather Echarpe? Niemals. Fidelia? Der Gedanke ließ ihn schaudern. Diese Frau versuchte ständig, einen Blick unter seinen Kilt zu werfen, wenn er schwebte.

Es musste Leah gewesen sein. Wenn er sich vorstellte, wie sie beim Anblick seines altmodischen Nachthemds reagiert haben musste, zuckte er innerlich zusammen. Vielleicht sollte er Gregoris Rat folgen und diesem extravaganten Stylisten bei DVN einen Besuch abstatten. Die anderen Jungs zogen ihn immer wegen seines Nachthemds auf. Sie waren so modern geworden, dass die meisten von ihnen nur noch in Unterwäsche schliefen. Oder weniger. Er klammerte sich an das alte Hemd, weil es sein Tattoo vollständig bedeckte und er keine Fragen dazu beantworten wollte.

Aber Leah musste es gesehen haben. Er stöhnte beim Gedanken daran. Wie sollte er ihr das nur erklären?

Er trat aus der Dusche und schaltete die digitale Kamera und den Monitor an, damit er etwas sehen konnte, wenn er sich rasierte. Für gewöhnlich gab er sich keine große Mühe mit seinem Aussehen, doch heute sah er Leah vielleicht wieder.

Würde sie zugeben, dass sie sein Hemd aufgeknöpft hatte? Falls nicht, wie konnte er sie fragen, ob sie es gewesen war? *Ach übrigens, bist du während meines Todesschlafs über mich hergefallen, Mädchen?*

Vor Sonnenaufgang hatte er sich zurück zu Jean-Lucs Anwesen teleportiert und seine Sachen zusammengesucht: seine Kleidung, seine Tartandecke, seinen Dudelsack, die Uilleann Pipes und eine dünne alte Pfeife. So konnte er sich jetzt ein frisches weißes Hemd und einen Kilt anziehen und sein feuchtes Haar mit einem neuen Lederband zurückbinden.

Oben fand er Jean-Luc in der Küche, wo er gerade eine Flasche synthetisches Blut trank, während seine Familie zu Abend aß.

„*Félicitations, mon ami.*" Jean-Luc holte Dougal eine Flasche aus dem Kühlschrank und drückte sie ihm in die Hand. „Fängst du heute Abend an?"

„Aye." Dougal stellte die Flasche in die Mikrowelle.

Bethany betrachtete ihn mit einem traurigen Schmollmund. „Ich werde dich vermissen."

„Ach, Mädchen." Er tätschelte ihr die Schulter. „Du wirst auch ohne mich wunderbar zurechtkommen."

„Ich werde dich auch vermissen." Fidelia zwinkerte ihm zu.

Er versteifte sich. War sie diejenige, die seine Kleidung aufgeknöpft hatte? Er holte die Flasche aus der Mikrowelle und trank einen Schluck. „Wo ist Leah?"

„Sie ist schon vor einer Stunde los", antwortete Heather.

„Wir haben zusammen einen Film geschaut, während die Zwillinge geschlafen haben", fügte Fidelia hinzu. „Sie konnte nicht bis zum Ende bleiben, weil sie zur Arbeit musste, aber sie meinte, sie hätte ihn schon eine Million Mal gesehen."

Heather stand auf und umarmte ihn. „Du wirst uns fehlen, aber wir freuen uns über deine Beförderung. Du wirst das großartig machen!"

Dougal nickte lächelnd. „Danke." Mit der Flasche in der Hand trat er einen Schritt zurück. „Ich sollte auch los."

Er kehrte in den Keller zurück, um seinen Dolch in die Scheide unter seinem Kniestrumpf zu schieben. Also hatte Leah den Nachmittag damit verbracht, sich etwas anzuschauen, das sie schon viele Male vorher gesehen hatte? Welche Art von Film weckte eine solche Hingabe in ihr?

Wieder oben angekommen, schlich er ins Wohnzimmer. Der Raum war leer, der Fernseher ausgeschaltet. Auf dem DVD-Player lag eine Plastikhülle. *An Affair to Remember.*

Seine Neugier war geweckt, also las er die Inhaltsangabe auf der Rückseite der DVD-Hülle. Es klang ein bisschen kitschig, aber wenigstens sah sie sich keinen Film an, in dem Vampire gejagt wurden.

Er teleportierte sich zum Seiteneingang von Romatech und drückte seine Hand gegen den Sensor, um die Tür zu öffnen. Schon vor Jahren hatte man ein Alarmsystem installiert, das jede Teleportation ins Gebäude erfasste, also teleportierten er und die anderen Vampire sich für gewöhnlich zu einem der Eingänge.

Während er die Halle durchquerte, trank er aus seiner Flasche. Vor dem MacKay-Sicherheitsbüro blieb er stehen und gab den Code ein. Drinnen entdeckte er Austin, der sich gerade seine Jacke anzog.

„Hey, Dougal." Austin klopfte ihm auf die Schulter. „Es ist gut, dich zurückzuhaben."

„Es ist gut, wieder hier zu sein." Dougal warf einen Blick auf die Monitore. Leah und Abby beugten sich im Labor über ein paar Papiere. Der gefangene Soldat befand sich noch immer im Silberraum. Tino war auf dem Basketballfeld und spielte mit seinem Vater, Angus und Carlos.

Dougal sah zu Leah zurück und sein Tattoo begann zu brennen. Heute Nacht schien sie sogar noch schöner zu sein. „Wie läuft's?"

„Gut. Freemont dreht gerade die Runde." Austin schnappte sich die Schlüssel vom Schreibtisch. „Ich muss los. Matthew hat Fußballtraining."

„Verstehe."

„Bis morgen." Lächelnd verließ Austin den Raum.

Dougal trank seine Flasche Blut zum Frühstück aus, ohne die Monitore aus den Augen zu lassen. Draußen hastete Austin zu seinem Wagen auf dem Parkplatz. Er lebte mit seiner Frau und seinen Kindern ganz in der Nähe in White Plains.

Wie es aussah, hatte heutzutage jeder Kinder. Dougals Blick wanderte zurück zu dem Monitor, der Leah und Abby zeigte. Sogar Abby und Gregori gründeten eine Familie.

Laszlo betrat das Labor in einem neuen weißen Kittel, einem gestreiften Shirt und einer hellroten Krawatte. Sein Haar war ordentlich gekämmt und sein rundes Gesicht leuchtete in einem rosigen Ton, als hätte er es zu fest geschrubbt. Die beiden Frauen sahen auf und lächelten ihm zu.

Dougals Handprothese schloss sich um die Flasche und er starrte wütend hinunter. *Spinn heute Nacht nicht rum.* Er trank die Flasche aus und warf sie in den Mülleimer.

Die Bürotür ging auf und Gregori schlenderte herein. „Hey, Kumpel. Was geht?"

Dougal neigte den Kopf zur Seite. „Guten Abend."

Gregori spähte zum Monitor, der das Labor zeigte, und grinste. „Laszlo sieht heute nicht ganz so sehr wie ein Nerd aus, oder?"

Dougal zuckte mit den Schultern.

„Ich habe ihm einen Termin bei Wilson besorgt", fuhr Gregori fort.

Insgeheim fragte Dougal sich, ob er das auch tun sollte.

„Und ich habe ihm einen Tipp gegeben, um die Ladys mit seinem Charme einzunehmen“, erklärte er. „Nämlich den offensichtlich besten Weg, um das Herz einer Frau zu gewinnen.“

Auf Dougal wirkte es nicht besonders offensichtlich. Er wartete ab, doch Gregori starrte wie gebannt auf den Bildschirm.

„Ist Abby nicht wunderschön?“, flüsterte er. „Sie glüht geradezu.“

„Was ist es?“, hakte Dougal nach und beeilte sich, hinzuzufügen, als Gregori ihn nur verwirrt ansah: „Der beste Weg, um das Herz einer Frau zu gewinnen.“

„Ach das.“ Gregori machte eine wegwerfende Handbewegung. „Man braucht nur Humor. Du musst die Lady zum Lachen bringen.“

Dougal schluckte hart. „Zum Lachen?“

„Jepp. Mal sehen, ob Laszlo es hinkriegt.“ Gregori drehte die Lautstärke für das Labor auf.

„… eine alarmierende Anzahl an genetischen Mutationen“, sagte Leah gerade und deutete auf den Ausdruck.

Laszlo setzte sich neben sie an den Tisch. „Ich fand Genetik schon immer faszinierend.“

Leah sah nicht auf, während sie las, sondern nickte nur.

Nervös drehte Laszlo an einem Knopf seines Kittels. „Bevor ich verwandelt wurde, habe ich an der Universität in Wien studiert. Ich konnte Gregor Mendel ein paar Mal in Mähren besuchen.“

Mit großen Augen wandte sich Leah ihm zu. „Du kanntest Gregor Mendel?“

Laszlo errötete. „Ja. Er war sehr freundlich. Er hat sich stundenlang Zeit genommen, um seine Theorien mit mir zu besprechen.“

„Heilige Scheiße“, wisperte Leah. „Ich kann nicht fassen, dass du ihn kanntest.“

„Das ist so cool!“, rief Abby.

„Und er hat mich zum Dinner eingeladen.“ Laszlo nestelte an einem anderen Knopf herum. „Natürlich gab es immer Erbsensuppe.“

Leah und Abby lachten.

Gregori stieß die Faust in die Luft. „Weiter so, Laszlo!“

Dougals Handprothese ballte sich zur Faust.

„D-das war mein Ernst.“ Laszlo errötete noch mehr. „Mendel hatte über neunundzwanzigtausend Erbsenpflanzen.“

Abby und Leah kicherten.

Die Bürotür öffnete sich ein weiteres Mal und Freemont kam herein. „Was geht, Jungs?“ Er nickte Dougal zu. „Bin mit meiner Runde durch. Alles ruhig.“

„Gut.“ Dougal befahl seiner Faust, sich zu entspannen. Sie hörte nur langsam auf seinen Befehl und machte leise klickende Geräusche.

„Deine Roboterhand ist so cool.“ Freemont schnappte sich einen Donut aus der Box auf der Anrichte. „Du siehst aus wie der Terminator.“

Innerlich zuckte Dougal zusammen. „Danke.“

„Oh, das erinnert mich an etwas“, wandte Gregori sich an ihn. „Abby will dich heute Nacht sehen, damit sie sich deine Hand anschauen kann. Ich glaube, sie will Röntgenaufnahmen und eine Computertomografie machen.“

Nur mit Mühe unterdrückte Dougal ein Stöhnen. „Jetzt ist alles okay.“

„Befehl von Angus.“ Gregori warf ihm einen schiefen Blick zu. „Und du sagst nicht Nein zum Big Boss.“

Auf dem Bildschirm sprang Abby auf die Beine. „Dieses ganze Gerede von Erbsensuppe hat mich hungrig gemacht.“ Sie stupste Leah an. „Wollen wir zum Abendessen in die Cafeteria?“

„Okay.“ Leah stand auch auf. „Ich kann eine Pause gebrauchen.“

Mit einem hoffnungsvollen Ausdruck im Gesicht erhob Laszlo sich ebenfalls. Gleichzeitig drehte er an einem Knopf seines Kittels herum.

„Wir sind in etwa dreißig Minuten zurück“, rief Abby ihm zu, während sie zur Tür ging.

„Bye.“ Leah verließ das Labor zusammen mit Abby.

Ping. Laszlos Knopf fiel zu Boden.

„Verdammt, Laszlo“, grummelte Gregori. „Du hast deine Chance verpasst.“ Er richtete seine Krawatte und grinste dann. „Na gut, ich muss zur Arbeit. Aber vielleicht mache ich einen kurzen Zwischenstopp in der Cafeteria.“

„Ich komme mit“, sagte Dougal. Er würde seine Chance nicht verpassen. Als Gregori ihm einen fragenden Blick zuwarf, fügte er schnell hinzu: „Ich muss sowieso eine Runde drehen.“

„Das habe ich doch gerade getan.“ Freemont stopfte sich einen halben Donut in den Mund.

Dougal knirschte mit den Zähnen. „Ich muss einen Termin mit Abby ausmachen.“

„Oh, natürlich.“ Gregori schlug ihm auf den Rücken. „Na dann, los.“

Auf dem Weg zur Cafeteria beschloss Dougal, dass er Leah beeindrucken und ihr Herz gewinnen würde. Laut Gregori war es einfach. Er musste nur charmant sein und sie zum Lachen bringen.

Seine metallene Hand ballte sich zur Faust. Er war verloren.

8. Kapitel

Leah war gerade damit beschäftigt, Dressing auf ihren Geflügelsalat zu geben, als Abby zur Tür der Cafeteria sah und plötzlich grinste.

„Gregori ist hier!“ Abby legte ihren Suppenlöffel beiseite und sprang auf.

„Hi, Liebling.“ Gregori umarmte sie, dann deutete er auf ihre Schale mit Kartoffelsuppe. „Lass dich von mir nicht aufhalten. Du musst jetzt für zwei essen.“

Leah konzentrierte sich auf ihren Salat, um den beiden Turteltäubchen etwas Privatsphäre zu geben.

„Ich habe dich vermisst“, flüsterte Abby.

„Ich habe dich viel mehr vermisst.“ Gregori rieb mit der Nase über ihren Hals. „Ich bin aus meinem Todesschlaf aufgewacht und du warst fort.“

So nannten die Vampire das also? Todesschlaf? Leah nahm einen großen Bissen von ihrem Salat. Ob Dougal jetzt auch wach war?

Abby drückte Gregoris Schulter. „Ich habe dir doch gesagt, dass ich früher anfange und Leah mitbringe.“

Zum ersten Mal schien er sie auch wahrzunehmen. „Wie geht es Ihnen heute, Leah?“

„Gut“, murmelte sie mit vollem Mund.

„Oh.“ Abby sah zur Tür. „Ich habe dich gar nicht gesehen, Dougal.“

Sofort versteifte Leah sich. Er war am Leben! Sie schlang hastig den Bissen hinunter und trank ein paar Schlucke Wasser, weil ihre Augen tränten. Dann warf sie einen Blick über die

Schulter und sah, wie er auf sie zukam. Lebendig. Und so attraktiv wie eh und je.

Sie drehte sich wieder um und richtete ihre Aufmerksamkeit auf ihren Salat.

„Ich glaube, ich will noch etwas essen“, sagte Abby. „Ich stelle mich noch mal an.“

„Ich begleite dich.“ Gregori folgte ihr.

Leah stocherte mit ihrer Plastikgabel in ihrem Salat herum. Sie konnte fühlen, dass er noch immer hinter ihr war und sie anstarrte. Seine Gegenwart schien den ganzen Raum zu verschlingen.

„Guten Abend“, sagte er in seiner tiefen Singsang-Stimme, die einen kleinen, herrlich prickelnden Schauder ihren Rücken hinabwandern ließ.

„Hi.“ Sie sah auf, als er neben ihr stehen blieb.

Er lehnte sich vor, mit geweiteten Nasenlöchern, als würde er ihren Duft in sich einsaugen, dann richtete er sich wieder auf und verzog den Mund zu einem leichten Lächeln. „Wie geht es Ihnen?“

„Gut.“ Sie hielt inne. „Und Ihnen?“

„Sehr gut, danke.“

Sie spielte mit ihrer Plastikgabel herum. Wenn ihr nur etwas Brillantes einfallen würde, das sie sagen konnte. Ob er etwas über ihre Forschung für ihre Doktorarbeit wissen wollte? Wahrscheinlich nicht. „Möchten Sie etwas zu essen?“

„Ich hatte eine Flasche, nachdem ich bei Sonnenuntergang aufgewacht bin.“

„Richtig.“ *Er isst nicht, Dummerchen.* In Gedanken gab sie sich selbst eine Ohrfeige. Ihr Blick wanderte zum Fenster. Auf dem Basketballfeld war das Spiel noch in vollem Gange. „Ich erkenne Angus, Roman und Tino wieder, aber wer ist der andere Mann?“

Dougal folgte ihrem Blick. „Das ist Carlos. Er ist ein Werpanther.“

„Noch eine Killerkatze?“

„Wir könnten ihm einen CAT-Scan geben, um sicherzugehen.“

Sie zuckte zusammen.

Seufzend verlagerte er sein Gewicht von einem Fuß auf den anderen. „Ich verfüge nicht über die Gabe der Schmeichelei.“

Fühlte er sich auch unbeholfen im Umgang mit anderen Leuten? „Ich war auch nie gut in sinnlosem Small Talk“, gab sie zu.

Minuten vergingen, in denen er sie unverwandt musterte. Was zum Teufel dachte er sich dabei? Sie versuchte das seltsame Schweigen damit zu brechen, dass sie einen Bissen von ihrem Salat nahm.

„Vielleicht sollten wir dann etwas Bedeutsames sagen“, bemerkte er sanft.

Sie schluckte den Bissen hinunter, ohne etwas geschmeckt zu haben. „Sinnlos ist sicher.“

„Wenn Sie Sicherheit gewollt hätten, wären Sie weggelaufen.“ Er setzte sich auf den Stuhl neben sie. „Warum sind Sie geblieben?“

„Aus vielen Gründen.“ *Vor allem deinetwegen.* Sie nippte an ihrem Wasser. „Hier habe ich die Möglichkeit, Leben zu retten. Das abzulehnen würde mich zu einem Feigling machen, oder nicht?“

„Sie sind eine mutige Frau, so viel ist sicher.“

Ihr ging das Herz auf. Nicht nur, dass er ihr ein Kompliment machte. Er tat das auf eine Weise, die wie süße Musik klang. Sie griff nach ihrem Plastikmesser, um ein Stück gegrilltes Hähnchen in Streifen zu schneiden. „Ein anderer Grund ist, dass ich als Wissenschaftlerin natürlich neugierig auf diese neue Welt bin, in die ich hineingestolpert bin.“

„Neugierig genug, um sich in den Keller zu wagen, während ich geschlafen habe?“

Ihr Plastikmesser zerbrach in zwei Teile.

„Du warst es, aye?“ Er stützte sich mit dem Ellbogen auf den Tisch und wandte sich ihr ganz zu. „Du hast mein Hemd aufgeknöpft.“

Sie zuckte mit den Schultern, um Gleichgültigkeit vorzutäuschen, obwohl ihr Herz raste. „Jeder hätte nach unten gehen können.“

„Ich habe deinen Duft wiedererkannt. Jasmin. Sehr schön.“

Erwischt. Hitze schoss in ihre Wangen. „Na gut. Ich war unten, um nach dir zu sehen. Aber ich bin auch deine Ärztin, wie du weißt.“

Seine Mundwinkel zuckten. „Also gab es medizinische Gründe, um meine Brust zu untersuchen?“

„Ich wollte sehen, ob du einen Herzschlag hast“, murmelte sie verärgert. „Hattest du nicht. Ich habe keine Ahnung, wie du stundenlang tot sein und dann auf magische Weise wieder zum Leben erwachen kannst, nur weil die Sonne untergeht.“

„So funktioniert es nun mal.“

„Das ergibt keinen Sinn.“

Sein Blick wurde weicher und er lehnte sich näher zu ihr. „Muss alles einen Sinn ergeben?“

Eine Gänsehaut breitete sich auf ihrem Körper aus. Nein, es ergab keinen Sinn, dass sie sich so zu ihm hingezogen fühlte.

„Ich würde gern ein bisschen Zeit mit dir verbringen, damit wir uns besser kennenlernen können.“

Wollte er ein Date? Aber wie konnte sie mit einem Vampir ausgehen? Das war unmöglich, auch wenn ein kleiner Teil in ihr begeistert von dieser Vorstellung war. „I-ich glaube nicht, dass es klug ist, sich mit jemandem von der Arbeit zu verabreden.“

Stirnrunzelnd sah er zur Seite, dann wandte er sich ihr wieder zu. „Es ist rein geschäftlich. Im Moment bist du von Vampiren umgeben, denen du nicht traust. Und du kannst uns nicht trauen, solange du uns nicht besser kennst. Mich näher kennenzulernen wird dir dabei helfen, effizienter zu arbeiten."

Erwartete er wirklich, dass sie ihm diese Erklärung abkaufte? Dennoch war es süß, dass er sich so sehr bemühte.

Sein Blick fiel auf ihren Mund und kehrte dann zu ihren Augen zurück.

Sie schluckte hart. Dachte er daran, sie zu küssen?

„Wirst du mir eine Chance geben?", flüsterte er. „Ich habe so lange auf dich gewartet."

Ihr Herzschlag geriet ins Stolpern.

„Da sind wir wieder", rief Abby und knallte ihr Tablett mit gebratenen Hähnchenfiletstreifen und Pommes frites auf den Tisch.

Dougal richtete sich auf und sah aus dem Fenster.

Leah atmete tief durch. *Ich habe so lange auf dich gewartet.* Glaubte er etwa, sie wären irgendwie füreinander bestimmt? Ihr Puls hämmerte in ihren Ohren. Wie konnte sie eine Zukunft mit ihm haben?

Abby setzte sich. „Normalerweise esse ich nicht so viel, aber ich bin so hungrig." Sie biss in einen der Hähnchenfiletstreifen.

Gregori setzte sich neben sie, den Blick auf Leah und Dougal gerichtet. „Was ist los? Ihr zwei wart in ein Gespräch vertieft."

„Es war nichts." Leah trank einen Schluck Wasser.

„Sie hat mir erklärt, warum sie sich entschieden hat, zu bleiben", sagte Dougal.

„Ah." Gregori lächelte charmant. „Wie hätten Sie uns widerstehen können? Wir sind so unheimlich faszinierend."

Abby schnaubte. „Und so bescheiden."

Leah lächelte. „Ich schätze, es ist nicht weiter überraschend, dass ich in einer seltsamen Welt lande. Auf dem College hielten mich die anderen für seltsam. Sie haben mich ‚Dr. Freakazoid' genannt."

Dougal verspannte sich neben ihr.

Abby zuckte zusammen. „Das war gemein."

Innerlich stöhnte Leah. Was war nur über sie gekommen, das zu gestehen? Das war allein Dougals Schuld. Er brachte sie völlig aus der Fassung, und jetzt plapperte sie wie eine Idiotin. „Um ehrlich zu sein, war ich tatsächlich irgendwie seltsam. Ich war vierzehn, als ich mit dem Studium begonnen habe."

Gregori stützte die Ellbogen auf den Tisch und lehnte sich nach vorne. „Wenn Sie so jung waren, hätten die anderen netter zu Ihnen sein sollen, nicht gemeiner."

„Aye", murmelte Dougal. „Wenn du mir ihre Namen gibst, spüre ich sie auf ..."

„Aufspüren?" Leah musterte ihn. Warum musste er mit seinem schottischen Akzent so hinreißend klingen?

„Aye, aufspüren. Sie verdienen es, mit den Köpfen gegeneinandergeschlagen zu werden. Als Chef der Security hier ist es meine Pflicht, dich zu beschützen."

„Rückwirkend?"

Seine Augen flammten in einem intensiven Grün auf. „Jederzeit, überall."

Eine neue Welle Gänsehaut prickelte auf ihren Armen, als hätte er die Hand ausgestreckt, um sie zu liebkosen. „Es ist lange her. Ich bin darüber hinweg."

„Bist du?"

Nein. In den gesamten dreiundzwanzig Jahren ihres Lebens hatte sie sich gefühlt, als wäre sie allein in der Welt. Ohne Freunde. Allein in einer Welt, in die sie nicht hineinpasste.

Wie alt mochte Dougal sein? Trug er den Schmerz seit Jahrhunderten auf seinen breiten Schultern mit sich? *Ich habe so lange auf dich gewartet.* Sehnte er sich genauso sehr wie sie nach einer tröstenden Berührung?

Ihre sogenannten Freunde hatten sie nur für kostenlose Nachhilfestunden gebraucht. Ihre Eltern sahen in ihr den lebenden Beweis ihrer intellektuellen Überlegenheit. Sogar Dr. Lee und die Vampire wollten sie nur für ihr Fachwissen.

Aber Dougal war überraschend anders. Er betrachtete sie, als wäre sie die begehrenswerteste Frau der Welt. Und noch viel überraschender war, dass sie wie eine Frau darauf reagierte. Ihr Herz hämmerte, sie war atemlos und ihre Nervenenden kribbelten. Sie wollte alles über ihn wissen. Und, so wahr ihr Gott helfe, sie wollte ihn berühren.

In Gedanken schüttelte sie sich selbst. Er war ein Vampir. Ein Vampir mit einem Vulkan im Inneren und einem feurigen Drachentattoo auf der Brust. Sie konnte sich nicht erlauben, sich auf ihn einzulassen. Ihr perfekt durchgeplantes Leben würde in Flammen aufgehen.

„Mir geht's gut." Sie schob den Stuhl zurück und stand auf. „Und ich gehe jetzt besser zurück an die Arbeit."

Dougal stöhnte innerlich.

Sein einziger Scherz war lahm gewesen, und sein Versuch, charmant zu sein, hatte sie vertrieben. Wie konnte er es anstellen, allein mit ihr zu sein? Was würde sie beeindrucken? Seine Gedanken kehrten zu dem Film zurück, den sie heute angeschaut hatte. Natürlich. Plötzlich wusste er genau, was er zu tun hatte.

Er räusperte sich. „Gregori, macht es dir was aus, wenn du Leah heute nicht heimfährst, sondern ich sie stattdessen nach Hause teleportiere?"

Gregori schmälerte die Augen. „Ich schätze, das geht in Ordnung."

„Und kannst du mir die Nummer von dem Typen bei DVN geben?"

„Wilson?" Er stand auf. „Entschuldige mich kurz", wandte er sich an seine Frau und tätschelte ihr die Schulter.

Sie nickte mit vollem Mund.

Gregori deutete Dougal an, ihm zum Fenster zu folgen. „Du willst eine Rundumerneuerung? Warum?"

Dougal zuckte die Schultern. „Du hast gesagt, ich sehe aus wie ein Pirat."

„Das hat dich nie gestört." Gregori runzelte die Stirn. „Du hast Leah wie ein halb verhungertes Tier angestarrt."

Dougal zuckte zusammen. War es so offensichtlich?

„Du streitest es nicht ab." Gregori seufzte. „Dir ist aber schon klar, dass Laszlo in sie verknallt ist?"

„Aye."

„Trotzdem willst du dich an sie ranmachen?"

„Aye." Als Gregori ihn weiterhin stirnrunzelnd betrachtete, fügte Dougal etwas hinzu: „So wie ich das sehe, hat sie an keinem von uns Interesse."

„Ihr Herzschlag ist wie eine Rakete in die Höhe geschossen, als du den Raum betreten hast."

Dougal nickte. „Ich weiß. Ich mache ihr Angst."

„Vielleicht." Gregori musterte ihn grübelnd. „Aber nicht auf die Art, wie du glaubst." Ohne eine weitere Erklärung kehrte er zu Abby zurück. „Liebling, hast du Zeit, dir Dougals Hand anzusehen?"

„Sicher." Sie tunkte ihre Pommes in einen Klecks Ketchup. „Sobald ich hier fertig bin."

Eine Stunde später saß Dougal in Abbys Büro, während sie sich die Ultraschall- und Röntgenbilder seiner Hand anschaute.

Er hatte Gregori gebeten, seine kryptische Bemerkung zu erklären, aber der hatte ihm nur Wilsons Telefonnummer gegeben und „Möge der beste Mann gewinnen" gesagt.

Dougal runzelte die Stirn. Der bessere Mann war in jedem Fall Laszlo. Auf intellektueller Ebene passte er besser zu Leah. Und er hatte nicht die kontroverse Vergangenheit wie Dougal. Laszlo war nie entführt oder dazu gezwungen worden, als Sklave oder Pirat zu arbeiten. Vermutlich hatte er nie jemanden im Stich gelassen, den er geliebt hatte. Oder sie begraben.

„Alles sieht gut aus.“ Abby legte das Röntgenbild zur Seite und überreichte ihm einen Handtrainer mit schwarzen Gummigriffen. „Die Sensoren messen deine Greifkraft. Drück ein bisschen zu.“

Er tat wie befohlen und auf Abbys Computermonitor ging ein roter Balken im Säulendiagramm ein Stück hoch.

„Okay, das war im normalen Bereich für einen Sterblichen.“ Sie notierte das Ergebnis. „Versuch es noch mal. Jetzt mit etwas mehr Kraft.“

Er drückte den Handtrainer fester zusammen und das rote Licht schoss bis zur Hälfte des Diagramms in die Höhe.

„Alles scheint perfekt zu funktionieren.“ Sie musterte ihn neugierig. „Warum denkst du, dass es gestern eine Fehlfunktion gab?“

„Ich glaube, der Fehler lag bei mir“, gab Dougal zu.

„Ich sehe nicht, wie das möglich ist. Dein Verstand kontrolliert die Prothese gerade ohne Probleme. Warum sollte plötzlich etwas schiefgehen?“

Er dachte an den Moment, in dem er die Flasche zerbrochen hatte. Zu dem Zeitpunkt hatte er Leah auf dem Monitor beobachtet. War sie der Grund dafür, dass er die Kontrolle verloren hatte? Seine Hand ballte sich zur Faust und das rote Licht schoss beinahe bis zur oberen Grenze des Diagramms.

„Whoa, vorsichtig.“ Abby warf ihm einen besorgten Blick zu. „Hast du das absichtlich gemacht?“

Er zögerte, schüttelte dann aber den Kopf.

Abby runzelte die Stirn. „Also gibt es ein Problem. Wann ist es das erste Mal aufgetreten?“

Er rutschte auf dem Stuhl hin und her. „Letzte Nacht.“

„Was ist letzte Nacht passiert?“

Er zuckte die Schultern. „Ich wurde befördert.“

„Das muss dich sehr glücklich gemacht haben.“ Abby tippte mit ihrem Stift gegen den Schreibtisch, während sie nachdachte.

„Ich frage mich, ob dein emotionaler Zustand deine Gedankenkontrolle beeinflusst."

„Das sollte er nicht." Er zuckte zusammen. „Aber ich weiß nicht, wie ich es mir sonst erklären soll."

„Hat dich gestern etwas aufgeregt?" Belustigung funkelte in Abbys Augen. „Könnte es sein, dass du so alt geworden bist, dass du Geburtstagspartys hasst?"

Es klopfte.

„Abby?" Leah öffnete die Tür einen Spalt weit.

Dougals Hand ballte sich zur Faust und zerbrach die Metallfeder darin in zwei Hälften. Das rote Licht schoss bis an die Grenze des Diagramms und piepte.

Abby schnappte nach Luft.

Er ließ den Handtrainer fallen und das Piepen hörte auf.

Abby starrte ihn mit offenem Mund an.

„Stimmt etwas nicht?" Leah kam herein und warf ihm einen wachsamen Blick zu.

„Nein." Dougal stand auf. „Ich bin hier fertig."

Leah wandte sich an Abby. „Ich wollte euch nicht unterbrechen, aber ich wollte deine Meinung zu etwas hören."

Noch immer starrte Abby ungläubig auf den Monitor, dann glitt ihr Blick zu dem zerstörten Handtrainer und schließlich zu Dougal. „Hast du das mit Absicht gemacht?"

„Sicher", log er. Auf keinen Fall würde er zugeben, dass er die Kontrolle verloren hatte, wenn Leah in der Nähe war. Erst recht nicht, wenn sie im selben Raum war.

Abby musterte ihn misstrauisch.

Verdammt. Sie würde es herausfinden. „Ich sollte jetzt zurück zur Arbeit." Er ging auf die Tür zu, blieb jedoch kurz neben Leah stehen. „Um wie viel Uhr wolltest du heute fertig sein?"

Leah zuckte mit den Schultern. „Gegen halb zwei. Warum?"

„Ich werde dich nach Hause bringen."

Ihre Augen weiteten sich. Bevor sie widersprechen konnte, hastete er zurück ins Sicherheitsbüro.

Er musste noch einiges vorbereiten. Leah wusste es noch nicht, aber sie würde nachher einen kleinen Ausflug mit ihm machen.

9. Kapitel

„Bist du fertig?“

Beim Klang von Dougals Stimme machte Leahs Herz einen Sprung. Sie sah von ihrem Mikroskop auf. Er stand an der Tür und blickte sie unverwandt aus seinen smaragdgrünen Augen an. Warum hielt er eine Decke in den Händen?

„Es ist halb zwei Uhr morgens“, fügte er hinzu.

Sie warf einen Blick auf die Uhr an der Wand. Sie war so in die Arbeit vertieft gewesen, dass sie jegliches Zeitgefühl verloren hatte. Aber ihr Rücken und ihre Schultern schmerzten vom vielen gebeugten Sitzen.

Sie sah zu Abby hinüber, die neben ihr am Labortisch saß. „Stört es dich, wenn ich gehe?“

„Natürlich nicht. Ich bin auch gleich weg. Gregori müsste jede Minute hier sein.“

„Mach dir keine Gedanken um mich.“ Laszlo lächelte ihr vom anderen Ende des Raumes zu. „Ich bin daran gewöhnt, nächtelang durchzuarbeiten.“

Leah stand auf und hob ihre Handtasche vom Boden auf. Inzwischen war Dougal hereingekommen. Für einen Mann seiner Größe konnte er sich ziemlich leise bewegen. „Fährst du mich zurück?“

„Nein.“

Ihr Herzschlag setzte aus. „Wenn du vorhast, mich zu teleportieren, solltest du wissen, dass ich mich bei dem Gedanken nicht wohlfühle.“

„Ich weiß, aber das ist etwas, an das du dich gewöhnen musst. Jetzt, da du mit uns arbeitest, wird es auch Zeiten geben, zu denen du mit uns teleportieren musst.“

„Ich kann ein Taxi nehmen."

„Um die Welt? Du musst lernen, mit uns zu reisen. Das ist eine geschäftliche Sache."

Das war ein gutes Argument und dennoch ... Sie lehnte sich zu Abby. „Ist es sicher?", wisperte sie.

„Ja", flüsterte Abby zurück. „Und er kann uns hören."

Sie schnaubte verärgert und richtete sich wieder auf. Er musste wirklich nicht so belustigt aussehen. „Warum hast du eine Decke dabei?"

„Das ist keine Decke, sondern mein Tartan." Er warf ihn sich über eine seiner breiten Schultern. Das Karomuster passte zu dem seines Kilts. „Dort, wo wir hingehen, könnte es etwas kühl sein."

„Ich dachte, du bringst mich zum Stadthaus."

„Später. Vorher machen wir einen kleinen Zwischenstopp."

Sie kniff die Augen zusammen. „Hast du eine neue Höhle unter der Erde gefunden?"

„Nein." Seine Mundwinkel zuckten. „Wir werden auf jeden Fall oberirdisch sein." Er hielt ihr seine Hand hin. „Bereit?"

Sie näherte sich ihm stirnrunzelnd. „Du hast nicht vor, in mein Bewusstsein einzudringen?"

„Nein. Ich weiß genau, wo wir hinmüssen. Vor ein paar Minuten habe ich einen Testlauf gemacht."

Jetzt weckte er ihre Neugier. Sie schob sich den Riemen ihrer Handtasche über die Schulter. „Wohin gehen wir?"

„Das ist eine Überraschung." Er griff nach ihrem Arm und zog sie in den Flur.

Ihr Herz geriet ins Stolpern. Verdammt. Mit seinem ausgeprägten Gehör merkte er vermutlich, dass es raste.

„Du musst dich an mir festhalten", sagte Dougal leise.

Ihre Blicke trafen sich und sie erstarrte. Er war so nahe, dass sie die kleinen goldenen Flecken in seinen grünen Augen erkennen konnte.

Er packte sie an der Taille und zog sie an sich. „Halt dich an mir fest“, flüsterte er. „Vertrau mir.“

Das Blut rauschte in ihren Ohren. Würde sie es wagen, ihm zu vertrauen? Zaghaft legte sie die Hände auf seine breite Brust.

„Bereit?“

Zum Teleportieren? Panik schoss durch sie hindurch und sie schlang die Arme um seinen Hals.

Alles um sie herum wurde schwarz. Dann, ein Aufblitzen später, war sie von Licht und Farben umgeben. Sie stolperte, versuchte sich zu orientieren und er gab ihr den nötigen Halt.

Sie richtete ihren Blick auf die mit Graffiti besprühte Metallwand dicht vor ihrem Gesicht. *Für etwas Spaß ruf Lorenzo an?*

„Wir sind in einer Toilettenkabine?“ Sie starrte auf das WC. „Hierher wolltest du mich mitnehmen?“

Dougal lächelte. „Es war der sicherste Ort, um anzukommen. Ich habe diese Tür vor etwa fünf Minuten von innen abgeschlossen.“ Jetzt öffnete er sie und dirigierte sie in den vorderen Bereich der Toiletten.

Eine Frau schnappte nach Luft, als sie an ihr vorbeiliefen.

Sie waren in der Damentoilette? Leah zuckte zusammen, als sie zum Ausgang eilten.

„Wo sind wir?“, flüsterte sie, während Dougal sie durch eine Glastür führte.

Sofort peitschte ihr der kalte Wind ins Gesicht.

Sie atmete hörbar ein und bemerkte kaum, dass er ihr den Tartan um die Schultern legte. Über ihnen war ein sternenklarer Himmel und vor ihr breiteten sich die Lichter von New York City meilenweit in alle Richtungen aus.

„Das Empire State Building?“ Sie rannte zum Geländer und sah dann grinsend zu Dougal zurück. „Das ist so toll!“

Er erwiderte ihr Lächeln. „Es gefällt dir?“

„Ja!“ Es war kalt und windig, aber das machte ihr nichts

aus. Sie kuschelte sich in seinen Tartan und blickte auf die Stadt hinab. „Das wollte ich schon immer mal tun."

„Du warst noch nie hier?"

„Nein." Sie umrundete die Wand und starrte auf das Lichtermeer hinunter. „Wie weit oben sind wir?"

„Sechsundachtzig Stockwerke." Er folgte ihr.

Sie schnaubte. Eindeutig keine Höhle irgendwo unter der Erde. „Ich wusste nicht, dass sie so spät noch offen haben."

„Bis zwei Uhr."

Sie wirbelte herum und strahlte ihn an. „Es ist genau wie im Film. Wir haben es quasi ganz für uns allein."

„Aye."

Sie umrundete die Aussichtsplattform und blieb dann stehen, um das Chrysler Building zu betrachten. „Das ist großartig, Dougal. Danke."

„Gern geschehen. Leah."

Sie konnte sich nicht daran erinnern, je gehört zu haben, wie er ihren Namen sagte. Es ließ ihr Herz flattern und sie zog den Tartan enger um ihre Schulter. Wärme breitete sich in ihrem Gesicht aus, aber sie hoffte, es wirkte so, als wäre der frische Wind schuld an ihren roten Wangen. „I-ich bin dir dankbar dafür. Aber ich habe gemeint, was ich vorhin gesagt habe. Wir sollten nicht miteinander ausgehen."

Er nickte, den Blick in die Ferne gerichtet. „Das hier ist rein geschäftlich. Damit du lernst, uns zu vertrauen."

„Richtig." Innerlich zucke sie zusammen. Machten sie sich beide etwas vor? Doch solange sie nicht zugab, dass sie sich zu ihm hingezogen fühlte, konnte sie weiterhin so tun, als wäre es nicht real.

Sie warf ihm einen schnellen Blick zu, bewunderte sein Profil und sah dann wieder weg. „Wie alt bist du?"

„Ich wurde 1721 geboren und in der Schlacht von Culloden '46 verwandelt."

„Also wurdest du mit fünfundzwanzig zum Vampir?"
„Aye."
„So jung."
Er wandte sich ihr zu. In seinen Augen funkelte der Humor. „So wurde ich schon lange nicht mehr genannt. Wie alt bist du?"
„Dreiundzwanzig."
„So jung."
Sie hob das Kinn an. „Alt genug."
„Aye." Er strich ihr eine Haarsträhne zurück, die ihr der Wind ins Gesicht gepustet hatte.
Sie wandte sich ab und schlenderte zu einem der Aussichtsfernrohre. Dougal holte ein paar Cent-Stücke aus seinem Sporran und schob sie durch den Schlitz.
„Danke." Zu angespannt, um irgendetwas wahrzunehmen, schaute sie durch das Fernglas. Sie konnte seine Nähe spüren. Er brachte ihr Herz zum Rasen, aber er hatte auch eine starke, besänftigende Wirkung auf sie. Verlässlich und aufregend gleichermaßen.
Sie näherte sich der Absperrung. „Wie wird man zum Vampir?"
„Ein Vampir saugt dich aus, dann fällst du ins Koma, bis er dir sein Blut zu trinken gibt. Anschließend wachst du mit einem heftigen Hunger auf. Nach Blut."
Sie schauderte. „Ich kann mir nicht vorstellen, von nichts außer Blut zu leben."
„Es kann sehr schmackhaft sein." Er lehnte sich zu ihr. „Kannst du auf ein paar Tropfen verzichten?"
„Nein." Sie funkelte ihn an, aber er lächelte nur. „Das ist nicht witzig."
Er seufzte. „Gregori meint, ich soll dich zum Lachen bringen."
„Damit ich lerne, dir zu vertrauen?"

„Damit ich dein Herz gewinne."

Sie schluckte hart. „Wir gehen nicht miteinander aus."

„Aye, ich weiß."

Der Wind blies ihr das Haar ins Gesicht und sie schob es zurück. „Ist dir nicht kalt an den Knien?"

„Nein."

Wieder pustete der Wind ihr einige Strähnen ins Gesicht und sie schob sie beiseite.

„Hier." Er zog das Lederband aus seinem Haar und trat hinter sie.

„Du musst nicht …" Das Gefühl seiner Hände in ihrem Nacken ließ sie innehalten. Als er ihr Haar zusammengebunden hatte, drehte sie sich zu ihm um.

Nun waren es seine langen schwarzen Haarsträhnen, die vom Wind in sein Gesicht getrieben wurden und sich in seinen Bartstoppeln verfingen.

„Dummer Mann. Jetzt hast du das Problem." Sie schob sein Haar zurück und verweilte mit den Fingern an seiner Wange. Ihre Blicke trafen sich und das feurige Verlangen in seinen Augen ließ ihr den Atem stocken.

Sie wirbelte zu den Stadtlichtern herum. *Wir gehen nicht miteinander aus. Ich verliebe mich nicht in ihn.* „Woher wusstest du, dass ich diesen Ort sehen wollte?"

Er stellte sich neben sie. „Fidelia hat erwähnt, dass ihr einen Film angeschaut habt. Nachdem ich ein bisschen nachgeforscht habe, dachte ich mir, das hier könnte dir gefallen."

„Bei deinen Nachforschungen kam *An Affair to Remember* heraus?"

„Aye. Nachforschungen sind mein Job. Ich arbeite für MacKay Security and Investigation." Er warf ihr einen Seitenblick zu. „Erzähl mir etwas über dich."

Ihre Mundwinkel zuckten. „Stellst du jetzt Nachforschungen über mich an?"

Er lächelte. „Aye. Ich will alles über dich wissen."

„Warum?"

Nachdenklich legte er den Kopf schief. „Weil du du bist. Weil ich mich seit dem Moment, in dem ich dich das erste Mal gesehen habe, zu dir hingezogen fühle."

Sie zitterte unter seiner Tartandecke. „Du hast mich zuerst über die Sicherheitskamera gesehen."

„Aye." Er zog die Brauen zusammen. „Das war schwer mitanzusehen. Ich wollte dich von dem Schmerz wegteleportieren. Das Angebot steht übrigens noch immer. Wenn du, wann auch immer, von dort verschwinden willst, lass es mich wissen."

Sie nickte langsam. „Das weiß ich zu schätzen." Allein das Wissen darum, dass er auf ihrer Seite war, ließ alles in ihr ganz weich und warm werden. Er wäre absolut perfekt, wenn er kein Vampir wäre.

„Was machst du gerne, wenn du nicht arbeitest?"

Sie zuckte mit den Schultern. „Das weiß ich gar nicht wirklich. Wie es aussieht, habe ich mein ganzes Leben mit Lernen verbracht. Aber ich genieße meine Arbeit. Ich mag es, Menschen zu helfen, auch wenn ich mich in ihrer Gegenwart nicht besonders wohlfühle."

„Es muss hart gewesen sein, so jung aufs College zu gehen."

Sie nickte. „Akademisch gesehen war ich bereit, aber nicht auf sozialer Ebene. Meine Eltern haben mich zu Hause unterrichtet. Sie sind beide Professoren. Ich habe zwei Brüder, aber sie sind älter als ich. Und sie sind beide mit dreizehn aufs College gegangen, also habe ich sie nie besonders gut kennengelernt."

„Du warst einsam."

Ihre Augen brannten vor Ärger und ungeweinten Tränen. Wie konnten ihre Eltern so brillant sein und trotzdem nicht erkennen, dass ein kleines Kind kein weiteres Buch oder eine andere Aufgabe benötigte? Manchmal brauchte sie einfach nur eine verdammte Umarmung.

Grandpa hatte es verstanden. Eine Welle an Trauer brach über sie herein. „Ich hatte einen Großvater in Irland. Er hat einen Kilt getragen und den irischen Dudelsack gespielt."

„Er ist nicht mehr da?"

Sie nickte und blinzelte ein paar Tränen weg. „Ich vermisse ihn."

„Du glaubst gar nicht, wie leid es mir tut, dass ich ihn nicht kennenlernen konnte."

„Abby hat mir erzählt, dass du Musiker bist."

Er warf einen Blick auf seine Handprothese. „Ich war es."

Hatte er seine Musik zusammen mit seiner Hand verloren? Das musste verdammt wehgetan haben. „Es tut mir leid."

Er nickte. „In der Vampirwelt bin ich jetzt als der Kerl bekannt, der eine Hand verloren hat. Meine Freunde versuchen es cool klingen zu lassen, indem sie mich den Bionic Man oder den Terminator nennen."

Sie verzog das Gesicht. Nach Jahren als Dr. Freakazoid wusste sie genau, wie es sich anfühlte, auf eine einzige Eigenschaft reduziert zu werden, die sie von den anderen unterschied.

Er seufzte. „Das hätte ich dir nicht erzählen sollen. Du sollst nicht denken, dass ich mich darüber beschwere."

„Warum nicht? Vielleicht solltest du deinen Freunden sagen ..."

„Nein! Ich würde mich wie ein jammerndes Kleinkind anhören. Dabei sollte ich es wie ein Mann nehmen."

Sie biss sich auf die Lippe, um nicht zu lächeln. Anscheinend überlebte das männliche Ego sogar den Tod.

Eine Windböe blies den Saum seines Kilts ein paar Zentimeter in die Höhe und entblößte starke, muskulöse Oberschenkel. Er fuhr zusammen und drückte den Stoff wieder hinunter.

Sie lachte auf. „Komm schon. Nimm es wie ein Mann."

Er lächelte. „Ach, jetzt habe ich dich doch zum Lachen gebracht."

Sie nickte. Aber bedeutete das auch, dass er ihr Herz gewinnen konnte?

Angst keimte so schnell in ihr auf, dass sie an Panik grenzte. Was tat sie hier? Sie hatte ihm so viel über sich erzählt. Und sie genoss die Zeit mit ihm.

Einem Vampir. Einem prächtigen Vampir, der ihr Herz höherschlagen ließ.

Sie konnte nicht zulassen, dass es weiterging. „Ich würde jetzt gerne gehen."

Sie hatte noch immer Angst vor ihm.

Dougal stapfte in das Sicherheitsbüro bei Romatech und fragte sich, was er als Nächstes tun sollte, um Leahs Vertrauen zu gewinnen. Als er sie zurück ins Stadthaus teleportiert hatte, hatte sie ihm kaum in die Augen sehen können. Sie hatte sich bedankt und war dann die Treppe hinauf zu ihrem Zimmer gerannt. Dabei war er sich ziemlich sicher, dass sie den Ausflug zum Empire State Building genossen hatte. Außerdem hatten sie es geschafft, sich ein bisschen besser kennenzulernen. Das musste doch ein Fortschritt sein.

„Du bist zurück", sagte Freemont, der hinter dem Schreibtisch saß.

„Aye. Danke, dass du die Stellung für mich gehalten hast." Dougal scannte die Monitore. Abby und Gregori waren inzwischen gegangen. Laszlo arbeitete allein im Labor. Der gefangene Soldat befand sich noch immer im Silberraum.

„Kein Problem. Du warst nur die Hälfte deiner Mittagspause weg." Freemont stand auf. „Ich drehe mal eine Runde." Er verließ das Büro.

„Danke", rief Dougal ihm nach, holte eine Flasche Blut aus dem kleinen Kühlschrank und stellte sie in die Mikrowelle.

Wie sollte sein nächster Schritt bezüglich Leah aussehen? Sollte er sie morgen Nacht an einen anderen Ort bringen? Was machten Menschen in dieser Zeit bei Dates? Zu Abend essen und ins Kino gehen? Ein Dinner wäre seltsam, da er nichts essen konnte. Und Leah würde ablehnen, wenn es zu offensichtlich war, dass er mit ihr auszugehen versuchte.

Er nippte an seiner Flasche und rief sich ihr Gespräch auf dem Empire State Building in Erinnerung. Ihr Leben war einsam gewesen. Das verstand er nur zu gut. Nachdem er mit vierzehn entführt worden war, hatte er schnell gelernt, dass es hieß: er allein gegen die ganze Welt.

Aber sie musste nicht mehr allein sein. Sie konnte jemanden an ihrer Seite haben, der ihren Mut, ihren brillanten Verstand und ihre Charakterstärke bewunderte. Jemanden, der sich danach sehnte, ihr schönes Gesicht zu berühren und jeden herrlichen Zentimeter ihres Körpers zu erforschen.

Sie könnte ihn haben.

10. Kapitel

Am nächsten Tag erwachte Leah gegen Mittag.

Sofort kehrten die Gedanken an ihren Ausflug mit Dougal zum Empire State Building zurück. Das Date, das keines war. Die Anziehungskraft zwischen ihnen, die sie nicht wahrhaben wollte. Wie konnte sie verhindern, sich in einen Kerl zu verlieben, der so süß, so aufmerksam, so großartig, stark und verlässlich war? So untot?

Mit einem Stöhnen verbannte sie ihn aus ihrem Kopf. Stattdessen würde sie an die Arbeit denken. In ihrer ersten Nacht in ihrem Job hatte sie es geschafft, drei genetische Mutationen zu isolieren. Glücklicherweise waren Abby und Laszlo hervorragende Chemiker, die ein Serum herstellen konnten, um die Mutationen rückgängig zu machen.

Unglücklicherweise glaubte sie nicht daran, dass das Gegenmittel allein ausreichen würde. Den mutierten Soldaten zurückzuverwandeln würde zahlreiche Injektionen über einen längeren Zeitraum erfordern. Wie konnten sie also darauf hoffen, eintausend dieser mutierten Soldaten zu heilen?

Gut möglich, dass sie lange Zeit hier arbeiten würde. Und das bedeutete mehr Dougal. Auch wenn sie nicht mit ihm ausging, würde er immer in ihrer Nähe sein. Wahrscheinlich war er das sogar jetzt. Unten im Keller. Sie lächelte. Also hatte er doch eine Höhle unter der Erde. Und sie konnte nach unten gehen und ihn sehen, wenn sie sich traute.

Wieder verbannte sie ihn aus ihren Gedanken und stieg aus dem Bett. Bis sie geduscht, sich angezogen und hinuntergegangen war, bereitete sich Familie Echarpe bereits auf einen Ausflug in den Central Park vor. Sie lehnte ihre Einladung, sie zu begleiten, höflich ab und schob die schmutzige Wäsche als Entschuldigung vor. Es war nicht so, dass sie diese Leute nicht mochte. Sie war einfach nur Stille und Einsamkeit gewöhnt.

Außerdem musste sie tatsächlich die Wäsche machen. Ursprünglich war sie nur mit Kleidung für drei Tage hergekommen, da sie geglaubt hatte, es wäre nur ein kurzer Ausflug. Aber es war klüger, an Abbys und Laszlos Seite zu arbeiten und in der Nähe des Testobjekts im Keller von Romatech zu bleiben.

Das lenkte ihre Gedanken wieder zu Dougal zurück. War er im Keller des Stadthauses?

Sie packte ihre Wäsche in die Maschine und schaltete dann das Licht im Billardzimmer ein. Leer. Ihr Blick wanderte zu der verschlossenen Tür.

Mit einem frustrierten Stöhnen ging sie zurück zur Waschmaschine. Sie konnte nicht zulassen, dass es so weiterging. Was machte es schon, dass er unglaublich attraktiv und faszinierend war? Dass seine tiefe, gefühlvolle Stimme alles in ihr zum Schmelzen brachte? Oder dass ihr Herz raste, wenn er sie ansah, als wäre sie die einzige Frau auf der ganzen Welt?

Er war tot.

Aber er war auch ganz in der Nähe. Was würde schon passieren, wenn sie einen kurzen Blick auf ihn warf? Diesmal würde sie darauf achten, keine Spuren zu hinterlassen.

Sie stieß die Tür weit auf, um möglichst viel Licht hereinzulassen, dann näherte sie sich auf Zehenspitzen seinem Bett. Er lag flach auf dem Rücken und sein Gesicht wirkte friedlich. Seine Augen waren geschlossen und von dichten schwarzen Wimpern umgeben. Seine wunderschön geformten Lippen wirkten entspannt, fast schon rührend. Dunkle Bartstoppeln überzogen seinen Kiefer. Sie strich mit den Fingern über seine Wange, gefesselt von dem Übergang zwischen seiner weichen Haut und den Stoppeln.

Ihr Blick wanderte an ihm hinab, folgte dem langen, bis zum Hals zugeknöpften Nachthemd, das den feurigen Drachen verbarg. Kein Wunder, dass sie ihn so faszinierend fand. Hinter seiner altmodischen, ruhigen Fassade verbarg er eine unerwartete, gefährliche Seite. Wie ein solider, stiller Berg, der einen Vulkan in seinem Inneren versteckte. Ein wunderschöner Mann, aber ein Vampir.

Gänsehaut prickelte auf ihren Armen. Jetzt hier zu sein und ihn zu bewundern, während er tot war, mochte sicher sein. Aber wie viel aufregender wäre es, sich inmitten einer seiner Explosionen wiederzufinden? Oder sogar die Ursache für eine solche Explosion zu sein?

Sie schüttelte den Kopf. Was dachte sie da nur? Am Ende würde sie sich nur die Finger verbrennen.

Als sie sich zum Gehen abwandte, bemerkte sie etwas Merkwürdiges. Ein Stück Papier schaute zwischen den Fingern seiner linken Hand hervor. Er musste es festgehalten haben, als er in den Todesschlaf gefallen war.

Sie lehnte sich vor, um es besser sehen zu können, und erstarrte beim Anblick der großen, starken Buchstaben darauf. *Leah.* Er hatte ihr eine Nachricht geschrieben? Aufregung durchzuckte sie, dicht gefolgt von Verärgerung. Was fiel ihm ein, davon auszugehen, dass sie herunterkommen würde, um ihn während seines Todesschlafs zu begaffen? Es war ja nicht so, als wäre sie besessen von ihm.

Sie zuckte zusammen, denn schließlich war sie hier, oder nicht?

Mit einem Ruck zog sie die Notiz aus seiner Hand und faltete sie auf.

Liebe Leah,

ich bezweifle, dass du nach unten kommen wirst, um meine toten Überreste zu sehen, aber falls du es doch tust, hinterlasse ich dir diese Nachricht. Ich bin nicht gut darin, zu sagen, was ich fühle, also dachte ich, ich schreibe etwas, das von Herzen kommt.

Wenn ich träumen könnte, würde ich von dir träumen.

Wenn ich die Sonne sehen könnte, könnte sie nicht heller strahlen als du.

Wenn ich eintausend Tode sterben würde, würde ich zurückkehren, um dich zu finden.

Leahs Sicht verschwamm vor Tränen.

Man hatte ihr gesagt, dass er schüchtern wäre, aber sie hatte nicht geahnt, dass er so romantisch war. Wie grausam konnte das Schicksal sein, dass es sie endlich den perfekten Mann finden ließ, er aber ein Vampir war?

Sie faltete das Papier wieder zusammen und schob es zurück in seine linke Hand. Es war besser, wenn er nicht wusste, dass sie seine Nachricht gelesen hatte. Sie wollte auf keinen Fall, dass er wusste, wie sehr er sie berührte.

Eine Träne rann ihr über die Wange und landete auf seiner Hand. Sie wischte sie fort und eilte aus dem Raum.

„Wie läuft es?“, fragte Dougal an diesem Abend, als er ins Sicherheitsbüro marschierte.

„Wie immer.“ Austin zog seine Jacke an. „Angus und Emma kehren heute Nacht nach London zurück, also bleiben nur noch du und Freemont. Oh, und Abby will dich morgen Nacht um fünf Uhr dreißig in ihrem Büro sehen.“

„Alles klar.“ Dougal hoffte, dass sie nicht vorhatte, weitere Tests an seiner Hand durchzuführen. Er nahm einen Schluck aus der Flasche mit synthetischem Blut und prüfte die Monitore. Im Gebäude hielten sich noch immer viele Sterbliche auf, aber das passierte in den Herbst- und Wintermonaten, wenn die Sonne früh unterging. Er entdeckte Freemont in der Cafeteria, wie er scheinbar seine Runde drehte, auch wenn es mehr danach aussah, als würde er mit der hübschen jungen Kassiererin flirten.

Sein Blick wanderte zurück zum Labor. „Wann sind Abby und Leah eingetroffen?“

„Vor etwa zwei Stunden.“ Austin steckte seine Autoschlüssel in die Hosentasche. „Sie mussten den Typen im Silberraum sehen, also habe ich sie hingebracht. Leah wollte mehr Blut- und Gewebeproben und Abby hat ihm eine weitere Injektion gegeben, damit er in Stasis bleibt.“

Dougal betrachtete den Monitor des Silberraums näher. „Es gab also keine Probleme?“

„Nein.“ Austin steuerte die Tür an. „Bis morgen.“

„Aye. Schönen Abend noch.“ Dougals Blick glitt zurück zu dem Bildschirm, der Leah und Abby bei der Arbeit zeigte.

Ob Leah ihn tagsüber besucht hatte? Ob sie seine Nachricht gelesen hatte? Als er aufgewacht war, hatte er geglaubt, einen leichten Hauch von Jasmin in der Luft wahrzunehmen. Doch es könnte auch nur Wunschdenken gewesen sein. Er war sich nicht sicher.

Das Handy in seinem Sporran klingelte, also zog er es heraus und las die Textnachricht von Angus. Emma und er teleportierten sich zurück in ihr Stadthaus in London und wünschten ihm alles Gute in seinem neuen Job. Sobald Abby ihm berichtete, dass seine Hand einwandfrei funktionierte, würde Angus ihn wieder auf die Missionsliste setzen.

Dougal bedankte sich bei ihm, dann trank er seine Frühstücksflasche aus, während er weiterhin die Monitore im Auge behielt. Ein paar Minuten später betrat Laszlo das Labor. Diesmal trug er eine violett gepunktete Fliege. Dougal kniff die Augen zusammen und beobachtete Leah genau, um ihre Reaktion auf Laszlo einzufangen. Sie wirkte freundlich, aber da gab es keine heimlichen Blicke, kein Erröten, nichts, was darauf hindeutete, dass sie seine Zuneigung erwiderte.

Gott sei Dank. Dougal atmete erleichtert aus. Er wollte nicht das Gefühl haben, Leah irgendjemandem wegzunehmen. Für heute Nacht hatte er einen weiteren Ausflug mit ihr geplant. Sobald Freemont ins Büro zurückkam, würde er sein Vorhaben in die Tat umsetzen.

Kurz nach sieben entdeckte er Abby und Leah auf einem der Monitore.

Sie waren in ein Gespräch versunken, während sie in Richtung Cafeteria schlenderten. Er beeilte sich, vor ihnen dort zu sein, um sie an der Tür abzufangen. Als Leah ihn bemerkte, beschleunigte sich ihr Herzschlag. Angst oder Aufregung? Er war sich nicht sicher, was von beidem die Ursache war.

„Guten Abend." Er neigte den Kopf. „Darf ich dich allein sprechen?"

Sie warf Abby einen Blick zu. „Wir wollten gerade essen."

„Du kannst einfach nachkommen." Abby musterte ihn misstrauisch, dann machte sie sich auf den Weg zur Schlange vor der Essensausgabe.

„Stimmt etwas nicht?", fragte Leah und vermied es, ihm in die Augen zu sehen.

„Nein. Ich …" Er wünschte, er wäre in dieser Sache nicht so unbeholfen. „Ich würde dich gerne zum Essen einladen."

Sie wandte sich ihm verärgert zu. „Du isst nicht."

„Du schon. Außerdem glaube ich, dass es dir gefallen wird, wo wir hingehen."

Sie zuckte zusammen. „Ich glaube nicht, dass ich mit dir irgendwohin gehen sollte."

Das traf ihn hart. „Ich dachte, dir hätte unser Ausflug letzte Nacht gefallen."

Ein gepeinigter Ausdruck huschte über ihr Gesicht. „Das hat er auch."

„Mir ebenfalls. Und ich mag es, mit dir zu reden."

„Dougal." Sie deutete ihm an, ihr in eine ruhige Ecke zu folgen. „Ich will mich nicht auf jemanden von der Arbeit einlassen."

Er runzelte die Stirn. „Mache ich dir Angst?"

Feuchtigkeit schimmerte in ihren Augen und sie sah zur Seite.

„Ich würde dir niemals wehtun, Leah."

„I-ich glaube, dass du das so meinst, aber i-ich kann nicht …"

Sein Herz wurde schwer. „Du kannst nicht mit einem Vampir ausgehen?"

Sie warf ihm einen flehenden Blick zu. „Bitte versuch es zu verstehen. Ich habe erst vor zwei Nächten erfahren, dass es Vampire wirklich gibt, und versuche noch immer, mich daran zu gewöhnen. Ich brauche einfach noch etwas Zeit."

Gab es Grund zur Hoffnung? Wenn sie genug Zeit gehabt hatte, um sich daran zu gewöhnen, würde sie dann ihre Meinung ändern?

Sie seufzte. „Wohin wolltest du mich mitnehmen?"

„Zu den Niagarafällen. Ich war vorhin dort, um alles zu überprüfen."

Für einen kurzen Moment schloss sie die Augen. „Das wäre schön gewesen. Ich wollte dort schon immer hin."

„Wir können noch immer hingehen. Als Freunde. Dort gibt es ein Lokal, in dem du etwas essen kannst. Und da ist noch eine Bootsfahrt …"

„Nein!" Sie wurde blass und wich vor ihm zurück. „D-das kann ich nicht."

„Ich wollte dich nicht erschrecken …"

„Das hast du nicht. I-ich habe Angst vor Booten. Irgendwie denke ich immer, dass sie sinken. Ich weiß, es ist dumm."

Er versteifte sich. Eine Erinnerung blitzte in seinen Gedanken auf. Ein Sturm auf dem Jangtse vor beinahe dreihundert Jahren. Ein Schiff, das kenterte, und sein verzweifelter Versuch, Li Lei vor dem Ertrinken zu retten.

„Tut mir leid.“ Leah warf ihm einen mitfühlenden Blick zu. „Ich weiß, du möchtest mit mir ausgehen und i-ich fühle mich wirklich geschmeichelt. Aber ich kann das im Moment nicht. Tut mir leid.“ Sie hastete davon und folgte Abby.

Zurückgewiesen. Sein Herz zog sich in seiner Brust zusammen. Er musste ihre Gefühle respektieren und sie in Ruhe lassen. Aber es gab noch Hoffnung. Vielleicht änderte sie ihre Meinung früher oder später.

Er sah zu ihr hinüber. Sie hatte Angst vor Booten? Damit hatte er nicht gerechnet.

Er trottete zurück ins Büro. Als er Leah das erste Mal von hinten gesehen hatte, hatte sie ihn an Li Lei erinnert. Da war etwas an der Art, wie sie sich bewegte und den Kopf neigte. Aber er hatte schnell gemerkt, dass Leah anders war. Sie war lebhaft und wunderschön. Er bewunderte sie für ihre Stärke und ihren Mut, als man ihr ihre sichere Welt entrissen hatte. Der Schmerz und die Einsamkeit, die sie all die Jahre erduldet hatte, erinnerten ihn an sein eigenes Leid. Er sehnte sich nach Trost und wollte sie gleichzeitig beschützen. Leah hatte ihn so fasziniert, dass er seit dieser ersten Nacht nicht mehr an Li Lei gedacht hatte. Er hatte sie vollkommen vergessen.

Doch jetzt fragte er sich, ob Li Leis Seele einen Weg gefunden haben könnte, um zu ihm zurückzukehren. Beinahe dreihundert Jahre lang hatte er nichts als Reue und Scham empfunden, weil er sie im Stich gelassen hatte. In seinem Inneren hatte er stets um Vergebung gefleht. Falls Li Lei zurückgekommen war: Bedeutete das, dass sie ihm vergeben wollte?

Bei diesem Gedanken quoll ihm das Herz über. Wenn es wahr war, könnte es bedeuten, dass er seine Vergangenheit endlich hinter sich lassen konnte. Dass er Li Leis Geist loslassen und sein Leben weiterleben konnte.

Er könnte mit Leah zusammen sein. Er wollte Leah. *Diesmal,* schwor er sich, *diesmal werde ich die Frau, die ich liebe, nicht verlieren. Ich werde sie beschützen, koste es, was es wolle.*

Sein Tattoo begann zu brennen, und er rieb sich die Schulter an der Stelle, wo die Narben des Brandmals zurückgeblieben waren, das ihn als Sklaven gekennzeichnet hatte. Es war Li Leis Idee gewesen, dieses Zeichen der Schande mit einem Symbol der Macht zu überdecken. Sie hatte behauptet, der Drache würde ihm die Stärke verleihen, alles durchzustehen. Und das hatte er. Jahrhundertelang.

Nun war es an der Zeit, weiterzugehen. Wenn er doch nur Leah überzeugen könnte, ihm eine Chance zu geben.

11. Kapitel

In der nächsten Nacht traf Dougal Abby um fünf Uhr dreißig in ihrem Büro.

„Vor sechs Monaten habe ich damit angefangen, dieses Medikament zu entwickeln“, erklärte sie gerade und zeigte ihm eine Phiole mit einer beunruhigend grünen Flüssigkeit. „Es soll Vampiren dabei helfen, böse Vampire einfach dadurch zu besiegen, indem sie ihre Gedanken kontrollieren. Ihr müsstet sie nicht bekämpfen, wenn ihr ihnen einfach befehlen könntet, die Waffen niederzulegen und sich zu ergeben.“

Dougal nickte. „Das ist eine gute Idee.“ Wäre er vor vier Jahren dazu in der Lage gewesen, diesen fünf Malcontents zu befehlen, den Angriff zu stoppen, hätte er seine Hand nicht verloren.

„Wir arbeiten noch daran“, fuhr Abby fort. „Aber ich dachte, eine verdünnte Version davon könnte dir helfen. Wenn wir deine Fähigkeit zur Gedankenkontrolle verstärken, könnten wir auch deine Kontrolle über die Prothese erhöhen. Möchtest du es ausprobieren?“

„Muss ich wirklich? Letzte Nacht hat meine Hand problemlos funktioniert.“

„Zwei Nächte davor hatte sie noch eine Fehlfunktion.“ Sie hielt die grüne Phiole in die Höhe. „Das hier könnte dir helfen. Bist du bereit, es für uns zu testen?“

Er runzelte die Stirn. „Willst du damit sagen, es wurde nie zuvor getestet?“

„Nein, ich fürchte nicht.“ Sie warf ihm einen schiefen Blick zu. „Wir haben hier keine Vampirlaborratten. Aber wenn es dich krankmacht, erholst du dich während deines Todesschlafs wieder, oder nicht?“

„Du bist keine besonders gute Werbefachfrau.“

Sie lächelte. „Ich bin nur ehrlich. Und ich glaube wirklich, dass dies deine Gedankenkontrolle verstärken und dir dabei helfen wird, deine Hand zu kontrollieren.“

Er zögerte.

„Wenn es funktioniert, kann ich dich zum Außendienst zulassen und Angus dazu bringen, dass er dich auf die Missionsliste setzt“, fügte sie hinzu.

Jetzt hatte sie eindeutig ein besseres Verkaufsargument. „Du hast es verdünnt?“

„Ja. Wir wollen ja nicht, dass du alle Vampire in der Nähe kontrollierst, sondern nur deine Hand.“

Er zögerte noch immer.

Abby stützte sich mit den Ellbogen auf den Tisch und lehnte sich zu ihm. „Soweit ich das beurteilen kann, funktioniert die Prothese einwandfrei. Das Problem liegt in deiner Kontrolle, und diese wird von deiner emotionalen Verfassung beeinflusst. Wenn es dir lieber ist, kannst du mit unserer Psychologin Olivia reden …“

„Ich nehme das Medikament.“ Unter keinen Umständen würde er seine Gefühle mit Robbys Ehefrau bereden. Seine Gefühle waren seine Sache. Seine Vergangenheit war privat. Er teilte sie mit niemandem.

„Alles klar.“ Abby füllte eine Injektionsspritze mit der grünlichen Flüssigkeit. „Es wird eine Weile dauern, bis du die Wirkung spürst. Etwa zwanzig bis dreißig Minuten.“ Sie lächelte trocken. „Willst du einen Ärmel hochkrempeln oder deinen Kilt anheben?“

Er schnaubte, dann öffnete er seine Manschettenknöpfe und rollte den Ärmel hoch. Sie desinfizierte seinen Arm und stach mit der Nadel in seine Haut.

„Das war's." Sie klebte ein Pflaster über die Stelle. „Geh einfach deiner normalen Routine nach und lass mich wissen, wie es funktioniert. Oh, und sag mir Bescheid, falls es irgendwelche seltsamen Nebenwirkungen geben sollte."

„Jetzt erzählst du mir von seltsamen Nebenwirkungen?"

Sie grinste. „Ich muss jetzt zurück zur Arbeit. Viel Glück!" Sie eilte aus dem Raum.

Er verließ das Gebäude durch den Seiteneingang und umrundete den Parkplatz. In ein paar Stunden, sobald alle Sterblichen weg waren, würde er sich in Vampirgeschwindigkeit bewegen, doch im Moment behielt er ein normales Tempo bei. Einige der Sterblichen kamen gerade von der Arbeit und kehrten zu ihren Autos zurück.

Er steuerte die Wälder an. Die kühle Herbstluft war erfrischend. Jetzt dauerte es nicht mehr lange bis zum ersten Schnee, und er freute sich schon darauf. In den letzten vier Jahren in Texas hatte er keine einzige Schneeflocke gesehen.

Wirkte das Medikament schon? Er ballte seine Handprothese zur Faust und entspannte sie dann wieder, konnte jedoch keinen Unterschied feststellen. Die Bewährungsprobe würde stattfinden, wenn Leah in der Nähe war.

Er marschierte zurück in Richtung Gebäude und lief dabei am Pavillon vorbei, der mit weißen Lichterketten geschmückt war. Ein überraschend scharfer Schmerz schoss durch seinen Schädel. Er schüttelte den Kopf und das Gefühl verschwand.

Als er am Basketballfeld vorbeikam, stach ein neuer Schmerz in seinen Kopf und schoss von seiner Schläfe bis zur Schädelbasis. Er blieb stehen und kniff die Augen zusammen. *Verdammt.* War das eine der verfluchten Nebenwirkungen? Wenn dem so war, würde er dieses Medikament nie wieder nehmen.

Er atmete tief ein und wartete darauf, dass der Schmerz nachließ.

Als er die Augen wieder öffnete, entdeckte er ein paar Mitarbeiterinnen der Cafeteria. Sterbliche. Zehn Stück. Anscheinend waren sie für eine After-Work-Party dageblieben. Dem großen Kuchen mit den Kerzen nach zu urteilen musste es sich um eine Geburtstagsfeier handeln. Ein zweiter Tisch verschwand beinahe unter den vielen bunten Geschenktüten. Das Lachen und die Stimmen der Frauen waren so laut, dass er sie bis nach draußen hören konnte. Manchmal war ein gesteigertes Hörvermögen mehr Fluch als Segen.

Eine der Damen zündete die Kerzen an. Genau in dem Moment, in dem sie zu singen begannen, bohrte sich der Schmerz in sein Gehirn.

„Oh …“ Er kniff die Augen zusammen. *Aufhören!*

Das Singen endete abrupt.

Er öffnete die Augen und sah, dass die Frauen sich verwirrt anstarrten.

War er das etwa gewesen? War das eine weitere Nebenwirkung? Die Damen starrten sich noch immer an, während die kleinen Kerzen abbrannten und die Flammen sich in die Glasur fraßen. *Blast sie aus!*

Alle zehn Frauen lehnten sich vor und pusteten die Kerzen aus.

Er zuckte zusammen. Abby hatte es eindeutig geschafft, seine Gedankenkontrolle zu verstärken. Nun, da die Kerzen ausgeblasen waren, standen die Frauen um den Kuchen herum und starrten ihn an. Warteten sie auf weitere Anweisungen?

Ihr könnt den Kuchen jetzt anschneiden.

Alle zehn griffen nach dem Kuchenmesser. Als eine von ihnen es sich schnappte, holten sich die anderen Plastikmesser. Dann begannen sie alle auf die Torte einzuhacken und sie in kleine Stücke zu zerteilen.

Er zog eine Grimasse. Was für ein verdammtes Chaos. *Macht so weiter, wie ihr es normalerweise tun würdet.*

Sie hielten inne und starrten bestürzt auf den zerstörten Kuchen.

Als er eintrat, trafen ihn einige misstrauische Blicke. „Entschuldigen Sie mich. Ich bin nur auf der Durchreise." Er beeilte sich, die Cafeteria schnellstmöglich zu verlassen.

Auf halbem Wege durch den Flur fragte er sich, wie stark seine Gedankenkontrolle sein mochte. Wie groß war wohl die Reichweite?

Kräht wie ein Hahn.

Mit seinem übernatürlichen Gehör nahm er das Geräusch krähender Hähne im ganzen Gebäude wahr.

Verdammt. Das Krähen hielt an. *Aufhören!* Stille.

Er machte sich auf den Weg zum Labor. Vielleicht konnte Abby ihm ein Gegenmittel verabreichen.

Er betrat den Raum. Leah war da und saß neben Abby und Laszlo. Bei ihrem Anblick zog sich sein Herz zusammen. Wieder einmal fragte er sich, ob sie seine Nachricht gelesen hatte.

„Ja", antwortete sie und zuckte dann zusammen.

Sie hatte seine Nachricht gelesen! Seine Handprothese verkrampfte sich. *Entspann dich*, befahl er, und die Faust öffnete sich wieder. Dann bemerkte er, dass Leah und Abby sich auf ihren Stühlen ausstreckten. Sie hatten sich entspannt!

Es war ein kleiner Schock, festzustellen, dass er Leah kontrollieren konnte. Er konnte ihr befehlen, sich in seine Arme zu werfen und ihn zu küssen.

Als sie auf die Beine sprang, zwang er diese Gedanken zurück. *Nicht bewegen.* „Abby, hier stimmt etwas nicht."

„Das kannst du laut sagen." Laszlo zwirbelte einen Knopf zwischen seinen Fingern. „Vor ein paar Sekunden haben beide wie ein Hahn gekräht. Es hat sich angehört, als würde das ganze Gebäude krähen."

„Das war meine Schuld." Dougal wandte sich an Abby. „Kann ich dich unter vier Augen sprechen?"

Abby und Leah gingen beide in Richtung Tür.

„Nein, nicht du." Er sah zu Leah, aber beide Frauen blieben

stehen. Sie folgten seinen Befehlen auch, wenn er sie aussprach? Nun, das ergab Sinn, zum Reden musste er schließlich denken.

„Du. Abby." Er zeigte auf sie. „Ich muss mit dir in deinem Büro reden." Sie verließ das Labor.

„Und du." Er deutete auf Leah. *Mein Gott, bist du schön. Ich könnte dich überall küssen …*

Ihre Augen weiteten sich vor Schreck.

Er schob diese Gedanken beiseite. „Setz dich."

Sie setzte sich auf den Boden.

„Nein! Auf deinen Stuhl! Du kannst jetzt weiterarbeiten, wenn du willst."

Sie ging zu ihrem Stuhl zurück und machte mit ihrer Arbeit weiter.

Laszlo runzelte die Stirn. „Wie kontrollierst du sie? Und warum?"

Dougal zog eine Grimasse. „Lange Geschichte. Ich kümmere mich darum." Er eilte in Abbys Büro. Sie saß an ihrem Schreibtisch und betrachtete stirnrunzelnd die Phiole mit der grünen Flüssigkeit.

Als er hereinkam, sah sie auf. „Ich schätze, wir haben eine der Nebenwirkungen entdeckt."

Er nickte. „Auf Laszlo hatte es keine Auswirkung?"

„Nein." Sie wirkte verärgert. „Soweit wir wissen, betraf es nur die Sterblichen. Ich werde Gregori bitten, Schadensbegrenzung zu betreiben und das Gedächtnis derjenigen zu löschen, die davon betroffen waren."

„Kannst du aufhalten, was mit mir passiert?"

Sie seufzte. „Es existiert kein Gegenmittel. Aber ich habe dir nur eine kleine Dosis verabreicht. In ein paar Stunden sollte der Effekt nachlassen. Die meisten sterblichen Angestellten werden bald Feierabend machen, von daher …"

„Aber du und Leah seid dann noch immer hier."

Abby nickte. „Es wäre wohl besser, wenn du etwas Abstand

zu uns hältst. Und denk nicht an uns. Beschäftige deine Gedanken für die nächsten Stunden mit etwas anderem.“

Er stöhnte auf. Ihm zu sagen, dass er nicht an Leah denken sollte, war der sicherste Weg, dafür zu sorgen, dass er an sie dachte.

„Hast du versucht, deine Prothese zu benutzen?“, fragte Abby. „Vielleicht kannst du einen Bericht schreiben oder so. Es würde dich beschäftigen und wir könnten feststellen, ob du eine bessere Kontrolle hast.“

„Ich werde mir etwas ausdenken.“ Er verließ ihr Büro und versuchte krampfhaft, nicht an Leah zu denken. Womit könnte er seine Gedanken sonst beschäftigen? Und seine Fingerfertigkeit testen?

Sein Dudelsack. Er hatte seine Uilleann Pipes im Stadthaus zurückgelassen. Es war nur eine Frage von Sekunden, bis er sich in den Keller teleportiert, seinen Dudelsack geschnappt und wieder aufs Grundstück von Romatech zurückteleportiert hatte.

Denk nicht an Leah. Er schlenderte in den Wald und fand eine Bank unter einer riesigen Eiche. Dorthin setzte er sich und platzierte das Instrument unter seinem Ellbogen. Mit jeder Bewegung seines Arms würde er Luft in den Sack pumpen. Er würde mit etwas Langsamem beginnen, damit er seine prothetischen Finger besser im Einklang mit der Musik bewegen konnte.

Denk nicht an Leah.

Luft füllte den Dudelsack und seine klagende Melodie erfüllte den Wald. Gott, wie er diesen Klang vermisst hatte. Es war so ein trauriges Lied – und genau das war das Problem mit langsamer Musik. Sie wirkte so einsam, so verloren, dass sie dein Herz vor Trauer zerbrechen lassen konnte.

Leah, ich habe so lange auf dich gewartet.

12. Kapitel

Denk nicht an Leah.

Leah blinzelte, während sie ins Mikroskop starrte. In ihrem Kopf hallte Dougals Stimme wider. Diese tiefe, melodische Stimme und die Art, wie er einzelne Wörter aussprach, hätte sie überall wiedererkannt.

Vor ein paar Minuten war Abby ins Labor zurückgekehrt und hatte ihnen erklärt, dass Dougal gerade die seltsamen Nebenwirkungen eines Medikamentes verspürte, das sie ihm gegeben hatte. Seine gesteigerte Gedankenkontrolle beeinflusste alle Sterblichen im Gebäude.

Leah erinnerte sich nur noch vage an den Kräh-Vorfall, und Abby versicherte ihr, dass Gregori dafür sorgen würde, dass sich niemand daran erinnerte. Glücklicherweise würde Leah die Ausnahme dieser Gedächtnismanipulation darstellen. Sie musste sich an den Fortschritt erinnern können, den sie bei der Arbeit erzielt hatte. Außerdem wollte sie Dougals Gedanken nicht vergessen. *Mein Gott, bist du schön. Ich könnte dich überall küssen …*

Er hatte den Gedanken abrupt gestoppt, was wirklich schade war, denn jetzt fragte sie sich unweigerlich, wo er sie genau küssen würde. Überall in ihrem Gesicht? Ihren ganzen Körper? Bei der Vorstellung prickelte ihre Haut und ein warmes, kribbelndes Gefühl erfüllte sie von Kopf bis Fuß.

Denk nicht an Leah. Seine Stimme tauchte erneut in ihrem Bewusstsein auf, und sie ertappte sich dabei, wie sie lächelte. Der arme Mann versuchte es so sehr und scheiterte erbärmlich. Genau wie sie. Sie konnte sich kaum auf ihre Arbeit konzentrieren.

Leah, ich habe so lange auf dich gewartet.

Der Schmerz in seiner Stimme war fühlbar. Wie lange hatte er gewartet? Ein ganzes Leben? Drei Leben? Hatte er nie zuvor jemanden geliebt? Hatte er tatsächlich nur auf sie gewartet? Wie sehr hatte sie seine Gefühle letzte Nacht verletzt? Sehnsucht keimte in ihr auf, Sehnsucht danach, ihn zu sehen, ihn zu trösten und zu berühren. Wenn sie noch eine Sekunde länger hierblieb, würde sie daran ersticken.

Sie schob ihren Stuhl zurück und stand auf. „Ich brauche eine Pause."

„Sollen wir uns etwas zu essen holen?" Abby warf ihr einen verlegenen Blick zu. „Irgendwie scheine ich ständig hungrig zu sein."

„Ich würde euch gern begleiten", sagte Laszlo hoffnungsvoll.

„Später vielleicht", erwiderte Leah. „Ich brauche nur ein bisschen frische Luft, um den Kopf frei zu kriegen."

Abby nickte. „Der Pavillon ist ein schöner Ort dafür. In der Nähe ist ein Seitenausgang."

„Okay." Mit ihrer Strickjacke in der Hand verließ Leah das Labor. Am Ende des Flurs entdeckte sie ein rotes Exit-Schild über einer Glastür, die in den Innenhof führte.

Sie trat nach draußen und fühlte sich sofort von der kühlen Luft erfrischt. Auf der anderen Seite der Terrasse konnte sie die Party sehen, die in der Cafeteria stattfand. Eine Frau öffnete Geschenke, während die anderen redeten und lachten.

Eine klagende Melodie erklang in der Ferne und sie drehte sich in die Richtung, aus der sie kam. Irgendwie schien sie ihr vertraut zu sein, wie eine lange zurückliegende Erinnerung. Ein Schauder kroch ihre Wirbelsäule hinab und sie zog ihre Strickjacke an.

Sie überquerte das Basketballfeld und steuerte den Pavillon an. Die Melodie wurde lauter. Selbstbewusster.

Noch schöner. Sie schnappte nach Luft und blieb stehen. Es

war Dudelsackmusik. Genau wie Grandpa sie während dieses einen magischen Sommers gespielt hatte. Sie hatte immer geglaubt, diese Art von Musik wäre die schönste auf der ganzen Welt.

Sie schloss die Augen und lauschte. Die traurige Melodie umhüllte sie, ging ihr unter die Haut und fand einen Weg bis in ihr Herz. So viele Emotionen. Sie hätte nicht gedacht, dass der Dudelsack so klingen konnte, als würde er weinen, doch genau so hörte es sich an.

Tränen stiegen ihr in die Augen, als die Erinnerungen jenes Sommers vor vierzehn Jahren auf sie einströmten. Die grünen Wiesen Irlands. Die melodische Stimme ihres Großvaters und seine warme Umarmung. Sie hatte sich seine Umarmungen nie mit glatten Einsen verdienen müssen. Er hatte sie geliebt, weil sie sie selbst war. Und er hätte auch diese Musik geliebt.

War es Dougal? Er musste es sein. Wie konnte sie einem solchen Mann widerstehen? Sein attraktives Gesicht berührte ihr Herz und seine Musik streichelte ihre Seele. Sie begann dem Klang zu folgen und spürte, wie sich eine Gänsehaut auf ihrem ganzen Körper ausbreitete. Folgte sie gerade ihrem Schicksal?

Leah, ich habe so lange auf dich gewartet.

Seine Stimme flüsterte die Worte in ihrem Kopf. Er dachte noch immer an sie. Wollte sie noch immer. Sie ging am Pavillon vorbei und in Richtung Wald, bis sie ein weißes Shirt erkannte.

Er war es. Sie wollte ihn nicht beim Spielen stören, also blieb sie halb hinter einem Baum versteckt stehen. Er saß auf einer Bank, den Kopf nach vorn gebeugt, die Stirn gerunzelt, während er sich auf seine Hände konzentrierte. Seine Linke bewegte sich leicht und anmutig, aber die Finger seiner Handprothese spielten ruckartig und langsam.

Leahs Herz schmerzte für ihn. Wie sehr es ihm wehgetan haben musste, so mit seiner Musik kämpfen zu müssen. Er beendete die klagende Melodie und seufzte.

„Genug Traurigkeit“, flüsterte er. „Ich brauche Freude in meinem Leben.“ *Ich brauche Leah.*

Ihr stockte der Atem. Sollte sie sich bemerkbar machen? Traute sie sich? In diesem Moment wusste sie, dass ihr Leben sich für immer ändern würde, wenn sie sich ihm jetzt näherte. Sie würde sich in einen Vampir verlieben und er würde sie nie mehr gehen lassen.

Ihre Beine waren wie festgefroren. Sie konnte sich nicht bewegen.

Er begann mit einem fröhlichen Stück, doch nach einigen Tönen konnte seine Handprothese nicht mehr mithalten. Leah verzog das Gesicht, da die Melodie nun verzerrt und misstönend klang.

„Verdammt!“ Er warf den Dudelsack auf den Boden. Ein sterbendes Klagen ertönte, als Luft herausströmte. „Zum Teufel damit.“ Er marschierte zum Gebäude und mit jedem Schritt raschelte der Kilt um seine Knie.

Sie blieb stehen, sah ihm nach, als er ging, und blickte dann zurück zum Dudelsack, der auf einem Bett aus toten Blättern lag. Eine Windböe stob weitere Blätter auf, bis sie sich auf das Instrument legten. In einer Stunde würde es komplett davon bedeckt sein. Begraben.

Wut breitete sich in ihr aus. Wie konnte er einfach aufgeben? Er spielte mit ganzer Seele. Wie konnte seine Seele ohne die Musik überleben?

Sie würde nicht zulassen, dass er aufhörte. Sie lief zum Dudelsack und hob ihn vom Boden auf. Ihr Griff drückte die verbliebene Luft heraus und der Dudelsack protestierte mit einem tristen Klagen.

„Was machst du da?“, fragte Dougal leise.

Sie wirbelte herum. „I-ich denke nicht, dass du das draußen lassen solltest.“

Er runzelte die Stirn und betrachtete sie finster. „Wie lange bist du schon hier draußen?“

„Lange genug.“ Sie hob das Kinn. „Du bist ganz schön schnell zurückgekehrt.“

„Ich kann mich sehr schnell bewegen.“ Sein Mund verzog sich zu einer schmalen Linie. „Zumindest meine Beine.“

„Ich weiß, dass du Schwierigkeiten mit dem Stück hast, aber das sollte dich nicht davon abhalten, zu spielen. Die langsame Musik war einfach …“

„Traurig“, unterbrach er sie, ein aufgebrachtes Blitzen in den Augen.

„Ich wollte wunderschön sagen.“

„Nein. Sie war melancholisch. Und erbärmlich. Soll ich den Rest meines armselig langen Lebens damit verbringen, meine Seele mit trauriger Musik zu füllen?“

„Besser eine traurige Seele als eine leere.“ Sie hielt ihm den Dudelsack entgegen. „Du musst daran glauben, dass es besser wird. Du kannst nicht einfach aufgeben.“

„Heißt das, du sorgst dich um meine Seele?“ Er nahm ihr das Instrument aus den Händen. „Glaubst du, ein Vampir hat überhaupt eine Seele?“

Sie zuckte zusammen. Offensichtlich hatte sie letzte Nacht seine Gefühle verletzt. Irgendwie hatte er es in nur wenigen Tagen geschafft, von einem Monster zu einer untoten Kreatur und nun zu einer gepeinigten Seele zu werden, die sie faszinierte. Sie fühlte sich hoffnungslos zu ihm hingezogen, traute sich jedoch nicht, diesem Verlangen nachzugeben.

„Das heißt dann wohl Nein.“ Er hielt den Dudelsack in die Höhe. „Was hattest du damit vor?“

„Ich wollte ihn dir zurückgeben. Zusammen mit einer Mut machenden Nachricht.“

„Du hättest sie mir ins Büro gebracht?“ Als sie nicht antwortete, schmälerte er die Augen. „Du wolltest mich wieder im Keller besuchen, nicht wahr?“

Sie nickte. „Ja.“

Er warf den Dudelsack auf die Bank. „Warum suchst du mich in meinem Todesschlaf auf? Ich weiß ja, dass ich kein besonders guter Gesprächspartner bin, aber ich bin trotzdem ein bisschen besser, wenn ich nicht gerade tot bin.“

Sie schluckte hart. „Ich fühle mich sicherer, wenn du schläfst …“

„Du meinst, wenn ich tot bin“, korrigierte er sie trocken. „Bin ich so einschüchternd, wenn ich wach bin?“

Ja. Sie verschränkte die Arme vor der Brust. „Vielleicht.“

„Ich würde dir niemals wehtun.“

Ihre Augen brannten. Er könnte ihr das Herz brechen. Es schmerzte schon jetzt.

„Wie kann ich dir beweisen, dass ich kein seelenloses Monster bin?“

„Ich weiß, dass du eine Seele hast. Du hast mit ganzer Seele gespielt.“ Sie blinzelte ihre Tränen weg. „Und es war wunderschön.“

Er machte einen Schritt auf sie zu. „Kannst du dann aufhören, mich als Vampir zu sehen?“

Ihr Herz raste. Sie stand an einer Klippe, so kurz davor zu fallen und, bei Gott, sie wollte fallen.

„Kannst du mich als Mann sehen? Ich kann weder mit dir essen noch einen Tag in der Sonne verbringen oder schlafen. Aber ich kann fühlen. Ich kann berühren.“ Mit der linken Hand berührte er ihr Gesicht so sanft, dass ihr Herz sich zusammenzog und eine Träne über ihre Wange rollte.

Er fing sie mit seinem Daumen. „Ich kann wie ein Mann lieben.“ Er lehnte sich zu ihr. „Und ich kann küssen.“

Sie atmete zittrig ein, kurz bevor er seine Lippen sachte auf ihre drückte. Sanft, aber bestimmt.

Er zog sich zurück und warf ihr einen fragenden Blick zu, als würde er sie stumm um Erlaubnis bitten. In ihren Augen sammelten sich noch mehr Tränen. Sie wusste nicht, was sie sagen sollte. Sie wusste nur, dass sie mehr wollte.

Seine linke Hand wanderte zu ihrem Nacken, während seine Handprothese den Weg zu ihrem Rücken fand und sie an seine Brust zog. Sie legte die Hände auf seine Brust und spürte seine harten Muskeln unter der weichen weißen Baumwolle.

„Leah", raunte er, und sie hob den Blick, um ihn anzusehen.

Verlangen brannte in seinen smaragdgrünen Augen und ließ ihren Widerstand endgültig schmelzen. „Ja", flüsterte sie zurück.

Er küsste sie erneut. Ein langer, sinnlicher Kuss, bei dem seine Lippen über ihre strichen, er an ihr knabberte und von ihr kostete.

Wärme breitete sich in ihrem Körper aus und sammelte sich heiß zwischen ihren Beinen. Sie stöhnte, woraufhin er den Kuss vertiefte und mit seiner Zunge in ihren Mund eindrang.

Ihr schwirrte der Kopf, in dem nur noch ein leiser Gedanke Platz hatte: Sie war nie zuvor um den Verstand geküsst worden. Bis vor Kurzem hatte sie das nicht einmal für möglich gehalten. Doch nun taumelte sie, fühlte sich wie im freien Fall und spürte schon bald nur noch ihre Nervenenden, die wie wild kribbelten und Feuer gefangen zu haben schienen.

Sie ließ die Hände zu seinen Schultern gleiten, dann zu seinem Nacken, und zog ihn näher an sich heran. Ihre Finger fanden den Weg in sein langes, weiches Haar, das er zusammengebunden trug. Ein wimmernder Laut kam ihr über die Lippen, ein Geräusch der Hingabe, und er antwortete mit einem sanften Knurren.

„Leah." Er verteilte Küsse auf ihren Wangen und ihrer Stirn. „Ich will dich. Ich will dich so sehr."

Ihr Herz explodierte schier vor Verlangen, und sie lehnte sich zurück, um sein Gesicht zu berühren.

Glühend rote Augen!

Sie sprang mit einem Aufschrei zurück.

Er ließ sie los und hob die Hände. „Hab keine Angst."

Sie wich zurück. „Deine Augen sind rot!“

„Aye. Ich will dich.“

„Als Abendessen?“ Sie machte noch einen Schritt zurück.

„Nein. Es ist mein Herz, das nach dir hungert.“ Er zog eine Grimasse und schob sein Sporran zurecht. „Mein Körper will dich genauso.“

Sie schluckte hart. Was machte sie hier nur? Es wäre schon verrückt, sich auf einen ganz normalen Menschen einzulassen, den sie erst vier Tage kannte. Aber auf einen Vampir? Für eine Frau, die immer stolz auf ihre Intelligenz gewesen war, verhielt sie sich nicht besonders klug. Was wusste sie schon über diesen Mann? Wenn sie sich völlig auf ihn einließ, wäre sie dann auch völlig verloren?

„I-ich kann das nicht.“ Sie rannte zurück ins Gebäude.

Am nächsten Morgen erwachte sie kurz vor Mittag. Grummelnd rollte sie sich zur Seite und versuchte, wieder einzuschlafen. Die ganze Nacht über hatte sie sich hin und her geworfen und war jetzt noch genauso müde wie zuvor.

An Schlaf war nicht zu denken gewesen. Jedes Mal, wenn sie eindöste, fluteten die Erinnerungen an den Kuss ihr Bewusstsein, und es war, als würde sie ihn noch einmal erleben. Diese süße, besitzergreifende Art, wie sein Mund über ihren gestrichen hatte. Die leichte Berührung seiner Lippen auf ihren Wangen und ihrer Stirn.

Und mit diesen Erinnerungen kehrte auch das Verlangen wieder, die Sehnsucht in ihrem Herzen und das Gefühl von schmerzhafter Leere zwischen ihren Beinen. Ob sie einen Fehler gemacht hatte? Vielleicht sollte sie mit Abby oder Heather reden. Sie waren schließlich beide glücklich mit einem Vampir verheiratet.

Stöhnend rieb sie sich mit beiden Händen übers Gesicht. Genug von dieser lächerlichen Verwirrung. Wie konnte eine zurechnungsfähige Frau auch nur über eine Ehe mit einem Vampir nachdenken?

Leah, ich habe so lange auf dich gewartet.

„Nein!“ Sie setzte sich aufrecht hin. Sie würde nicht zulassen, dass diese Worte sie weiter heimsuchten. Wie konnte er auf sie gewartet haben, wenn er sie gerade mal vier Nächte lang kannte? Vielleicht wartete er auf jemanden, den er lieben konnte, aber das hieß nicht, dass sie diese Person sein musste.

Dieser Mann kam ihrer Arbeit in die Quere. Als sie letzte Nacht nach dem Kuss ins Labor zurückgekehrt war und zu arbeiten versucht hatte, war es in ein Desaster ausgeartet. Immer wieder hatte sie an diesen Kuss denken müssen, was es ihr unmöglich gemacht hatte, sich zu konzentrieren. Wieder und wieder hatte sich dieser Moment vor ihrem inneren Auge abgespielt und mit jedem Mal war er wichtiger geworden. So wichtig, bis sie ihr gesamtes Leben in zwei Kategorien aufteilen konnte: vor dem Kuss und danach. Ihr Leben davor hatte sie Schritt für Schritt zu diesem vorherbestimmten Ereignis geführt. Dougal zu treffen. Und ihn zu küssen.

Sie schüttelte den Kopf. Sie würde sich nicht von Theorien manipulieren lassen, die genauso irrsinnig waren wie der Glaube ans Schicksal. Sie würde ihre eigenen Entscheidungen treffen.

Zum Beispiel würde sie sich heute dagegen entscheiden, wieder in den Keller zu schleichen. Selbst wenn er ihr eine neue Nachricht geschrieben hatte, würde sie sich ihm nicht nähern. Sie würde die Distanz wahren, ihren Job bei Romatech erledigen und dann wieder gehen.

Und Dougal nie wiedersehen. Denn sie war viel zu vernünftig, um sich in einen Vampir zu verlieben.

13. Kapitel

Sie hatte seinen Brief nicht gelesen. Diesbezüglich war sich Dougal ziemlich sicher.

Am nächsten Abend stand er im Sicherheitsbüro, trank aus seiner Flasche mit Frühstücksblut und beobachtete die Monitore. Der gefangene Soldat befand sich noch immer in Stase im Silberraum. Leah war mit Abby im Labor und konzentrierte sich auf ihre Arbeit. Sie sah kein einziges Mal zur Kamera.

Als er aus seinem Todesschlaf erwacht war, war da kein Hauch von Jasmin in der Luft gewesen. Die neu geschriebene Nachricht in seiner Hand wirkte ungelesen.

Er stürzte mehr synthetisches Blut hinunter. Sie hatte ihn zurückgewiesen. Er hatte all seine Sehnsucht in diesen Kuss letzte Nacht gesteckt, darauf hoffend, dass er ihr Herz berühren könnte, aber es hatte nicht geklappt.

Sie hatte ihn zurückgewiesen.

Hatten ihr seine roten Augen Angst eingejagt? Dagegen konnte er nichts tun. Wenn ein Vampir sexuell erregt war, begannen seine Augen automatisch rot zu glühen.

Drängte er sie zu sehr? Er hatte beinahe dreihundert Jahre auf sie gewartet, aber für Leah waren es nur fünf Nächte gewesen. Er musste es langsamer angehen. Ihr die nötige Zeit geben, sich daran zu gewöhnen. Ihn besser kennenzulernen. Und ihm zu vertrauen.

Vielleicht würde es helfen, wenn er nicht wie ein verdammter Pirat aussah. Nach dem Fiasko gestern Nacht hatte er die Nummer gewählt, die Gregori ihm gegeben hatte. Der Stylist von DVN hatte zugestimmt, ihn direkt nach Laszlos Termin in zwei Nächten zu empfangen.

Er leerte seine Flasche, während noch immer die Erinnerung an ihren Kuss in seinen Gedanken schwebte. Er hätte schwören können, dass es ihr gefallen hatte. Sie hatte die Arme um seinen Hals geschlungen, gestöhnt und war gegen ihn gesunken. Es war nur eine Frage von Minuten gewesen, bis seine Augen rot waren und er steif geworden war.

Er verbannte diese Gedanken aus seinem Bewusstsein und setzte sich an den Schreibtisch, um Angus einen Bericht zu mailen. Freemont hatte die Nacht frei, also übernahm Dougal die Runden für ihn. Ein paar Stunden später, als er schon wieder zurück im Büro war, erkannte er seine Chance. Leah und Abby waren auf dem Weg in die Cafeteria. Das war der perfekte Zeitpunkt, um eine weitere Runde zu drehen.

Er hetzte durch die Außenanlagen und verlangsamte sein Tempo, als er sich dem Basketballfeld näherte. Zu dieser späten Stunde hatten Leah und Abby die Cafeteria ganz für sich allein. Er betrat den Raum durch die Terrassentür.

Leah sah auf. Ihre Augen weiteten sich, dann konzentrierte sie sich wieder auf ihr Stück Apfelkuchen.

„Oh, hey, Dougal." Abby lächelte ihn an. „Was gibt's?"

„Nicht viel." Er näherte sich ihrem Tisch.

Abby schob sich einen Löffel Eiscreme in den Mund. „Ich schätze, deine Gedankenkontrolle hat nachgelassen. Heute Nacht haben wir kein Krähen gehört."

„Stimmt." Er beobachtete Leah, wie sie eine Apfelscheibe auf ihrem Teller herumschob. „Wie es aussieht, habe ich keinerlei Wirkung auf irgendeinen Sterblichen."

Sie hob den Kopf und er hörte, wie sich ihr Herzschlag beschleunigte.

Seine Mundwinkel zuckten. *Erwischt.*

Sie wurde rot und spießte das Apfelstück mit ihrer Plastikgabel auf.

„Ich bin froh, dass du vorbeischaust." Abby aß ihr Eis auf

und leckte den Löffel ab. „Wir sind kurz davor, ein Serum zu entwickeln, das wir an dem Kerl im Silberraum testen können. Kannst du morgen Nacht mit uns kommen, wenn wir es ausprobieren?“

„Aye.“ Er warf Leah einen Blick zu. „Glückwunsch. Du machst hervorragende Fortschritte.“

Sie zuckte mit den Schultern und vermied es, ihn anzusehen. „Ab jetzt werde ich mich nur noch auf die Arbeit konzentrieren.“

„Ich bin sicher, das ist das Klügste.“

Die Röte in ihrem Gesicht vertiefte sich.

Er atmete tief ein und ließ zu, dass der Duft von Jasmin und Leahs Blut ihm zu Kopf stiegen.

Abby stand auf und deutete in Richtung Flur. „Kann ich dich kurz sprechen?“

„Aye.“ Er folgte ihr durch die Tür hinaus.

„Ich musste Angus einen Bericht über deine Prothese schicken“, flüsterte sie. „Ich habe ihm gesagt, dass deine Gedankenkontrolle zeitweise durch deinen emotionalen Zustand beeinflusst wird.“ Sie warf einen Blick in Leahs Richtung. „Aber ich bin nicht näher darauf eingegangen.“

Also vermutete sie, dass Leah die Ursache für sein Problem war. „Hast du irgendjemandem davon erzählt?“

„Ich habe es Gregori gegenüber erwähnt und er war derselben Meinung.“ Abby runzelte die Stirn. „Er hat gesagt, du willst Leah umwerben. Stimmt das?“

Dougal verschränkte die Arme. „Du befürwortest das nicht?“

„Ich bin nicht sicher.“ Wieder sah Abby zu Leah hinüber. „Sie ist brillant, gleichzeitig aber auch jung und naiv. Laszlos Dackelblicke scheint sie überhaupt nicht wahrzunehmen. Aber du … ich glaube, sie ist sich deiner sehr bewusst.“

Ein Funken Hoffnung keimte in seiner Brust auf. „Glaubst du, ich habe eine Chance?“

Abby zog eine Grimasse. „Ich mag sie wirklich sehr, Dougal. Ich möchte nicht, dass sie verletzt wird."

„Ich würde sie nie verletzen."

Sie musterte ihn zweifelnd. „Das sagt ihr Kerle ständig. Sei einfach vorsichtig, okay?"

Als Abby in die Cafeteria zurückkehrte, betrachtete er Leah erneut. Ihre Blicke begegneten sich und ein gepeinigter Ausdruck erschien in ihrem Gesicht, bevor sie sich abwandte.

Verdammt. Abby hatte recht. Er tat ihr bereits weh. Er stöhnte innerlich und stapfte davon.

In der darauffolgenden Nacht starrte Dougal auf die Monitore.

Wie lange würde sie ihn noch ignorieren? Er war mit derselben verdammten Nachricht in der Hand in den Todesschlaf gefallen, aber Leah hatte ihn nicht besucht. Jetzt waren sie und Abby damit beschäftigt, das Serum für den gefangenen Soldaten vorzubereiten.

Er ging im Büro auf und ab, dann lief er die Außenanlagen und das Gebäude selbst ab.

Irgendwann meldete sich Abby schließlich und bat ihn, in den Silberraum zu kommen. Er flitzte die Treppen hinunter und hämmerte den Zugangscode ein.

Die Fahrstuhltüren öffneten sich und Abby, Laszlo, Leah und Gregori kamen heraus. Laszlo hielt ein Tablett in den Händen.

„Guten Abend." Dougal neigte den Kopf zur Begrüßung, aber Leah weigerte sich, ihn anzusehen.

„Hey, Kumpel." Gregori boxte ihm gegen die Schulter. „Ich wollte mir den Spaß nicht entgehen lassen." Er warf Abby einen stolzen Blick zu. „Meine Frau ist eine fantastische Köchin."

Abby schnaubte. „Ich kann nicht versprechen, dass das Serum wirkt. Und falls es wirkt, wird das nur der erste Schritt eines langen Verfahrens sein."

„Ich glaube, wir sind auf dem richtigen Weg.“ Laszlo trug das Tablett in den Raum und stellte es auf dem Tisch neben der Krankenbahre ab.

Dougal stellte sich auf die andere Seite der Bahre, damit er den gefangenen Soldaten aus der Nähe sehen konnte. Er war jung, schlank und muskulös und hatte einen kahlgeschorenen Kopf.

Laszlo positionierte sich zu seinen Füßen, während Leah und Abby gegenüber von Dougal stehen blieben.

Gregori umrundete die Krankenbahre und prüfte die Haltegurte. „Seid ihr sicher, dass ihr ihn aufwecken wollt?“

Dougal versteifte sich. „Das halte ich für keine gute Idee.“

Abby füllte die Injektionsspritze mit dem Medikament. „Das Serum wird nicht dieselbe Wirkung haben, wenn er in Stase ist. Seine Körperfunktionen werden so stark unterdrückt, dass es eine Ewigkeit dauern würde, überhaupt eine Reaktion zu bekommen. Abgesehen davon kann er uns ein Feedback geben, wenn er wach ist …“

„Erwartest du etwa, dass er kooperiert?“, fragte Dougal.

„Ich hoffe es. Zumindest, wenn wir ihm erklärt haben, was wir hier tun“, erwiderte Abby.

Laszlo drehte an einem Knopf seines Laborkittels. Gleichzeitig musterte er Leah bewundernd. „Wir haben großes Glück, Leah bei uns zu haben. Sie kann Mandarin sprechen.“

Leah nickte. „Ich werde ihm sagen, dass wir ihm dabei helfen, wieder normal zu werden.“

Gregori zuckte zusammen. „Was, wenn er nicht normal sein will? Ich dachte, diese Jungs haben einen Deal mit Darafer. Er schenkt ihnen Superkräfte, und im Gegenzug gehören sie ihm.“

Leah wirkte irritiert. „Ich dachte, der Soldat gehört zu Master Han.“

„Stimmt.“ Abby wandte sich an Gregori. „Ich glaube, er *will* wieder normal werden, sobald wir ihm klargemacht haben, dass Darafer seine Seele gehört …“

„Was?“ Geschockt sah Leah von einem zum anderen.

Dougal warf Abby und Gregori einen verärgerten Blick zu. „Ihr habt ihr nichts von Darafer erzählt?“

„Doch“, behauptete Abby. „Ich habe gesagt, dass er derjenige ist, der die Soldaten mutiert, damit sie für Master Han kämpfen können.“

„Warum gehören ihm dann ihre Seelen?“, fragte Leah. „Wie kann jemand die Seele von jemand anderem besitzen?“

Dougal schnaubte. „Anscheinend haben sie dir nichts davon gesagt, dass er ein Dämon ist. Und wenn die Soldaten sterben, bringt er ihre Seelen in die Hölle.“

Leahs Augen weiteten sich. „Ist das dein Ernst?“

Abby zog eine Grimasse. „Wir hätten es dir in allen Details erklären sollen, aber ich wollte dich nicht noch mehr ängstigen. Du warst bereits total gestresst …“

Leah brachte sie mit einem finsteren Blick zum Schweigen. „Das könnte mich nur ängstigen, wenn ich daran glauben würde. Es gibt keine Hölle. Oder Dämonen. Das ergibt keinen Sinn.“ Sie warf einen Blick auf den Soldaten. „Auf keinen Fall werde ich ihm so einen Unsinn erzählen.“

Nachdenklich legte Dougal den Kopf schief. „Du glaubst nicht an die Hölle?“

Leah zuckte mit den Schultern. „Die Menschen erschaffen ihre eigene Hölle hier auf Erden.“

„Darin steckt auf jeden Fall etwas Wahrheit“, räumte Dougal ein, „aber es gibt mehr im Leben als nur das, was wir sehen. Vor ein paar Tagen hast du auch nicht an Vampire oder Wandler geglaubt.“

Er bemerkte, wie sie zusammenzuckte. Bereute sie es inzwischen, ein Teil ihrer Welt geworden zu sein? Bereute sie es, ihn kennengelernt zu haben? War ihr Kuss nichts weiter als eine schlechte Erinnerung für sie?

„Ich weiß, dass unsere Existenz gegen die Natur ist. Es sollte uns überhaupt nicht geben, aber das bedeutet nicht, dass wir bösartig sind.“

Ihre Blicke trafen sich und es schien, als hoffte sie darauf, in seine Seele schauen zu können. Er versuchte ihr seine Gefühle zu zeigen. Und als Tränen in ihren Augen zu schimmern begannen, meinte er, dass es ihm gelungen wäre.

Sie schloss die Augen und wandte sich ab.

Abby seufzte tief. „Es gab mal eine Zeit, in der ich dir zugestimmt hätte, dass es keine Dämonen gibt. Aber Darafer ist real. Ich habe ihn getroffen. Ich habe gesehen, wie er einen Mann nur mit einer simplen Handbewegung von einer Klippe gestoßen hat.“

„Er ist dafür verantwortlich, dass Abbys Mutter krank wurde“, fügte Gregori hinzu. „Er hat zugegeben, dass er Seuchen in die Welt gesetzt hat. Er hat seinen Spaß daran, Menschen leiden zu sehen.“

Abby schauderte. „Er ist höllisch beängstigend. Er steckte hinter dem Attentat auf meinen Vater.“

Leah blinzelte. „Jemand hat versucht, deinen Vater zu töten?“

Abby nickte. „Du hast nie davon gehört, weil mein Vater es vertuscht hat. Er war der Meinung, der Killer wollte Ruhm, also hat er sichergestellt, dass er den nicht bekommt.“ Sie verzog das Gesicht. „Darafer wusste davon. Er hat herumposaunt, dass er es war, der den Killer beeinflusst hat.“

Leahs Augen weiteten sich. „Also ist er wirklich ein …?“

„Dämon“, sagte Gregori. „Ja.“

Sie wurde blass.

Dougal machte einen Schritt auf sie zu, aber sie wich vor ihm zurück. „Es geht mir gut.“

„Wirklich?“, fragte er sanft.

Sie schüttelte den Kopf. „Ich wusste immer, dass das Böse

existiert. Aber ich habe es immer als etwas Vages und Nebulöses wahrgenommen, das hier und da ohne Sinn und Zweck auftaucht und Menschen willkürlich dazu bringt, schreckliche Dinge zu tun. Ich hätte nie gedacht, dass es eine mächtige Kreatur mit einer Agenda sein könnte." Sie schauderte. „Die Welt wird immer seltsamer. Und gefährlicher."

„Aye, Mädchen", murmelte Dougal. „Aber du musst das nicht allein durchstehen."

Ihre Blicke trafen sich ein weiteres Mal, und er zuckte zusammen, als er den Schmerz in ihren goldbraunen Augen schimmern sah.

„Das ist richtig", schaltete sich Laszlo ein. „Wir sind für dich da."

Sie seufzte. „Immer wenn ich denke, alles begriffen zu haben und dass ich mich daran gewöhnt habe, taucht etwas Neues auf."

„Versuch es nicht an dich heranzulassen", riet Gregori. „Es gibt keinen Grund, aus dem du Darafer je treffen solltest."

Leah schauderte, dann atmete sie tief durch. „Lasst uns weitermachen."

„Mutiges Mädchen", flüsterte Dougal.

Sie zuckte zusammen. „Nicht so mutig." Sie näherte sich der Krankenbahre.

Also ignorierte sie ihn aus Angst? Dougal straffte die Haltegurte, während Abby Sensoren auf der Brust des Soldaten über seinem Herzen und an bedeutenden Pulsstellen platzierte. Anschließend verband sie diese mit einem Monitor.

„Jetzt geht's los." Abby spritzte ihm etwas, um ihn aufzuwecken.

Nach ein paar Minuten begannen die Lider des Soldaten zu flattern. Seine Finger zuckten. Plötzlich schlug er die Augen auf, ballte die Hände zu Fäusten und spannte sich unter den Gurten an, die ihn fixierten.

Er knurrte etwas auf Chinesisch und starrte sie alle finster an. Er wand sich auf der Bahre, während er fest an den Haltegurten zerrte.

Leah redete sanft auf ihn ein. Er richtete seinen wütenden Blick auf sie und kniff die Augen zusammen.

Sie sprach weiter, dann schenkte sie ihm ein ermutigendes Lächeln und tätschelte seine Schulter.

„Warum sollte ich dir glauben, Miststück?“, knurrte er. „Du stinkende Hure!“

„Du verdammter Idiot.“ Dougal packte ihn am Nacken. Die Finger seiner Prothese umklammerten ihn fest. „Sie versucht dir den Arsch zu retten. Sprich noch mal so mit ihr und ich bringe dich um.“

„Dougal?“ Leah starrte ihn mit schreckgeweiteten Augen an.

„Dougal!“, rief Abby. „Lass ihn los! Du bringst ihn um.“

Sein Griff verstärkte sich, wodurch das Gesicht des Soldaten einen fleckigen Rotton annahm.

„Dougal!“ Gregori stieß gegen seine Schulter. „Was soll das? Wir brauchen ihn lebend!“

Er befahl der Handprothese, sich zu öffnen, und sie folgte dem Befehl. Der Soldat rang nach Luft, während alle anderen erleichtert ausatmeten.

„Oje.“ Laszlo zupfte an einem Knopf. „Warum hast du ihn angegriffen?“

Dougal trat einen Schritt zurück. *Zur Hölle damit.* Was hatte er getan?

„Du hast Chinesisch mit ihm gesprochen“, wisperte Leah.

„Das war Chinesisch?“ Gregori wirkte erstaunt. „Ich dachte, es wäre Gälisch gewesen. Woher sollte ein Schotte Chinesisch können?“

Dougal kniff die Augen zu. *Verdammt!* Er war sich nicht darüber bewusst gewesen, was er tat. Er hatte gehört, wie der

Soldat Leah beschimpft hatte, und plötzlich war er dabei gewesen, den Bastard zu erwürgen. „E-es war ein Versehen."

„Du hast aus Versehen Chinesisch gesprochen?", fragte Abby trocken.

Er fuhr zusammen. „Ich hatte es nicht vor", murmelte er und deutete auf den Soldaten. „Kannst du ihm die Injektion verabreichen? Er ist jetzt sehr ruhig und kooperativ."

Gregori schnaubte. „Ja, weil er fast gestorben wäre. Warum hast du ihn plötzlich so attackiert?"

„Er hat mich beschimpft", erklärte Leah, dann warf sie Dougal einen vielsagenden Blick zu. „Du hast es verstanden."

Knurrend fuhr er sich mit der Hand durchs Haar. Jetzt war es raus.

„Interessant." Laszlo drehte an seinem Knopf. „Wann hast du Chinesisch gelernt?"

„Das steht nicht zur Diskussion." Dougal marschierte zur Tür. „Ich bin in meinem Büro, wenn ihr mich braucht."

14. Kapitel

Wie um alles in der Welt konnte er Chinesisch sprechen?

Leah verkrampfte sich vor lauter Enttäuschung. Wieder einmal war es ihr unmöglich, sich zu konzentrieren, denn das Einzige, woran sie denken konnte, war Dougal. Warum hatte er seinen Freunden nie davon erzählt? Hatte er dieses Geheimnis jahrhundertelang bewahrt? Wie viele Geheimnisse mochte er noch haben? Was meinte er damit, als er sagte, dass er so lange auf sie gewartet hatte?

„Leah?" Abby berührte sie an der Schulter.

Sie fuhr hoch. „Ja?"

„Ich habe dich darum gebeten, mit ihm zu reden." Abby deutete auf den Soldaten. „Sein Blutdruck steigt rapide. Versuch ihn zu beruhigen. Ich will ihm kein Sedativum geben müssen."

„Natürlich." Das könnte negative Auswirkungen auf das Serum haben, das sie gerade testeten. Leah beugte sich über den Mann und sprach auf Chinesisch zu ihm. „Ich bin Leah Chin. Wie ist dein Name?"

„Geht dich einen Scheißdreck an!"

„Wir versuchen dir zu helfen."

„Blödsinn." Der Soldat starrte sie zornig an. „Ihr wollt mich foltern."

„Nein. Wir versuchen einfach nur, ein paar deiner genetischen Mutationen umzukehren." Obwohl nichts daran einfach war. „Sobald wir fertig sind, kannst du in dein normales Leben zurückkehren."

„Wie Milliarden anderer Leute?", höhnte er. „Ich will nicht

normal sein!" Er zerrte an den Gurten. „Warum bin ich so verdammt schwach? Was habt ihr mit mir angestellt?"

„Du warst eine Weile in Stase, also wurden deine Muskeln nicht genutzt. Sobald du wieder normal bist ..."

„Nein! Verdammt seist du! Ihr habt kein Recht, mich zurückzuverwandeln. Ich will superstark und mächtig sein!"

„Sein Puls ist gefährlich hoch", warnte Abby mit Blick auf dem, Monitor.

„Er sagt, er will nicht zurückverwandelt werden", sagte Leah auf Englisch.

„Das hatte ich befürchtet", murmelte Gregori.

Laszlo schüttelte den Kopf. „Man hat ihn einer Gehirnwäsche unterzogen. Mit etwas Zeit vielleicht ..."

„Er wird keine Zeit haben, wenn sein Herz versagt", grummelte Abby.

„Ich versuche ihn zu überzeugen." Leah wechselte von Englisch zu Chinesisch. „Sie haben mir gesagt, ein Dämon hätte dich verwandelt. Im Gegenzug für deine Superkräfte gehört ihm nun deine Seele."

Der Soldat lächelte spöttisch. „Und?"

„Wenn du stirbst ..."

„Ich werde nicht sterben, Miststück! Nicht mal eure Folter kann mich töten. Er hat mich unbesiegbar gemacht!"

„Niemand ist unbesiegbar."

„Darafer schon! Und er hat uns auch dazu gemacht. Wenn Master Han die Welt beherrscht, werden wir Könige sein."

Leah stöhnte. Warum versuchten die Bösen ständig, die Weltherrschaft an sich zu reißen? „Ich weiß nicht viel über Master Han oder Dämonen, aber es scheint mir sehr wahrscheinlich zu sein, dass sie dich belügen. Und dich benutzen. Erwartest du von einem Dämon wirklich Ehrlichkeit? Und glaubst du, dass Master Han seine weltweite Macht mit dir teilen will?"

Zweifel schimmerte in seinen Augen auf, doch dann blinzelte er und blickte sie finster an. „Du liegst falsch. Master Han ist seinen Männern gegenüber loyal. Er wird herkommen. Er wird mich retten und euch zerstören."

„Mir wurde gesagt, dass Vampire sich hier nicht in diesen Raum hineinteleportieren können. Er besteht aus Silber."

Der Soldat zischte und zerrte an den Gurten. „Sie werden mich nicht zurücklassen! Du wirst sehen! Master Han wird mich befreien." Sein Gesicht verfärbte sich rot, als er zu schreien begann. „*Master Han!*"

„Ich gebe ihm ein Beruhigungsmittel." Abby verabreichte ihm eine Injektion.

Leah zuckte zusammen. „Entschuldige. Ich habe es schlimmer gemacht."

Laszlo drehte weiter an seinem Knopf, den traurigen Blick auf den Soldaten gerichtet, der langsam einschlief. „Es ist immer schwer, jemanden zu retten, der nicht gerettet werden will."

Leah seufzte. War es richtig, die mutierten Soldaten gegen ihren Willen zurückzuverwandeln? Aber wenn sie es nicht taten, würden diese einem bösen Vampir und einem Dämon dabei helfen, die Welt zu erobern.

Wenn die Vampire Master Hans Soldaten nicht zurückverwandelten, waren sie dazu gezwungen, gegen sie zu kämpfen. Und wenn sie sie töteten, würden ihre Seelen direkt in die Hölle fahren. Leah war sich nicht sicher, ob sie an die Hölle glauben konnte, aber sie verstand, dass die Vampire ihr Gewissen nicht mit einem Haufen verdammter Seelen belasten wollten. Kein Wunder, dass sie so entschlossen gewesen waren, ihre Hilfe zu bekommen.

Von Abby hatte sie erfahren, dass die Vampire im Vergleich zu Master Hans Armee gewaltig in der Unterzahl waren. Wenn sie die Mutationen umkehren konnte, dann könnten die Vampire einen Krieg vermeiden, der viele von ihnen töten würde.

Bei der Vorstellung zog sich ihr Herz zusammen.

Zum ersten Mal begriff sie, wie heldenhaft die Vampire wirklich waren. Sie beschützten eine sterbliche Welt, die nicht einmal etwas von ihrer Existenz wusste. Sie opferten sich selbst in dem Wissen, dass es im Gegenzug keine Dankbarkeit, keinen Ruhm für sie geben würde. Sie taten es aus einem Ehrgefühl heraus, weil es das Richtige war.

Diese Erkenntnis brachte eine wichtige Frage auf, die den Rest ihres Lebens beeinflussen könnte: Wie konnte es das Richtige sein, einen ehrenvollen Mann wie Dougal abzuweisen?

„Warum hast du mir nicht gesagt, dass du Chinesisch sprichst?", wollte Angus am Telefon wissen.

Dougal warf einen Blick zur Uhr auf dem Schreibtisch. Es hatte nur zehn Minuten gedauert, bis die Neuigkeit Angus in London erreicht hatte. Während er die Monitore beobachtet hatte, war ihm aufgefallen, wie Gregori sich zurückzog, bis die Kamera im Silberraum ihn nicht mehr erfassen konnte. „Hat Gregori dich angerufen?"

„Aye. Und er hat mir gesagt, dass du dem Soldaten fast den Kopf abgerissen hast. Warum hast du das getan? Hat deine Hand wieder nicht richtig funktioniert?"

„Nein."

Es gab eine Pause, dann grunzte Angus frustriert. „Wirst du mir den Grund verraten?"

„Er hat Leah beleidigt."

„Und das war ein Grund, um ihn umzubringen?"

Dougal ballte die Hand zur Faust. „In dem Moment schien es angemessen zu sein."

„Abby hatte recht. Du lässt dich von deinen Emotionen leiten."

„Ich habe es im Griff", beharrte Dougal. „Schließlich habe ich ihn nicht getötet." Er warf einen Blick auf den Monitor, der den Silberraum zeigte. „Dem Gefangenen geht es gut. Abby und Leah beobachten ihn gerade."

„Wie kommt es, dass du mir nie erzählt hast, dass du Chinesisch sprichst? Ich habe deine Bewerbung von 1928 geprüft. Du hast es nicht darin erwähnt."

„Damals schien es nicht wichtig zu sein. Wir haben uns auf die Malcontents in Osteuropa und Russland konzentriert."

„Und als Master Han auf der Bildfläche erschienen ist, hieltest du es auch nicht für wichtig, mir davon zu berichten? Ich habe J. L. und Rajiv allein dorthin geschickt in dem Glauben, dass sie die einzigen Agenten wären, die Chinesisch sprechen können. Ich hätte dich sehr viel früher zurück auf die Missionsliste gesetzt. Du hättest es mir sagen sollen!"

Dougal biss die Zähne zusammen. „Es ist etwas Persönliches."

Angus schnaubte. „Das ist mir klar, aber was auch immer dein Problem ist, komm damit zurecht. Du bist wieder auf der Liste."

„Ich werde für den Außendienst zugelassen?"

„Ich habe immer noch meine Zweifel, was deine Hand angeht, aber wir brauchen dich. Die nächste Mission nach China …"

„Nein", fiel Dougal ihm ins Wort. Genau aus diesem Grund hatte er ein Geheimnis darum gemacht. „Überallhin, nur nicht nach China. Ich kann nicht zurück."

Angus hielt inne, dann sprach er mit leiser Stimme weiter. „Was ist dir dort zugestoßen?"

Dougal zog eine Grimasse.

„Wann warst du dort?", fragte Angus. „Ich kenne dich seit Culloden. Es muss vor deiner Verwandlung gewesen sein."

Dougal ballte die Hand zur Faust und entspannte sie wieder. „Ich werde nicht zurückgehen."

„Zum Teufel damit, Mann. Wir landen vielleicht alle in China, um gegen Master Han zu kämpfen. Er ist unsere größte Bedrohung. Also was auch immer dich stört, komm darüber hinweg. Schnell." Angus legte auf.

Seufzend stellte Dougal das Telefon zurück in seine Ladestation. Dreihundert Jahre lang hatte er schon versucht, darüber hinwegzukommen. Er hatte alles verloren. Sein Land, sein Zuhause, seine Familie, seine Freiheit.

Er rieb über die Narbe an seiner rechten Schulter, wo er im Alter von siebzehn als Sklave gebrandmarkt worden war. Während für andere junge Männer damals gerade erst das Leben begann, hatte er geglaubt, seines wäre zu Ende. Wie konnte er zugeben, dass man ihn zu einer Ware reduziert, ihm seine Menschlichkeit entrissen und ihn so lange ausgepeitscht hatte, bis er alle Hoffnung verloren hatte?

Li Lei hatte ihn gerettet. In ihren Augen war er wieder menschlich geworden, und sie hatte ihr Leben riskiert, um ihn zu befreien. Aber als sie ihn brauchte, hatte er sie im Stich gelassen.

Das Drachentattoo brannte, dann explodierte Hitze in den eingeritzten Flammen über seinem Herzen. Er zuckte vor Schmerz zusammen. Was, wenn Li Lei erneut einen Weg gefunden hatte, um ihn zu retten? War ihre Seele zurückgekehrt, um ihn von dem Schmerz zu befreien, der sein Herz versklavte?

Er blinzelte die Tränen weg. Selbst wenn Li Leis Seele zurückgekehrt war, so war sich Leah dessen nicht bewusst. Und sie ignorierte ihn.

Vielleicht sollte es so sein. Wenn er Vergebung erfahren wollte, war es nur gerecht, dass er dafür arbeitete. Er musste sich ihre Liebe und ihr Vertrauen ein weiteres Mal verdienen.

Ich werde dich finden. Egal, was passiert. Selbst wenn es tausend Jahre dauert, werde ich dich finden.

Eine zweite Chance. Je länger er darüber nachdachte, desto überzeugter war er. Nach fast dreihundert Jahren bekam er eine zweite Chance.

Und wenn Leah ihn diesmal brauchte, würde er sie nicht im Stich lassen.

15. Kapitel

Am nächsten Abend teleportierte Dougal sich in die Empfangshalle von DVN und fragte die Rezeptionistin nach Wilsons Salon.

„Den Hauptflur hinunter." Sie deutete auf eine Doppeltür hinter sich. „Dann nach links, Sie finden ihn direkt hinter den Ankleideräumen."

„Danke." Er ging auf die Tür zu.

„Sie werden sich das Haar nicht wirklich abschneiden lassen, oder?", fragte die junge Frau.

Er hielt inne, die Tür bereits zur Hälfte geöffnet. „Ich sehe aus wie ein Pirat."

Als sie seufzte, lag ein sehnsüchtiger Ausdruck in ihren Augen. „Ich weiß."

War das etwas Gutes? Er folgte dem Flur und bog dann nach links ab. Als er an den Ankleideräumen vorbeikam, nahm er dank seines gesteigerten Gehörs Laszlos Stimme wahr.

„Zweihundert Dollar? Für einen Haarschnitt?"

„Glauben Sie, das war einfach?", fragte ein Mann. „Als Sie hier reinkamen, sah Ihr Haar aus, als hätte man es in einer Tierhandlung gestriegelt."

„Nur einmal", murmelte Laszlo.

Der Mann schnaubte. „Wusste ich es doch. Oh, und hier ist die Rechnung für Ihre neuen Klamotten."

„Fünfhundert Dollar?", quietschte Laszlo.

Dougal zuckte zusammen. Anscheinend war so eine gründliche Veränderung teuer.

„Entspann dich, Kumpel", kam es von Gregori. „Du siehst super aus!"

„I-ich weiß nicht recht“, nuschelte Laszlo.

Dougal öffnete die Tür und warf einen Blick hinein. Laszlo trug eine teure graue Hose, einen roten Pullover in einem seltsamen modernen Design und eine schwarze zweireihige Jacke im Militärstil. Auf dem Stoff befanden sich Unmengen Knöpfe, was gut zu Laszlo zu passen schien. Es war sein Haar, das Dougal innehalten ließ. Der lange schlaffe Pony war verschwunden. Laszlos Haar war kurz geschnitten.

Dougal schluckte hart.

„Vertrau mir“, sagte Gregori. „Leah wird dich heiß finden.“

„*Was?*“ Der dritte Mann fasste sich an die Brust.

Das dürfte Wilson sein, dachte Dougal. Er war schlank, hatte blonde Locken und einen scharf taxierenden Blick aus blauen Augen.

„Sie versuchen einer Frau zu imponieren? Warum haben Sie das nicht gleich gesagt?“ Wilson schnappte sich die Schere vom Tresen, schnitt den Kragen von Laszlos rotem Shirt auf und riss es zur Hälfte auf. „Na also. Perfekt!“

„Was? Sie haben gerade ein …“, Laszlo warf einen Blick auf die Rechnung, „… ein Hundert-Dollar-Shirt zerstört!“

„Und es sieht großartig aus!“ Wilson zupfte den Stoff zurück, um Laszlos blassweiße Brust zu entblößen. „Und jetzt gehen Sie zu ihr und sagen: ‚Los geht’s, heiße Braut. Ich kann die ganze Nacht‘.“

Laszlo schluckte schwer und tastete nach einem Knopf an seiner neuen Jacke.

„Lassen Sie das.“ Wilson haute ihm auf die Finger. „Das zerstört Ihre selbstbewusste Ausstrahlung.“

„Ich habe keine selbstbewusste Ausstrahlung.“

Wilson stöhnte, dann warf er Gregori einen finsteren Blick zu. „Erwartest du von mir, dass ich eine Kumquat in Kaviar verwandle?“

„Du hast tolle Arbeit geleistet“, versicherte Gregori ihm. „Laszlo sah nie besser aus.“

„Sein Name ist *Laszlo*?“, fragte Wilson schockiert. „Oh Gott, nein. Das ändern wir ganz schnell.“

„Was?“, stotterte Laszlo. „Aber … aber …“

„Aufhören.“ Wilson drückte seine Schulter, dann trat er einen Schritt zurück und tippte sich mit dem Finger gegen den Mund. „Hm, wie wäre es mit Lance?“

Gregori schüttelte den Kopf. „Nicht männlich genug.“

„Du hast recht.“ Wilson machte eine wegwerfende Handbewegung. „Ich kannte mal einen Mann, der Lance hieß, aber er hat sich in einen Werwolf verliebt. Nicht zu fassen, dass er ein Fellknäuel gewählt hat, wenn er mich hätte haben können.“

„Unglaublich“, murmelte Gregori.

„Ich hab's.“ Wilson schnippte mit den Fingern und deutete dann auf Laszlo. „Laser!“

„Wo?“ Laszlo sah sich um.

„Nein, Sie! Sie sind Laser.“ Wilson richtete sein Revers. „Und einen kostenlosen Rat gibt es gleich noch dazu: Werden Sie Mitglied in einem Fitnessstudio, das die ganze Nacht geöffnet hat, und bauen Sie ein paar Muskeln auf. Frauen lieben Männer mit einem starken Oberkörper.“

„Oh. Okay.“ Laszlo versuchte das aufgerissene Shirt zusammenzuziehen.

„Aufhören.“ Wilson haute ihm erneut auf die Finger. „Wollen Sie etwa nicht sexy aussehen?“

„I-ich dachte, dass sie mich vielleicht aufgrund meines Intellekts mag.“

Wilson schnaubte. „Soll das ein Witz sein? Frauen wollen einen Mann mit Ausstrahlung. Kraftvoll, stark und …“ Er warf einen Blick zur Tür, als Dougal eintrat. „Oh. Mein. Gott.“

Gregori lächelte. „Das ist Dougal. Der andere Kerl, der eine gründliche Veränderung braucht.“

„Oh ja." Wilson näherte sich ihm langsam und musterte ihn mit kritischem Blick. „Ja."

Dougal neigte den Kopf. „Wie geht es Ihnen?"

„Ja", wiederholte Wilson und tippte sich mit dem Finger gegen den Mund. „Ja."

Laszlo wirkte verwirrt. „Du lässt dir auch die Haare schneiden?"

Dougal zuckte die Schultern. „Ich sehe aus wie ein Pirat."

„Oh." Laszlo runzelte die Stirn, die Finger schon wieder an einem Knopf an seiner Jacke.

„Hm." Langsam umrundete Wilson Dougal, betrachtete ihn von Kopf bis Fuß und streckte dann die Hand nach seinem weißen Hemd aus. „Nein." Dann musterte er seinen Kilt. „Nein." Beim Anblick seines Sporrans weiteten sich seine Augen. „Nein!" Zuletzt wanderte sein Blick zu Dougals Haaren. „Zum Teufel, nein!"

„Was ist aus dem Ja geworden?", fragte Dougal.

Wilson machte eine wegwerfende Handbewegung. „Sie haben eine großartige Ausstrahlung, aber …" Er zog eine Grimasse. „Was um Himmels willen haben Sie mit Ihrem Haar gemacht?"

„Ich … wasche es."

„Womit?" Wilson kräuselte die Nase. „Laugenseife?"

„Nicht in letzter Zeit."

„Wann haben Sie das letzte Mal eine Spülung benutzt?"

Dougal hielt inne und versuchte sich daran zu erinnern.

„Oh Gott." Wilson warf Gregori einen verärgerten Blick zu. „Wie viele Wunder erwartest du von mir in einer Nacht?"

Gregori lachte amüsiert. „Wenn jemand dazu in der Lage ist, dann du."

„Nun, das stimmt." Wilson berührte eine von Dougals Haarsträhnen und zischte. „Ihr Spliss hat Spliss. Womit haben Sie es geschnitten? Mit einer stumpfen Axt?"

Dougal schnaubte. „Ich bin kein Barbar." Er zog sein *Sgian Dubh* aus seinem Kniestrumpf. „Ich benutze ein kleines Messer."

„Oh Gott." Wilson sprang zurück. „Das ist entsetzlich." Als Dougal sich hinunterbeugte, um die Klinge zurück in ihre Scheide zu schieben, fügte er etwas hinzu: „Aber irgendwie auch sexy. Was ist das an Ihrer Hand? Ein Metallhandschuh?"

„Eine Metallhand", murmelte Dougal und richtete sich wieder auf. „Ich habe meine Hand in der Schlacht verloren."

„Meine Güte. Sie sieht so stark aus. So mächtig." Ein Leuchten trat in Wilsons Augen. „Ich hab's! Wir verändern Ihren Look passend zum Thema *Full Metal Jacket*, damit wir den Fokus auf Ihre Metallhand legen können."

Dougal zuckte zusammen. „Muss das sein?"

„Ja!" Wilson stieß seine Faust in die Luft. „Wir ziehen Sie ganz in Schwarz an, dazu Reißverschlüsse und Ketten. Und Handschellen!"

Dougal runzelte die Stirn. „Ich bezweifle, dass Ketten und Handschellen das Vertrauen einer Frau wecken."

„Machen Sie Witze?" Wilson grinste. „Sie wird es lieben!"

Gregori kicherte. „Klingt sexy."

Laszlo drehte an einem Knopf. „Du machst das für eine Frau? Für welche?"

„Aufhören." Wilson wedelte mit der Hand in seine Richtung. „Und jetzt Ruhe, bitte. Ich muss nachdenken." Er kam zu Dougal zurück. „Wir werden dieses altertümliche Shirt und den Rock los."

„Das ist ein Kilt", murmelte Dougal.

„Und was ist dieses seltsame Ding?" Wilson lehnte sich zu ihm, um es genauer zu betrachten.

Dougal biss die Zähne zusammen. „Man nennt es Sporran. Das ist eine vornehme, männliche Tradition bei den Schotten."

Wilson lächelte süffisant. „Ein haariges Ding in der Leistengegend. Ja, das würde ich auch männlich nennen." Er streckte die Hand aus, um darüberzustreichen.

Dougal wich zurück. „Fass den Bisam nicht an."

Wilson richtete sich auf und drückte sich eine Hand an die Brust. „Oh mein Gott. Ich habe mich in den Bisam verliebt."

Gregori grinste. „Ich erinnere mich. Captain & Tennille."

Dougal starrte die beiden finster an. „Was für ein Captain?"

„Schon gut, mein Hübscher. Lassen Sie uns loslegen." Wilson deutete auf eine Reihe Waschbecken und Stühle an der Wand.

„Ich muss zurück zur Arbeit", murmelte Laszlo.

„Bis später, Laser." Wilson winkte ihm zum Abschied. „Sie können vorne an der Rezeption zahlen."

Gregori klopfte ihm auf die Schulter. „Viel Glück, Mann. Sag Abby, dass ich bald zurück bin."

Laszlo warf einen besorgten Blick in Dougals Richtung, dann verließ er hastig den Raum.

Dougal seufzte. Er hätte Laszlo sagen sollen, dass er um Leah warb. Aber da er keinerlei Fortschritte machte, schien es unnötig zu sein.

Wilson nahm einen Kittel vom Tresen. „Hier. Ziehen Sie Ihr Hemd aus und das hier über."

Dougal zögerte. „Kann ich das nicht über das Hemd ziehen?"

„Der Kragen Ihres Shirts ist zu hoch." Wilson wedelte mit der Hand. „Na los, ziehen Sie sich schon aus."

Innerlich verkrampfte sich alles in Dougal, aber dann begann er sein Hemd aufzuknöpfen. Wenn er es vielleicht in Vampirgeschwindigkeit auszog …

„Was ist das?" Wilson zerrte an seinem Kragen. „Ein Tattoo?"

„Es ist nichts." Dougal beeilte sich, das Shirt auszuziehen, und griff nach dem Kittel.

Wilson hielt ihn außer Reichweite. „Oh mein Gott! Es ist großartig!“

„Scheiße!“ Gregoris Augen weiteten sich. „Das ist ein verdammt großer Drache!“

Dougal wandte sich ab, um nach dem Kittel zu greifen, und hörte Gregori nach Luft schnappen. *Verdammt!* Schnell legte er sich den Kittel um die Schultern. Dennoch musste Gregori die Narben von den Peitschenhieben auf seinem Rücken gesehen haben. Und als der Verräter, der er war, würde er Angus davon erzählen. Und seiner Frau.

„W-was ist mit dir passiert?“, flüsterte Gregori.

„Es ist nichts.“ Dougal zog den Kittel zusammen.

„Dougal, dein Rücken … Grundgütiger, Mann.“ Gregori zog eine Grimasse. „Ich schätze mal, das ist passiert, bevor du verwandelt wurdest?“

„Aye.“ Dougal marschierte zu einem der Stühle vor den Waschbecken. „Können wir jetzt weitermachen?“

„Was habe ich verpasst?“, wollte Wilson wissen. „Hat er noch ein Tattoo?“

Gregori seufzte. „Ich denke, das ist etwas Persönliches.“

„Verdammt richtig“, knurrte Dougal.

„Hm.“ Wilson tippte sich mit dem Finger gegen den Mund. „Da wir gerade von persönlich sprechen … Ich denke, wir werden Sie in eine unheimlich enge schwarze Hose stecken. Was tragen Sie jetzt? Boxershorts oder einen Slip?“

Dougal blinzelte. „Sie … Sie meinen Unterwäsche?“

Gregori schnaubte. „Wenn er ein echter Schotte ist, trägt er nichts unter seinem Kilt.“

„Tatsächlich?“ Grinsend ging Wilson zu seinem Arbeitsplatz hinüber. „Dann verraten Sie mir mal: Sind Sie ein echter Schotte?“ Er griff nach einem Föhn. „Denn es scheint gleich ziemlich windig zu werden.“

Dougal stöhnte. Das würde eine lange Nacht werden.

Leah saß im Labor, tief versunken in den Ausdruck eines DNS-Strangs, als Abby sie mit dem Ellbogen anstieß.

„Schau mal, wer zurück ist! Laszlo!“

„Hi“, murmelte Leah, ohne aufzusehen.

Abby stieß sie noch mal an, diesmal härter.

„Was ist?“ Leah hob den Kopf und entdeckte Laszlo, der auf der anderen Seite des Raumes stand und hoffnungsvoll wirkte. Zum ersten Mal konnte Leah seine Stirn sehen. „Du warst beim Friseur.“

„Ja.“ Laszlo drehte mal wieder an einem Knopf seiner Kleidung herum.

„Es sieht super aus!“, rief Abby. „Denkst du nicht auch, dass es super aussieht, Leah?“

„Sicher.“ *Es sieht kurz aus.* „Ich schätze, jetzt kannst du besser durch ein Mikroskop schauen, ohne dass dir das Haar in die Augen fällt.“

Laszlo nickte. „Genau.“

„Und diese neue Jacke ist fantastisch“, sagte Abby und stieß Leah mit dem Fuß an.

Was ging hier vor sich? Leah warf Abby einen fragenden Blick zu, dann sah sie wieder zu Laszlo. „Ja, sie steht dir echt gut.“

„Wirklich?“ Er lächelte sie voller Hoffnung an.

„Was ist mit deinem Shirt passiert?“

Sein Lächeln verblasste und er versuchte die beiden zerrissenen Enden zusammenzuhalten. „Das war ein Unfall.“

„Oh, wie schade.“ Leah warf ihm einen mitfühlenden Blick zu.

„Ist Gregori mit dir zurückgekommen?“, fragte Abby.

„Nein, er ist noch im Salon.“ Wieder zupfte Laszlo an einem Knopf an seiner Jacke. „Er ist mit Dougal dortgeblieben.“

Leah versteifte sich. „Dougal ist dort? Warum?“

Laszlo runzelte die Stirn und drehte etwas fester an dem Knopf. „Er hat gesagt, er würde wie ein Pirat aussehen.“

Also würde er sich das Haar abschneiden lassen? Mit hämmerndem Herzen sprang Leah auf die Beine. „Hast du seine Telefonnummer?"

„Von Dougal?" Laszlo schüttelte den Kopf. „Ich glaube nicht."

„Abby?" Leah wandte sich an ihre Kollegin.

Sie zuckte mit den Schultern. „Ich habe seine Handynummer nicht. Normalerweise rufe ich im Büro an."

„Dann ruf Gregori an!", schrie Leah. „Beeil dich!"

Abby zog ihr Handy aus der Tasche und begann zu wählen. „Was ist denn los, Leah? Oh, hallo, Liebling", sagte sie in den Hörer.

„Was passiert mit Dougal?", wollte Leah wissen.

Abby lauschte einen Moment lang. „Gregori sagt, er hat sich gerade erst auf den Stuhl gesetzt …"

Leah riss ihr das Telefon aus der Hand. „Gregori, du musst ihn aufhalten!"

„Leah?", fragte Gregori. „Was ist los?"

„Lass nicht zu, dass sie ihm die Haare abschneiden oder irgendetwas an ihm verändern. Ich mag ihn genau so, wie er ist."

„Was?" Der Knopf sprang von Laszlos Jacke ab und landete auf dem Boden.

„Ich …" Laszlo schien am Boden zerstört zu sein. *Oh nein!* Hatte er sich etwa so in Schale geworfen, um sie zu beeindrucken?

„Dougal, was machst du da?", sagte Gregori am Telefon. „Ach, Herrgott noch mal. Leah? Er hat dich gehört."

Sie schluckte hart. „Was tut er?"

„Er hat sich den Kittel vom Leib gerissen und sein Shirt angezogen. Gerade hat er etwas Geld auf der Theke zurückgelassen", informierte Gregori sie.

„Dougal!", rief eine Stimme am anderen Ende der Leitung.

„Komm zurück! Du musst mich wenigstens deine Spitzen schneiden lassen!“

„Er ist verschwunden“, sagte Gregori. „Wahrscheinlich hat er sich zu Romatech teleportiert.“

Leah blieb das Herz stehen. *Heilige Scheiße!* Was hatte sie getan? Dougal wusste, wie sie fühlte, und war auf dem Weg hierher.

„Sag Abby, ich bin bald da.“ Gregori legte auf.

Wie in Trance gab Leah Abby das Handy zurück.

„Du magst Dougal“, flüsterte Laszlo.

Ihn so traurig zu sehen, tat weh. „E-es tut mir leid. Ich wusste nicht, wie du … Entschuldige.“

Die Tür zum Labor wurde aufgestoßen und Dougal marschierte herein. Er blieb stehen, das Shirt nicht zugeknöpft, das Haar feucht, offen und wild. Sein Blick war einzig auf sie gerichtet.

Ihr stockte der Atem. „Dougal.“

Er kam auf sie zu und packte ihre Hand. „Komm mit mir.“

16. Kapitel

Leah hatte Mühe, mit seinen langen, schnellen Beinen mitzuhalten. „Warte."

Er hob sie hoch und beschleunigte seine Schritte sogar noch.

„Wohin gehen …" Sie schlang die Arme um seinen Hals, als der Flur vor ihren Augen verschwamm. Bevor sie wusste, wie ihr geschah, waren sie draußen und hasteten auf den Pavillon zu.

Dougal setzte sie wieder auf ihre Füße. „Hier haben wir etwas Privatsphäre, ganz ohne Kameras."

Sie drehte sich langsam im Kreis und sah sich um. Die weiße Weihnachtsbeleuchtung war an, wodurch es sich anfühlte, als stünden sie mitten in einer Schmuckschatulle voller glitzernder Diamanten. Es war magisch, romantisch … und gefährlich. Denn sie war versucht, sich einem Vampir an den Hals zu werfen. Sie zog ihre Schultern hoch und schob die Hände in die Taschen ihres Laborkittels.

„Wir können irgendwohin gehen, wo es wärmer ist, wenn dir kalt ist."

„Mir geht's gut." Unter ihrem Kittel trug sie eine Strickjacke.

Sein aufgeknöpftes Hemd zog ihren Blick auf sich. Darunter kam der Drache zum Vorschein. Er erstreckte sich über seine breite Brust und spie rote und orangefarbene Flammen über sein Herz. Sie wollte ihn berühren. Sie wollte all seine Geheimnisse kennen. Sie wollte, dass der Vulkan in seinem Inneren vor Leidenschaft für sie explodierte. Aber würde sie sich die Finger verbrennen, wenn sie ihrem Herzen folgte?

Sie ging zur anderen Seite des Pavillons und tat, als würde sie die Aussicht bewundern, obwohl der Wald in der Ferne zu dunkel war, um etwas erkennen zu können. „Du hättest nicht so schnell zurückkommen müssen."

„Ich habe dich am Telefon gehört", sagte er sanft hinter ihr. „Du wolltest nicht, dass ich mir das Haar abschneiden lasse."

Ihr Herz raste. „Natürlich nicht." Sie drehte sich zu ihm um und machte eine wegwerfende Handbewegung. „Wer könnte wollen, dass du kurze Haare hast? Das würde dir nicht stehen."

„Du wolltest nicht, dass ich etwas an mir verändere."

„Interpretier da nicht mehr hinein, als …"

„Du hast gesagt, du magst mich genau so, wie ich bin." Er machte einen Schritt auf sie zu.

Das Blut rauschte in ihren Ohren. „Ich mag viele Sachen. Salat. Und Apfelkuchen. Und Dinge, die logisch und beständig sind."

„Ach, dann hast du Glück. Ich bin sehr beständig."

„Dein Puls nicht. Er stoppt bei Sonnenaufgang."

„Aye, aber auch bei jedem Sonnenaufgang. Ich bin verlässlicher als eine Uhr. Meine Gefühle für dich sind genauso beständig. Was auch geschieht, daran wird sich nichts ändern. Und ich bin auch sehr logisch."

Und sehr süß und sexy, aber sie versuchte nicht daran zu denken. „Was ist logisch daran, untot zu sein?"

„Lass es mich erklären." Ein Funkeln trat in seine Augen. „Nach jahrhundertelanger Suche habe ich endlich die schönste Frau der Welt gefunden. Sie ist so brillant und mutig, dass ich mich in sie verliebe. Klingt das nicht sehr logisch?"

Das tat es. Aber es berührte auch ihr Herz, selbst wenn sie das nicht zugeben wollte. Sie verschränkte die Arme vor der Brust. „Für jemanden, dessen Gehirn den ganzen Tag tot ist, bist du ganz schön clever."

Seine Mundwinkel zuckten, als er näherkam. „Du magst mich."

Sie wich zurück und stieß dabei gegen einen Holzpfosten. „Nur ... *mögen*. Nicht mehr."

„Ah." Er blieb vor ihr stehen. „Dann verrate mir eines: Schlägt dein Herz immer so schnell für Dinge, die du magst?"

Verdammt sollte sein übernatürliches Gehör sein. Sie hob das Kinn an. „Man sagt mir nach, dass ich mich sehr über Schokolade freue."

Seine Mundwinkel wanderten in die Höhe. „Was magst du noch?" Mit den Fingern strich er über ihre Wange. „Gefällt dir das? Oder das hier?" Er streichelte über ihren Nacken.

Gott, ja. Sie biss sich auf die Unterlippe, um ein Stöhnen zu unterdrücken.

„Willst du wissen, was mir gefällt?" Er strich mit den Fingern über ihren Kiefer. „Ich mag es, deine süße, weiche Haut zu berühren." Er schlang einen Arm um sie und zog sie an sich. „Ich mag das Gefühl, dich in den Armen zu halten. Und wie du auf mich reagierst. Dein Herz klingt wie ein Gewitter, das gleich losbricht."

Sie klammerte sich an sein Shirt und ballte die Hände zu Fäusten. Wie konnte sie einem solchen Mann widerstehen?

„Ich mag es, wie du schmeckst." Mit dem Daumen rieb er über ihre Unterlippe. „Ach, Mädchen, ich würde dich so gerne küssen."

Lieber Himmel, sie war kurz davor zu schmelzen, bis sie nur noch eine Pfütze vor seinen Füßen war. Sie sah hoch in sein Gesicht.

Seine Augen glühten rot.

Sie löste sich von ihm und sprang zurück. Gerade als sie so kurz davor gewesen war, dem Verlangen in ihrem Herzen nachzugeben, hatte die Realität sie wieder eingeholt. Und diese Realität fühlte sich wie ein Schlag ins Gesicht an. Sie verliebte sich in einen Vampir.

„Hab keine Angst davor." Er beobachtete sie geknickt.

„Meine Augen werden sich immer verwandeln, wenn ich nach dir hungere. Also wirst du es ziemlich oft sehen."

Sie räusperte sich. „Nichts für ungut, aber könntest du das ein bisschen spezifizieren? Kann ich davon ausgehen, dass du keinen körperlichen Hunger meinst? Dass der plötzliche Farbwechsel in deinen Augen lediglich ein Anzeichen für sexuelle Erregung ist?"

Seine Mundwinkel wanderten in die Höhe. „Genau, Frau Doktor. Das ist eine korrekte Diagnose."

Sie schmälerte die Augen. „Machst du dich über mich lustig?"

„Niemals." Er wirkte verletzt. Das Rot verblasste und seine Augen nahmen wieder ihren normalen Grünton an.

„Oh, ich schätze, ich habe die Stimmung ruiniert." Sie blinzelte unschuldig. „Tut mir leid."

Er lächelte. „Mach dir keine Gedanken. Sie wird ziemlich schnell zurückkommen."

Sie warf ihm einen skeptischen Blick zu. „Glaubst du das wirklich?"

„Aye. Und während wir warten, lass mich dir verdeutlichen, was du wissen wolltest." Sein Blick wanderte an ihrem Körper hinab. „Ich dachte daran, dich zu vernaschen, nicht, dich zu verspeisen."

„Mich zu *vernaschen*?"

„Ist das zu altmodisch? Ich versuche es mal moderner." Er kam näher. Ein Lächeln umspielte seine Lippen. „Ich will dir die Kleider vom Leib reißen, dich aber nicht beißen."

Die Kleider vom Leib reißen? Sie biss sich auf die Lippe, um ihr Kichern zu unterdrücken. „Und ich dachte, du könntest so herrlich poetisch sein."

Er kniff die Augen zusammen. „Machst du dich jetzt über mich lustig?"

„Niemals." Sie imitierte seinen verletzten Gesichtsausdruck.

Grinsend zog er sie in seine Arme und sie ließ es zu. Wie

konnte sie sich vor ihm fürchten, wenn er so hinreißend war? So süß und ehrenvoll.

Sieben Tage, erkannte sie. Nur sieben Tage lagen dazwischen, dass sie in seiner Gegenwart bewusstlos geworden war und sich jetzt stattdessen an ihn schmiegte.

Sie drehte den Kopf und presste die Wange an seine nackte Brust. Sein Herz pochte unter ihrem Ohr und sein Brustkorb bewegte sich mit jedem Atemzug. „Du bist wärmer, als ich gedacht hätte."

„Im Moment bin ich auch lebendig."

Sehr lebendig. Sie strich mit der flachen Hand bis zu seinen Rippen hinauf. „Du hast fantastische Schokomuskeln."

„Ja?" Sein Atem strich über ihr Haar. „Was ist das?"

„Ein Sixpack, das aussieht wie eine Tafel Hershey's Schokolade." Sie drückte einen Kuss auf seine Haut. „Und das genauso schmeckt."

„Ach, Mädchen." Er rieb sein Kinn an ihrem Kopf.

Sie fuhr sein Tattoo nach, folgte den Linien des Drachenkopfes und berührte die Flammen. „Ich habe versucht, dich zu ignorieren, weil ich Angst davor habe, mir die Finger an dir zu verbrennen."

„Ich weiß. Ich habe auch ein bisschen Angst."

„Warum?"

„Ich habe so lange gewartet. Ich könnte es nicht ertragen, dich zu verlieren."

Ihr Herzschlag beschleunigte sich. „Wie lange hast du gewartet?"

„Fast dreihundert Jahre."

„Du hast dich gut gehalten." Mit der Hand strich sie über seinen gut entwickelten Brustmuskel, dann liebkoste sie seine Brustwarze.

Sein Oberkörper weitete sich, als er scharf einatmete. „Ach, Mädchen. Meine Augen sind wieder rot."

Das ging schnell. Sie lächelte in dem Wissen, der Grund dafür zu sein.

Er küsste ihre Braue. „Ich sollte mich dafür entschuldigen, Sachen wie *vernaschen* und *Kleider vom Leib reißen* benutzt zu haben. Ich habe sie im Spaß gesagt, aber ich wollte damit nicht respektlos sein."

Sie lächelte breit. „Ich habe schon weit Schlimmeres gehört. Während meiner Zeit als Assistenzärztin habe ich in der Notaufnahme gearbeitet, und ein paar der Patienten haben mir ein paar ziemlich fiese Sachen an den Kopf geworfen."

„Haben sie?" Stirnrunzelnd lehnte er sich zurück. „Gib mir ihre Namen, dann spüre ich sie auf und schlage ihre Köpfe gegeneinander."

Sie lachte. Sie wusste nicht, was ihr mehr gefiel: sein Beschützerinstinkt oder sein schottischer Akzent, der manche Wörter so lustig klingen ließ. „Was mache ich nur mit dir?"

Er musterte sie ernst. „Gib mir eine Chance, mit dir zusammen zu sein." Sein Griff um sie wurde fester. „Wenn ich bei Sonnenaufgang meinen letzten Atemzug nehme, bist du mein letzter Gedanke. Und wenn mein Herz wieder anfängt zu schlagen, denke ich als Erstes an dich. All meine Gedanken kreisen nur um dich. Und mein Herz sehnt sich mit Heftigkeit nach dir."

Ihre Augen brannten. Letzten Endes war er doch poetisch. Vor Kurzem hatte sie sich noch gefragt, wie sie ihm widerstehen konnte, doch damals war sie noch nicht bereit gewesen, sich die Wahrheit einzugestehen.

Denn sie konnte es nicht. Sie verliebte sich in ihn. So schnell. So vollkommen.

„Dougal", wisperte sie.

Er lehnte seine Stirn an ihre. „Leah."

Ihre Nasen berührten sich einmal. Beim zweiten Mal etwas länger, ihre Münder ganz nah ‚beinander.

Und plötzlich wurde seine Umarmung fester und er presste sie an sich, während sich sein Mund hungrig auf ihren senkte.

Der Vulkan in seinem Inneren war ausgebrochen, sie wurde von der Wucht mitgerissen und schmolz an seinem Herzen. Seine Zunge drang in ihren Mund ein. Seine Hände erkundeten ihren Körper. Sein Stöhnen vibrierte in ihrem Inneren, sandte kleine Schockwellen durch ihren Bauch und setzte sich in einem herrlichen Summen zwischen ihren Schenkeln fest.

Sie musste ihm näher sein. Sie vergrub die Finger in seinem feuchten, wilden Haar.

„Leah." Er verteilte Küsse auf ihrem Gesicht und ihrem Hals.

Ihre Brüste schmerzten vor Verlangen, und sie rieb sie gegen seinen steinharten Oberkörper. Es war nicht genug. Die Pein glitt tiefer, bis in ihr Zentrum, und sie stöhnte auf.

Er schob ihren Laborkittel zur Seite und umfasste ihre Brust. „Leah." Sein Daumen umkreiste ihren Nippel.

„Bitte." Ihre Strickjacke war zu dick.

Als hätte er sie gehört, schob er seine Hand unter den Saum ihres Oberteils und bis zu ihrer Brust hinauf.

Sie schnappte nach Luft. Diesmal war nur die dünne Seide ihres BHs im Weg. Sie schauderte, als seine Finger ihre Brustwarze hart werden ließen.

„Leah", flüsterte er wieder an ihrem Ohr und drückte ihren Nippel leicht.

Ihre Beine begannen zu zittern und sie wurde feucht.

„Ich will dich." Er fuhr die Außenseite ihres Ohrs mit seiner Zungenspitze nach. „Ich will …"

Plötzlich versteifte er sich und drehte den Kopf in Richtung Gebäude.

„Was ist los?"

Er hob sie hoch und rannte zum Seiteneingang. „Der Alarm ist losgegangen. Jemand hat sich reinteleportiert."

Das Sicherheitsbüro war leer.

Dougal setzte Leah wieder auf ihre eigenen Füße. „Hier bist du am sichersten."

„Was ist los?", fragte sie.

Gute Frage. Er drückte auf den blinkenden Knopf, um den Alarm auszuschalten, dann scannte er die Monitore auf der Suche nach dem Eindringling. Er entdeckte Freemont im Silberraum neben einer leeren Krankenbahre.

Der gefangene Soldat war verschwunden.

Laszlo und Roman stürzten ins Büro, dicht gefolgt von Gregori, der Abby trug und jetzt neben Leah absetzte.

„Was hat den Alarm ausgelöst?", wollte Roman wissen.

„Ich habe nichts gehört", sagte Leah.

Abby lehnte sich zu ihr. „Er ist auf einer Frequenz, die nur Vampire und Wandler hören können."

Dougal betätigte die Gegensprechanlage am Monitor, der den Silberraum zeigte. „Freemont, was ist passiert?"

Freemont fuhr zusammen, dann sah er zur Kamera. „Ich bin nicht sicher. Alles ging so schnell. Der Alarm hat geblinkt und ich dachte, ich habe hier jemanden gesehen. Aber er ist verschwunden und hat den Soldaten mitgenommen."

„Oh nein", flüsterte Abby.

„Durchsuch den Keller und anschließend das Gebäude", befahl Dougal Freemont.

„Jawohl, Sir."

Dougal konzentrierte sich auf den Computer auf dem Schreibtisch, wo er die Videoaufnahme aus dem Silberraum zurückspulte. Der Bildschirm flackerte, dann wurde das Bild klar.

„Das war vor zwei Minuten." Dougal näherte sich dem Monitor an der Wand. Der gefangene Soldat schlief auf der Bahre. Alle Gurte waren dort, wo sie hingehörten.

Die anderen im Büro versammelten sich um den Monitor und warteten darauf, dass etwas geschah.

„Da!“ Roman zeigte auf die Person, die plötzlich im Raum auftauchte.

Abby schnappte nach Luft.

„Oh Scheiße“, murmelte Gregori.

„Ich verstehe das nicht“, sagte Leah. „Ich dachte, Vampire könnten sich nicht in diesen Raum hineinteleportieren.“

Dougal kniff die Augen zusammen. Der Eindringling war männlich, groß, ganz in Schwarz gekleidet und hatte langes dunkles Haar. Mit einer einzigen Handbewegung löste er die Gurte, sah dann mit einem boshaften Grinsen direkt in die Kamera, hob den Soldaten auf und verschwand.

„Ach du liebe Zeit.“ Laszlo fummelte an einem Knopf herum. „Ich glaube nicht, dass das ein Vampir war.“

„Ist es auch nicht.“ Gregori schlang einen Arm um Abby, die sichtbar zitterte. „Das war Darafer. Der Dämon.“

17. Kapitel

Alles passierte so schnell, dass Dougal kaum Zeit blieb, um darüber nachzudenken.

Roman rief sofort Angus MacKay in London an, und da es dort noch Nacht war, teleportierten Angus und Emma sich sofort zu Romatech.

„Seid ihr sicher, dass es Darafer war?“, fragte Angus, als er das Sicherheitsbüro betrat.

„Aye“, antwortete Dougal von seinem Posten hinter dem Schreibtisch aus. „Gregori und Abby haben ihn identifiziert.“

Angus begann auf und ab zu laufen. „Wir müssen einen Weg finden, um ihn daran zu hindern, wieder zurückzukommen.“

Abby schnaubte. „Er ist ein Dämon. Er kann kommen und gehen, wann und wie er will.“

Angus blieb ruckartig stehen. „Wissen wir das mit absoluter Sicherheit?“

„Warum fragen wir nicht Marielle?“, schlug Dougal vor. Als ehemaliger Engel sollte sie mehr über Dämonen wissen als irgendjemand sonst.

Angus nickte. „Ruf sie an. Emma kann beim Dragon Nest Verstärkung anfordern. Ich informiere den Zirkel in San Francisco, damit J. L. Wang herkommt.“ Er verließ das Büro zusammen mit Emma und Roman.

In der Dragon Nest Academy lebten die Wandler und Hybridkinder, die auch dort zur Schule gingen. Folglich arbeiteten einige Mitarbeiter von MacKay dort. Auf dem Monitor, der den Seiteneingang zeigte, entdeckte Dougal Ian MacPhie, der gerade ankam. Er brachte den Werwolf Phil Jones mit.

Roman ging zu ihnen, um sie darüber zu informieren, was passiert war.

Beim nächsten Neuankömmling handelte es sich um J. L. Wang, Leiter der Sicherheitsabteilung des Zirkels an der Westküste in San Francisco. An seiner Seite war der Wertiger Rajiv.

Darafers Eindringen hatte alles geändert. Der mutierte Soldat war verschwunden. Mit ziemlicher Sicherheit war er wieder bei Master Han und den anderen Soldaten in China. Würde Angus das ganze Projekt dorthin verlegen? Hatte er deshalb J. L. und Rajiv herbestellt? Dougal wollte nicht über die Möglichkeit nachdenken, dass er dorthin gehen musste. Oder Leah. Allein beim Gedanken daran ballte sich seine Handprothese zur Faust.

Er befahl ihr, sich zu entspannen, und rief seinen alten Freund Connor Buchanan in Schottland an. Connor war halbpensioniert und nahm nur noch selten Missionen von MacKay S&I an, da er es hasste, von seiner Frau und seinem Kind getrennt zu sein. Vor ein paar Jahren hatte er Marielle, einen gefallenen Engel, getroffen und später geheiratet.

Als Connor antwortete, erklärte Dougal ihm schnell, was passiert war. „Wir sind sicher, dass es Darafer war. Gregori und Abby haben ihn erkannt. Sie sind ihm schon einmal begegnet."

„Er ist niemand, den man leicht vergisst", brummte Connor. „Seinetwegen wäre ich fast in der Hölle gelandet."

„Wir müssen wissen, ob es irgendeine Möglichkeit gibt, ihn daran zu hindern, Romatech zu betreten", sagte Dougal.

„Das bezweifle ich, aber ich werde Marielle fragen. Warte kurz."

„Okay." Dougal legte den Hörer auf dem Tisch ab, während Connor mit seiner Frau sprach.

Gregori beugte sich zu Abby hinunter, die in einem der Stühle vor dem Schreibtisch saß. „Geht es dir gut? Soll ich dich nach Hause bringen?"

„Mit all der Verstärkung, die gerade eintrifft, sind die Frauen hier sicherer“, warf Dougal ein und sah zu Leah, die in dem zweiten Stuhl saß. Sie war blass und starrte auf ihre verschränkten Hände in ihrem Schoß hinunter.

„Wie wäre es dann mit etwas aus der Cafeteria?“, fragte Gregori.

„Ich bin okay. Wirklich.“ Abby winkte ab. „Obwohl ein bisschen Eis ganz nett wäre.“

„Geht klar.“ Gregori richtete sich wieder auf. „Möchtest du auch etwas, Leah?“

„Sie mag Apfelkuchen“, sagte Dougal. „Und sie freut sich sehr über Schokolade.“

Leah hob den Kopf. Zum ersten Mal, seit der Alarm losgegangen war, trafen sich ihre Blicke. Sie errötete leicht. „Ja, etwas in der Richtung wäre wunderbar. Danke.“

„Ich kümmere mich darum.“ Laszlo eilte aus dem Büro. „Ihr solltet hierbleiben, um die Damen zu beschützen.“

„Dougal?“, kam Connors Stimme aus dem Telefon.

Er hob den Hörer auf. „Aye.“

„Braucht ihr meine Hilfe?“

Dougals Dankbarkeit kannte keine Grenzen. Er wusste, dass er nur ein Wort sagen müsste, und Connor wäre in einer Sekunde hier. Er war es, der Dougal damals verwandelt hatte, und er hatte seine Pflichten als Erschaffer stets ernst genommen.

In der Nacht, in der Dougal seine Hand verloren hatte, war Connor bei ihm geblieben und hatte seinen Arm fester als jede Abschnürbinde gedrückt, um die Blutung zu stoppen. Stundenlang hatte er ihn so festgehalten, auch wenn ihm das selbst Schmerzen bereitet haben musste.

„Danke für das Angebot“, erwiderte Dougal. „Was sagt Marielle über Darafer?“

Connor seufzte. „Nichts Gutes. Im Moment ist Darafer von allen Beschränkungen der Hölle befreit. Das bedeutet, er kann an jeden Ort in diesem Universum reisen, abgesehen vom Himmel. Es gibt nichts, das ihr tun könnt, um ihn aufzuhalten."

Dougal schluckte hart. Romatech war nicht länger sicher. „Wird er automatisch wissen, wo wir sind, wenn wir umsiedeln?"

„Gute Frage", antwortete Connor. „Lass mich das eben herausfinden."

Dougal senkte den Hörer. „Gregori, erzähl Angus die schlechten Neuigkeiten."

Gregori öffnete die Tür. Angus, Roman und Emma standen im Flur und sprachen mit den neu eingetroffenen Vampiren und Wandlern.

Sobald Angus von Marielles Warnung wusste, stapfte er wieder ins Büro. „Wenn Darafer darauf aus ist, unsere Pläne zu stoppen, könnte er als Nächstes unsere Wissenschaftler angreifen." Er sah zu Abby und Leah. „Wir müssen sie an einen sicheren Ort bringen."

Die beiden Frauen wechselten einen besorgten Blick.

Dougals Hand ballte sich zur Faust. Er versteckte sie hinter dem Schreibtisch, damit niemand es bemerkte. Als er Connors Stimme hörte, benutzte er seine linke Hand, um auf einen Knopf zu drücken. „Connor, ich stelle dich auf Lautsprecher, damit Angus dich hören kann."

„Alles klar", sagte Connor. „Marielle zufolge ist ein Dämon nicht allwissend. Auf der Welt sind zu viele Sterbliche, als dass er all ihre Gedanken und alle Informationen auf einmal verarbeiten könnte. Wenn ihr umsiedelt, seid ihr für eine Woche oder so sicher. Je nachdem, wie motiviert er ist, euch zu finden."

Angus nickte. „Dann siedeln wir um. Emma, Roman und ich werden uns etwas einfallen lassen. Gregori, bring deine Frau für ein paar Nächte woanders hin."

„Geht nicht zu Howards Hütte in den Adirondack

Mountains“, warnte Connor am anderen Ende der Leitung. „Darafer kennt diesen Ort.“

„Ich will mehr über Dämonen erfahren“, sagte Dougal. „Macht es dir etwas aus, wenn ich vorbeikomme?“

„Du bist hier immer willkommen, mein Junge“, erwiderte Connor.

„Danke.“ Dougal wandte sich an Leah. „Möchtest du nach Schottland reisen?“

Ihre Augen wurden groß. „Da wollte ich schon immer mal hin.“

„Gut.“ Angus klatschte einmal in die Hände. „Dann wäre das geklärt. Laszlo kann hier bei uns bleiben, um uns bei der Umsiedlung zu helfen.“

Dougal warf einen Blick auf die Uhr auf dem Schreibtisch. In Schottland war es fünf Stunden später, also würde dort schon bald die Sonne aufgehen. „Ich bin in einer Stunde da, Connor. Und ich bringe einen Gast mit.“

„Alles klar. Bis dann“, sagte Connor und legte auf.

Angus nahm die meisten Vampire und Wandler mit in den Konferenzraum gegenüber dem Flur.

Dougal bewegte die Finger seiner prothetischen Hand. Nun, da er wusste, dass Leah in Sicherheit sein würde, war sie entspannt. „Ich teleportiere dich ins Stadthaus, damit du packen kannst.“

Sie nickte. „Wer ist Connor?“

„Er ist mein Erschaffer.“ Auf ihren fragenden Blick hin beeilte er sich zu erklären: „Er ist derjenige, der mich verwandelt hat.“

„Oh.“ Sie runzelte die Stirn. „Also ist er ein Vampir.“

„Der mit einem Engel verheiratet ist“, fügte Abby hinzu. „Na ja, einem ehemaligen Engel.“

Leahs Kinnlade klappte herunter. „Ist das dein Ernst? Ein Engel, der mit einem Vampir verheiratet ist?“

„Vielleicht sind wir ja doch nicht so übel“, murmelte Dougal trocken.

Sie schnaubte. „Wahrscheinlicher ist, dass ein Engel zu naiv und vertrauensselig ist.“

„Sie ist kein Engel mehr“, sagte Abby. „Sie ist jetzt ein Mensch.“

Dougal nickte, auch wenn er seine Zweifel daran hatte, dass Marielle zu hundert Prozent menschlich war. „Ich muss sie nach Darafer fragen. Es muss einen Weg geben, ihn zu besiegen.“

Abby schauderte. „Er ist bösartig. Versucht gar nicht erst, ihn zu bekämpfen.“

Dougal rutschte auf seinem Stuhl hin und her. Im schlechtesten Fall blieb ihnen gar keine andere Wahl.

„Ich bin zurück.“ Laszlo schlenderte mit einem Tablett in den Händen herein. Er gab Abby eine Schale mit Eiscreme und Leah einen Teller mit Apfelkuchen. „Ist irgendetwas vorgefallen, während ich weg war?“

„Angus hat Gregori und mir befohlen, einen kleinen Ausflug zu machen.“ Abby tunkte ihren Löffel ins Eis. „Und Dougal geht nach Schottland zu Connor und Marielle.“

„Ich auch.“ Leah biss in ihren Apfelkuchen.

„Du sollst hierbleiben, Kumpel“, sagte Gregori ihm. „Angus hat vor, die Mission umzusiedeln, und braucht dabei deine Hilfe.“

Laszlo drehte an einem Knopf seines Laborkittels. „Wir siedeln um?“

„Aye.“ Dougal sah erneut auf die Uhr. Angus könnte jeden Moment wieder auftauchen, um ihren neuen Standort bekanntzugeben. „Leah, ich muss dich kurz sprechen. Unter vier Augen.“

Ihre Augen weiteten sich vor Überraschung. „Jetzt?“

„Aye.“

Plötzlich schien sie sich sehr für ihren Apfelkuchen zu interessieren. „I-ich bin nicht bereit dazu, über … irgendetwas zu reden."

Was übersetzt bedeutete, dass sie nicht bereit war, über ihre Beziehung zu reden. „Es geht um die Arbeit."

„Oh." Sie wirkte erleichtert. „Dann muss es nicht unter vier Augen sein."

„Oh doch." Er warf ihr einen vielsagenden Blick zu. „Es ist wichtig."

„Was ist hier los?" Gregoris Augen blitzten. „Habt ihr zwei gerade eine Beziehungskrise?"

„Nein!", rief Leah zur selben Zeit, in der Dougal ein „Nee" murmelte.

Abby warf ihrem Ehemann einen amüsierten Blick zu. „Siehst du, wie einig sie sich sind? Ich glaube, sie gehen miteinander."

„Nein!", sagte Leah diesmal gleichzeitig mit Dougals „Aye". Sie funkelte ihn wütend an. „Wir gehen nicht miteinander."

„Du hast heute Abend eine Verabredung mit mir."

„Das ist geschäftlich", gab sie verärgert zurück.

Dougal zog eine Braue in die Höhe. „Und Vergnügen."

Gregori grinste. „Was nun? Arbeit oder Vergnügen?"

Leah blickte noch finsterer drein. „Es ist geschäftlich. Kein Vergnügen."

Dougal lächelte langsam. „Aber Vergnügen ist mein Geschäft."

Gregori schnaubte.

Abby kicherte. „Sie sind eindeutig zusammen."

Dougal beugte sich vor und senkte die Stimme. „Leah, ich muss mit dir reden, bevor Angus zurückkommt."

Sie zuckte mit den Schultern und widmete sich wieder ihrem Apfelkuchen. „Nur zu."

Dougal seufzte. Wie es aussah, musste er das mit Publikum

durchziehen. „Es würde mich nicht überraschen, wenn Angus die gesamte Mission nach China verlegt."

Leah verkrampfte sich. „Oh."

„Du denkst, dass wir nach China gehen?", fragte Abby.

„Du nicht", murmelte Gregori. „Nicht, wenn du schwanger bist. Das ist zu gefährlich."

„Es ist für jeden Sterblichen zu gefährlich", knurrte Dougal. „Leah, wenn Angus dich darum bittet, mitzugehen, will ich, dass du ablehnst."

Sie runzelte die Stirn. „Aber ich habe so große Fortschritte erzielt."

„Hast du nicht gehört, was Angus gesagt hat? Unser Feind könnte es als Nächstes auf dich abgesehen haben. Und unser Feind besteht aus einem bösartigen Vampir namens Master Han, seinen beiden Vampirlords, einer Armee aus mutierten Supersoldaten und einem Dämon."

Sie wurde blass. „Ich habe nicht vor, gegen sie zu kämpfen. Ich arbeite die ganze Zeit im Labor. Dort kannst du doch für meine Sicherheit sorgen, oder nicht?"

„Ich werde alles in meiner Macht Stehende tun, um dich zu beschützen, aber Darafer kann sich überallhin teleportieren. Der sicherste Weg für dich ist es, dich aus dieser ganzen Mission zurückzuziehen, bevor Darafer von deiner Mitarbeit erfährt."

Leah zuckte zusammen. „Ich habe dem Soldaten meinen Namen genannt."

Dougal zischte leise. Also war es zu spät. Er umrundete den Tisch und ging neben ihrem Stuhl in die Hocke. „Ich werde dich beschützen. Egal, was passiert."

„Wer ist das Mädchen, das du mitgebracht hast?", fragte Connor eine Stunde später.

Dougal ignorierte die Frage und ging weiter in der Bibliothek auf und ab.

Connor lehnte sich gegen seinen Schreibtisch und verschränkte die Arme vor der Brust. „Sie hat sich ziemlich fest an dich geklammert."

Dougal schnaubte. „Das Teleportieren macht sie nervös."

Direkt nach ihrer Ankunft hatte Marielle sie umarmt und Leahs Herzschlag hatte sich sofort beruhigt. Dougal vermutete, dass Marielles Berührung noch immer einen heilenden Effekt hatte. Auf jeden Fall hatte sie Connor geheilt. „Dein Haus sieht sehr viel besser aus, als ich es in Erinnerung hatte."

Connor lächelte. „Aye. Wir haben es renoviert, um es gemütlicher zu machen."

Dougal nickte. „Sehr schön." Connor hatte das alte Herrenhaus mehr als ein Jahrhundert lang vernachlässigt. Schließlich hatte ein Vampir nur wenige Bedürfnisse: ein Vorrat an synthetischem Blut und einen sicheren Ort für seinen Todesschlaf. Doch nun, da er eine Frau und ein Kind hatte, hatte sich Connors Haus von einer leeren Hülle in ein warmes und glückliches Zuhause verwandelt.

Nach ihrer Ankunft hatte Marielle darauf bestanden, sie herumzuführen. Jetzt war sie mit Leah oben im Kinderzimmer, damit sie den kleinen Gabriel beim Schlafen bewundern konnten.

Connor ging zum Serviertisch hinüber und öffnete eine Flasche Blissky. „Hat Angus schon entschieden, wie es jetzt weitergehen soll?"

Dougals Prothese ballte sich zur Faust, aber es gelang ihm, sie wieder zu entspannen. „Er hat es uns gesagt, bevor wir gegangen sind."

Connor beobachtete ihn genau. „Also musst du zurück nach China?"

„Aye. Zusammen mit J. L. und Rajiv."

Connor schenkte zwei Gläser Blissky ein und reichte ihm eines davon. „Ich weiß, dass du nie zurückwolltest."

Dougal trank einen Schluck und genoss das Brennen in seiner Kehle. Er war nicht glücklich darüber, zurückzumüssen, aber da Leah ihre Arbeit fortsetzen wollte, war er entschlossen, alles zu tun, um ihr dabei zu helfen. „Unser Hauptsitz wird in Japan sein. Der Zirkelmeister dort, Kyo, kauft ein verlassenes altes Schulgebäude auf einer abgelegenen Insel. Sie werden ein Klassenzimmer in ein modernes Labor für Abby, Leah und Laszlo umbauen. Aus den anderen Klassenzimmern werden Schlafsäle, sowohl für die Leute, die dort arbeiten, als auch für jeden gefangenen Soldaten, den wir aus China mitbringen."

„Ihr wollt sie in dieser alten Schule gefangen halten?", fragte Connor.

„Aye. Sie werden sediert oder in Stasis sein. Anscheinend dauert es eine Weile, die mutierten Soldaten zurückzuverwandeln. Eine Injektion ist nicht genug."

Connor runzelte die Stirn. „Was hält Darafer und Master Han davon ab, sie zu retten?"

„Sie werden rund um die Uhr bewacht. Und wir werden dafür sorgen, dass sie bewusstlos bleiben, sodass sie Darafer nicht in Gedanken rufen können." Dougal seufzte. „Allerdings ist das der schwächste Punkt in unserem Plan." Er zuckte die Schultern. „Aber was sollen wir sonst tun? Wir können die Operation nicht nach China verlegen, ohne von Master Hans Armee angegriffen oder von der Regierung bemerkt zu werden. Und Romatech ist nicht länger sicher. Abgesehen davon ist es zu weit weg, um eine größere Zahl an Gefangenen zu teleportieren."

Connor nickte. „Das ist eine schwierige Situation, so viel ist klar." Er nippte an seinem Blissky. „Diese Leah, die du mitgebracht hast, ist also eine Wissenschaftlerin?"

„Aye. Sie ist Ärztin. Dr. Lee hat sie als seine Stellvertreterin angestellt, aber sie hat auch einen Doktor in Genetik, also ist sie diejenige, die herausfinden muss, wie wir den Schaden, den Darafer angestellt hat, umkehren können."

„Ach, du bist stolz auf sie." Ein Lächeln umspielte Connors Mundwinkel. „Auch wenn es so klingt, als wäre sie zu clever für dich."

Dougal schnaubte und nippte an seinem Glas.

„Ist sie die Eine?"

Dougal schluckte so schnell, dass seine Augen tränten. „Ich weiß es nicht …" Er hielt inne. Wo lag der Sinn darin, ihm etwas vorzumachen?

Als Connor ihm das Blut bis zum letzten Tropfen ausgesaugt hatte, hatte er auch alle Erinnerungen von Dougal in sich aufgenommen. Und als er ihm sein Blut zu trinken gegeben hatte, um die Verwandlung zu beenden, hatten Connors gesamte Erinnerungen sein Bewusstsein überflutet. Sie wussten um die Vergangenheit des anderen. Um alle Geheimnisse, alle Schuld, alle Sünden und alle glücklichen Momente.

So war es nicht immer. Inzwischen wusste Dougal, dass die meisten Vampire stark genug waren, um ihre Gedanken abzuschirmen, wenn sie einen Sterblichen verwandelten. Connor war stark genug gewesen, doch nachdem er Dougals schmerzvolle Vergangenheit miterlebt hatte, hatte er seine eigene mit ihm geteilt.

Zwischen ihnen herrschte ein unausgesprochener Pakt, niemals jemandem zu verraten, was sie wussten. Beinahe dreihundert Jahre lang hatten sie sich gegenseitig den Rücken gedeckt und die Geheimnisse des anderen bewahrt.

„Hast du Vergebung gefunden?", fragte Dougal.

Connors Mundwinkel wanderten leicht nach oben. „Aye."

Dougal schluckte hart. „Das ist gut. Das freut mich für dich."

„Es ist gut. Du solltest es auch mal probieren."

Dougal seufzte. Würde er je Vergebung verdienen? Verdiente er Leahs Liebe?

„Ist sie es, nach der du gesucht hast?", fragte Connor leise.

Dougal nickte. „Ich glaube schon."

„Gut." Connor leerte sein Glas und stellte es ab. „Du hast lange genug gelitten."

Dougal zuckte zusammen. Er hatte eine dunkle Vorahnung, dass ihm noch mehr Qualen bevorstanden. Aber hoffentlich nicht für Leah. Irgendwie würde er sie beschützen. „Ich kann sie nicht im Stich lassen wie Li Lei."

Connor klopfte ihm auf den Rücken. „Das schaffst du. Am Ende wird alles gut."

„Seit wann bist du ein Optimist?", fragte Dougal trocken.

Er lächelte. „Ich habe gelernt, Vertrauen zu haben. Komm schon." Er ging Richtung Tür. „Ich will das Mädchen kennenlernen, das zu clever für dich ist."

18. Kapitel

„Er ist wunderschön", flüsterte Leah, während sie dem kleinen Jungen in seinem Kinderbettchen beim Schlafen zusah.

Er hatte rosige Wangen und blondes Haar, das sich von seinem blauen Kissen abhob. „Er sieht genauso aus wie du."

„Danke." Marielle betrachtete ihren Sohn lächelnd. „Aber wenn er wieder mal dickköpfig ist, was leider oft der Fall ist, behaupte ich immer, dass er nach seinem Vater kommt."

„Darf ich dich etwas Persönliches fragen?" Als Marielle nickte, fuhr Leah fort. „Wie funktioniert das? Ich meine, gefällt es dir, mit einem Vampir verheiratet zu sein?"

Marielles Mundwinkel zuckten. „Denkst du über eine ähnliche Verbindung nach?"

„Nein, nein." Leah winkte ab. „Ich bin nur neugierig."

„Ah ja", erwiderte Marielle, obwohl in ihren Augen noch immer Belustigung aufblitzte. „Nun, ich weiß nur wenig über andere Ehen, aber ich bin der Meinung, dass meine sehr glücklich ist. Sogar unsere Haushälterin sagt, dass es wunderbar funktioniert."

„Weiß sie, dass dein Mann ein Vampir ist?"

„Ja. Sie hat mir sogar anvertraut, dass sie selbst einen Vampir heiraten möchte. Weißt du auch, warum?"

Weil er so wunderbar, süß und sexy wie Dougal sein könnte? Leah schüttelte den Kopf. „Keine Ahnung."

„Weil du nie für sie kochen musst. Und sie schnarchen nie."

„Richtig." *Weil sie wie die Toten schlafen.*

„Ich kann mir nicht vorstellen, mit einem anderen als Connor verheiratet zu sein. Und Gabriel ..." Marielle sah auf den schlafenden Jungen hinab. „Ich bin noch immer erstaunt darüber, dass ich ihn geboren habe. Dass ein Leben in mir heranwuchs und ihn dann zu sehen und in meinen Armen zu halten. In meinem Herzen ist so viel Liebe, dass es sich anfühlt, als würde es bersten."

Leah betrachtete den kleinen Jungen, und vor ihrem inneren Auge verwandelte er sich in einen anderen kleinen Jungen mit schwarzem, lockigem Haar und grünen Augen. Sie schob diese Vorstellung beiseite. Dougal schien ihre Gedanken ständig zu beherrschen. „Stimmt es, dass du ein Engel warst?"

Marielle nickte und führte sie zur Tür des Kinderzimmers. „Kein besonders guter, fürchte ich. Manchmal habe ich die Regeln gebrochen. Als ich noch eine Heilerin war, habe ich zwei Kinder geheilt, bei denen ich das nicht hätte tun dürfen."

„Du hast ihnen das Leben gerettet?" Leah trat mit ihr in den Flur. „Wie kann das etwas Schlechtes gewesen sein?"

„Einer von ihnen wuchs zu einem Serienkiller heran."

Leah zuckte zusammen.

Marielle ging auf die Treppe zu. „Als Bote habe ich die Befehle erneut missachtet. Man hat mir die Flügel genommen und ich wurde auf die Erde verbannt. Hier hat Connor mich gefunden und ich habe mich in ihn verliebt."

„Aber als ein Engel kanntest du Liebe sicherlich schon."

„Ja." Marielle hielt am obersten Treppenabsatz inne. „Für Jahrtausende war ich ein Teil des Himmlischen Heers, ein Teil des großen Ganzen. Wir waren miteinander verbunden, kommunizierten miteinander und sangen Loblieder für den Allmächtigen Vater. Wir konnten seine Gegenwart stets spüren, und so waren wir umgeben von seiner Liebe und erfüllt von seiner Liebe für seine Kinder."

Gänsehaut kribbelte auf Leahs Armen. „Das klingt … himmlisch."

„Das war es auch." Marielle lächelte wehmütig. „Es war die

warme, friedliche Art von Liebe. Eine Liebe für jedermann. Aber als ich Connor traf, veränderte das alles. Plötzlich war Liebe etwas Persönliches und … feurig. Und sie war so verzweifelt, so stark, dass ich nicht mehr ohne ihn leben konnte."

„Also hast du den Himmel für ihn aufgegeben?"

Seufzend ging Marielle die Stufen hinunter. „Als ich wegen Ungehorsam aus dem Himmel verstoßen wurde, hatte ich Angst, dass ich ein gefallener Engel wäre, der in die Hölle verbannt wurde. Doch inzwischen habe ich verstanden, dass meine rebellische Natur mich nicht böse machte. Sie machte mich nur menschlich." Sie zuckte mit den Schultern. „Ich bin davon überzeugt, dass ich genau da bin, wo ich hingehöre. Connor hat mich mehr gebraucht als der Himmel. Und Gottes Wege sind unergründlich."

„Verstehe."

Marielle warf ihr ein Lächeln zu. „Ich kaue dir ein Ohr ab, oder? Wir haben hier draußen nicht viel Gesellschaft. Wie lange werdet ihr bleiben?"

„Einen oder zwei Tage, schätze ich."

Marielle berührte ihren Arm. „Wir werden gut auf euch aufpassen. Vielleicht kann ich dich morgen ein bisschen herumführen." Sie lächelte stolz. „Ich habe Autofahren gelernt."

„Das klingt großartig, aber ich sollte das mit Dougal absprechen."

Marielle machte eine wegwerfende Handbewegung. „Er wird in seinem Todesschlaf sein. Komm schon. Wir fahren nach Inverness zum Shoppen. Du kannst deinen eigenen Kilt bekommen! Und auf dem Weg zeige ich dir Loch Ness und Urquhart Castle."

Leah grinste. „Das wäre traumhaft."

„Super!" Marielle umarmte sie. „Lass uns in die Küche gehen und das mit etwas Shortbread feiern. Ich habe auch kochen gelernt!"

Leah folgte ihr schmunzelnd. Wer hätte noch vor einer Woche ahnen können, dass sie zwei neue Freundinnen haben würde? Abby und Marielle. Und einen Verehrer, der ein Vampir war.

„Da bist du ja.“ Dougal lächelte Leah an, als er die Küche zusammen mit Connor betrat. Sie hielt eine große Tasse mit einer Cartoonzeichnung von Nessie in den Händen und erwiderte sein Lächeln. Sie saß Marielle an dem langen Holztisch gegenüber, wo die beiden Tee und Shortbread zu sich nahmen.

Connor holte zwei Flaschen Blier aus dem Kühlschrank und brachte sie an den Tisch. „Ach, das Shortbread sieht gut aus.“

„Ist es auch“, bestätigte Leah.

„Danke.“ Marielle wandte sich ihrem Ehemann zu, als er sich neben ihr niederließ. „Leah wird den Tag morgen mit Gabriel und mir verbringen. Wir fahren nach Inverness!“

„Klingt toll.“ Connor warf Dougal einen amüsierten Blick zu. „Wie es aussieht, bleibt ihr eine Weile.“

„Das geht schon in Ordnung.“ Dougal setzte sich neben Leah und öffnete seine Flasche. „Es bleibt noch etwas Zeit, bevor wir die Mission nach Japan verlegen.“

Leah nickte. „Angus sagte, es würde mindestens zwei Wochen dauern, bis die alte Schule fertig ist. Und das mit einer kleinen Arbeiterarmee, die vierundzwanzig Stunden, sieben Tage die Woche arbeitet.“

Marielle betrachtete sie besorgt. „Sei vorsichtig.“

„Mir wird schon nichts passieren“, behauptete Leah. „Ich werde in einem Labor auf einer einsamen Insel in Japan arbeiten.“

Dougal runzelte die Stirn. Missionen konnten sich ändern, je nachdem, welche Steine dein Gegner dir in den Weg legte.

Auch Marielle zog die Brauen zusammen. „Es wäre ein großer Fehler, Darafer zu unterschätzen. In dem Moment, in dem er dich sieht, wird er alles über dich wissen. Er weiß, welche Ängste er manipulieren und in welchen Wunden er herumstochern muss, und er kennt den besten Weg, um dich in Versuchung zu führen."

„Aye." Connor tätschelte seiner Frau die Hand. „Wir hatten großes Glück, ihm unversehrt zu entkommen."

Marielle nickte. „Er ist unglaublich schnell und stark. Und extrem intelligent. Er kann überall zu jeder Zeit auftauchen und wieder verschwinden. Und er kann sogar die Zeit kontrollieren, wenn er das will."

Leahs Augen wurden groß. „Wirklich?"

Marielle nippte an ihrem Tee. „Er kann die Zeit in seiner näheren Umgebung anhalten, ohne dass jemand bemerkt, was passiert. Abgesehen von der Himmlischen Armee."

„Gibt es einen Weg, ihn zu besiegen?", fragte Dougal.

Marielle seufzte. „Nur der Himmlische Vater besitzt diese Macht, aber soweit ich weiß, hat er nie zuvor einen Engel vernichtet, nicht einmal die Gefallenen. Der beste Weg, Darafer aus dem Weg zu räumen, besteht darin, ihn zurück in die Hölle zu verbannen, aber nur der Allmächtige Vater oder ein Gotteskrieger haben die Macht dazu."

„Ein was?", fragte Leah.

„Ein Gotteskrieger. Ein Engelssoldat", erklärte Marielle. „Es gibt fünf Arten von Engeln: die Boten, Schutzengel, Heiler, Befreier und schließlich die Gotteskrieger. Sie sind die stärksten und kämpferischsten des Himmlischen Heeres. Sie fliegen in Streitwagen aus Feuer, und wenn sie es wollen, können sie ihre Schwerter in Flammenklingen verwandeln."

„Heilige Scheiße", flüsterte Leah.

Dougal lehnte sich vor. „Also gibt es nichts, was ein Sterblicher oder ein Vampir gegen diesen Dämon tun kann?"

Marielle fuhr zusammen. „Das Beste, was ihr tun könnt, ist darauf zu hoffen, dass ihr überlebt."

Leah schauderte.

Unter dem Tisch, wo niemand es sehen konnte, griff Dougal nach ihrer Hand. „Gibt es irgendeine Möglichkeit, wie wir diese Gotteskrieger dazu bringen können, uns zu helfen?"

Nachdenklich wiegte Marielle den Kopf hin und her. „Es gibt einen Weg, aber nur, wenn besagter Dämon das Gesetz des freien Willens gebrochen hat. Der Himmlische Vater hat angeordnet, dass all seine Kinder einen freien Willen haben. Aus der Sicht der Sterblichen ist das etwas Wundervolles, aber für die Engel ist das frustrierend, da diese Regel ihre Kräfte einschränkt. Wenn sich ein Mensch dazu entschließt, einem Dämon zu folgen, dürfen sie nicht eingreifen. Der Mensch hat das Recht auf diese Entscheidung."

Leah stöhnte frustriert. „Der gefangene Soldat hat das alles freiwillig getan."

Marielle nickte traurig. „Wenn Master Hans Soldaten sich aus freiem Willen von Darafer verwandeln lassen, können die Gotteskrieger nichts tun."

„Nicht einmal dann, wenn Master Hans Armee die ganze Welt erobert?", hakte Leah nach. „Sie würden einfach dabei zusehen und es geschehen lassen?"

Marielle seufzte. „Solange Sterbliche sich dazu entscheiden, Böses zu tun, wird das Böse gewinnen. Und Lucifer wird nur darüber lachen, wenn die Leute dem Allmächtigen Vater die Schuld daran geben. Aber allem Leid auf der Welt zum Trotz wird der Himmlische Vater uns nicht den freien Willen wegnehmen. Er möchte, dass wir zwischen Gut und Böse wählen. Er wird uns nicht dazu zwingen, uns für das Gute zu entscheiden."

„Denn uns zu zwingen, wäre … böse?", schlussfolgerte Leah.

Marielle nickte. „Genau. Natürlich sind Dämonen wie Darafer das personifizierte Böse, also werden sie jemanden von Zeit zu Zeit zwingen, indem sie den freien Willen dieses Menschen brechen. Wenn das passiert, hat der Dämon gegen die Verordnung verstoßen und die Gotteskrieger dürfen eingreifen."

„Woher sollen sie wissen, dass so etwas passiert?", fragte Dougal. „Vielleicht ist es bereits geschehen und sie wissen nichts davon."

„Sie würden es wissen." Marielle sah in eine Ecke des Raumes. „Der Beschützer der jeweiligen Person würde es ihnen sagen."

„Beschützer?" Dougal folgte ihrem Blick, konnte aber nichts Ungewöhnliches erkennen. „Du meinst einen Schutzengel?"

„Ja." Marielle lächelte in Richtung Ecke. „Jeder Sterbliche hat mindestens einen Beschützer, der in ständigem Kontakt zum Himmlischen Heer steht."

Leah warf einen Blick über ihre Schulter. „Ich habe einen Schutzengel?"

„Ja. Josephine." Marielle warf ihrem Ehemann ein trauriges Lächeln zu. „Ich fürchte, du hast deinen verloren, als du gestorben bist."

„Schon in Ordnung." Connor legte einen Arm um ihre Schultern. „Ich habe dich."

Leah sah sich in der Küche um. „Ist das dein Ernst? Ich habe einen Schutzengel, der Josephine heißt?"

„Ja, und sie liebt dich sehr." Marielle betrachtete Dougal mitfühlend. „Keiner der Vampire hat einen."

Er zuckte die Schultern. Das war nicht weiter überraschend.

Leah sah zu ihm und errötete dann. „Sieht mein Schutzengel alles, was ich tue?"

Marielle lächelte. „Engel besitzen keinen Körper, außer sie müssen einen aus einem bestimmten Grund annehmen. Von daher können sie die physischen Aspekte des menschlichen Lebens nicht begreifen. Sie drehen sich einfach weg und kehren zum Himmlischen Heer zurück, wenn du … ich meine, falls du irgendetwas … tust.“ Ihr Blick wanderte zwischen Dougal und Leah hin und her.

Die Röte in Leahs Gesicht brachte Dougal zum Lächeln. Unter dem Tisch drückte er ihre Hand.

Sie räusperte sich. „Wenn Menschen Schutzengel haben, warum werden sie dann verletzt?“

„Sie beschützen dich so gut sie können“, erwiderte Marielle. „Aber wenn der freie Wille ins Spiel kommt und jemand sich dafür entscheidet, betrunken Auto zu fahren oder Drogen zu nehmen, können sie nur sehr wenig tun. Es ist schmerzhaft, dabei zuzusehen, wie eine Seele, die wir lieben, sich selbst zerstört. Noch tragischer ist es, wenn andere unschuldige Seelen als Folge davon ebenfalls zerstört werden.“

Dougal trank einen großen Schluck von seinem Blier, während Leah und Marielle weiter philosophierten. Solange Darafer willige Menschen fand, konnten sie nicht auf die Hilfe der Gotteskrieger hoffen.

Seiner Meinung nach konnten die Vampire und Wandler sich gegen Master Han und seine beiden Vampirlords behaupten. Die Armee zu besiegen, würde schwierig werden, weil sie so in der Unterzahl waren. Schwierig, aber nicht unmöglich. Doch wenn es um Darafer ging, waren sie erledigt.

19. Kapitel

„Aua!“ Leah stolperte auf dem unebenen Bürgersteig.

„Alles okay?“ Marielle hielt mit dem Kinderwagen an.

Leah setzte den Fuß auf und zuckte zusammen. „Ich habe mir den Knöchel verknackst.“

„Lass mich mal sehen.“ Marielle lehnte sich hinunter und berührte ihren Knöchel. Sofort wich etwas von dem Schmerz aus dem Gelenk.

„Ich glaube, es ist besser.“ Leah versuchte zu laufen und zuckte erneut zusammen. „Aber nicht sehr viel.“

Marielle seufzte. „Ich fürchte, meine Heilkraft ist nicht mehr so stark wie früher. Zumindest nicht bei körperlichen Gebrechen. Wir brauchen Bunny.“

„Einen Hasen?“

Marielle lächelte. „Buniel. Er ist ein Heiler. Lass uns eine Pause in diesem Pub machen, damit du dich ausruhen kannst.“

Leah humpelte zu der Straßenecke, an der sich der Pub befand. Sie trug so viele Taschen, dass sie das kleine Schlagloch nicht mal bemerkt hatte. Aber wie hätte sie widerstehen und sich keinen Kilt kaufen können? Und dann hatte sie ein dazu passendes Plaid gebraucht, eine rote Baskenmütze, Kniestrümpfe und eine weiße Jabot-Bluse. Sie war in einen Kaufrausch verfallen und hatte sogar ein kleines Sporran aus Kunstpelz erworben.

Marielle hatte auch viel gekauft, sodass jedes bisschen Platz im Kinderwagen belegt war. Sie rollte ihn in den Pub und zu einem Tisch.

Leah stellte ihre Einkäufe auf der Bank ab und setzte sich.

„Ich sag dir was.“ Marielle wühlte in einer riesigen Wickeltasche. „Nachdem wir uns ein bisschen ausgeruht haben, gehe ich zurück zum Wagen und hole dich hier ab. Dann musst du nicht laufen.“

„Klingt gut.“ Leah legte ihren Fuß auf die Bank. Der Knöchel schwoll bereits an. Sie sah sich um. Der Pub war fast leer, abgesehen von ein paar älteren Männern, die sich um den Kamin versammelt hatten, Pints tranken und Schach spielten.

„Bitte schön.“ Marielle gab Gabriel einen kleinen Stofftiger. Er lächelte und wedelte mit dem Tiger in der Hand, während sie nach weiteren Spielsachen in der Wickeltasche suchte.

„Kann ich Ihnen behilflich sein?“, fragte eine tiefe Stimme.

Leah sah auf und blinzelte überrascht. Der Kellner war groß, blond und erstaunlich attraktiv. „Ich hätte gern eine Limonade“, sagte sie.

Ein belustigtes Lächeln umspielte seine Mundwinkel. „Gern. Und vielleicht etwas warme Milch für Gabriel?“

Marielle richtete sich auf. „Bunny! Du bist gekommen.“

Leahs Kinnlade klappte herunter. Er war eindeutig himmlisch anzusehen, auch wenn sie der Meinung war, dass nicht einmal ein Engel so hinreißend sein konnte wie ein ganz bestimmter dunkelhaariger Vampir in einem Kilt.

Er umarmte Marielle zur Begrüßung, dann legte er eine Hand auf Gabriels Kopf. „Gott beschütze dich, liebe Seele.“

Gabriel sah fröhlich sabbernd zu ihm auf.

Der Engel lachte, dann wandte er sich an Leah. „Wie ich höre, hast du dir den Knöchel verstaucht.“

„Hast du? Wie?“

Er deutete hinter sie. „Josephine hat es mir gesagt und Marielle hat mich herbeigewünscht.“ Er drehte sich wieder zu Marielle. „Möchtest du etwas zu trinken?“

Sie kicherte. „Nimmst du Bestellungen auf? Dann hätte ich auch gern eine Limonade.“

„Sehr wohl." Er neigte den Kopf. „Seid gesegnet." Mit einem Lächeln in Leahs Richtung wandte er sich ab und ging in Richtung Küche.

„Er hat vergessen, mich zu ..." Leah hielt inne, als sie bemerkte, dass sie schmerzfrei war. „Oh mein Gott." Sie beugte sich vor, um ihren Knöchel zu untersuchen. Die Schwellung war verschwunden.

„Besser?" Marielle setzte sich gegenüber von ihr hin.

„Es ist völlig verheilt." Leah stellte ihren Fuß zurück auf den Boden. „Wie hat er das gemacht? Er hat ihn nicht mal berührt."

„Ein verknackster Knöchel ist keine große Herausforderung für Bunny."

Ein dunkelhaariger Kellner kam mit einem Tablett zu ihnen. Er stellte die beiden Gläser Limonade auf den Tisch und goss anschließend warme Milch in ein Plastikglas mit Deckel.

„Wo ist Buniel?", fragte Leah. Der Kellner musterte sie verständnislos, also beeilte sie sich zu erklären: „Der andere Kellner? Der Blonde?"

Er runzelte die Stirn, dann schüttelte er den Kopf. „Ich bin der einzige Kellner, der gerade hier ist. Lassen Sie es mich wissen, wenn Sie noch etwas möchten." Er drehte sich um und schritt zurück in die Küche.

Eine Gänsehaut breitete sich auf Leahs Armen aus. „Das war ja komisch. Wohin ist Bunny verschwunden?"

Marielle zuckte mit den Schultern. „Seine Arbeit hier war getan."

„Aber ich konnte mich gar nicht bei ihm bedanken."

Lächelnd gab Marielle ihrem Sohn die Milch. „Du hast es gerade getan. Er wird es erfahren."

Leah warf einen Blick über ihre Schulter. War Josephine da? Es war seltsam, daran zu denken, dass all die Jahre, in denen sie geglaubt hatte, allein zu sein, ein Schutzengel an ihrer Seite gewesen war. Zum Teufel, vor einer Woche hatte sie ja nicht einmal an Engel oder Dämonen geglaubt und hatte Vampire für völligen Unsinn gehalten.

Jetzt war sie dabei, sich in einen Vampir in einem Kilt zu verlieben. Sie lächelte vor sich hin. Sie konnte es kaum erwarten, sein Gesicht zu sehen, wenn sie ihm zeigte, was sie gekauft hatte.

„Die Sonne ist in New York untergegangen." Nach dem Telefonat mit Freemont schob Dougal sein Handy wieder in sein Sporran. „Ich muss zurück zur Arbeit."

„Marielle sagte, dass sie bald runterkommen werden. Anscheinend haben sie eine Überraschung für uns." Connor ging zum Serviertisch in seiner Bibliothek und goss zwei Gläser Blissky ein. „Danke, dass ihr hergekommen seid. Marielle hatte eine schöne Zeit mit Leah."

Dougal nickte. „Danke, dass du mir ein sauberes Hemd und ein paar Socken geliehen hast."

„Gern geschehen." Connor reichte ihm das Glas. „Du bist hier jederzeit willkommen."

Dougal nippte an seinem Blissky. „Ist es schwer, mit einer Sterblichen verheiratet zu sein? Ich meine, du kannst nur nachts ein Ehemann und Vater sein."

Connor sah stirnrunzelnd auf sein Glas hinab. „Manchmal fühle ich mich schuldig, weil ich nicht mehr tun kann, aber sie sagt immer, dass ich das nicht muss, weil sie sehr glücklich ist." Er zuckte die Schultern. „Was wäre denn die Alternative? Überhaupt nicht mit ihr zusammen zu sein? Dann würden wir uns beide schrecklich fühlen."

Dougal zuckte zusammen. Wenn er Leah aufgeben müsste, würde er sich in jedem Fall schrecklich fühlen.

„Ich teile lieber fünfzig Prozent ihres Lebens mit ihr als gar nichts." Connor trank einen Schluck. „Mir bleiben nur die Nächte mit ihr und Gabriel, aber es sind glückliche Nächte."

„Wir sind so weit!“, ertönte Marielles Stimme.

Dougal und Connor begaben sich in die Eingangshalle und sahen die Treppe hinauf.

Dougals Herz setzte aus.

Connor lachte. „Was für ein hübsches Mädchen du bist.“

Marielle kam die Stufen herunter. Sie trug einen formellen knöchellangen Kilt im Buchanan-Plaid, auch wenn Dougal das nur am Rande wahrnahm. Sein Blick klebte an Leah, als sie lächelnd herunterkam.

Wenn Nachahmung die höchste Form der Bewunderung war, dann bewunderte sie ihn heftig. Der Stil ihres Kilts, ihres Oberteils, der Kniestrümpfe und des Sporrans ähnelten seinem eigenen. Aber wo seine Kleidung bloß zweckmäßig war, sah sie bezaubernd aus. Sexy. Unweigerlich fragte er sich, ob sie sich auch mit dem, was sie unter dem Kilt trug, an ihm orientiert hatte. Allein beim Gedanken daran wurde es eng unter seinem Kilt.

Sie erreichte die letzte Stufe und er machte einen Schritt auf sie zu, sodass sie auf einer Höhe waren.

Ihre Wangen waren gerötet, als sie ihn anlächelte. „Wie findest du es?“

„Ich finde, du siehst entzückend aus. Das hübscheste Mädchen, das ich je gesehen habe.“ Er legte die Hände auf ihre Schultern und warf einen Blick auf ihren Kilt. „Also gehörst du jetzt zum Stewart-Clan?“

„Sie hatten keine Kincaid-Kilts da. Ich hätte einen bestellen müssen und das hätte ein paar Wochen gedauert.“ Sie sah an sich herab. „Aber es sind dieselben Grundfarben.“

Nachdem er für Bonnie Prince Charlie gestorben war, gehörte das Plaid der Stewarts nicht gerade zu seinen Lieblingen, aber er würde Leah nicht den Spaß verderben. Stattdessen machte er sich eine gedankliche Notiz, ihr so bald wie möglich einen Kilt aus Kincaid-Tartan zu bestellen. „Ich mag deine rote Mütze.“

„Die Baskenmütze?“ Sie grinste. „Ich habe dir auch eine gekauft, damit wir gut zusammenpassen.“

„Ach.“ Er kam noch näher und senkte seine Stimme zu einem Flüstern. „Glaubst du jetzt also, dass wir gut zusammenpassen?“

Sie nickte und die Röte in ihren Wangen vertiefte sich.

Er drückte einen kleinen Kuss auf ihre Augenbraue. Sie hob das Kinn, sodass ihre Münder nur ein winziges Stück voneinander entfernt waren.

„Und wir haben auch gleiche Sporrans“, verkündete Marielle. „Siehst du? Oh, Entschuldigung.“

Dougal warf einen Blick in ihre Richtung, nur um zu sehen, wie Marielle und Connor ihn und Leah mit einem Grinsen im Gesicht beobachteten. Er machte einen Schritt zurück und tat, als würde er Leahs Sporran bewundern. Für seinen Geschmack war er zu klein, aber er passte perfekt zu ihr. Glücklicherweise war sein eigener Sporran groß genug, um das wachsende Problem unter seinem Kilt zu verbergen.

„Was für ein Fell ist das?“ Connor strich über die Tasche seiner Frau.

„Es soll nach Biber aussehen“, erklärte Marielle, „aber sie sind aus Kunstpelz. Leah und ich konnten den Gedanken nicht ertragen, dass dafür ein Tier sterben musste.“

Connor grinste. „Ihr habt ein großes Herz.“

„Ich fürchte, wir müssen los“, ließ Dougal verlauten.

Während er sich von Connor und Marielle verabschiedete, rannte Leah die Treppe hinauf, um die Tasche zu holen, die sie letzte Nacht mitgebracht hatte.

„Ich habe mehr gekauft, als in meine Tasche passt“, sagte sie, als sie wieder herunterkam. Das Gepäckstück platzte aus allen Nähten und sie hatte ein paar Sachen in ein Plaid gewickelt, dessen Muster zu ihrem Kilt passte. Sie verabschiedete sich von Connor, umarmte Marielle und versprach den beiden, wiederzukommen. Dann folgte sie Dougal nach draußen.

„Hier entlang.“ Er nahm ihr die Tasche ab und führte sie einen Hügel hinauf. „Pass auf, wo du hintrittst.“ Über ihnen strahlte der Mond, aber ihre Nachtsicht war bei Weitem nicht so gut wie seine.

Sie warf ihm einen skeptischen Blick zu. „Warum laufen wir den ganzen Weg zurück?“

„Ich will dir etwas zeigen.“

„Hast du eine neue Höhle unter der Erde gefunden?“

Er lachte leise. „Nein.“ Am höchsten Punkt des Hügels blieb er stehen.

„Heiliger Bimbam“, hauchte sie.

Auf einer flachen Ebene am Fuße des Hügels schimmerte ein Steinkreis im Mondlicht.

„Das ist wunderschön.“ Leah flitzte hinunter, den Plaid fest gegen die Brust gedrückt. „Ich liebe es!“ Sie rannte ins Zentrum des Steinkreises.

Dougal folgte ihr und pflückte einen kleinen Strauß Heidekraut auf dem Weg. „Hier.“ Er gab ihr die Blumen. „Als Erinnerung an deinen ersten Besuch in Schottland.“

„Danke.“ Sie wühlte in ihrem Sporran herum, um einen Platz für das Heidekraut zu finden. „Ich werde mich immer daran zurückerinnern.“

Ihr Gepäck noch im Arm haltend, zog Dougal sie an sich. „Vielleicht möchtest du ja mein Haus auf der Isle of Skye sehen, wenn wir das nächste Mal in Schottland sind?“

„Das wäre schön.“

„Dann haben wir ein Date.“

Sie grinste. „Ich schätze, wir gehen jetzt wirklich miteinander.“

„Aye.“ Er küsste ihre Braue. „Bist du bereit für die Rückreise?“

„Ja.“ Sie stellte sich auf die Zehenspitzen, um die Arme um seinen Hals zu schlingen, und presste damit das Bündel Klamotten zwischen sie beide. „Lass mich nicht fallen.“

„Niemals.“ Er küsste sie, dann teleportierte er sie zurück auf die Veranda hinter dem Stadthaus.

Sie seufzte erleichtert. „Wir haben es geschafft.“ Sie griff nach ihrem Kleiderbündel, trat zurück – und stolperte.

Sofort stützte er sie. „Ein bisschen Schwindel ist ganz normal.“ Als er sich umdrehte, um die Tür aufzuschließen, fiel sie vornüber. „Ach, ich glaube, wir hängen fest.“

„Wir sind miteinander verschmolzen?“, quietschte sie. „Oh mein Gott! Genau davor hatte ich Angst ...“

„Entspann dich! Das sind nur unsere Sporrans.“

„Huch?“ Sie trat zurück, wodurch sich seine Tasche hob, da sie an ihrer festhing. „Wie ist das passiert?“

„Die Kette an deiner hat sich in einer meiner Quasten verfangen.“ Er zog an der Kette, aber sie wollte sich nicht lösen. „Wie es aussieht, steht meine Bisamratte auf deinen Biber.“

Sie schnaubte.

„Bleib nahe bei mir.“ Er schloss die Tür auf und sie betraten die Küche wie watschelnde Pinguine.

„Es ist so dunkel hier.“ Sie tastete an der Wand entlang, ohne den Lichtschalter zu finden, während er die Tür hinter ihnen zudrückte.

„Ich kann sehen.“ Er stellte ihr Gepäck auf dem Boden ab, dann versuchte er noch mal, ihre Kette von seiner Quaste zu befreien. „Ach, meine rechte Hand ist zu ungeschickt. Ich will deinen Biber nicht kaputtmachen.“

„Keine Sorge“, spöttelte sie. „Es ist kein echter Biber.“

„Wann kann ich den echten sehen?“

„Ha!“ Sie gab ihm einen Stoß gegen die Schulter und er zog sie eng an sich.

Ihr Kleiderbündel fiel zu Boden. Sie legte ihre gespreizten Hände auf seine Brust. „Das hilft nicht gerade dabei, unsere Taschen zu entwirren.“

„Mir gefällt es.“ Er liebkoste ihren Hals, während er seine

Hände von ihren Hüften zu ihrem Hinterteil schickte und darüberstrich.

„Suchst du etwas Bestimmtes?"

„Ich frage mich, wie authentisch dieses Outfit ist. Ein echter Schotte würde nie Unterwäsche tragen. Ah." Mit den Fingern folgte er dem Saum ihres Höschens. „Was für eine Schande."

„Nun, tut mir leid, dich enttäuschen zu müssen." Sie schob eine Hand zuerst in seinen Nacken und legte sie dann an sein Gesicht. „Ich kann sie jederzeit ausziehen."

Sein Herz machte einen Satz. „Willst du das denn ...?"

Seine Augen wurden rot und sie schnappte nach Luft.

„Hast du Angst?", fragte er flüsternd, denn er war sich darüber im Klaren, dass seine rot glühenden Augen das Einzige sein könnten, was sie in der Dunkelheit sah.

Ihre Fingerspitzen strichen über seine Wangen bis zu seinen Lippen. „Ich verliebe mich in dich."

Sein Herz quoll schier über. „Leah." Er zog sie näher an sich heran und küsste sie innig. Hungrig. Ihre Baskenmütze fiel zu Boden, als er seine Finger in ihrem Haar vergrub. Ihr Jasminduft benebelte seine Sinne, als er den Kuss vertiefte.

Er erforschte ihren Mund, während seine Hände ihren Körper erkundeten. Die Kurven ihrer Hüften, ihre schlanke Taille, ihre süßen Brüste. Sie waren so prall, dass sie seine Hände füllen konnten, und so sexy, dass sie ihn hart werden ließen. Er zwickte ihr in den Nippel und sie schnappte nach Luft.

„Mädchen ..." Er löste den Verschluss ihres Sporrans an ihrem Rücken, dann den seines eigenen und warf die beiden Taschen auf den Boden. Als er Leah diesmal an sich zog und sich mit seiner Erektion gegen sie presste, belohnte sie ihn mit einem lauteren Keuchen.

Sie zerrte an seinen Schultern und zog ihn für einen weiteren Kuss zu sich hinunter. Ihre Zunge tanzte mit seiner, ihr Stöhnen verschmolz mit seinem. Er schob seine Hände unter ihren Kilt.

Ihre weiche, samtige Haut war wie der Himmel auf Erden, die Form ihres Hinterns wie das Paradies.

Mit den Fingern schlüpfte er unter ihr seidiges Höschen, packte sie an ihrem Hintern und zog sie fest an sich. Seine Erektion wuchs. Er müsste nur seinen Kilt anheben und … hinter der Schwingtür ging das Licht an.

Schritte waren in der Eingangshalle zu hören und näherten sich der Küche.

„Wir sind nicht allein“, wisperte er und betätigte den Lichtschalter.

Leah blinzelte gegen die plötzliche Helligkeit an. „Was?“

Sie sah entzückend zerzaust aus. Ihre Lippen waren vom Küssen gerötet und etwas geschwollen.

„Wer ist da?“, rief Angus vom Eingangsbereich aus.

Dougal fuhr zusammen. Er hätte daran denken sollen, dass Angus und Emma im Stadthaus bleiben würden. Behutsam schob er den Saum von Leahs Kilt hinunter, hob ihre Baskenmütze auf und setzte sie ihr auf den Kopf.

Die Tür schwang auf und Angus spähte hinein. „Ach, ihr seid zurück.“ Er betrat die Küche.

„Aye, seit eben“, erwiderte Dougal.

Angus’ Blick wanderte erst über sie beide, dann zu den beiden Sporrans auf dem Boden.

„Wer ist es?“, fragte Emma, als sie hereinkam. Ihre Augen weiteten sich. „Oh, ich mag deinen Kilt, Leah.“

„Danke.“ Leah hob ihr Kleiderbündel auf. Der Knoten im Plaid löste sich und all ihre Schmutzwäsche verteilte sich auf dem Küchenboden.

„Lass mich helfen.“ Dougal griff nach einem Stück Stoff, nur um festzustellen, dass es sich dabei um rote Unterwäsche handelte.

Leah riss sie ihm aus der Hand und er richtete sich hastig wieder auf. Angus und Emma betrachteten sie mit einem amüsierten Ausdruck in den Gesichtern.

Er räusperte sich. „Ich habe Marielle nach dem Dämon Darafer gefragt.“

Angus nickte. „Die Antworten darauf höre ich mir gleich an. Wir haben mit Laszlo daran gearbeitet, ein vorläufiges Labor im Keller einzurichten. Wir werden alle hierbleiben, bis wir so weit sind, in die neue Basis in Japan umzuziehen.“

„Wie viele Wachen haben wir hier?“, fragte Dougal.

„Emma und mich. Robby, J. L. und Ian bleiben hier, bis wir übersiedeln. Tagsüber werden Howard, Phil und Rajiv den Wachposten übernehmen. Das Alarmsystem in diesem Haus ist genauso gut wie bei Romatech. Sollte jemand das Gelände unbefugt betreten, werden wir es also sofort wissen.“

Dougal atmete tief durch. Wenn Master Han oder seine Vampirlords in das Stadthaus eindringen wollten, konnten sie das nur nachts tun. Tagsüber lagen sie im Todesschlaf, genau wie die anderen Vampire.

Aber Darafer wurde nicht von der Sonne eingeschränkt. Konnten Howard, Phil und Rajiv ihn aufhalten, wenn er tagsüber hier auftauchte? Das dürfte ein interessanter Kampf werden. Dougal würde nur zu gerne sehen, wie der Dämon gegen einen Angriff von drei Seiten – von einem Werbär, einem Werwolf und einem Wertiger – ankam. Allerdings nicht, wenn das bedeutete, dass Leah in Gefahr war.

20. Kapitel

Die darauffolgende Woche war frustrierend für Dougal.

Bei so vielen Menschen im Stadthaus fand er kaum Zeit, um mit Leah allein zu sein. Sie arbeitete Seite an Seite mit Roman und Laszlo. Die drei produzierten das Serum, mit dem sie den genetischen Schaden, den Darafer verursacht hatte, wieder reparieren konnten, in riesigen Mengen.

Nach ein paar Nächten kehrten Gregori und Abby zurück. Sie blieben ebenfalls im Stadthaus. Abby war damit beschäftigt, das Medikament herzustellen, das die gefangenen Soldaten in Stasis versetzen würde.

Die Wandler Howard, Phil und Rajiv wohnten in derselben Etage wie Leah und hatten sich ein Sicherheitsbüro ganz in der Nähe eingerichtet. Die Monitore darin waren mit allen Überwachungskameras im Haus vernetzt. Für seinen Todesschlaf ging Dougal noch immer in den Keller, doch nun teilte er sich den Raum mit J. L., Ian, Robby und Laszlo. Die verheirateten Paare Angus und Emma sowie Abby und Gregori zogen in die Zimmer in der dritten Etage. Jede Nacht kurz vor Sonnenaufgang teleportierte Roman sich zurück nach Hause in der Nähe von Dragon Nest, um bei seiner Familie zu sein.

Das Abendessen war so ziemlich der einzige Zeitpunkt, zu dem Dougal mit Leah allein sein konnte. Er teleportierte sich in die Cafeteria bei Romatech, um ihr das gewünschte Gericht zu holen, dann trank er eine Flasche Blut, während sie in der Küche saß und aß. Aber im Grunde waren sie nie wirklich allein. Nicht mit so vielen Leuten um sie herum.

„Angus hat mich gebeten, dir, Abby und Laszlo ein bisschen

Selbstverteidigung beizubringen, bevor wir nach Japan aufbrechen", erzählte er, während sie ihren Apfelkuchen verspeiste.

„Warum? Wenn ihr uns bewacht, sind wir doch sicher, oder nicht?"

„Es ist eine reine Vorsichtsmaßnahme. Die erste Lektion beginnt in einer Stunde im Keller von Romatech."

Sie starrte ihn überrascht an. „Ich dachte, dort wäre es nicht mehr sicher."

„Freemont und Austin arbeiten noch immer als Wachen dort, und sie sagen, dass bisher alles ruhig ist. Wir werden uns nur für das Training reinteleportieren. Wir brauchen die Sporthalle und den Schießstand dort."

„Schießstand?"

„Aye. Sollte einer der bösen Jungs auftauchen, benutzen wir ihn für die Schießübungen."

Sie verzog das Gesicht. „Ich muss schießen lernen?"

„Aye. Und mit einem Messer umzugehen."

„Ich mag keine Gewalt."

„Wenn dein Leben in Gefahr ist, wirst du froh sein zu wissen, wie du dich verteidigen kannst."

Sie trug ihr schmutziges Geschirr zur Spüle. „Ich halte nichts vom Töten. Ich bin Ärztin. Ich soll Leben retten, nicht beenden. Nur deshalb mache ich all das, damit ich diese mutierten Soldaten retten kann und ihr sie nicht töten müsst."

„Leah, wenn du angegriffen wirst, erwarte ich von dir, dass du dich verteidigst."

„Ich dachte, du wolltest mich beschützen."

„Das werde ich auch! Aber willst du damit sagen, dass es in Ordnung ist, wenn ich töte, dasselbe aber nicht für dich gilt? Glaubst du etwa, mir macht das Spaß?"

Sie zuckte zusammen. „Das sollte nicht so scheinheilig klingen. I-ich weiß einfach nicht, ob ich das tun kann."

„Du bist sehr mutig. Du kannst es."

Seufzend spülte sie ihr Geschirr ab, dann stellte sie es in die Spülmaschine.

„Wenn wir nach Japan gehen, wird es schon November sein“, fuhr Dougal fort. „Leider weiß ich nicht, wie gut dieses alte Schulgebäude gedämmt sein wird. Vielleicht musst du ein paar Wintersachen kaufen.“

Sie warf ihm einen amüsierten Blick zu, während sie sich die Hände an einem Küchentuch abtrocknete. „Erst machst du dir Sorgen um meine Sicherheit, jetzt darüber, dass ich mich erkälten könnte?“

„Aye. Ich verbringe viel Zeit damit, an dich zu denken.“

Sie kehrte zum Tisch zurück und setzte sich neben ihn. „Um ehrlich zu sein, habe ich Winterkleidung in meinem Apartment in Houston. Überbleibsel von meiner Studienzeit in Boston.“

„Ich kann dich in dein Apartment teleportieren.“ *Und wir könnten allein sein.*

Sie nickte. „Das wäre gut. Ich brauche ein paar neue Sachen.“ Sie lächelte reumütig. „Ich trage dieselben drei Outfits seit einer Ewigkeit. Als ich hierherkam, dachte ich, es wäre nur für ein Wochenende.“

„Und zwei Wochen später bist du immer noch da.“

Sie legte ihre Hand auf seine Brust, genau dort, wo sein Herz schlug. „Manchmal, wenn ich darüber nachdenke, erschreckt es mich, wie schnell ich mich in dich verliebt habe. Doch in den Momenten, wenn es sich so richtig anfühlt, ist es, als hätte ich schon immer auf dich gewartet.“ Sie warf ihm einen verwirrten Blick zu. „Ist das nicht seltsam?“

„Nein.“ Er legte seine Hand auf ihre. „Wir haben beinahe dreihundert Jahre gewartet.“

Sie schubste ihn spielerisch. „Vielleicht habe ich dich in einem früheren Leben gekannt.“

Seine Brust schien zu bersten, als er plötzlich nach Luft schnappte.

Sie sprang auf die Beine. „Ich gehe besser zurück an die Arbeit. Ich muss noch eine Sache beenden, bevor du mich zum Schießstand zerrst.“

Als sie die Küche verließ, saß er noch immer wie versteinert und mit hämmerndem Herzen da. Erinnerte sie sich an Li Lei? Er war sich nicht sicher, ob er das überhaupt wollte. Denn dann würde sie sich vielleicht auch daran erinnern, wie sehr er sie im Stich gelassen hatte.

„Wie war ich?“, fragte Leah eine Stunde später beim Schießstand im Keller von Romatech.

Sie sah zur Zielscheibe in Form eines Mannes, konnte jedoch keine Einschusslöcher erkennen.

Dougal schob einen der Kapselgehörschutze von ihrem Ohr und beugte sich zu ihr hinunter, damit sie ihn hören konnte. „Du hast die Decke getroffen. Vielleicht wärst du besser, wenn du beim Abdrücken nicht die Augen zukneifen würdest.“

Sie warf ihm einen verärgerten Blick zu. „Ich kann nicht anders. Die Dinger machen mir Angst.“ Sie wich zurück, als Laszlos Pistole in der Kabine neben ihnen losging. Er traf den Papiermann in der Brust.

Freemont, der Laszlo unterrichtete, stieß die Faust in die Luft.

In der Kabine rechts von ihnen trainierte Abby mit Gregori. Ihr gelang es ebenfalls, das Ziel zu treffen.

Leah runzelte die Stirn. „Ich bin nicht gut darin.“

Dougal lehnte sich näher. „Wenn du jede Nacht übst, wirst du besser werden.“

„Wie soll ich einen Vampir oder Dämon überhaupt treffen, wenn sie sich nach Lust und Laune wegteleportieren können?“

„Es ist möglich, einen Vampir zu treffen, wenn du das Überraschungsmoment auf deiner Seite hast. Und die Silberkugeln tun höllisch weh. Was Dämonen angeht, bin ich nicht so sicher, aber damit kannst du dich auf jeden Fall gegen Master Hans Soldaten verteidigen."

„Aber …"

„Kein Aber." Er trat hinter sie, hob ihre Arme und legte seine Hände auf ihre. „Die Beine weiter auseinander."

Sie tat, was er sagte, und war sich dabei überdeutlich bewusst, dass sich sein Becken gegen ihren Hintern presste. Er hatte sie überrascht, als es an der Zeit gewesen war, sich zu Romatech zu teleportieren. Sein Kilt und sein altmodisches Hemd waren durch ein enges schwarzes T-Shirt und eine schwarze Hose ersetzt worden. Ein Dolch war an seinem Bein festgeschnallt. Mit einem Mal wirkte Dougal modern, gefährlich und höllisch sexy. Sie war kurz davor, ihre Hüften gegen seine zu reiben.

„Noch mal." Er setzte ihr den Gehörschutz wieder richtig auf, dann umfasste er ihre Handgelenke, um sie ruhig zu halten.

Diesmal traf sie das Papier und zuckte beim Anblick des Lochs in der Bauchgegend zusammen. Ein Patient würde eine Operation brauchen, um das zu überleben, und wahrscheinlich würde er einen Teil seines Darms dabei verlieren.

Beim nächsten Schuss zerriss sie seinen rechten Lungenflügel. Aber als Dougal ihr nicht länger half, verfehlte sie ihr Ziel erneut. Angewidert ließ sie die Pistole sinken.

„Morgen üben wir weiter." Dougal führte sie aus dem Raum und legte ihren Gehörschutz im Eingangsbereich auf einem Regal ab.

Abby, Gregori, Freemont und Laszlo folgten ihnen zur Sporthalle. Dort warteten Boxsäcke, Dummys, Matten auf dem Boden und ein Tisch voller Messer auf sie.

Sobald sich alle hinter ihm aufgestellt hatten, zog Dougal den Dolch aus der Scheide, die an seinem Bein befestigt war, und warf ihn auf den Dummy am anderen Ende des Raumes. Die Klinge wirbelte durch die Luft, dann traf sie die Brust des Dummys mit einem dumpfen Laut.

Leah zuckte zusammen.

Dougal drehte sich zu ihnen um. „Ihr wundert euch vielleicht, warum ihr lernen müsst, wie man schießt oder ein Messer wirft, aber ich kann gar nicht oft genug betonen, wie wichtig es ist, einen Feind zu verwunden, bevor er euch zu nahe kommt. Ihr wollt gegen keinen von Master Hans Soldaten kämpfen, nicht, wenn sie superstark sind. Und ihr dürft auf keinen Fall zulassen, dass Master Han oder einer seiner Vampirlords euch zu nahe kommen. Wenn sie euch packen und sich mit euch wegteleportieren, wird es sehr schwer für uns, euch je wiederzufinden."

„Ich habe einen Sender in meinem Arm." Laszlo sah zu den beiden Frauen. „Vielleicht wäre das auch für die Damen eine Überlegung wert?"

„Das könnte eine gute Idee sein." Gregori schlang einen Arm um Abbys Schultern. „Wenn du damit einverstanden bist."

„Aber Leah und ich sollten sicher in Japan sein", sagte Abby.

„Nicht völlig", grummelte Gregori. „Aus diesem Grund komme ich mit und werde keine Sekunde von deiner Seite weichen."

„Vergesst nicht, dass Darafer hierherkam", erinnerte Dougal sie. „Sowohl er als auch Master Han könnten sich nach Japan teleportieren, um euch zu holen. Aus diesem Grund bringen wir euch bei, wie ihr euch verteidigen könnt."

Leah sah zu dem Dummy mit dem Messer in der Brust. Konnte sie jemanden töten, wenn die Situation es erforderte? Sie wusste es nicht, also war es besser, einen Chip im Arm zu haben. Nur um ganz sicherzugehen. „Ich nehme den Sender. Zumindest bis die Mission vorbei ist."

Dougal wirkte erleichtert, als er nickte.

„Also gut", stimmte auch Abby ein. „Ich mache es auch."

Drei Nächte später wartete Leah vor dem Sicherheitsbüro im Stadthaus.

Sie hatte es so arrangiert, dass Dougal sie um Mitternacht in ihr Apartment teleportierte. Sie zögerte, bevor sie anklopfte, in Gedanken bei der Unordnung, die sie vor mehr als zwei Wochen in ihrer Wohnung hinterlassen hatte. Würde Dougal ein bisschen schmutziges Geschirr stören, das herumlag? Sie war so in Eile gewesen, rechtzeitig zum Flughafen zu kommen. Nie im Leben hätte sie damit gerechnet, mit einem Vampirfreund zurückzukehren, der sie hierherteleportierte.

Die Tür ging auf und Dougal bat sie herein. In seinem Kilt und dem altmodischen Hemd sah er wie immer unheimlich attraktiv aus. „Bereit?"

„Ja." Sie betrat das Büro und lächelte Howard und Rajiv zur Begrüßung zu. Die beiden waren damit beschäftigt, Donuts zu futtern. „Danke, dass ihr für Dougal einspringt."

„Kein Problem." Howard warf einen amüsierten Blick in Dougals Richtung. „Lasst euch ruhig Zeit."

„Puuh-Bär und ich kommen schon klar." Rajiv lachte nur, als Howards Rippenstoß ihn beinahe umwarf.

„Komm." Dougal führte sie zurück in den Flur und schloss die Tür hinter sich.

„Für einen Grizzlybären und einen Tiger wirken die beiden nicht sehr angsteinflößend", sagte Leah, während sie neben ihm herging.

„Wenn du einer von den Bösen wärst, könnten sie ziemlich angsteinflößend sein."

„Du bist hoffentlich nicht beleidigt, wenn mein Apartment ein bisschen …" Sie hielt inne, als er die Tür zu ihrem Schlafzimmer öffnete.

„Keine Kameras." Er gab ihr einen leichten Schubs nach vorn.

„Oh, okay. Privatsphäre ist gut." Sie betrat den Raum und

zog ein zusammengefaltetes Stück Papier aus der Tasche ihres Laborkittels. „Hier."

„Was ist das?" Er nahm die Notiz. „Ein Liebesbrief?"

Sie schnaubte. „Das hättest du wohl gern."

„Und wie." Er wirkte verletzt. „Vor ein paar Wochen hatte ich einen für dich, aber du bist nie in den Keller gekommen, um ihn zu lesen."

Sie zuckte zusammen. „I-ich bin dir aus dem Weg gegangen."

„Ist mir aufgefallen."

Sie boxte ihm gegen den Arm. „Jetzt gehe ich dir nicht mehr aus dem Weg. Ich … mag dich sehr gerne."

„*Mögen?* Also ist das ein verdammter Zuneigungsbrief?"

„Nein, es ist meine Adresse. Damit wir uns in mein Apartment teleportieren können."

„Deine Adresse?" Seine Mundwinkel zuckten, als er das Papier auffaltete. „Hältst du mich für ein GPS-System?"

Sie blinzelte. Sie wollte nicht, dass er ihre Gedanken las. „Gibt es einen anderen Weg, um hinzukommen?"

„Ich brauche eine Sinneswahrnehmung als Signal. Oder ich schlüpfe für einen Moment in dein brillantes Gehirn, um zu sehen, wohin es geht." Seine Augen funkelten, als er näherkam. „Und wenn ich schon mal da bin, sehe ich ja vielleicht auch, wie sehr du mich wirklich magst."

Sie wich zurück. „Das würdest du nicht wagen."

„Und wie ich das wage." Er kam noch näher, jetzt mit einem kleinen Lächeln im Gesicht. „Das müsste ich natürlich nicht tun, wenn du mir einfach sagen würdest, was du fühlst."

„Ich werde mich sicher nicht von dir zu einer Liebeserklärung zwingen …"

„Liebe?"

Sie fuhr zusammen. „Und ich werde nicht zulassen, dass du in meinen Kopf eindringst."

„Keine Sorge.“ Er zog sie in seine Arme. „In letzter Zeit bin ich weit mehr daran interessiert, in deinen Körper einzudringen.“

Sie biss sich auf die Unterlippe, um nicht zu lachen. Genau aus diesem Grund wollte sie ihn nicht in ihrem Kopf haben. Sonst könnte er all die schmutzigen Gedanken und Träume sehen, die sie hatte. „Was meinst du mit einer Sinneswahrnehmung als Signal?“

„Ich kann uns an einen Ort teleportieren, den ich sehen oder hören kann. Wenn es zum Beispiel jemanden gäbe, der bei einem Anruf abnimmt …“

„Ein Anrufbeantworter?“

„Aye.“ Er warf ihr einen reumütigen Blick zu. „Das könnte funktionieren.“

„Perfekt.“ Sie zog ihr Handy aus der Tasche und wählte ihre Festnetznummer. „Okay, gleich ist es so weit.“ Sie hielt ihm das Mobiltelefon ans Ohr.

„Halt dich an mir fest.“ Er zog sie fest an seine Brust und lehnte sich tief zu ihr herunter, um ihr in die Augen zu sehen. „Liebe?“

Sie grinste. „Das hättest du wohl gern.“

„Und wie.“

Sie stellte sich auf die Zehenspitzen, um die Arme um seinen Hals zu schlingen und ihm einen kleinen Kuss zu geben.

„Ach Mädchen …“ Seine Augen verdunkelten sich.

Der Anrufbeantworter meldete sich und alles wurde schwarz.

21. Kapitel

Kaum dass sie ankamen, begann Leah sich umzusehen.

Nicht zu schäbig. Es gab ein bisschen dreckiges Geschirr, aber das lag wenigstens in der Spüle. „Es könnte ein wenig staubig sein."

„Es kann nicht schlimmer sein als mein Haus auf der Isle of Skye. Ich war seit sechs Monaten nicht mehr dort."

Sie bemerkte, dass er sie noch immer festhielt. „Lässt du mich los? Oder sind wir aus Versehen miteinander verschmolzen?"

Seine Mundwinkel wanderten in die Höhe. „Eine Verschmelzung zwischen uns wäre kein Versehen."

Sie schnaubte und legte die Hände auf seine Brust. „Das hast du mir in der Nacht, in der wir uns kennengelernt haben, auch gesagt."

„Aye, und ich will dich seit damals." Er seufzte tief. „Ich warte nun schon seit achtzehn Tagen."

„Du bist so ein Player."

Er zog die Brauen hoch. „Ein was?"

„Ein Player. Wie hast du es in nur achtzehn Tagen geschafft, mich für dich zu gewinnen? Vor allem, da du die Hälfte der Zeit tot warst."

Er warf ihr einen verletzten Blick zu. „Was kann ich denn dafür? Ich lag einfach nur in meinem Todesschlaf, sanft wie ein Lamm, als du dich an mir vergangen hast. Vielleicht bist du ja der Player?"

„Was?"

„Du hast mein Hemd aufgeknöpft und meine Brust befühlt."

„Ich habe nach einem Herzschlag gesucht. Das war alles."

Belustigung glitzerte in seinen Augen. „Und du hast meinen männlichen Körperbau kein bisschen bewundert?"

„Das hättest du wohl gern."

„Und wie." Er begann, sein Hemd aufzuknöpfen. „Mein Herz schlägt ziemlich schnell. Willst du es jetzt noch mal überprüfen?"

„Player." Sie tätschelte seine Brust. „Ich muss jetzt packen." Sie ging in Richtung Schlafzimmer.

„Ich packe auch etwas für dich …", murmelte er.

Sie unterdrückte ein Lachen und sah sich im Schlafzimmer um. Als Erstes hob sie einen abgelegten Pyjama vom Bett, dann glättete sie ein paar Falten auf der Decke.

„Brauchst du Hilfe?" Dougal betrat den Raum.

„Ich komme schon klar." Sie warf das Kleidungsstück in den Wäschekorb, dann zog sie einen großen Koffer aus dem Schrank. „Kannst du das zurückteleportieren?"

„Aye." Er setzte sich auf die Bettkante und warf ihr einen hoffnungsvollen Blick zu. „Darf ich es mir gemütlich machen?"

„Sicher." Sie holte mehrere Jeans und ein paar T-Shirts aus dem Schrank. Während sie alles zusammenfaltete und in den Koffer legte, hörte sie zwei dumpfe Laute und sah auf. Er hatte seine Schuhe ausgezogen und nun folgten seine Kniestrümpfe. Ihr Puls schoss in die Höhe. Wie weit würde er sich ausziehen?

Er ließ seinen Sporran zu Boden sinken, schüttelte ein paar Kissen auf und setzte sich mit dem Rücken zum Kopfteil. „Das ist sehr bequem. Willst du es nicht auch mal ausprobieren?"

Sie biss sich auf die Unterlippe, um ihr Lächeln zu unterdrücken. „Ich kenne es schon." Sie nahm einige Pullover von den Regalbrettern in ihrem Schrank und warf sie in den Koffer.

Während sie weiterpackte, wurde sie sich seiner Blicke immer deutlicher bewusst. Sie konnte sein Verlangen spüren. Es war so stark, dass es sich durch das Zimmer erstreckte, um sie zu liebkosen. Ihre Haut begann zu prickeln. Ihre Brüste wurden schwer. Als sie sich hinunterlehnte, um ein Paar Stiefel aufzuheben, stöhnte er.

Sie warf einen Blick zurück. Er war völlig von ihrem Hintern eingenommen. Ohne nachzudenken, presste sie ihre Oberschenkel aneinander. Bei der Vorstellung, sich in einem seiner Vulkanausbrüche wiederzufinden, begann ihr Herz zu rasen. Und es brachte den weiblichsten Teil in ihr dazu, sich schrecklich leer zu fühlen.

Hastig stopfte sie die Stiefel in den vorderen Bereich ihres Koffers, dann ging sie zu ihrer Kommode hinüber. Slips und BHs landeten genau wie Thermounterwäsche in ihrem Gepäck.

Einen Wimpernschlag später war er bei ihr und hielt eines ihrer Höschen in die Höhe. „Das ist so winzig." Er betrachtete das kleine seidene Dreieck. „Das dürfte deinen Honigtopf kaum bedecken."

Schnaubend riss sie es ihm aus der Hand. Honigtopf? Mit einem unterdrückten Lachen stopfte sie ihre restliche Unterwäsche in ein Seitenfach mit Reißverschluss. Dann öffnete sie eine andere Schublade, um ihre wärmsten Flanellpyjamas einzupacken.

„Ach, das ist hübsch." Er zog ein langes rotes Negligé aus der Schublade. „Das solltest du mitnehmen."

Sie warf es zurück. „Dafür ist es nicht warm genug."

„Du würdest es nicht lange genug anhaben, um das zu bemerken."

Lächelnd schüttelte sie den Kopf. Die Gedanken dieses Mannes kannten nur eine Richtung. „Das ist eine Geschäftsreise, schon vergessen?"

Sie ging ins Badezimmer, um ein paar Pflegeprodukte einzupacken. Als sie damit zurückkehrte, entdeckte sie das rote Negligé in ihrem Koffer. Sauber gefaltet und zwischen zwei Pullovern versteckt.

„Ist das deine Familie?“ Er hob einen Bilderrahmen von der Kommode.

„Ja.“ Sie stellte sich neben ihn, um ihm die einzelnen Personen zu zeigen. „Das sind meine Eltern, Kathleen und Kai Ling. Sie sind beide Physikprofessoren.“

„Du hast mir von deinem irischen Großvater erzählt. Also ist deine Mutter Irin?“

„Ja. Als ich fünf war, habe ich sie gefragt, warum meine Augen nicht grün wie ihre sein können. Seitdem war ich von Genetik fasziniert.“

„Du magst grüne Augen?“ Er warf ihr einen Blick aus weit aufgerissenen Augen zu.

Sie schmunzelte. „Ja. Und ich liebe auch den Dudelsack. Mein Großvater hat ihn gespielt.“ Sie seufzte. „Der Sommer, den ich bei ihm verbracht habe, war eine der schönsten Zeiten in meinem Leben.“

„Wir werden für weitere schöne Zeiten sorgen.“ Er deutete auf sie auf dem Foto. „Du warst ein hübsches Mädchen.“

Sie schnaubte. Das Bild zeigte nicht, wie unbeholfen und schüchtern sie damals gewesen war. „Ich war elf. Eine ungeplante späte Erweiterung der Familie. Oder, wie mein Vater es gern nannte, ein Unfall von kosmischem Ausmaß.“

Dougal zuckte zusammen. „Ich hätte dich ein Wunder genannt. Du bist eins für mich.“

Ihr Herz quoll beinahe über. Wie oft hatte sie sich in ihrer Kindheit gewünscht, diese Worte zu hören. Stattdessen hatte sie den ständigen Druck zu spüren bekommen, den Vorbildern ihrer Brüder nacheifern zu müssen. Zu Hause unterrichtet, ohne irgendwelche Freunde, war sie aufs College gegangen, um zwischen Haien zu schwimmen.

„Und das sind deine Brüder?“, fragte Dougal.

„Ja, das ist Albert. Er war achtzehn, als das Foto aufgenommen wurde. Und der im Talar ist Isaac. Er hat das College mit sechzehn abgeschlossen.“

„So jung?“

Leah nickte. „Albert und Isaac sind beide mit dreizehn aufs College gegangen. Mit neunzehn hatten sie beide bereits ihren Doktortitel. Ich war vierzehn, als ich aufs College gegangen bin, und habe meinen Doktortitel erst mit einundzwanzig erhalten.“ Sie verzog das Gesicht. „Dafür wurde ich ziemlich kritisiert. Sie waren der Meinung, ich sollte vor meinem zwanzigsten Geburtstag einen Doktor haben.“

Dougal runzelte die Stirn. „Ist das dein Ernst?“

Sie zuckte mit den Schultern. „Meine Eltern waren nicht besonders glücklich über meine Entscheidung, auf die Medizinische Hochschule zu gehen. Ihrer Meinung nach ist Genetik reine Zeitverschwendung. Ich hätte in Alberts und Isaacs Fußstapfen treten und meinen Doktor in Quantenphysik machen sollen. Wozu langweilige Menschen studieren, wenn ich das ganze Universum erobern könnte?“

Dougal betrachtete sie ungläubig. „Begreifen sie denn nicht, wie brillant du bist?“

„Ich war langsamer als meine Brüder.“

„Gib mir die Adresse deiner Eltern, dann statte ich ihnen einen Besuch ab und schlage ihre Köpfe gegeneinander“, erwiderte er verärgert.

Leah grinste. „Das wäre ein guter Start mit den zukünftigen …“ Sie brachte sich selbst zum Schweigen, bevor sie *Schwiegereltern* sagen konnte. Dougal hatte ihr noch nicht mal gesagt, dass er sie liebte, also war sie viel zu vorschnell. „Es ist ja nicht so, als wäre ich misshandelt worden. Sie haben für meine gesamte Ausbildung bezahlt, und dafür bin ich sehr dankbar.“

„Sie sollten dir nicht das Gefühl geben, eine Versagerin zu sein“, brummte er. „Du bist die klügste Person, die ich je getroffen habe. Und ich bin schon seit ein paar Jahrhunderten hier.“

Etwas in ihrer Brust zog sich zusammen. Wie konnte sie diesen Mann nicht lieben? „Danke.“

Er warf ihr einen besorgten Blick zu. „Connor ist der Meinung, du wärst zu clever für mich.“

„Na, dann muss ich ihn wohl aufspüren und ihm auf den Kopf schlagen.“

Dougal lachte amüsiert. „Deine Brüder ... Wurden sie nach Isaac Newton und ...“

„Albert Einstein benannt, genau.“ Sie stellte den Bilderrahmen zurück auf die Kommode. „Leah ist nur ein Spitzname. Meine Eltern haben mich nach Galileo benannt. Mein richtiger Name ist also Galileah.“

Er schrak zusammen.

„Ich weiß. Es ist seltsam.“

„Ga-li-leah?“, sagte er langsam.

„Ja.“ Sie fragte sich, warum er so geschockt wirkte. „Gefällt es dir nicht?“

„I-ich wusste nicht, wie ...“

„Was?“

„Ka-li-lei“, flüsterte er und ging zurück zum Bett, um sich zu setzen. Er starrte auf den Boden und rollte die rechte Schulter.

„Stimmt etwas nicht?“ Sie näherte sich ihm behutsam.

„Nein, alles ist ... genau richtig.“ Er rollte erneut mit seiner Schulter. „Manchmal juckt und brennt das Tattoo.“

„Hat es sich entzündet?“ Sie streckte die Hände aus, um sein Hemd aufzuknöpfen. „Lass mich nachsehen.“

Er runzelte die Stirn, hielt sie aber nicht auf. „Kannst du mich so akzeptieren, wie ich bin? Ich bin alles andere als perfekt.“

„Meinst du die Vampirsache?“ Sie schob sein Hemd auseinander. „Ich verstehe es nicht, aber ich komme damit zurecht.“ Sie strich über sein Tattoo. Es schien nicht entzündet zu sein.

„Ich habe mein Zuhause auch mit vierzehn verlassen.“

„Bist du aufs College gegangen? Oder auf ein Internat?“

„Nein.“ Seine Brust hob sich, als er tief einatmete. „Ich wurde entführt und an Bord eines britischen Handelsschiffs geholt. Für Zwangsarbeit.“

„Oh mein Gott!“ Sie setzte sich neben ihn. „Ist das dein Ernst? Das ist ja furchtbar!“

„Ich habe versucht zu entkommen. Beim ersten Mal verpassten sie mir nur zehn Peitschenhiebe, weil ich jung und dumm war. Beim zweiten Mal waren es fünfundzwanzig.“ Er zog sein Hemd aus und ließ es zu Boden fallen. „Du solltest wissen, auf was du dich mit mir einlässt.“

Sie schnappte nach Luft, als er sich zur Seite drehte. Sein Rücken war voller Striemen. „Oh Gott, Dougal.“ Der arme Mann hatte diese Narben beinahe drei Jahrhunderte mit sich herumgetragen.

Tränen brannten in ihren Augen, als sie eine davon mit den Fingerspitzen nachfuhr. „Das war so grausam.“ Ein vierzehnjähriger Junge, dem seine Familie genommen und der so behandelt worden war. „Wie hast du das überlebt?“

„Es gab einen Koch an Bord, einen alten Iren, der Mitleid mit mir hatte. Er hat mir erklärt, der beste Weg, um zu überleben, wäre, nützlich für die Crew zu sein. Er tat das, indem er für sie kochte und sie mit dem Dudelsack unterhielt. Erst hat er mir beigebracht, eine Blechflöte zu spielen. Als ich schnell gelernt habe, hat er mich das Dudelsackspielen gelehrt.“

„Die Uilleann Pipes?“ Mit den Fingern strich sie über jede einzelne Narbe.

„Aye. Nach ein paar Jahren hatte ich mich an mein neues Leben gewöhnt, aber als wir einmal Indien verlassen haben, wurden wir von indonesischen Piraten angegriffen. Ich wurde gefangen genommen und nach Schanghai gebracht, wo sie mich verkauft haben."

Sie zuckte zusammen. „Verkauft?"

„Aye. Als ich einige Jahre später wieder frei war, habe ich mir den Drachen als Symbol für Macht stechen lassen. Und um das Zeichen meiner Schande zu verdecken." Er drehte sich zu ihr um, damit sie seine rechte Schulter sah. „Hier wurde ich mit siebzehn gebrandmarkt. Als Sklave."

Vorsichtig strich sie über die Stelle. Wer auch immer das Tattoo gemacht hatte, hatte dafür gesorgt, dass die Striemen wie die Schuppen des Drachens aussahen. „Das tut mir so leid."

„Irgendwann habe ich es nach Schottland zurückgeschafft, aber meine Familie war schon tot."

„Und dann bist du bei der Schlacht von Culloden gestorben", beendete sie seine Erzählung mit Tränen in den Augen. „Oh Dougal." Sie legte die Hände an seine Wangen. „Es tut mir so leid."

„Muss es nicht. Das ist lange her." Er nahm ihre Hände in seine. „Ich habe dir nur von den Narben erzählt, damit du nicht beunruhigt bist oder glaubst, ich wäre kriminell."

„Wie könnte ich so schlecht von dir denken?" Eine Träne rann über ihre Wange.

„Ach …" Er wischte sie mit dem Daumen beiseite. „Ich hätte es dir nicht sagen sollen. Das Letzte, was ich will, ist dein Mitleid."

„Was möchtest du denn?"

„Weißt du das denn nicht?" Er warf ihr einen verzweifelten Blick zu. „Mädchen, ich habe alles außer meinem Kilt ausgezogen. Und den kann ich in drei Sekunden loswerden."

Sie lächelte, auch wenn ihre Wangen warm wurden. „Willst du, dass ich dich begehre?"

„Aye."

Ihre Haut prickelte. Unwillkürlich fragte sie sich, wie lange sie brauchen würde, um seine Augen rot werden zu lassen. Mit den Fingerspitzen fuhr sie die Linien des Drachens auf seiner Brust nach. „Soll ich unzähmbare Lust für dich empfinden?"

„Aye."

Seine Augen waren noch immer grün. Sie rieb seinen Nippel. „Soll ich wilden und heißen Sex mit dir haben?"

„Aye. Bitte."

Noch immer keine Veränderung. Sie legte ihre Hand an sein Gesicht. „Soll ich dir gestehen, unsterblich in dich verliebt zu sein?"

Seine Augen glühten rot.

Treffer. Eine zweite Träne rann über ihre Wange. „Darauf hast du gewartet? Dass ich *Liebe* sage?"

„Aye." Zärtlich umfasste er ihr Gesicht. „Ich habe dafür gebetet, dass du mich lieben kannst. Denn ich liebe dich mit all meiner Seele und meinem Herzen."

„Oh Dougal." Mehr Tränen benetzten ihre Wangen und er wischte sie alle fort.

„Leah." Er küsste sie liebevoll, dann lehnte er sich zurück und griff nach ihrem Laborkittel. „Darf ich?"

„Ja." Zwei Sekunden später lag der Kittel auf dem Boden.

Er küsste sie erneut und ließ seine Finger auf der Vorderseite ihres Shirts hinuntergleiten. An ihren Brüsten hielt er kurz inne, dann wanderte er weiter, bis er den Saum erreichte. „Darf ich?"

Sie lächelte. „Ja." Sie hob die Arme und er zog ihr das Oberteil über den Kopf, dann warf er es auf den Boden.

Wieder küsste er sie und seine Hände fanden den Weg zu

ihren Brüsten. Unter dem dünnen Stoff wurden ihre Brustwarzen hart.

„Sieh mal an“, flüsterte er und rieb mit dem Daumen über die harte Spitze.

Sie atmete zittrig ein. Hitze sammelte sich zwischen ihren Schenkeln.

Er fand den BH-Verschluss an ihrem Rücken. „Darf ich?“

„Gott, ja! Bitte!“

Er hakte ihn auf und warf den BH quer durch den Raum. „Ach, so bezaubernd.“ Er umfasste ihre Brüste und streichelte mit den Daumen über ihre Nippel. Seine Augen glühten jetzt in einem noch strahlenderen Rot.

Sie rieb ihre Schenkel aneinander. „Das halte ich nicht länger aus.“ Sie öffnete den Knopf ihrer Jeans, dann zog sie den Reißverschluss hinunter.

„Das wollte ich tun.“

„Du bist zu langsam!“ Sie wand sich hin und her und schob die Jeans über ihre Hüften.

„Du beschwerst dich schon? Wir haben gerade mal angefangen.“ Er stand auf und griff nach dem Saum ihrer Jeans. Mit einem kräftigen Ruck zog er sie ihr so schnell aus, dass sie hintenüberfiel. „Dir ist klar, dass du meine Männlichkeit infrage gestellt hast.“

Sie richtete sich auf den Ellbogen auf. „Ich habe deine Männlichkeit noch nicht mal gesehen. Weil du zu langsam bist!“

Seine Mundwinkel zuckten, als er nach ihren Knöcheln griff und sie anhob. „Als Geschädigter habe ich das Recht auf eine Entschädigung.“ Er kniff in ihren großen Zeh.

Die Hitze in ihrem Zentrum verstärkte sich und sie wurde noch feuchter. „Was willst du?“

„Die Erlaubnis, alles mit dir zu tun, was ich will.“ Er kitzelte ihren Spann mit seiner Zunge und ihr Bein zuckte als Reaktion darauf.

„Das hättest du wohl gern.“

„Und wie.“ Seine Hände strichen über ihre Beine bis hinauf zu ihren Hüften, wo er nach ihrer Unterwäsche griff. Ein paar Sekunden später hatte er sie ihr abgerissen und packte sie wieder an den Knöcheln.

Ihr Herz raste und ihre Atmung wurde ungleichmäßig.

Langsam spreizte er ihre Beine und sah auf sie hinab.

Sie erschauerte.

„Ach Mädchen. Du bist ja geschoren wie ein Schaf.“ Er platzierte ihre Füße auf seine Schultern und berührte zuerst ihre weiche, gewachste Haut, dann den schmalen Streifen Haar.

„Dougal.“ Sie drückte ihre Fersen in seine Schultern. „Beeil dich. Bitte.“

„Wenn du dich weiter beschwerst, werde ich dich zum Schreien bringen müssen.“

Sie atmete zischend ein, als er seine Finger zwischen ihre Spalte schob. „Ich … ich beschwere mich.“

„Ach, du bist so feucht und glatt. Ich kann es sehen. Und ich kann es riechen. Schwerer, süßer Honig.“

„Ich beschwere mich!“

„Tust du das?“ Er drückte ihre Klitoris. Ihr Herz blieb kurzzeitig stehen. „Willst du schreien, Mädchen?“

„Ja“, quietschte sie.

Er kniete sich aufs Bett und zog ihre Mitte an sein Gesicht.

Sie wand sich unter dem Angriff seiner Lippen und seiner Zunge. Er kitzelte, nippte und knabberte an ihr, bis sie wimmernd nach Luft schnappte. Es war zu viel, zu herrlich, zu überwältigend.

Ein Schluchzen entwich ihr, als er sich auf ihre Klitoris konzentrierte und fest daran saugte. Die Spannung baute sich in ihr auf und explodierte in einem Höhepunkt, der sie aufschreien ließ.

Mit geschlossenen Augen genoss sie die herrlichen Nachwehen, die durch ihren Körper pulsierten. Sie war befriedigt und ihr Herz hämmerte noch immer. Als sich ihre Atmung wieder normalisierte, öffnete sie die Augen und entdeckte Dougal nackt neben dem Bett stehend.

„Oh mein Gott“, hauchte sie. Er war riesig. Prächtig und vollständig erigiert. Sie rutschte zurück. „Heilige Scheiße.“

Er runzelte die Stirn. „Beschwerst du dich etwa schon wieder?“

Ein Lächeln umspielte ihre Lippen. „Ja. Total. Du bist viel zu groß.“

„Bin ich das?“ Er kletterte auf allen vieren aufs Bett.

„Ja. Und viel zu prachtvoll.“

Er drückte sie zurück ins Laken und schob sich zwischen ihre Beine. „Dann muss ich auf eine Entschädigung bestehen.“

Gott sei Dank. „Ich hätte nie gedacht, dass du so fordernd sein könntest. Das war übrigens noch eine Beschwerde, nur damit du es weißt.“

Seine Mundwinkel zuckten. „Mädchen, alles was ich will, ist, dir das größtmögliche Vergnügen zu bereiten.“

„Damit kann ich es aufnehmen.“ Sie fasste zwischen sie, um seine Erektion zu streicheln. „Für wie viel Vergnügen kannst du sorgen?“

Er atmete scharf ein. „Nicht viel. Ich bin kurz vorm Explodieren.“ Er packte ihre Hand und platzierte sie auf seiner Brust. „Du musst dich später an mir vergehen.“

„Das hättest du wohl gern.“

„Und wie.“ Sie spürte ihn an ihrem Eingang. „Bist du bereit?“

„Ja.“ Sie schlang die Beine um seine Hüften und die Arme um seinen Hals.

„Leah.“ Er schob sich ein paar Zentimeter in sie hinein. Seine Augen glühten in einem noch intensiveren Rot. „Ich werde dich nie wieder verlieren.“

Nie wieder? Sie wollte ihn danach fragen, konnte dann aber nur nach Luft schnappen, als er in sie eindrang. Sie war dankbar, dass er einen Moment innehielt, sodass sie sich an seine Größe gewöhnen konnte.

„Alles in Ordnung?“, flüsterte er und sein Atem streichelte über ihr Ohr.

„Ja.“ Sie strich über seinen Rücken und ertastete die Striemen, die seine Haut bedeckten.

„Ich liebe dich.“ Er setzte eine Spur aus Küssen auf ihren Hals.

„Ich liebe dich auch.“

„Leah.“ Er liebkoste ihre Brüste, dann sog er einen Nippel in seinen Mund.

Stöhnend grub sie die Fersen in seinen Rücken und kam ihm entgegen.

Als Antwort darauf zog er sich beinahe vollständig aus ihr heraus und stieß dann wieder in sie hinein.

„Dougal.“ Sie umklammerte ihn nur noch fester.

Er küsste sie, als er sich ein weiteres Mal quälend langsam aus ihr herauszog.

„Oh Gott. Schneller. Bitte.“

„Beschwerst du dich?“ Er küsste ihre Augenbraue. „Soll ich dich zum Schreien bringen?“

„Ja!“ Sie schnappte nach Luft, als er in sie stieß. Schneller, immer schneller. Tiefer und tiefer.

Ihr Höhepunkt überrollte sie mit einer Wucht, die ihr den Atem stocken und sie Sterne sehen ließ. Stöhnend kam auch er in ihr, dann brach er halb über ihr zusammen und blieb unbeweglich liegen.

„Heilige Scheiße“, flüsterte sie. Bis zu diesem Moment hatte sie nicht gewusst, dass Sex so gut sein konnte. Allerdings war sie auch nie so verliebt gewesen wie jetzt.

Ein Körnchen Angst setzte sich in ihrem Herzen fest. Je

mehr sie liebte, desto verletzlicher war sie. Desto stärker würde ihr Herz brechen, sollte irgendetwas … Sie vertrieb diese Gedanken. Wie immer dachte sie zu viel, zu schnell und war der Zeit voraus.

Sie verstärkte ihren Griff um Dougals Hals. Er liebte sie. Sie liebte ihn. Und sie passten perfekt zueinander. Das war alles, was sie wissen musste. Das hier war eine Zeit zum Fühlen, nicht zum Denken. Und sie hatte sich noch nie so geliebt und geschätzt gefühlt wie von ihm.

Er rollte sich von ihr runter und zog sie in seine Arme. „Geht es dir gut?"

„Mmm." Sie legte eine Hand auf seine Schokomuskeln und suchte seinen Blick. Seine Augen funkelten grün und sein Haar fiel ihm wild auf die Schultern. „Das war das Beste."

„Das Beste kommt erst noch." Er hob den Kopf, um sie zu küssen. „Hast du Essen da?"

„Ein paar Chips. Tiefkühlpizza." Sie richtete sich auf einem Ellbogen auf und sah auf ihn hinunter. „Warum fragst du? Du isst doch kein normales Essen."

„Ich habe eine Flasche in meinem Sporran." Er strich ihr das Haar aus der Stirn. „Ich wollte nur sichergehen, dass du genug Energie hast. In ein paar Minuten bin ich bereit für Runde zwei."

„Wirklich?"

„Aye. Ich habe fast dreihundert Jahre auf dich gewartet. Glaubst du wirklich, einmal wäre genug?"

Sie lächelte. Die Ewigkeit würde lange genug sein.

„Abgesehen davon bist du jetzt mit einem Vampir zusammen." Er liebkoste ihre Brust. „Und wir können die ganze Nacht."

„Hm." Sie schob ihre Hand an ihm hinunter. „Als Wissenschaftlerin muss ich deine Theorie einem Praxistest unterziehen."

Er atmete zischend ein, als sie ihn streichelte. „Ich werde dich nicht enttäuschen.“ Kaum ausgesprochen, wurde er hart in ihrer Hand.

„Wow. Test bestanden.“

Seine Augen glühten rot. „Ich fange gerade erst an.“

22. Kapitel

Während der nächsten Nächte wuchs Dougals Frustration.

Zwischen all den Vorbereitungen und dem Mangel an Privatsphäre fand er keine zweite Chance, um mit Leah allein zu sein.

Eine Nacht war nicht genug. Er konnte sie nicht auf dem Monitor beobachten, ohne sie berühren zu wollen. Er konnte in der Küche nicht neben ihr sitzen, ohne sich nach ihr zu sehnen.

Nach den langen Stunden, in denen sie sich geliebt hatten, kannte er jeden Zentimeter ihres Körpers. Er wusste, wie sie sich anfühlte und wie sie schmeckte. Er wusste um die Weichheit ihrer Brüste mit den harten Spitzen und den süßen Geschmack ihrer Mitte, wenn sie vor Verlangen nach ihm anschwoll und feucht wurde.

Er kannte jede Art, sie zum Stöhnen zu bringen, ihr Schreie zu entlocken und sie bis zu ihrem Höhepunkt zu führen. Er hatte jede Regung ihres Gesichts beobachtet, angefangen bei herrlichem Verlangen bis hin zu einem wilden, verzweifelten Orgasmus. Aber selbst all das Wissen war nicht genug. Er brauchte mehr.

Drei Nächte waren vergangen, und jetzt saß er bei ihr in der Küche, während sie Hähnchensalat aß, den er aus der Cafeteria von Romatech herteleportiert hatte.

„Wir haben genug Serum, um fünfzig Soldaten zu behandeln“, sagte sie, während sie ein Stück Hähnchen in zwei Teile schnitt. „Ich wünschte nur, wir hätten es besser testen können.“

„Das könnt ihr noch früh genug.“

„Ich würde es gerne an zwei oder drei Soldaten ausprobieren, um zu sehen, wie gut es anschlägt. Dann können wir notwendige Anpassungen machen, bevor wir es bei einer größeren Gruppe einsetzen.“ Seufzend legte sie ihr Plastikmesser ab. „Das Fleisch ist heute ein bisschen zäh.“

Er lehnte sich zu ihr und flüsterte: „Beschwerst du dich?“

Sie sah mit geröteten Wangen auf. „Schön wär’s. Du hast eine fantastische Art, mit Beschwerden umzugehen.“

Unter dem Tisch drückte er ihr Bein. „Meine größte Sorge momentan ist, während dieser Mission für deine Sicherheit zu sorgen. Ich finde es nicht gut, dass ich nicht die ganze Zeit bei dir sein kann.“ Der Plan sah so aus, dass sie zusammen mit Abby und Laszlo auf der kleinen japanischen Insel arbeitete, während er mit J. L. nach China ging, um einige von Master Hans Soldaten gefangen zu nehmen.

„Wir werden sicher sein.“ Sie tätschelte seine Hand, dann griff sie wieder nach ihrer Gabel, um weiterzuessen. „Gregori, Angus und die Wandler werden bei uns sein.“

Dougal nickte. „Kyo wird auch dort sein, zusammen mit einigen seiner Mitarbeiter.“

Leah nahm einen Bissen von ihrem Salat. „Wer ist dieser Kyo eigentlich? Er ist ein Vampir, oder?“

„Aye. Er besitzt ein riesiges Anwesen außerhalb von Tokyo und hat die gesamten Kosten für die Renovierung der alten Schule übernommen.“

„Warum ist er so hilfsbereit?“

„Wenn es Master Han gelingen sollte, China einzunehmen, könnte Japan sein nächstes Ziel sein. Kyo ist der Zirkelmeister in Japan, also ist es seine Pflicht, seine Anhänger und sein Gebiet zu beschützen.“

Leah nippte an ihrem Wasser. „Die Vampire scheinen gut darin zu sein, aufeinander aufzupassen.“

„Wir beschützen diejenigen, die wir lieben.“

Ihre Blicke trafen sich und er stöhnte vor Verlangen nach ihr beinahe auf.

„Ach Mädchen. Ich werde dich vermissen."

„Du musst bald los?"

„Aye. Wir ziehen los, sobald die Sonne in San Francisco untergegangen ist. Stehen dein Gepäck und deine Laborausrüstung bereit?"

Sie nickte. „Wer geht alles mit?"

„J. L., Angus, Gregori und ich selbst. Rajiv hängt sich an uns ran und wir lassen ihn auf der Insel, um auf die Ausrüstung aufzupassen."

„Also teleportiert ihr euch einfach immer weiter nach Westen, bis ihr Japan erreicht?"

„Aye. In San Francisco warten wir, bis die Sonne in Hawaii untergeht, dann warten wir in Hawaii, bis wir nach Japan können. Sobald wir alles im neuen Hauptquartier verstaut haben, geht es weiter nach Westen, bis wir wieder hier landen. Wir nennen das Mondjagd."

„Also sehe ich dich morgen Nacht wieder?"

„Aye. Dann teleportieren wir dich, Abby, Phil und Howard. Sei bereit."

Sie drückte seine Finger. „Sei vorsichtig."

Er hob ihre Hand und setzte einen Kuss darauf. Sie war diejenige, die in weit größerer Gefahr schwebte. Nach einer Woche Selbstverteidigungstraining war sie noch immer eine Anfängerin. Ihr Widerwille, jemanden zu verletzen, bereitete ihm große Sorgen. Er konnte nur hoffen, dass Gregori, Angus und die Wandler ausreichen würden, um sie zu beschützen.

Zwölf Stunden später war Dougal zusammen mit Angus, Gregori, J. L. und Rajiv in Hawaii. Sie hatten bereits einige Stunden im Haus des Werdelfins verbracht und darauf gewartet, dass die Sonne in Japan unterging. Schließlich kam der Anruf von Kyo.

„Ich stelle ihn auf Lautsprecher“, sagte Angus. „Kyo, ist alles bereit?“

„Ja“, antwortete Kyo und sprach weiter, damit sie sich auf seine Stimme konzentrieren konnten.

Nachdem er sich seinen Seesack über die Schulter geworfen hatte, griff Dougal nach Leahs Gepäck und einem weiteren Koffer voller Laborausrüstung. Angus und Gregori schnappten sich weitere Koffer und Zubehör, während J.L. Rajiv festhielt. Sekunden später erreichten sie die kleine japanische Insel.

Dougal biss die Zähne zusammen, als sie von einem eisigen Wind begrüßt wurden. Seine Augen gewöhnten sich schnell an die Dunkelheit, während er sich umsah. Kein Wunder, dass die Schule verlassen war. Sie befanden sich an einem trostlosen, verlassenen Ort voll mit Steinen, Dreck und Schotter. An einigen Stellen lag Schnee, sodass alles um sie herum schwarz war, unterbrochen von ein paar grauen und silbernen Flecken. Der Wind wehte vom Steinstrand Richtung Osten. Über ihnen hing ein riesiger Mond tief über dem dunklen Ozean und ließ das Wasser in seinem Licht glitzern. Wellen krachten in einem stetigen Rhythmus gegen die steinige Küste.

Der eisige Boden knirschte unter seinen Füßen, als er sich nach Westen drehte. Die Schule war ein einstöckiges Gebäude an einer Steilküste und so gebaut, dass sie über dem Boden war, falls die See während eines Sturms anstieg.

Das Quietschen einer Schaukel kam aus der Richtung eines verlassenen Spielplatzes.

„Seid gegrüßt!“ Kyo verbeugte sich vor ihnen.

Angus schlug ihm auf den Rücken. „Es ist toll, Kyo. Sehr isoliert.“

„Genau das, was ihr braucht, richtig? Das Dorf in der Nähe

ist beinahe ausgestorben. Nur ein paar alte Leute sind zurückgeblieben. Die Jungen wollen in den Städten leben." Kyo lächelte sie an, dann betrachtete er Dougal neugierig. „Du bist der Schotte, der Chinesisch spricht?"

„Ja. Ich bin Dougal Kincaid." Er verbeugte sich.

„Willkommen." Kyo deutete auf die Schule. „Lasst uns reingehen."

Sie folgten ihm einen steilen Pfad zur Steilküste hinauf, durchquerten den schneebedeckten Schulhof und erreichten die Steinstufen, die zum Haupteingang führten.

„Mein Freund, Yoshi", stellte Kyo ihnen den breitschultrigen Mann vor, der Wache stand.

Yoshi verbeugte sich, dann hielt er ihnen die Tür auf.

„Es ist warm hier drinnen", kam es von Rajiv, der als Letzter eintrat.

„Ja, wir haben einen neuen Heizofen einbauen lassen." Kyo deutete auf die Wände. „Frische Farbe. Ich bringe euch als Erstes ins Labor, damit ihr die Ausrüstung ablegen könnt."

Dougal und die anderen Männer folgten ihm den Flur rechts entlang.

„Diese Seite des Gebäudes verfügt über ein Sicherheitsbüro, ein Labor und eine große Klinik für die Gefangenen. Yuki!"

Ein Mann kam aus dem Sicherheitsbüro und verbeugte sich vor ihnen. „Ich kümmere mich gerade um die Kameras und Monitore."

„Wunderbar", sagte Angus. „Danke."

Yuki verbeugte sich ein weiteres Mal, dann ging er ins Büro zurück.

„Im nächsten Raum befindet sich das Labor." Kyo ging voraus.

Dougal und die anderen setzten die Ausrüstung ab. Das Labor war klein. Auf den schwarzen Tischen standen Mikroskope und weiteres Zubehör. An einer Wand konnte man durch die

Fenster auf den Ozean schauen. Darunter befanden sich einige Bücherregale.

Kyo deutete auf den großen Raum gegenüber. „Dort könnt ihr die Gefangenen unterbringen."

Dougal warf einen Blick hinein und entdeckte eine Reihe von Krankenbahren mit Haltegurten. Infusionsständer und Monitore standen direkt daneben. Wie es aussah, hatte Kyo keine Kosten und Mühen gescheut.

Kyo brachte sie zurück in den Flur, durchquerte den Eingangsbereich und folgte dem Gang auf der linken Seite. „Hier haben wir Schlafsäle und Toiletten für Männer und Frauen."

„Was ist mit uns Vampiren?", fragte J. L.

„Wir haben einen Raum im Keller vorbereitet und die Fenster zugenagelt." Kyo öffnete eine Tür, um ihnen die Treppe zum Keller zu zeigen.

„Jemand kocht." Rajiv hob das Kinn, um zu schnüffeln. „Riecht gut."

„Oh, unsere Tageswache macht sich gerade Abendessen. Gu Mina, Wandlerin aus Korea." Kyo öffnete die Doppeltür am Ende des Gangs. „Hier haben wir die Cafeteria und die Küche."

Dougal und die anderen folgten ihm hinein. Die Cafeteria war klein und besaß nur sechs viereckige Tische mit Plastikstühlen. Dazu eine Fensterfront, durch die man auf den Ozean schauen konnte. Auf einem kleinen Tisch stand eine Mikrowelle neben einem Kühlschrank.

„Er ist voll mit Blut." Kyo öffnete die Kühlschranktür und überreichte den Vampiren ein paar Flaschen. Sie öffneten den Verschluss und stopften die Flaschen in die Mikrowelle.

Rajiv schnüffelte. „Riecht nach Rind."

Kyo lächelte. „Du musst hungrig sein. Ich werde Gu Mina bitten, ihr Essen mit dir zu teilen. Mina!" Er rief etwas auf Japanisch und eine weibliche Stimme antwortete ihm.

Rajivs Augen wurden groß. „Eine Wandlerin? Ist sie ein Tiger wie ich?“

„Nein, aber sie ist eine hervorragende Kämpferin“, erklärte Kyo ihnen auf Englisch. „Sie arbeitet seit einem Jahr für mich.“

Eine junge Frau erschien in der Durchreiche über der Theke. Dougal ging davon aus, dass sie klein war, da man nur ihren Kopf sehen konnte. Sie lächelte und stellte ein Tablett auf den Tresen. Darauf befanden sich eine Schale mit dampfendem Rindfleisch und Nudeln, dazu ein Paar Essstäbchen und ein langer Löffel.

Rajiv erwiderte ihr Lächeln und nahm das Tablett. „Danke.“ Mit funkelnden Augen wetzte er an einen Tisch. „Sie ist hübsch“, flüsterte er.

Angus gluckste, als er die warmen Flaschen aus der Mikrowelle nahm. „Was für eine Art Wandlerin ist sie?“

„Ein Fuchs.“ Kyo trank einen Schluck. „Mit neun Schwänzen.“

Rajiv schnappte nach Luft und ließ sein Tablett klirrend auf den Tisch fallen. „Ein neunschwänziger Fuchs?“

„Das sind ganz schön viele Schwänze“, murmelte Gregori.

Entsetzt schüttelte Rajiv den Kopf. „Neunschwänzige Füchse sind sehr übel. Sie sind böse!“

„Sie ist in Ordnung“, beharrte Kyo. „Sie beherrscht Kampfsport und kann fantastisch mit Schwertern und Messern umgehen.“

„Genau! Damit sie dir die Leber rausschneiden kann.“ Rajiv schauderte. „Neunschwänzige Füchse hassen Männer! Sie essen unsere Leber!“ Er wich vor seiner Schale zurück. „Hat sie die Leber eines Mannes gekocht?“

„Es ist Rind“, sagte Kyo verärgert. „Ich habe es selbst hierherteleportiert. Es ist sehr teuer, aber ihr Lieblingsfleisch.“

„Du glaubst mir nicht?“ Rajiv wandte sich an J. L. „Du kennst die Geschichte der koreanischen Gumiho, oder?“

J. L. zuckte die Schultern. „Angeblich verführen die weiblichen Fuchswandler gerne Männer, um ihre Leber zu essen. Aber das ist nur ein Märchen."

Die Wandlerin kam aus der Küche herein und trug ein Tablett in den Händen. Sie war klein und schmal, mit langen schwarzen Haaren und silbergrauen Augen. Sie stellte ihr Tablett neben Rajiv ab und warf ihm einen amüsierten Blick zu. „Angsthase."

Er sprang zischend zurück.

„Oh, was ich ganz vergessen hatte." Kyo lachte amüsiert. „Gu Mina spricht sehr gut Englisch."

Rajiv schnappte sich sein Tablett und hastete quer durch den Raum. „Wie schnell können Puuh-Bär und Phil hier sein?"

„Morgen Nacht." J. L. setzte sich neben ihn. „Mach dir keinen Kopf, Bro, es hätte schlimmer kommen können."

„Wie denn?" Rajiv sah stirnrunzelnd zu Mina, die sich ihrem Essen widmete und ihn ignorierte.

„Sie könnte eine Vorliebe für Tigerfleisch haben", sagte J. L. grinsend.

Kyo und Angus setzten sich zu Mina, um ihr Gesellschaft zu leisten.

Seine Flasche in der Hand, brachte Dougal Leahs Gepäck in den Schlafsaal der Frauen.

Gregori schloss sich ihm an und stellte Abbys Koffer auf einem der Einzelbetten ab. „Ich schätze, ich werde eine ganze Weile nicht mit meiner Frau schlafen können", grummelte er.

„Ja." Dougal betrachtete das Bett, das er für Leah ausgewählt hatte. Wie sollte er auch nur ein bisschen Zeit mit ihr alleine verbringen können? Seufzend griff er nach seinem Seesack und machte sich auf den Weg zum Vampirzimmer im Keller.

Nach und nach gesellten sich die restlichen Vampire zu ihm und legten ihre Seesäcke auf einem der acht Feldbetten ab. Kyo

zeigte ihnen die drei Betten, die er, Yoshi und Yuki benutzten.
Angus streckte sich auf seiner Matratze aus. „Uns bleiben noch ein paar Stunden, bevor wir zu Mikhails Haus in Russland wechseln."

Rajiv polterte die Stufen hinunter und kam in ihr Zimmer. „Ihr könnt mich nicht mit dem Fuchs allein lassen!"

„Sie ist ungefährlich", murmelte Kyo.

Rajiv schlich zu J.L. und Angus hinüber. „Lasst mich nach Tiger Town, damit ich meinen Großvater besuchen kann."

„Tiger Town?", fragte Gregori.

„Das ist ein Dorf am Mekong River in China, wo die Wertiger leben", erklärte J.L. „Es hat einen chinesischen Namen, aber ihr hättet es schwer, ihn auszusprechen, also nennen Rajiv und ich es Tiger Town."

„Dougal könnte es aussprechen." Angus warf ihm einen neugierigen Blick zu. „Du hast uns nie erzählt, wie du Chinesisch gelernt hast."

Dougal zuckte die Schultern.

„Kann ich nach Tiger Town?", fragte Rajiv erneut. „Ich will meinen Großvater sehen. Außerdem könnt ihr mich morgen Nacht zurückbringen."

Angus seufzte. „Ich schätze schon. Bis zu unserer Rückkehr wird hier nicht viel los sein."

Rajiv grinste. „Danke!" Er packte J.L. „Los geht's."

J.L. verschwand und nahm Rajiv mit sich.

Dougal wühlte in seinem Seesack, bis er die kleine Schatulle mit der Kette und dem Anhänger fand, die er in Chinatown in San Francisco gekauft hatte.

„Was ist das?" Gregori spähte über seine Schulter, als er die Schatulle öffnete.

Dougal stöhnte innerlich. Für den Rest der Mission würde es keinerlei Privatsphäre geben. „Ich habe es für Leah gekauft."

„Es ist dir also ernst mit ihr?", fragte Gregori.

„Aye." Ursprünglich hatte er ihr einen Verlobungsring kaufen wollen, fürchtete aber, dass er es damit übereilen würde. Eine Ehe mit einem Vampir war ein Bund, der Jahrhunderte andauern konnte, falls sie bereit war, selbst untot zu werden.

Er strich mit dem Finger über den Jadedrachen und rollte mit der Schulter, als sein Tattoo zu brennen begann. Wenn sie den Drachen trug, würden sie beide einen haben. Hoffentlich würde ihrer sie vor jeder Gefahr beschützen.

23. Kapitel

Schlief er? Leah lehnte sich zu Dougal hinüber.

Sie waren im Strandhaus in Hawaii, wo er auf der Couch ausgebreitet dalag. Er musste völlig erledigt sein. Vor beinahe zwölf Stunden waren er und die anderen Vampire wieder im Stadthaus in New York angekommen, nachdem sie die Welt umrundet hatten.

Als es an der Zeit gewesen war, sich nach San Francisco zu teleportieren, hatte Angus den Werbär Howard mitgenommen, J. L. den Werwolf Phil und Gregori hatte sich Abby geschnappt, während Leah mit Dougal reiste. Als Vampir hatte sich Laszlo selbst teleportieren und weitere Ausrüstung und Gepäck mitnehmen können. Angus' Frau Emma war zurückgeblieben, um MacKay S&I weiterzuführen.

Nach ihrer Ankunft hatte Dougal Leah nach Chinatown gebracht, wo sie lecker gegessen hatte, während er heimlich aus seiner Flasche mit Blut trank, die in seinem Sporran versteckt war. Ein paar Stunden später waren sie auf Hawaii in Finn Graysons Strandhaus angekommen. Er hatte ein Lūʼau für sie am Strand vorbereitet, auch wenn nur die Wandler und Sterblichen das geröstete Schwein, den Reis und die Früchte hatten genießen können. Die Vampire hatten so müde ausgesehen, dass sie sich entschuldigt hatten, um sich im Haus auszuruhen.

Leah setzte sich an den Rand des Couchtisches, um Dougal zu betrachten. Das Lūʼau hatte vor einer Stunde geendet. Finn, Phil, Laszlo und Howard hatten es sich draußen auf der Terrasse gemütlich gemacht. Abby war zusammen mit Gregori in ein Schlafzimmer gestürmt.

Leah ließ ihren Blick von Dougals abgenutzten Schuhen zu seinen muskulösen Waden gleiten, die von Kniestrümpfen bedeckt wurden, und dann höher bis zu seinen bloßen Knien. In diesem entspannten Zustand hing sein Kilt ein bisschen schief und entblößte einen kleinen Teil seiner starken Oberschenkel. Wie leicht es wäre, die Hand unter seinen Kilt zu schieben und ihn kurz zu streicheln. Das würde ihn vermutlich aufwecken. Sie lächelte vor sich hin.

„Hast du wieder vor, über mich herzufallen?“, fragte er leise.

Sie sah auf. „Ich dachte, du schläfst.“

„Ich ruhe mich nur ein bisschen aus.“ Er betrachtete sie aus schlaftrunkenen grünen Augen. „Wolltest du mir gerade unter den Kilt fassen?“

Sie schnaubte. „Das hättest du wohl gern.“

„Und wie.“ Er griff nach seinem Sporran. „Ich habe etwas für dich.“

„Ich weiß. Es ist erste Sahne.“

Er lachte auf. „Nicht das.“ Er stand auf und hielt ihr seine Hand hin. „Was hältst du von einem kleinen Strandspaziergang?“

„Okay.“ Sie hielten Händchen, als sie auf die Terrasse hinaustraten und am Pool vorbeigingen.

„Gut gemacht, Dougal“, rief Howard aus seinem Clubsessel.

Phil heulte wie ein Wolf und die Jungs lachten.

„Verpisst euch“, brummte Dougal, was sie nur noch mehr lachen ließ.

Leah lächelte, erleichtert darüber, dass sogar Laszlo belustigt wirkte.

Sie gingen zum Strand hinunter, wo Leah das Spiel des Mondlichts auf dem Wasser bewunderte. Eine sanfte Brise und der Duft von Blumen lagen in der Luft.

„Ich wünschte, du könntest es tagsüber sehen.“ Dougal blieb vor ihr stehen.

„Es ist trotzdem bezaubernd."

„Ich habe ein Geschenk für dich." Er griff in seinen Sporran und zog eine kleine Schatulle hervor.

Ihr blieb das Herz stehen. War es ein Ring? Würde er ihr einen Antrag machen? Ihre Gedanken rasten. Was würde sie antworten? Alles geschah so schnell. Drei Wochen? War das genug Zeit, um eine Frage zu beantworten, die den Rest ihres Lebens bestimmen würde?

Er öffnete die Schatulle und sie erstarrte, als sie auf den Inhalt hinabschaute. Kein Ring. Kein Antrag.

Sie atmete scharf ein. Was für eine Erleichterung. Eindeutig eine Erleichterung, sagte sie sich selbst. Aber warum fühlte sie dann diesen kleinen Stich von Enttäuschung? „Ein Anhänger?"

„Aye. Darunter ist eine Kette." Er musterte sie besorgt. „Gefällt er dir nicht?"

„Er ist wunderschön." Sie strich mit der Fingerspitze über den Jadedrachen. Er war mit aufwendigen Details verziert. „Ich liebe ihn."

Er atmete erleichtert aus. „Gut."

Sie nahm den Anhänger aus der Schatulle und legte sich die Kette um den Hals. Der Drache fand seinen Platz zwischen ihren Brüsten.

„Jetzt haben wir beide einen Drachen, der uns beschützt."

Sie sah zu ihm auf. „Du machst dir noch immer Sorgen um mich."

„Aye." Er ließ die leere Schatulle in seine Tasche fallen. „Ich will dich nicht im Stich lassen."

„Ich bin nicht völlig hilflos, weißt du." Sie berührte sein Gesicht. „Und ich liebe dich."

„Ach Mädchen. Ich liebe dich auch." Er zog sie in seine Arme. „Ich war kurz davor, dir einen Ring zu kaufen. Aber ich wusste nicht, ob du bereit dafür wärst."

Der Stich Enttäuschung verschwand und sie schaute zu ihm hoch. „Einen Verlobungsring?"

Er warf ihr einen schiefen Blick zu. „Aye."

Ihr Herz begann zu rasen. „Machst du mir einen Antrag?"

„Nur, wenn du bereit bist. Wenn du es nicht bist, dann tu so, als wäre das hier nie passiert."

Ihre Mundwinkel zuckten. „Du willst nicht zurückgewiesen werden?"

„Nein." Der Griff seiner Arme verstärkte sich. „Es würde mir das Herz brechen."

„Ah." Sie drückte ihre Wange gegen seine Brust. „Das können wir nicht zulassen. Wenn dein Herz bricht, bricht auch meins."

Er schwieg einen Moment lang, dann flüsterte er: „War das ein Ja?"

War es das? „I-ich brauche noch etwas Zeit. Ich bin bei ungefähr neunzig Prozent." Irgendwie würde sie ihrer Familie ihren untoten Verlobten erklären müssen. Wahrscheinlich würden sie denken, dass sie den Verstand verloren hatte.

„Neunzig ist gut."

Sie blickte zu ihm hoch und ein unglaubliches Glücksgefühl erfüllte sie. Er war so süß, so ehrenvoll, loyal und anziehend. Wie könnte sie ihn je zurückweisen? „Vielleicht eher zweiundneunzig Prozent."

„Hm, das gefällt mir." Er lehnte sich zu ihr hinunter und küsste sie so innig, dass ihr die Knie weich wurden.

Sie atmete zittrig ein. „Mach fünfundneunzig Prozent daraus."

Er lachte leise, dann kniff er ihr in den Hintern. „Wird es meine Chancen erhöhen, wenn ich dir an die Wäsche will?"

Sie grinste. „Ich hätte nie gedacht, dass ich das mal zu einem Mann sagen würde, aber ich will dir an den Rock."

„Das lässt sich machen." In diesem Moment klingelte sein

Handy und er zog es mit einem frustrierten Stöhnen aus seiner Tasche. „Aye, wir sind unterwegs." Er legte auf. „Das war Angus. Die Sonne ist in Japan untergegangen. Wir müssen los."

Der Unterschied war erschreckend.

Vor ein paar Sekunden war sie noch an einem herrlich warmen Strand mit goldenem Sand und einer grünen Vegetation gewesen – und jetzt stand sie an einer kahlen Küste mit bitterkaltem Wind. Dougal hatte sie vorgewarnt, sodass sie einen Pullover und eine gefütterte Jacke angezogen hatte, aber der abrupte Wechsel war dennoch ein Schock.

Dougal schlang einen Arm um sie. „Lass uns reingehen."

Das Eis knirschte unter ihren Schritten.

„Brr …" Abby schauderte. Gregori hob sie hoch und sauste mit ihr zum Steilufer hinauf, wo sich die Schule befand.

„Ich kann dich reinteleportieren, wenn du willst", bot Dougal an.

„Mir geht's gut." Leah drehte sich um. Es war ihr erster Besuch in Japan, also wollte sie sich auch umsehen. Vielleicht konnte sie morgen bei Tageslicht eine kleine Erkundungstour starten.

Ein Handy klingelte.

„Das ist meins." J. L. sah auf sein Smartphone. „Eine Nachricht von Rajiv. Er sagt, die Sonne ist in Tiger Town noch nicht untergegangen. Und dass wir uns vom Fuchs fernhalten sollen."

„Fuchs?", fragte Phil. „Welcher Fuchs?"

„Die Wandlerin, von der ich dir erzählt habe", sagte Angus. „Gu Mina. Sie arbeitet für Kyo."

Ein weiteres Handy klingelte.

„Das bin ich." Howard schaute auf das Display hinunter. „Rajiv ist beschäftigt. Er sagt, ich soll mich vom Fuchs fernhalten."

J. L. lachte. „Er glaubt, sie will unsere Leber essen."

„Unsere *Leber*?", rief Laszlo, die Augen weit aufgerissen.

J. L. zuckte die Schultern. „Mach dir keine Gedanken. Es ist nur ein Märchen."

Phil wechselte einen Blick mit Howard. „Ich kenne zumindest ein Märchen, das sich als wahr herausgestellt hat."

Howard grinste. „Das heißt nicht, dass es hier auch so sein wird. Und selbst wenn – wir könnten einen Fuchs zum Frühstück essen."

Phil nickte. „Stimmt."

Seufzend machte Angus sich auf den Weg die Klippe hinauf. „Seid freundlich zu Mina. Sie arbeitet für Kyo und wir brauchen seine Unterstützung."

Sobald sie alle in der Schule waren, begrüßte Kyo sie höflich und führte sie stolz durch das Gebäude. Seine Angestellten Yoshi und Yuki waren gerade damit fertig geworden, die Überwachungskameras innerhalb und außerhalb der Schule zu installieren.

Dougal zeigte Leah, wo er ihren Koffer im Schlafsaal der Frauen abgestellt hatte. „Ist das okay für dich?"

„Sicher. Ich war schon in weit kleineren Schlafsälen." Es wirkte noch immer wie ein Klassenzimmer mit dem Bücherregal unter dem Fenster. Um ein bisschen Privatsphäre zu schaffen, hatte man für Vorhänge gesorgt. Entlang der Wand standen drei Einzelbetten mit Nachttischen und einer kleinen Lampe darauf. Das dritte Bett war wohl für die Füchsin, wegen der Rajiv ausgeflippt war.

An der Frontseite entdeckte sie eine alte Tafel. *Willkommen!* stand dort mit Kreide geschrieben. Hatte die Wandlerin die Nachricht geschrieben? Falls ja, schien sie freundlich zu sein.

„Duschen und Toiletten sind gegenüber", sagte Dougal. „Und die Cafeteria befindet sich am Ende des Flurs. Möchtest du etwas essen?"

„Nein.“ Leah warf ihre Jacke, den Hut und ihre fingerlosen Handschuhe auf das Bett. „Ich kann es kaum erwarten, im Labor loszulegen.“

Dougal nickte. „J. L. und ich gehen, sobald die Sonne in Tiger Town untergegangen ist. Vorher schauen wir noch im Labor vorbei, um Beruhigungsmittel mitzunehmen.“

„Wir haben Betäubungspfeile mitgebracht, damit ihr euch nicht mit Nadeln abmühen müsst.“ Die gefangenen Soldaten mussten während ihres gesamten Aufenthalts in der Schule bewusstlos bleiben, damit sie nicht Darafer rufen konnten.

„Gut.“ Dougal marschierte auf die Tür zu. „Ich muss mich auf die Mission vorbereiten.“

„Warte kurz.“ Sie rannte zu ihm. Im Moment waren sie allein, allerdings bezweifelte sie, dass das im Laufe der nächsten Wochen oft der Fall sein würde. Sie schlang die Arme um seinen Hals. „Pass auf dich auf.“

„Werde ich.“ Er zog sie an sich. „Ich werde dich vermissen.“

Sie legte die Finger auf ihren Jadeanhänger. „Danke für den Drachen.“

„Gern geschehen. Bin ich immer noch bei fünfundneunzig Prozent?“

„Ja. I-ich habe mich da etwas gefragt …“

„Wann wir wieder Liebe machen können?“

Sie lächelte. Seine Gedanken kannten noch immer nur eine einzige Richtung. „Du hast gesagt, es gäbe einen Brief, den ich nie gelesen habe?“

„Aye, weil du mir aus dem Weg gegangen bist.“ Er seufzte schwer. „Gut möglich, dass ich so ein verzweifelter liebeskranker Idiot war, dass ich ihn verbrannt habe.“

„Hast du?“

„Nein.“ Seine Mundwinkel zuckten. „Willst du ihn sehen?“

Sie gab ihm einen Klaps gegen die Schulter. „Ja.“

Glucksend zog er ein zusammengefaltetes Stück Papier aus seinem Sporran. „Vielleicht verhilft mir das ja zu siebenundneunzig Prozent.“ Er küsste ihre Augenbraue und überreichte ihr den Brief. „Bis später.“

Sie hastete zurück zu ihrem Bett und schaltete die Lampe ein, dann öffnete sie seine Nachricht.

Liebe Leah,

ich weiß, dass ich dir Angst mache, aber ich hoffe, dass du mir eine Chance gibst. Ich weiß, die Möglichkeit ist gering, weil du so klug und wunderschön bist. Wie könnte ich deiner jemals wert sein?

Du bist ein Schatz, der festgehalten werden sollte, eine süße Melodie in meinen Ohren.

Du bringst Licht in meine dunklen Nächte und Wärme in mein kaltes Herz.

Du erfüllst mich mit Hoffnung darauf, dass alles möglich ist, sogar eine Ewigkeit voller Liebe.

Dougal

Sie blinzelte gegen ihre Tränen an, als sie den Brief zusammenfaltete. Er lag falsch mit seiner Einschätzung. Er war bei neunundneunzig Prozent.

Seufzend suchte sie nach einem sicheren Ort, um seinen Brief aufzubewahren. Gut möglich, dass sie den Nachttisch teilen musste, der sich zwischen ihrem und Abbys Bett befand, also schob sie das Papier unter ihre Matratze.

Sie wischte sich über die Augen, dann verließ sie den Raum und folgte dem Flur, bis sie das Labor erreichte. Abby war schon da und erklärte ihrem Ehemann gerade, wo er die Ausrüstung verstauen sollte. Soweit Leah wusste, gab es keine geschäftlichen Gründe, aus denen Gregori hier sein musste. Er weigerte sich einfach, Abby allein zu lassen.

Leah lächelte vor sich hin. Es war gar nicht mal so übel, mit einem Vampir verheiratet zu sein. Vielleicht sollte sie Dougals Chancen auf neunundneunzig Komma fünf Prozent erhöhen.

Laszlo war bereits tief in Arbeit versunken und sorgte dafür, dass alle Computer und die notwendigen Geräte bereit waren.

Leah fand die Box mit den Dutzend Betäubungspfeilen, die sie für Dougal und J. L. eingepackt hatte. Master Hans Soldaten waren so stark, dass sie möglicherweise gleich mehrere brauchten, um einen einzigen von ihnen außer Gefecht zu setzen.

Die Tür ging auf und eine kleine junge Frau kam herein. Sie trug eine große Box, die beinahe ihr ganzes Gesicht verdeckte. Sie spähte daran vorbei und lächelte Abby und Leah an. „Hallo. Das ist weitere Ausrüstung. Kyo wollte, dass ihr sie bekommt."

„Lass mich dir helfen." Gregori eilte herbei, um ihr die Box abzunehmen. Er stellte sie auf dem Tisch ab. Dann begannen Abby und er sie auszupacken.

„Das ist großartig", sagte Abby, als sie Reagenzgläser und Messbecher herausholte. „Danke."

Die junge Frau verbeugte sich. „Ich bin Gu Mina, aber bitte nennt mich Mina." Sie warf ihnen ein Lächeln zu, dann drehte sie sich um und bemerkte Laszlo, der völlig darauf konzentriert war, ein sensibles Gerät zu kalibrieren. Ihre Kinnlade klappte herunter und ihre Augen wurden riesig.

Leah trat einen Schritt vor. „Schön, dich kennenzulernen. Ich bin Leah."

„Ich heiße Abby und das ist mein Mann Gregori."

Keine Reaktion. Leah wechselte einen Blick mit Abby. Die Frau schien sie völlig vergessen zu haben.

Langsam pirschte Mina sich an Laszlo heran. „Hallo."

Er warf einen Blick in ihre Richtung, dann sah er ein zweites

Mal hin und sprang auf die Beine. Leah hörte sein hartes Schlucken quer durch den Raum.

„Bist … bist du ein Wissenschaftler?“, fragte Mina.

Laszlo nickte und griff nach einem Knopf an seinem Laborkittel.

Mina leckte sich über die Lippen. „Ich finde intelligente Männer am attraktivsten.“

„Wirklich?“ Laszlo drehte den Knopf.

Sie kam einen Schritt näher. „Und ich mag kleinere Männer, weil ich selbst so klein bin.“

„D-du bist nicht zu klein.“

Mina errötete. „Danke.“ Sie warf das lange schwarze Haar über die Schulter zurück und Laszlo schluckte erneut. „Ich mag deine Frisur. Sie ist sehr stilvoll.“

„Danke.“ Er zupfte an dem Knopf. „Ich muss ehrlich mit dir sein. Ich bin ein Vampir.“

Sie lächelte. „Ich liebe ehrliche Männer. Und ich mag Vampire. Ich kenne einige in Korea. Einer von ihnen ist ein Staatsanwalt.“

Laszlo runzelte die Stirn. „Ist er dein Freund?“

Sie winkte ab. *„An-ni-o!* Ich habe keinen Freund.“

„Hast du nicht? Aber du bist so … hübsch.“ Seine Wangen verfärbten sich.

Sie kam ein bisschen näher. „Wie heißt du?“

„I-ich bin Laser.“

„Das gefällt mir.“

Leah wechselte einen belustigten Blick mit Abby und Gregori.

Laszlo zupfte an dem Knopf. „Wie ist dein Name?“

„Gu Mina. Aber du kannst mich …“

„Du bist der Fuchs?“ Er sprang zurück.

Ihre Schultern sanken herab. „Du magst keine Füchse?“

„Nun, ich … normalerweise finde ich sie niedlich.“ Er zerrte an dem Knopf. „Ich mag ihre Schwänze.“

Sie grinste. „Ich habe neun."

Der Knopf sprang ab. „*Neun?*"

Sie bückte sich nach dem Knopf auf dem Boden.

„Das mache ich schon." Er beugte sich hinunter und stieß mit dem Kopf gegen ihren, als er sich wieder aufrichtete. „Oh, entschuldige."

„Ich könnte ihn dir wieder annähen", bot sie an und rieb sich über den Kopf.

„I-ich weiß nicht recht ..." Er wich vor ihr zurück.

Sie seufzte. „Hat dieser dämliche Tiger über mich gelästert? Ich greife keine Männer an und esse auch nicht ihre Leber."

„Tust ... tust du nicht?"

„Nein! Damit habe ich schon vor langer Zeit aufgehört."

Laszlo wurde sogar noch blasser als sonst. „I-ich muss etwas überprüfen." Er rannte aus dem Raum.

Mina stöhnte frustriert und ließ sich auf den Stuhl fallen, von dem Laszlo aufgesprungen war.

Leah zuckte zusammen. Musste sie sich den Schlafsaal etwa mit einer kannibalischen Wandlerin teilen?

„Entschuldige mal." Gregori winkte, um Minas Aufmerksamkeit auf sich zu ziehen. Sie sah auf. „Wenn du ‚vor langer Zeit' sagst, wie lange ist das her? Ich meine, du hast nicht erst letzten Monat die Leber von irgendjemandem gegessen, oder?"

Nachdenklich legte Mina den Kopf schief. „Es ist dreihundert Jahre her."

Leah, Abby und Gregori seufzten erleichtert.

Mina runzelte die Stirn. „Nein, macht zweihundertfünfzig daraus. Einmal bin ich schwach geworden."

24. Kapitel

Obwohl er geschworen hatte, niemals dorthin zurückzukehren, war Dougal wieder in China.

Er atmete tief durch, darauf wartend, dass die Anspannung seinen Körper verließ. Die Faust, zu der sich seine Handprothese geschlossen hatte, löste sich langsam. *Ich schaffe das,* sagte er sich. Niemand war hier, um seine Haut mit einem heißen Brandeisen zu versengen oder um ihn auszupeitschen, bis er sich unterwarf.

Beim Gedanken an Li Lei, die nur ein paar Hundert Meilen nordöstlich seiner jetzigen Position am Ufer des Jangtse begraben war, runzelte er die Stirn. Gott sei Dank war Leah in sein Leben getreten und hatte ihm eine zweite Chance für die Liebe geschenkt.

Er drehte sich langsam im Kreis, während er sich in Tiger Town umsah. Vor dreihundert Jahren hätte er es nie für möglich gehalten, dass es ein Dorf voller Wertiger in der Yunnan Provinz gab. Allerdings hatte er damals auch nicht an Vampire geglaubt.

Das Dorf bestand aus etwa fünfzig Hütten. Die meisten davon standen entlang des Mekongs auf Stelzen. Leitern führten zu kleinen Booten auf dem Fluss hinunter. Anscheinend fischten die meisten Wertiger gern. Weiter oben am Flussufer waren lange Gestelle zu sehen, auf denen man den Fisch zum Trocknen aufgehängt hatte.

Es waren nicht viele Leute hier. Da es bereits dunkel war, ging Dougal davon aus, dass die meisten in ihren Häusern beim Abendessen waren. Licht kam aus den Hütten und aus den Metallrohren auf den Dächern drang Rauch.

Oben an einer Steilküste stand ein imposantes Gebäude aus Stein und Holz, das im chinesischen Stil erbaut worden war. Die riesigen Säulen und die Unterseite des Ziegeldachs erstrahlten in Grün, Gold und Rot. Zu beiden Seiten der Treppenstufen, die zum Gebäude führten, thronte je eine Tigerstatue. Rund um das Haupthaus gab es ein paar kleinere Gebäude aus Stein, Holz und Stuck.

Vor dem Haupthaus war ein gepflasterter Innenhof auszumachen, der bis an den Rand der Steilküste reichte. Drei Steinstufen führten ans Flussufer.

„Da ist Rajiv." J.L. deutete auf ihn, als er die Stufen zum Ufer hinuntereilte.

„Was soll dieses große Haus?", fragte Dougal, als sie ihm entgegengingen.

„Das ist ihr Palast", erklärte J.L. „Rajivs Großvater ist ihr Anführer und damit der mächtigste Mann. Sie nennen ihn den Großen Tiger."

Dougals Mundwinkel zuckten. „Er kriegt das größte Stück vom Kuchen?"

J.L. grinste. „Sie sind sehr stolz auf ihre Rasse. Es wird von dir erwartet, dass du dich verbeugst." Er senkte die Stimme. „Sie sind unsere besten Verbündeten in dieser Region. Wann immer du einen sicheren Ort brauchst, kannst du dich hierherteleportieren. Das wird unser Zuhause weit weg von daheim sein."

Dougal nickte. Das erklärte, warum J.L. darauf bestanden hatte, dass sie zwei Kühlboxen mit abgepacktem Blut und zwei Rucksäcke mit zusätzlichen Messern und Ersatzmunition mitnahmen. Da er den Weg nach Tiger Town nicht gekannt hatte, hatte Dougal sich an J.L. festgehalten. Doch nun war dieser Ort in seinem Gedächtnis eingebrannt und er konnte jederzeit zurückkehren.

Rajiv erreichte sie und verbeugte sich. Statt seines üblichen

T-Shirts und der Jeans trug er eine bestickte Seidenrobe und eine Kappe. Um die Hüfte hatte er einen verzierten Gürtel aus Gold und Jade geschlungen, an dem eine goldene Scheide befestigt war, in der ein kleiner Dolch steckte.

„Willkommen." Er grinste Dougal an. „Ich habe Großvater von dir erzählt. Dass du der Schotte bist, der Chinesisch kann. Er will dich sehen."

Dougal nickte. „Es wäre mir eine Ehre."

„Ich bringe euch in eure Zimmer." Rajiv führte sie die Stufen hinauf. Als sie den Innenhof durchquerten, deutete er auf die nähere Umgebung. „Hier halten wir unsere Zeremonien ab."

Sie folgten ihm durch einen schmalen Durchgang zwischen zwei Gebäuden.

„Das ist unser Gästehaus." Rajiv blieb vor einem der Gebäude stehen. Ein paar Stufen führten zu einer Holzveranda hinauf. Auf beiden Seiten davon befanden sich kleine Zimmer. Neben dem Durchgang hingen Papierlaternen und verströmten ein goldenes Licht.

Rajiv deutete auf den Raum zu seiner Linken. „Hier schläft Jin Long immer", sagte er und bezog sich dabei auf J. L., dann deutete er auf das rechte Zimmer. „Und das hier ist für dich, Dougal. Die Fenster sind zugenagelt, damit du deinen Todesschlaf halten kannst."

„Danke, Rajiv." J. L. ging die Stufen hinauf.

„Gern geschehen. Ich bin in ein paar Minuten zurück, damit ihr meinen Großvater treffen könnt."

Lächelnd sah Dougal Rajiv davonflitzen. Ihm war nicht klar gewesen, dass der junge Mann eine Art Prinz bei den Wertigern war.

Er betrat sein Zimmer und ließ die Tür offen, damit etwas Licht von der Laterne hereinschien. An einer Wand stand eine kleine Kommode. Darauf lagen eine seidene Decke und eine dicke zusammengefaltete Matratze. Mittig vor der gegenüberliegenden Wand lag ein quadratisches Sitzkissen auf dem Boden. Direkt daneben befand sich ein kleiner Tisch mit kurzen Beinen. Gleich daneben stand ein großer Kerzenhalter. Dougal sah sich um. Kein Strom. Er würde sein Blut kalt trinken müssen.

Er stellte die Kühlbox und seinen Rucksack an der Wand ab, dann nahm er sein Claymore ab. Es wäre respektlos, dem Anführer von Tiger Town bewaffnet gegenüber zu treten. Bevor er die Schule verlassen hatte, hatte er eine schwarze Cargohose, ein schwarzes T-Shirt und eine ebenfalls schwarze Jacke angezogen. Zusätzlich zu dem Schwert auf seinem Rücken war ein Dolch an jeder seiner Waden befestigt und er trug ein Holster mit einer automatischen Schusswaffe um die Hüften. In den Taschen seiner Cargohose befanden sich Ersatzmunition und die Betäubungspfeile, die Leah ihm mitgegeben hatte.

Es war ihm schwergefallen, sich von ihr zu verabschieden, auch wenn er in ein paar Stunden zurückkehren würde. Zumindest, wenn alles nach Plan lief. Nachdem sie ihm versprochen hatte, den Dolch im Falle eines Angriffs zu benutzen, hatte er sein *Sgian Dubh* auf ihrem Arbeitstisch zurückgelassen.

Sie war in Sicherheit, versicherte er sich selbst. Angus wusste, wie gefährlich diese Mission war. Aus diesem Grund hatte er darauf bestanden, persönlich mitzukommen, genau wie Howard, Phil und Gregori. Außerdem arbeiteten mit Yoshi, Yuki und der Fuchswandlerin die besten Sicherheitskräfte von Kyo dort.

„Bereit?“, fragte J. L. von der Tür her.

„Aye.“ Dougal legte seine Schusswaffe und das Messer auf den Tisch.

J. L. nickte anerkennend. „Dann los. Rajiv wartet draußen.“

Sie folgten Rajiv in den Palast und passierten die beiden Tigerstatuen an der Treppe.

Rajiv hielt vor einer Doppeltür inne. „Mein Großvater

möchte Eure Eminenz genannt werden“, sagte er auf Chinesisch. „Und ihr müsst ihn zuerst sprechen lassen.“

„Verstanden“, antwortete Dougal.

Rajiv grinste. „Du sprichst wirklich Chinesisch.“

„In Wirklichkeit ist Seine Eminenz ein lustiger Typ, wenn du ihn erst mal richtig kennst“, warf J. L. ebenfalls auf Chinesisch ein.

Rajiv lachte. „Der Blissky steht bereit. Kommt schon.“ Er öffnete die Türen und führte sie an zwei Wachen mit langen gebogenen Schwertern vorbei. Zwei Säulenreihen führten zu einem Podium mit Baldachin. Auf dem erhöhten Platz saß ein grauhaariger Mann auf einem Thron aus geschnitztem Holz, in den goldene Tiger eingearbeitet waren.

Sowohl Rajiv als auch J. L. verbeugten sich von der Hüfte abwärts, also ahmte Dougal die Bewegung nach. Er folgte ihnen zu den drei Sitzkissen auf dem Boden. Als seine Freunde darauf auf die Knie sanken, tat er es ihnen nach. Dann beugten sie sich alle nach vorne, bis sie mit Ellbogen und Nase den Boden berührten.

„Seid willkommen, hochverehrte Gäste“, sagte der Große Tiger. „Ihr dürft euch entspannen.“

„Ihr seid zu gnädig, Eure Eminenz.“ J. L. wechselte in den Schneidersitz auf dem Kissen.

Auch Dougal überkreuzte seine Beine und riskierte dabei einen schnellen Blick in Richtung Thron. Der Große Tiger starrte gebieterisch auf ihn hinab. Und diesen Kerl hielt J. L. für einen lustigen Typen?

Seine Eminenz war in rote Seidenroben gekleidet, die mit goldenen Tigern bestickt waren. Sein langes graues Haar war zu einem strammen Knoten auf seinem Kopf gebunden. Ein goldener Ring und eine lange goldene Nadel mit einem juwelenbesetzten Tiger am Ende hielten die Frisur aufrecht. Er trug einen langen grauen Bart, der mit einem kleinen Goldring zusammengehalten wurde.

Er musterte J. L. finster. „Es ist eine Freude, dich wiederzusehen, Jin Long."

„Die Freude ist ganz meinerseits, Eure Eminenz." J. L. neigte den Kopf.

Der Große Tiger verengte die Augen. „Du bist Dou Gal, der Schotte, der Chinesisch spricht?"

„Ja, Eure Eminenz."

Enttäuschung flackerte in seiner Miene auf. „Ich dachte, du würdest einen Rock tragen. Ich wollte deinen Rock sehen."

Dougal beugte den Kopf. „Entschuldigt, Eure Eminenz. Ich werde ihn bei meinem nächsten Besuch tragen, wenn Ihr mein Eindringen erlaubt."

Der Große Tiger grunzte. „Du bist sprachgewandt. Woher kannst du Chinesisch?"

Dougal zögerte. Er hatte nie vorgehabt, seine Geschichte irgendjemandem außer Leah zu erzählen, aber es wäre unhöflich, den Wunsch des Großen Tigers zu missachten. Er warf einen Blick zu Rajiv und J. L., die ihn neugierig musterten. Es bestand kein Zweifel daran, dass sie seine Geschichte weitererzählen würden, und dann würden sie alle von seinem beschämenden Geheimnis wissen.

Der Große Tiger räusperte sich. Ein Anzeichen dafür, dass er ungeduldig wurde.

„Ich habe einige Jahre in Schanghai gelebt", antwortete Dougal schließlich.

„Wann?", wollte Seine Eminenz wissen. „Wie kommt es, dass du hier warst?"

„Das ist eine lange Geschichte."

Der Große Tiger schnaubte. „Musst du noch irgendwo anders hin?"

Dougal atmete tief ein. „Sie beginnt im Jahre 1735, als ich vierzehn Jahre alt war. Man hat mich aus meinem Zuhause in

Glasgow, Schottland, entführt und auf ein britisches Handelsschiff gebracht."

„Entführt?" Die Augen des Großen Tigers begannen zu leuchten. „Erzähl mir mehr."

„Ich habe versucht, zu fliehen. Zweimal." Er wollte die Peitschenhiebe nicht erwähnen, die er dafür erhalten hatte. Oder die hoffnungslose Erniedrigung, die er empfunden hatte, als er sein neues Leben letztendlich akzeptiert hatte.

„Gut!" Der Große Tiger saß am Rande seines Throns. „Aber du wurdest wieder eingefangen? Haben sie dich bestraft? Hast du damals deine Hand verloren?" Er deutete auf die Prothese.

„Nein. Meine Hand habe ich vor vier Jahren in der Schlacht verloren."

„Aber du kämpfst noch immer?"

„Ja, Eure Eminenz."

„Exzellent. Nun erzähle mir mehr von deiner Geschichte. Wurdest du auf dem Schiff misshandelt?"

„Anfangs, doch dann habe ich gelernt, den Dudelsack zu spielen, und das hat die Crew zufriedengestellt."

„Sehr gut." Der Große Tiger nickte. „Ich möchte dich spielen hören."

Dougal neigte den Kopf. „Nächstes Mal bringe ich ihn mit."

„Wunderbar! Nun sag mir, was als Nächstes passierte."

„Wir hatten gerade den Hafen in Indien verlassen, als unser Schiff von Piraten angegriffen wurde."

„Piraten?" Der Große Tiger sprang auf die Beine und griff nach dem Polster auf seinem Thron. Er kam vom Podium herunter, warf das Kissen auf den Boden und setzte sich gegenüber von Dougal. „Was ist dann passiert?"

Dougal zuckte innerlich zusammen. Seine beschämende Vergangenheit würde bekannt werden. Jeder würde wissen, dass man ihn mit Peitschenhieben in die Unterwerfung gezwungen hatte, dass sein Geist vor Verzweiflung gebrochen worden war. „Ich wurde in die Sklaverei verkauft."

J. L. fuhr zusammen. Rajiv zischte.

Der Große Tiger wirkte entsetzt. „Rajiv! Bring uns Getränke."

„Ja, Eure Eminenz." Rajiv sprang auf und half einem Bediensteten dabei, einen runden Tisch mit kurzen Beinen hereinzutragen. Sie stellten ihn zwischen Dougal und dem Großen Tiger auf den Boden.

Eine weitere Dienerin eilte mit einem Tablett herbei. Sie stellten zwei Flaschen und vier kleine Tassen auf den Tisch, dann verbeugten sie sich und verließen den Raum.

„Kommt." Der Große Tiger deutete ihnen an, sich um den Tisch zu versammeln. „Wir müssen Dou Gal für sein Leid Trost spenden."

„Ja, Eure Eminenz." Rajiv goss eine klare Flüssigkeit, die stark nach Alkohol roch, zuerst in die Tasse seines Großvaters, dann in seine eigene. „Das ist Blissky für unsere Gäste." Er gab etwas davon in J. L.s und Dougals Tassen.

„Auf Dou Gal." Der Große Tiger hob seine Tasse und die anderen folgten seinem Beispiel. „*Gun bei!*" Er stieß mit ihnen an, dann kippte er seinen Drink hinunter.

„*Gun bei*", antworteten Rajiv und J. L., dann tranken auch sie.

Dougal nippte nur an seiner Tasse, da er vor einer Mission nicht zu viel trinken wollte. Zu seiner Überraschung schmeckte der Blissky verwässert. Er warf Rajiv einen dankbaren Blick zu, dann trank auch er aus.

Grinsend füllte Rajiv die Gefäße erneut.

„Ich bereue es, nichts von deiner Notlage gewusst zu haben", sagte der Große Tiger. „Sonst wäre ich nach Schanghai gereist, um dich zu befreien."

„Das ist überaus freundlich, Eure Eminenz", erwiderte Dougal, auch wenn er sich unter den mitfühlenden Blicken der anderen nicht besonders wohlfühlte. Er wollte lieber als geheimnisvoller Brummbär gesehen werden, als Mitleid zu bekommen.

„Wofür sind Freunde sonst da? Und du bist jetzt mein guter Freund, nicht wahr?" Der Große Tiger hob seine Tasse. „Auf die Freundschaft! *Gun bei!*"

„*Gun bei.*" Sie alle tranken und Rajiv befüllte ihre Tassen ein weiteres Mal.

„Heißt das, Eure Eminenz hat um 1700 bereits gelebt?", fragte J. L.

„Ja. Ich bin vierhundertzweiundsechzig Jahre alt." Er wedelte stolz mit seiner Tasse. „Auf die neun Leben! *Gun bei!*"

„*Gun bei.*" Sie tranken und Rajiv schenkte ihnen wieder ein.

Der Große Tiger rutschte um den Tisch herum, um näher bei Dougal zu sitzen. „Wie bist du entkommen?"

„Hast du deinen Herrn mit einem Schwert durchbohrt?", fragte Rajiv.

Dougal schüttelte den Kopf. Wie oft in seinem Leben hatte die Musik ihn gerettet? Und doch konnte er jetzt wegen seiner Prothese nur noch traurige Melodien spielen. „Ich hatte eine Blechflöte dabei und spielte nachts, um Trost zu finden."

Der Große Tiger tätschelte ihm die Schulter. „Ich möchte dich spielen hören."

„Ja, Eure Eminenz. Die Musik hat die Aufmerksamkeit der Tochter meines Herrn erregt. Sie kam jede Nacht vorbei, um zuzuhören, und irgendwann haben wir angefangen zu reden."

„Und euch verliebt?" Die Augen des Großen Tigers begannen zu funkeln.

„Ja." Dougal nickte. „Sie half mir bei der Flucht."

Der Große Tiger griff nach seiner Tasse. „Auf die wahre Liebe! *Gun bei!*"

„*Gun bei!*", riefen J. L. und Rajiv und kippten ihre Getränke hinunter.

Dougal nippte nur an seiner Tasse. Er wollte nicht länger über Li Lei reden. Schlimm genug, dass er zugegeben hatte, versklavt worden zu sein, aber er wollte ihnen nicht erzählen, wie er das Mädchen im Stich gelassen hatte, das ihn gerettet hatte. „Es wäre mir eine Ehre, Eure Geschichte zu hören, Eure Eminenz."

„Natürlich." Der Große Tiger legte einen Arm um Dougals Schultern. „Ich bin gerade bei meinem neunten Leben. Wenn ich das nächste Mal sterbe, wird es endgültig sein, mein alter Freund."

Dougal hob seine Tasse. „Möget Ihr weitere vierhundertzweiundsechzig Jahre leben."

„Darauf trinke ich." Der Große Tiger stieß mit ihm an. *„Gun bei!"*

„Gun bei!" Sie alle tranken.

„Ich hatte sechs wunderschöne Töchter und zwölf wundervolle Söhne." Der Große Tiger hob die Hand. „Zwei meiner Söhne wurden von Jägern getötet, mögen ihre Seelen für immer verdammt sein. Drei weitere wurden von Master Han und seinen Vampirlords ermordet."

„Mögen sie in der Hölle schmoren!", knurrte Rajiv und goss noch mehr Alkohol in ihre Tassen.

Der Große Tiger nickte ihm zu, dann wandte er sich an Dougal. „Mein sechster Sohn ist den Mekong hinuntergesegelt und hat eine Tigerkolonie in Thailand gegründet. Er hat sich gut gemacht und ich war sehr stolz auf ihn. Doch dann hat dieser verdammte Vampir, Lord Quing, ihn abgeschlachtet. Er hat ihn in Stücke geschlagen, sodass er kein weiteres Leben mehr hatte. Sein ältester Sohn Raghu wurde der Anführer ihres Dorfes. Rajiv ist sein zweiter Sohn."

Rajiv legte sich die Hand aufs Herz. „Ich werde nicht ruhen, bis unsere Familie gerächt ist, Eure Eminenz."

Dougal rutschte auf seinem Kissen hin und her. Er hatte

nicht gewusst, dass Rajiv persönliche Gründe dafür hatte, ihnen gegen die bösen Vampire zu helfen.

Der Große Tiger betrachtete Rajiv liebevoll. „Er ist mein jüngster Enkel. Und der Einzige, der Englisch gelernt und uns einen würdigen Verbündeten gesucht hat, um Master Han zu besiegen. Er ist ein kluger Junge."

Rajiv verneigte sich. „Eure Freundlichkeit überwältigt mich, Eure Eminenz."

„Wir fühlen uns geehrt, Eure Verbündeten zu sein", sagte J. L.

„Auf die Freundschaft!" Der Große Tiger hob seine Tasse. „*Gun bei!*"

„*Gun bei.*" Sie tranken aus, dann goss Rajiv den restlichen Alkohol in die Gefäße.

Der Große Tiger fiel zur Seite und lehnte sich dann an Dougal. „Ich bin so stolz auf meinen Enkel."

Tränen schimmerten in Rajivs Augen. „Danke, Großvater."

„Wir werden ihm helfen und für seine Sicherheit sorgen", versprach Dougal.

Der Große Tiger tätschelte ihm den Arm. „Du bist ein guter Freund, Dou Gal. Du musst für mich musizieren. Und ich werde für dich singen. Und den Tigertanz vorführen."

„Das würde ich gerne sehen, Eure Eminenz."

„Dann werde ich jetzt für dich tanzen!" Der Große Tiger versuchte aufzustehen, fiel aber vornüber.

„Eure Eminenz?" Dougal sprang auf. „Geht es Euch gut?"

Der Große Tiger schnarchte laut.

Rajiv eilte an die Seite seines Großvaters, dann lächelte er die Vampire an. „Er schläft. Aber er wird noch monatelang von heute Nacht reden. Danke."

J. L. stand auf. „Wir sollten jetzt gehen. Die Sonne sollte bei den meisten von Master Hans Stützpunkten bereits untergegangen sein."

Rajiv richtete sich auf. „Soll ich mit euch kommen?“

J.L. schüttelte den Kopf. „Wir müssen ein paar Gefangene zurückteleportieren. Da können wir dich nicht gleichzeitig mitnehmen. Aber wir holen dich später ab.“

Rajiv nickte resigniert. „Alles klar. Aber sagt Bescheid, wenn ihr Hilfe braucht.“

In den nächsten Stunden teleportierte sich Dougal mit J.L. von einem feindlichen Lager ins nächste, damit sich alle dreißig von Master Hans Stützpunkten in seinem Gedächtnis verankerten. In den Lagern war es ruhig. Nur ein paar Lichter brannten entlang der Palisadenzäune. J.L. zufolge trainierten die Soldaten tagsüber und ruhten sich nachts aus, während nur eine geringe Anzahl Wachen für Sicherheit sorgte. In den letzten Jahren hatten sie ihre Sicherheitsvorkehrungen vernachlässigt, da sich kein Einheimischer einem Ort nähern würde, in dem ein hungriger Vampir hausen könnte. Nur diejenigen, die sich der Armee anschließen wollten, riskierten es, sich den Lagern zu nähern.

Sie waren gerade im nördlichen Myanmar, als Dougal auf einen flachen Stein auf einem Hügel kletterte, von dem sie das letzte Lager ins Visier nehmen konnten. „Erkennst du irgendjemanden?“

„Nein.“ J.L. senkte sein Fernglas. „Manchmal sehe ich Wu Shen. Er ist einer der hochrangigen Offiziere. Wenn wir ihn irgendwo sehen, können wir davon ausgehen, dass es der Ort ist, an dem Master Han und seine Lords sich verstecken.“

„Dort ist eine Wache.“ Dougal deutete auf den einzelnen Soldaten, der sich von der Basis entfernte und die Schlucht unter ihnen ansteuerte.

„Muss wahrscheinlich pissen“, murmelte J.L. „Willst du ihn hochnehmen?“

„Klar.“ Dougal zog ein paar Betäubungspfeile aus seiner

Hosentasche. Sie hatten bereits entschieden, nur zwei Soldaten gefangen zu nehmen und dafür zu sorgen, dass sie aus zwei verschiedenen Lagern stammten. Auf diese Weise konnten sie dafür sorgen, dass die Soldaten für Deserteure gehalten wurden, wenn sie nie mehr zurückkehrten. Master Han würde sich keine Gedanken um zwei Soldaten machen, wenn er eine Armee von eintausend hatte.

Sie teleportierten sich in die Schlucht hinunter und schlichen sich an den Mann heran. Gerade als der Soldat den Reißverschluss wieder hochzog, griffen sie an. J.L. packte ihn und drückte ihm die Hand auf den Mund, während Dougal den Pfeil in seinen Hals bohrte. Der Soldat kämpfte, doch Dougal rammte einen zweiten Pfeil hinein.

Der Mann brach bewusstlos zusammen und J.L. warf ihn sich über die Schulter. „Lass uns gehen."

Dougal hob das Gewehr auf, das dem Soldaten heruntergefallen war, und teleportierte sich zurück auf die japanische Insel. Sobald J.L. sich mit dem Soldaten materialisiert hatte, liefen sie in die Schule und legten den Mann in dem Raum für die Gefangenen auf einer Krankenbahre ab.

Während sie die Gurte befestigten, steckte Gregori den Kopf ins Zimmer. „Yoshi hat uns gesagt, dass ihr zurück seid. Habt ihr einen?"

„Jepp", erwiderte J.L. „Wir müssen ihn in Stasis versetzen."

Abby, Leah und Laszlo eilten herbei, dicht gefolgt von der Fuchswandlerin. Dougal atmete erleichtert auf, als er sah, dass es Leah gut ging.

„Bist du okay?" Sie warf ihm einen schnellen Blick zu, bevor sie eine Injektionsnadel in den Arm des Gefangenen schob.

„Aye. Ist irgendetwas vorgefallen, als wir weg waren?"

„Nein, alles war ruhig."

„Keine Sorge", sagte die Fuchswandlerin. „Ich werde dafür

sorgen, dass den Wissenschaftlerinnen nichts geschieht.“ Sie lächelte Laszlo zu, der ihr Lächeln schüchtern erwiderte.

Dougals Mundwinkel zuckten, als ihm auffiel, dass Laszlo das rote Shirt trug, das Wilson aufgerissen hatte, um Laszlos Oberkörper zu entblößen. „Wir müssen wieder los, damit wir euch noch einen Soldaten herschaffen können.“

Leah nickte. „Sei vorsichtig.“

Dreißig Minuten später kehrten Dougal und J. L. mit einem zweiten Gefangenen zurück. Während die Wissenschaftler mit ihm beschäftigt waren, ging Dougal in die Cafeteria, um Angus Bericht zu erstatten. J. L. hatte sich nach Tiger Town teleportiert, um Rajiv herzubringen.

„Das ist ein guter Anfang“, sagte Angus in dem Moment, in dem J. L. und Rajiv hereinkamen.

Rajiv setzte sich zu Angus und Dougal an den Tisch. „Lass es mich wissen, wenn es irgendetwas gibt, das die Wertiger tun können, um zu helfen.“

J. L. holte eine Flasche Blier aus dem Kühlschrank. „Wir sollten besser erst mal keine Gefangenen mehr machen, sonst wird es zu auffällig.“

„Aye“, stimmte Angus zu. „Wir sollten zunächst abwarten und schauen, ob unsere Wissenschaftler Erfolg bei den beiden Soldaten haben. Sobald wir wissen, dass das Serum wirkt, können wir einen Gang zulegen.“

Dougal nahm einen Schluck von seiner Blierflasche. „Ich weiß nicht, ob das ausreicht. Selbst wenn wir es schaffen, hundert Soldaten zurückzuverwandeln, wird Darafer dann nicht einfach hundert neue erschaffen? Oder zweihundert? Wir wären in einem ewigen Kreislauf hier gefangen.“

J. L. setzte sich neben ihn. „Ich bezweifle, dass es ewig wäre. Sobald Darafer und Master Han herausfinden, was wir hier tun, werden sie angreifen.“

Angus rieb sich übers Kinn. „Allerdings sind es nur drei

Vampire: Master Han, Lord Qing und Lord Liao. Das heißt, sie könnten nur drei Soldaten zur selben Zeit hierherteleportieren."

„Wir wissen nicht, wie mächtig Darafer ist", gab Dougal zu bedenken. „Gut möglich, dass er eine große Anzahl an Soldaten herbringen kann. Und selbst wenn er allein käme, weiß ich nicht, wie wir ihn besiegen können. Nicht ohne die Gotteskrieger."

Stille kehrte am Tisch ein, als sie alle darüber nachdachten.

Dougal trank noch einen Schluck von seinem Blier. „Wenn wir die Soldaten zurückverwandeln können, müssen wir auch dafür sorgen, dass Darafer keine weiteren erschaffen kann." Er wandte sich an J. L. „Hast du eine Ahnung, wie er es macht?"

J. L. zuckte die Schultern. „Mit irgendeinem Hokuspokus, schätze ich, aber er braucht eine besondere Pflanze dafür. Das Dämonenkraut."

„Oh, ich erinnere mich!" Rajiv setzte sich auf. „Sie haben es im Zombiedorf angebaut."

„Zombies?", fragte Dougal.

„Keine echten Zombies", beschwichtige J. L. ihn.

„Sie bewegen sich wie Zombies", beharrte Rajiv. „Ihre Gehirne funktionieren nicht."

J. L. nickte. „Darafer benutzt sie als Sklaven."

Dougals Handprothese ballte sich zur Faust und er schob sie unter den Tisch. *Sklaven.* „Werden sie ausgepeitscht?"

„Nein", antwortete J. L. „Darafer benutzt eine Art Gedankenkontrolle. Den ganzen Tag über sind sie bewusstlos, nachts stehen sie auf und gehen aufs Feld an die Arbeit. Als wir sie gesehen haben, haben sie Dämonenkraut geerntet, und einer von Master Hans Soldaten kam vorbei, um es abzuholen."

Angus trank von seinem Blier. „Ich frage mich, ob unsere Wissenschaftler Darafers mentale Beeinflussung irgendwie brechen können?"

Rajiv nickte. „Vielleicht können sie die Zombies wieder in normale Menschen verwandeln.“

Dougals Hand entspannte sich. „Genau das müssen wir tun. Die Zombies zurückverwandeln und das Feld mit dem Dämonenkraut abbrennen, damit Darafer keine weiteren Mutantensoldaten erschaffen kann.“

J. L. stieß einen Pfiff aus. „Er wird verdammt wütend sein. Wenn er denkt, dass die Dorfbewohner ihn betrogen haben, könnte er sie alle töten.“

„Dann werden wir sie evakuieren.“ Dougal wandte sich an Rajiv. „Können die Wertiger dabei helfen?“

Rajiv nickte. „Ja.“

„Und wenn Master Hans Soldaten kommen, um das Dämonenkraut abzuholen, werden wir sie angreifen und davon abhalten, zu berichten, was passiert ist. Auf diese Weise können wir uns etwas Zeit verschaffen, damit die Dorfbewohner fliehen können.“

Angus lehnte sich vor. „Von wie vielen Dorfbewohnern sprechen wir?“

„Ungefähr dreißig“, sagte J. L. „Es sind hauptsächlich alte Leute oder junge Frauen und Kinder. Die ganzen jungen Männer sind fort, wahrscheinlich in Master Hans Armee.“

Angus schüttelte den Kopf. „Ich weiß nicht, ob das so funktionieren wird. Wenn wir nachts dort auftauchen, um die Dorfbewohner hierherzuteleportieren und sie zu behandeln, werden die Soldaten vor Ort uns aufzuhalten versuchen. Und wenn einer von ihnen Darafer informiert, war es das mit unseren Plänen.“

„Also müssen wir es tagsüber durchziehen“, schlussfolgerte J. L. „Dann sind keine Soldaten da und die Zombies sind bewusstlos. Unsere Wissenschaftler könnten sie vor Ort behandeln, ohne dass es jemand merken würde.“

Dougal lehnte sich zurück. Als er mit diesem Gedankenspiel

begonnen hatte, war ihm nicht klar gewesen, dass es damit enden würde, dass sie Leah nach China schickten. „Laszlo kann das tagsüber nicht machen, und ich bezweifle, dass Gregori Abby gehen lassen wird." Leah wäre völlig auf sich allein gestellt. Seine Hand ballte sich erneut zur Faust. „Wir können es nicht tagsüber machen."

„Wir müssen", beharrte J. L. „Es ist der einzige Weg, damit Darafer nichts davon erfährt. Die Wandler können mitkommen, um für ihre Sicherheit zu sorgen."

Angus warf einen Blick auf seine Uhr. „Die Sonne wird bald aufgehen. Ihr habt vierzig Minuten, um einen der Zombies herzubringen. Dann sehen wir, ob unsere Wissenschaftler ihn wieder in seinen Normalzustand versetzen können. Wenn es klappt, fahren wir mit dem neuen Plan fort."

Dougal schluckte hart. Er hatte gehofft, dass Leah in Sicherheit sein würde, wenn sie nur auf dieser verlassenen Insel blieb. Doch jetzt musste sie Feindesland betreten. Und sie wäre tagsüber dort, wenn er machtlos war und sie nicht beschützen konnte.

25. Kapitel

„Dr. Chin, wachen Sie auf."

Jemand berührte sie an der Schulter und sie wachte schlagartig auf. Einen Moment lang glaubte sie, wieder im Krankenhaus in Boston während ihrer Zeit als Assistenzärztin zu sein. Doch dann sah sie Abby im Bett neben ihrem schlafen und erkannte den Werbär Howard, der sich über sie beugte.

„Tut mir leid, Sie wecken zu müssen", flüsterte Howard. „Aber das Zombiemädchen kommt zu sich."

„Oh. Okay." Sie setzte sich auf und registrierte, dass sie noch immer dieselben Klamotten wie letzte Nacht trug.

„Ich habe Rajiv aufgeweckt", sagte Howard. „Er versucht auf Chinesisch mit ihr zu sprechen."

„Ich bin gleich da." Leah hastete quer durch den Flur ins Badezimmer. Während sie sich die Hände wusch, warf sie einen Blick auf ihre Armbanduhr. Elf Uhr fünfzehn. Sie hatte fast fünf Stunden geschlafen.

Kurz vor Sonnenaufgang hatten J.L. und Dougal ein Mädchen in die Klinik gebracht, wo sie die Gefangenen festhielten. Sie hatten sie das Zombiemädchen genannt und erklärt, dass sie aus einem Dorf stammte, das völlig unter Darafers Kontrolle stand. Soweit J.L. wusste, bestand ihre einzige Nahrung aus einer Droge, die Darafer aus dem Kraut herstellte, das die Dorfbewohner anbauten.

Leah hatte nicht lange gebraucht, um zu diagnostizieren, dass das Zombiemädchen neben den Auswirkungen der Droge, die man ihr gegeben hatte, auch unter massiver Unterernährung litt. Sie starrte ausdruckslos in die Luft und sagte kein

Wort, als Leah sie gesäubert, in ein Krankenhaushemd gesteckt und ihr eine Infusion verabreicht hatte. Abby war auf die Idee gekommen, dem Mädchen eine verdünnte Version der Droge zu verabreichen, die die Gedankenkontrolle verstärken sollte und die sie an Dougal ausprobiert hatte. Vielleicht konnten sie ihr so dabei helfen, dem zombiehaften Nebel zu entkommen, der ihre geistigen Fähigkeiten unterdrückte.

Zu jenem Zeitpunkt ging die Sonne bereits auf und die Vampire hatten sich für ihren Todesschlaf zurückgezogen. Howard und Phil, die nachts geschlafen hatten, waren aufgestanden und hatten ihre Schicht im Sicherheitsbüro übernommen. Und schließlich waren auch Leah und Abby völlig erschöpft davon, die ganze Nacht durchgearbeitet zu haben, ins Bett gegangen. Howard hatte ihnen versprochen, sie zu wecken, falls irgendetwas mit den gefangenen Soldaten oder dem Zombiemädchen sein sollte.

Jetzt flitzte Leah ins Labor, um sich ihr Stethoskop und die Blutdruckmanschette zu schnappen. Dann hastete sie durch den Flur zur Klinik. Ein kurzer Blick auf die Soldaten und sie wusste, dass sie noch immer in Stasis waren. Das Mädchen hingegen war aufgewacht und befand sich, dem panischen Ausdruck in ihrem Gesicht nach zu urteilen, nicht mehr im Zombiemodus.

Rajiv saß neben ihr und redete sanft auf Chinesisch mit ihr. „Alles ist gut." Er versuchte ihre Hand zu tätscheln, aber sie zuckte vor ihm zurück und beobachtete ihn misstrauisch.

„Hab keine Angst." Leah näherte sich ihr langsam. „Ich bin Ärztin. Ich bin hier, um dir zu helfen."

Das Mädchen sah ihr skeptisch entgegen.

„Gott sei Dank sind Sie hier." Rajiv stand auf. „Ich bin kein Stück weitergekommen."

Leah musterte das Mädchen von Kopf bis Fuß. Ihre Wangen hatten Farbe bekommen, aber ihre Lippen waren trocken und aufgerissen. „Bringen Sie ihr bitte eine Flasche Wasser."

„Ja, Doktor.“ Rajiv eilte aus der Tür.

Leah stellte ihre Instrumente auf dem Nachttisch ab. „Alles ist gut. Wir wollen dir nur helfen.“ Sie tastete nach der Hand des Mädchens. „Ich möchte deinen Puls überprüfen. Ist das in Ordnung?“

Das Mädchen runzelte die Stirn, nickte dann aber.

Leah sah auf ihre Uhr, während sie den Puls maß. Er war ein bisschen schnell, aber das war zu erwarten, wenn der Patient aufgebracht war. Wenigstens war er jetzt stark und nicht mehr so schwach wie zuvor.

Rajiv kam zurück. „Hier ist das Wasser.“ Er nahm den Deckel ab und überreichte dem Mädchen das Wasser.

Sie griff danach und trank hastig einige Schlucke.

Leah lächelte sie an. „Das ist Rajiv. Und ich bin Leah. Wie heißt du?“

„Yu Jie.“ Sie trank mehr Wasser. „Wo bin ich? Wo ist meine Familie?“

„Deine Familie ist noch im Dorf und du bist in einer Klinik. Wir versuchen dich wieder gesund zu machen.“

„Ich will meine Familie sehen. Und i-ich habe Hunger.“

„Da bin ich sicher.“ Leah sah zu Rajiv. „Können Sie etwas zu essen aus der Cafeteria holen? Etwas Mildes.“

„Ja, Doktor.“ Er rannte auf den Flur.

Leah legte sich das Stethoskop um. „Ich werde jetzt deinen Blutdruck messen, okay?“ Als das Mädchen nickte, legte Leah ihr die Manschette um und schrieb die Ergebnisse in die Tabelle, mit der sie vor sechs Stunden begonnen hatte. „Du machst fantastische Fortschritte. Ich würde dir gern die Infusion abnehmen. Wir werden dich nach Hause schicken, sobald du wieder fit bist. Kannst du dich daran erinnern, was mit deinem Dorf passiert ist?“

Yu Jie trank noch mehr Wasser. „Mein großer Bruder wollte sich Master Hans Armee anschließen. Alle jungen Männer im

Dorf haben das getan, weil sie gutes Geld verdienen und etwas davon zu uns nach Hause schicken konnten. Master Han hat gesagt, er würde sie alle einstellen, wenn wir das Dämonenkraut für seinen Freund Darafer anbauen. Die Dorfältesten haben eingewilligt." Sie sah stirnrunzelnd auf die Flasche in ihren Händen hinab. „Seitdem habe ich meinen Bruder nicht mehr gesehen. Ich glaube, es sind seitdem ein paar Monate vergangen."

Leah klebte ein Pflaster auf die Einstichstelle, in der die Infusionsnadel gesteckt hatte. „Weißt du noch, wann dein Bruder gegangen ist?"

Nachdenklich legte Yu Jie den Kopf schief. „Es war im März 2011."

Leah zuckte zusammen. Das Mädchen hatte beinahe zwanzig Monate seines Lebens verloren. „Wir haben November 2012."

Yu Jies Kinnlade klappte herunter. „Was? Was ist passiert?"

„Du standest unter Drogeneinfluss. Ich glaube, es betrifft euer ganzes Dorf." Leah berührte sie an der Schulter. „Es tut mir leid."

Tränen schimmerten in Yu Jies Augen. „I-ich bin jetzt sechzehn? Ich kann mich an nichts erinnern. Wie kann das sein?"

„Ich denke, wir können davon ausgehen, dass Darafer euch ausgetrickst hat. Ihr dachtet, ihr würdet deinem Bruder helfen, aber Darafer hat dich und dein ganzes Dorf zu Sklaven gemacht ..."

„Nein!" Yu Jie drückte die Wasserflasche so fest, dass sie ein knackendes Geräusch von sich gab. „Ich muss zurück! Ich muss meine Familie retten."

„Beruhige dich." Leah tätschelte ihren Arm. „Wir werden dir helfen, okay? Es ist uns gelungen, dich wieder in einen normalen Zustand zurückzuversetzen. Das heißt, wir wissen jetzt, wie wir dein Dorf retten können."

Eine Träne rann über Yu Jies Wange. „Du kannst meine Leute retten?"

„Ja." Leah drückte ihren Arm. „Ich werde sie retten. Und du solltest dich jetzt ausruhen, damit du wieder stark wirst und mir helfen kannst. Einverstanden?"

Yu Jie nickte unter Tränen.

Rajiv kehrte zurück und trug ein Tablett mit einer Schale heißer Nudeln und einer Tasse Tee in den Händen.

„Perfekt. Danke." Leah stellte das Tablett auf den ausklappbaren Tisch, der sich über Yu Jies Bett schieben ließ.

Yu Jie griff nach den Essstäbchen und nahm sich einen riesigen Bissen.

„Nicht so schnell", warnte Leah sie. „Dein Körper ist Nahrung nicht mehr gewöhnt. Iss langsam, damit dir nicht schlecht wird."

Yu Jie nickte und begann in kleinen Happen zu essen.

„Können Sie hierbleiben, falls sie noch etwas braucht?", wandte Leah sich an Rajiv.

„Sicher." Er setzte sich neben das Bett und schaute dem Mädchen beim Essen zu. „Ich bin zweiundzwanzig. Wie alt bist du?"

Leah ging zurück in ihren Schlafsaal, nahm sich ein paar saubere Klamotten und ging dann duschen. Nach einem schnellen Frühstück in der Cafeteria fühlte sie sich wieder gut.

Sie war gerade auf dem Weg zurück in die Klinik, als Rajiv mit einem leeren Tablett herauskam und neben ihr stehen blieb. „Yu Jie ist gerade wieder eingeschlafen."

„Das ist gut."

„Sie könnten auch noch ein bisschen schlafen", schlug er vor.

Leah lächelte. „Jetzt bin ich hellwach, also werde ich arbeiten. Aber danke."

Sie nahm den gefangenen Soldaten Blut ab, um zu sehen, ob sie Fortschritte gemacht hatten. Während sie auf die Ergebnisse wartete, schlenderte sie den Flur hinunter zum Sicherheitsbüro.

„Wie läuft es?“, fragte sie die Männer. Howard saß vor den Monitoren, während Rajiv am Tisch stand und eine Karte studierte.

„Super“, antwortete Howard, den Mund voll mit einem Donut.

Rajiv grinste. „Puuh-Bär ist glücklich, weil Kyo ihm Donuts aus Tokio mitgebracht hat.“

„Phil ist draußen und sieht sich um.“ Howard deutete auf einen Monitor, der den Strand zeigte. „Glückwunsch dazu, dass Sie das Zombiemädchen geheilt haben.“

Rajiv nickte. „Wir können es kaum erwarten, das ganze Dorf zu befreien.“

„Wann, denkt ihr, geht es los?“, fragte Leah.

„Wahrscheinlich morgen.“ Howard wischte sich die Hände an einer Papierserviette ab. „Die Vampire können uns und die Ausrüstung heute Nacht dorthin teleportieren. Sobald die Zombies in ihrer Tagestrance sind, können wir ins Dorf.“

Leah nickte. „Okay. Dann werde ich alles zusammenstellen, was ich brauche. Oh, und wir müssen den Dorfbewohnern etwas zu essen geben. Sie werden am Verhungern sein, wenn sie aufwachen.“

„Wir packen etwas Nahrung ein.“ Howard griff nach einem zweiten Donut. „Rajiv hat gute Nachrichten bezüglich der Evakuierung.“

„Allerdings!“ Rajiv zeigte auf die Karte. „Das Zombiedorf ist nur eine Meile vom Mekong entfernt. Großvater wird einige Männer auf ihren Fischerbooten den Fluss hinunterschicken, um die Dorfbewohner mitzunehmen.“

„Oh, das ist ja großartig! Dann gehe ich besser zurück an die Arbeit.“ Leah eilte zurück ins Labor, um die Ausrüstung einzupacken.

Am späten Nachmittag holte die Müdigkeit sie wieder ein. Abby war gerade aufgewacht und übernahm die Aufsicht über die Patienten in der Klinik. Außerdem würde sie Yu Jie bei der Vorbereitung auf die Mission helfen.

Leah schlüpfte in ihren Flanellpyjama und schlief sofort ein.

„Leah, wach auf." Dougal saß auf ihrer Bettkante und streichelte ihre Schulter.

„Mh", stöhnte sie. „Was ist los, Howard?"

„Howard? Träumst du etwa von Howard?"

Sie schlug die Augen auf. „Dougal?"

„Aye, ich bin es, deine große Liebe Dougal."

Sie lächelte ihn schlaftrunken an. „Ja, das ist wahr."

„Gut." Er drehte sich auf dem Bett, damit er sie ansehen konnte. „Da wir das jetzt geklärt haben, lass mich dir sagen ..."

„Wie spät ist es?" Sie setzte sich hastig auf.

„Kurz nach Mitternacht. Leah, ich will nicht, dass du an dieser Mission im Zombiedorf teilnimmst. Es ist zu gefährlich, dich in Feindesland zu schicken."

Sie rieb sich die Augen. „Ich muss gehen. Ich habe Yu Jie versprochen, ihre Leute zu retten. Auf diesem Level der Unterernährung können sie nicht mehr lange überleben. Darafer tötet sie langsam."

„Ich weiß es zu schätzen, dass du helfen willst, aber hier gibt es insgesamt acht Vampire. Wir könnten alle Dorfbewohner in nur wegen Runden herteleportieren."

Leah schüttelte den Kopf. „Nachts sind sie wach und könnten sich zur Wehr setzen. Es ist viel einfacher, sie tagsüber zu behandeln, wenn sie bewusstlos sind. Abgesehen davon würden sich euch Master Hans Soldaten in den Weg stellen. Es ist wirklich besser so."

Seufzend fuhr sich Dougal mit der Hand durchs Haar. Er wusste, dass dieser Plan der bessere war, aber er hasste den Gedanken, nicht dabei zu sein, um Leah zu beschützen.

Sie lehnte sich vor und berührte ihn an der Schulter. „Howard, Phil und Rajiv werden bei mir sein. Das sind ein Grizzlybär, ein Wolf und ein Tiger. Wer wird sich schon mit denen anlegen wollen?“

Dougal stöhnte frustriert. Es gab keinen Weg, diese Mission noch aufzuhalten. Angus hatte bereits sein Okay gegeben und sich zusammen mit J. L. in die Nähe des Dorfes teleportiert, um ein gutes Versteck für die Ausrüstung zu finden. „Alles klar. Ich spiele dabei mit.“

„Du bist in viel größerer Gefahr“, fuhr Leah fort. „Wenn die Sonne untergeht, werde ich in Tiger Town sicher sein. Du bist derjenige, der sich Master Hans Soldaten entgegenstellen muss, wenn sie im Dorf auftauchen.“

„Mir wird nichts passieren.“ Dougal nahm ihre Hände in seine. „Wir bringen dich und die Wandler kurz vor Sonnenaufgang dorthin. Ihr müsst nur rund dreißig Minuten warten, bevor ihr ins Dorf könnt.“

„Wird die Sonne dort nicht schon aufgegangen sein? Wie kommst du zurück?“

„Wir gehen nicht zurück. Es gibt ein Lager ganz in der Nähe, weniger als eine Meile vom Dorf entfernt. J. L. ist schon einige Male dortgeblieben.“ Er wäre in Leahs Nähe, konnte ihr tagsüber jedoch nicht helfen.

Sie drückte seine Hand. „Du wirkst trotzdem besorgt.“

„Bin ich immer noch bei fünfundneunzig Prozent?“

Sie lächelte. „Du bist schon bei neunundneunzig.“

„Ach, das ist fantastisch.“ Er zog sie in seine Arme. „Wie kann ich das letzte Prozent bekommen?“

Sie schlang die Arme um seinen Nacken. „Ich werde mir etwas überlegen.“

„Wie Liebe machen?“

Sie schnaubte. „Das hättest du wohl gern.“

„Und wie.“ Er küsste ihre Stirn, dann ihre Nase. Als ihre

Lippen nur noch ein paar Millimeter voneinander entfernt waren, klopfte es an der Tür.

„Dougal?", ertönte die Stimme von J.L. „Bist du da drinnen? Wir müssen los."

Er stöhnte.

Leah gab ihm einen Kuss auf die Wange. „Zeit, die Welt zu retten."

In den nächsten Stunden teleportierten Dougal und J.L. die Ausrüstung. Darin befanden sich medizinische Instrumente einschließlich zehn Infusionsständern, die Leah eingepackt hatte, eine Kühlbox und diverse Kisten mit Essen, die Rajiv gepackt hatte. Angus hatte eine leere Höhle im Bergkamm gefunden, von der sie auf das Dorf hinabschauen konnten, und er bezog seinen Posten dort, während sie die Ausrüstung bunkerten.

Als das erledigt war, teleportierte J.L. Dougal in das nahe gelegene Lager, in dem die Vampire ihren Todesschlaf verbringen würden. Der Ort war gut zu verteidigen, wie Dougal feststellte, denn er befand sich mitten auf einer kleinen Insel in einem See. Anschließend verbrachten sie eine weitere Stunde damit, Ausrüstung in die Höhle zu teleportieren.

Dann kehrten sie zu Angus zurück und schlichen sich an das Dorf heran, um zu sehen, was dort geschah. Rund um ein Feld brannten Fackeln und Soldaten marschierten herum, während die Einheimischen das Dämonenkraut ernteten und in Leinensäcke warfen.

„Ich zähle zehn Wachen", flüsterte Dougal, „und neunundzwanzig Dorfbewohner."

„Das sind ein paar weniger als letztes Mal", kam es von J.L., der hinter einem Busch Position bezogen hatte.

„Vielleicht sind ein paar im Dorf geblieben, weil sie zu krank zum Arbeiten sind. Oder sie sind tot. Leah hat gesagt, dass sie langsam sterben."

J. L. seufzte. „Wir hätten das schon vor Monaten tun sollen. Als wir das letzte Mal hier waren, gab es noch Hühner und eine Kuh. Jetzt ist da nichts mehr. Und ihre Häuser verfallen immer mehr."

Sie beeilten sich, zu Angus zurückzukehren, der den Höhleneingang mit Zweigen und Blättern bedeckte.

Er warf einen Blick auf seine Uhr. „Es ist an der Zeit, dass ihr die anderen herbringt. Ich rufe in fünf Minuten durch."

Dougal und J. L. teleportierten sich zurück in die Schule. Leah stand schon bereit. Sie trug einen Pullover und eine Jacke und hatte Yu Jie gesäubert und ihr Kleidung geborgt. Kyo, seine Freunde und alle Wandler waren bewaffnet und bereit. Nur Abby und Laszlo würden mit Gregori und Gu Mina als Schutz zurückbleiben.

Angus rief an und Dougal stellte ihn auf Lautsprecher, damit die japanischen Vampire seine Stimme wie ein Leuchtfeuer nutzen konnten, das ihnen den Weg wies. Sie packten die Wandler und Yu Jie und teleportierten sich weg.

„Bereit?" Dougal nahm Leah in seine Arme.

„Ja." Sie schob die Hände in seinen Nacken.

Er küsste sie, dann teleportierte er sie auf den Bergrücken, wo die anderen sich bereits materialisiert hatten.

Angus zeigte den Wandlern, wo sie die Ausrüstung verstaut hatten. „Viel Erfolg. Wir sehen uns morgen Nacht in Tiger Town."

Dougal strich über Leahs Wange. „Sei vorsichtig."

Sie nickte. „Du auch."

Er teleportierte sich mit den anderen Vampiren auf die Insel. In derselben Sekunde, in der sie die Höhle betraten, nahm Dougal einen Schatten wahr, der sich in der Dunkelheit bewegte. Er schien einen Leinensack in den Händen zu halten und ihn mit ihrer Ausrüstung zu füllen.

„Wer ist da?" Angus schaltete eine Taschenlampe ein.

Der Eindringling starrte sie an.

„Russell“, flüsterte J. L.

Er wich zurück und seine Hand schoss zu dem Schwert an seiner Hüfte.

Angus hob die Hände, um ihm zu zeigen, dass sie unbewaffnet waren. „Russell, wir sind nicht hier, um dich festzunehmen.“

Das war also der Marineoffizier, der sich vor über einem Jahr unerlaubt von der Truppe entfernt hatte. Dougal registrierte, dass es sich um einen großen Mann handelte, der wie ein Bauer gekleidet war, auch wenn er ein Schwert und ein Gewehr halb unter seiner ärmlichen Jacke versteckte. Sein Haar war so lang geworden, dass er es sich zurückbinden musste. Er hielt den Leinensack mit der einen Hand fest, während die andere auf seinem Schwertgriff ruhte.

„Ich komme nicht zurück, bis ich Master Han getötet habe“, sagte er mit hölzerner und rauer Stimme, als hätte er monatelang nicht mehr gesprochen.

„Du musst nicht mit uns zurückkommen.“ Angus bewegte sich zentimeterweise vorwärts. „Aber morgen Nacht könnten wir deine Hilfe gebrauchen.“

„Wir retten die Menschen im Zombiedorf“, erklärte J. L. „Morgen Nacht kümmern wir uns um die Wachen. Es könnten zehn Soldaten sein, also sind wir etwas in der Unterzahl.“

Russell runzelte die Stirn. „Ihr werdet euren Todesschlaf hier halten?“

„Aye“, erwiderte Angus. „Du kannst bei uns bleiben, wenn du willst. Wir würden gerne hören, was du so getrieben hast.“

Russell betrachtete sie nachdenklich, wobei sein Blick an ihren Waffen hängenblieb. „Vielleicht komme ich zurück. Vielleicht auch nicht.“ Er verschwand.

26. Kapitel

Während der Tag voranschritt, empfand Leah eine seltsame Mischung aus Befriedigung und Ekel.

Befriedigung, weil ihr Plan so gut funktionierte, und Ekel aufgrund dessen, wie die Dorfbewohner hatten leben müssen. Unter Drogeneinfluss hatten sie nichts anderes getan, als den ganzen Tag zu schlafen und die ganze Nacht auf dem Feld zu arbeiten. Aus ihrem Dorf war ein einziger Saustall geworden.

Verfaultes Obst und Gemüse lag haufenweise herum. Die fehlenden sanitären Anlagen hatten diesen Ort unbewohnbar und gefährlich gemacht. Die arme Yu Jie brach in Tränen aus, als sie ihre Familie bewusstlos auf dem dreckigen Boden liegen und die Überreste dessen sah, was einmal ihr Zuhause gewesen war. Leah umarmte sie und erinnerte sie daran, dass die Versklavung ihrer Familie heute ein Ende haben würde.

Von neuer Hoffnung erfüllt, erwies sich Yu Jie als fantastische Hilfe. Nachdem die Wandler die medizinische Ausrüstung hergebracht hatten, half das Mädchen Leah dabei, von Hütte zu Hütte zu gehen, bis jeder Dorfbewohner mit einer Infusion versorgt war. Diese enthielt Abbys Medikament, mit dessen Hilfe die Dorfbewohner aus ihren mentalen Fesseln von Darafer befreit werden sollten.

Leah rechnete mit ungefähr fünf Stunden, bis die stärksten und gesündesten Dorfbewohner aus ihrem zombiehaften Zustand erwachen würden. Aber sie war auch auf zwei ältere Frauen gestoßen, um die es sehr schlecht stand und die später zu den Fischerbooten getragen werden mussten. Leah hoffte, dass die beiden in ein Krankenhaus gebracht werden konnten, sobald sie in Tiger Town waren.

In der Zwischenzeit brachten die Wandler Nahrungsmittel und zwei große Suppentöpfe von dem Bergkamm herunter. Sie bauten eine Küche im Freien auf und stellten die Töpfe auf ein Gitter über dem Feuer. Rajiv zufolge würde das Menü aus Nudelsuppe mit Hähnchen und Reis bestehen. Sobald das Essen kochte, blieb Rajiv da, um Wache zu halten, während Howard und Phil sich um das Dämonenkraut kümmerten. Sie arbeiteten sich mit ihren Macheten durch das Feld und sammelten die Pflanzen in der Mitte.

Gegen Mittag war etwa die Hälfte, des Dorfes, allen voran die Jungen und Gesunden, wach und aß das mitgebrachte Essen. Leah befreite sie von den Infusionen und Yu Jie erklärte ihnen, was passiert war. Gegen ein Uhr nachmittags erwachte auch die ältere und schwächere Hälfte und einige der gesünderen Dorfbewohner halfen ihnen dabei, die beiden Frauen im kritischen Zustand zu waschen und zu füttern.

Mit wachem Verstand und vollen Mägen kamen die Einheimischen an ihrem Hauptversammlungsort zusammen, der sich in der Nähe des Lagerfeuers befand. Die Frauen waren entsetzt von all dem Schmutz und holten Wasser aus dem Brunnen, damit sich alle waschen konnten. Die älteren Männer hingegen begannen zu diskutieren.

„Wie könnt ihr es wagen, euch in die Angelegenheiten unseres Dorfes einzumischen?“ Einer der älteren Männer zeigte mit seinem knochigen Finger auf Leah.

Bevor Leah reagieren konnte, mischte Yu Jie sich ein. „Wie könnt ihr es wagen, einzuwilligen, dass wir alle zu Sklaven gemacht werden!“

Die meisten Bewohner stimmten ihr lauthals zu und hoben die Fäuste in die Luft. Der Mann brüllte zurück und erhielt

Verstärkung von einem anderen älteren Mann. Leah ging davon aus, dass sie die Dorfältesten waren.

„Beruhigt euch!“, rief sie auf Chinesisch, aber niemand hörte auf sie.

Rajiv stieß einen ohrenbetäubenden Pfiff aus, der sie alle verstummen ließ. Dann deutete er auf Leah. „Ihr solltet auf die Ärztin hören, die euer Leben gerettet hat.“

„Sie hat unser Dorf zerstört.“ Anklagend zeigte der erste Älteste auf das Feld, in dem Howard und Phil die Pflanzen abmähten. „Wenn Darafer herausfindet, dass ihr sein Feld zerstört habt, wird er uns alle töten!“

Mehrere Frauen kreischten und zogen ihre Kinder an sich.

Howard und Phil kamen angerannt.

„Hört mir zu!“, rief Leah. „Darafer hat euch mit einer Droge zu seinen Sklaven gemacht, die euch langsam umgebracht hat. Zwei eurer Frauen sind dem Tode nahe. Noch ein Jahr in diesem Zustand und ihr wärt alle tot.“

Murmeln brandete in der kleinen Gruppe auf. Die meisten von ihnen nickten zustimmend.

„Es sind zwanzig Monate vergangen“, fuhr Leah fort. „Das sind beinahe zwei Jahre eures Lebens, die man euch gestohlen hat.“

Die Frauen begannen zu weinen und umarmten ihre Kinder.

„Darafer wird zurückkommen, um uns zu töten!“, brüllte der zweite Älteste.

„Aus diesem Grund werdet ihr das Dorf verlassen.“ Rajiv deutete auf eine Gruppe von fünf Männern, die sich dem Schauplatz näherten. „Das sind Fischerleute aus meinem Dorf, die euch alle in Sicherheit bringen werden.“

„Ihr könnt uns nicht dazu zwingen, unser Zuhause zu verlassen“, schrie der erste Älteste.

„Seht euch doch mal um“, erwiderte Leah. „Hier in diesem Dreck und ohne richtige Nahrung zu leben, wird euch umbringen. Wenn ihr leben wollt, müsst ihr mit uns kommen."

„Ihr habt kein Recht, uns zu sagen, was wir tun sollen", beharrte der zweite Älteste.

„Ach, halt den Mund, alter Mann!" Eine ältere Frau drohte ihm mit der Faust. „Ihr seid es doch, die entschieden haben, dass wir für Darafer arbeiten. Seht nur, was uns das gebracht hat! Schaut euch unsere Kinder an!"

„Sie haben uns nicht mal das Geld bezahlt, das sie uns versprochen haben", rief eine andere Frau.

„Wir sollten Darafer dafür töten, was er uns angetan hat!", schrie eine dritte Frau.

„Der beste Weg, Darafer zu schaden, ist seine Ernte zu zerstören", sagte Rajiv.

Von Rache getrieben schrie die Hälfte der Dorfbewohner auf, riss zerstörte Holzbretter von Türen und Zäunen und zündete sie am Lagerfeuer an. Howard und Phil rannten mit ihnen auf das Feld, um sicherzustellen, dass das Feuer nicht außer Kontrolle geriet.

Während das Feld brannte, bereiteten Rajivs Wertigerfreunde zwei Bahren für die kranken Frauen vor. Leah und Yu Jie erhielten Hilfe von den verbliebenen Einheimischen, sodass die medizinische Ausrüstung und die Nahrungsmittel schon bald sicher in der Höhle auf dem Bergrücken verstaut waren. Howard und Phil liefen das Dorf ab, um dafür zu sorgen, dass sie keinerlei Spuren hinterlassen hatten, die darauf hinwiesen, wer den ehemaligen Zombiemenschen geholfen hatte.

Es dauerte etwa dreißig Minuten, zum Mekong zu marschieren. Dort warteten fünf weitere Wertiger neben zehn Fischerbooten. Sobald sie alle eingestiegen waren, fuhren sie los.

Leah winkte Yu Jie zu, die im Nachbarboot bei ihrer Familie saß. Sie winkte grinsend zurück.

Zwei Stunden später erreichten sie Tiger Town. Die Wertiger hatten Wannen mit heißem Wasser vorbereitet, in denen sich die Dorfbewohner waschen konnten. Zusätzlich boten sie ihnen saubere Kleidung an.

„Das ist sehr großzügig von deinen Leuten“, sagte Leah zu Rajiv auf Englisch.

Er grinste. „Sie tun das auch für sich selbst. Tiger haben einen starken Geruchssinn und können stinkende Leute nicht ertragen.“

Howard kräuselte die Nase. „Es war auch für Phil und mich schwer.“

In Tiger Town gab es mehrere Jeeps, und sie boten den Dorfbewohnern an, sie morgen in die nächste Stadt zu fahren. Viele der Bewohner hatten Verwandte in anderen Städten und konnten es kaum erwarten, ihre Familien wiederzusehen.

Rajiv führte Leah und die Wandler die Stufen in den Innenhof hinauf. „Ich habe für Privatzimmer und Bäder für euch gesorgt.“

„Oh, danke.“ Leah wäre sehr erleichtert, wenn sie sich endlich den Gestank des Zombiedorfes abwaschen könnte.

„Ein Bediensteter wird eure Kleidung waschen“, fügte Rajiv hinzu. „Solange bekommt ihr saubere Kleider von uns.“

„Danke“, sagte Phil, der sich im Innenhof umsah. „Dieser Ort ist unglaublich.“

Leah nickte, während sie den Palast bewunderte. „Einfach wunderschön.“

„Ihr Tiger führt ein tolles Leben“, bemerkte Howard.

Rajiv grinste. „Warte mal bis heute Abend. Das wird so ein Spaß!“

„Was ist heute Abend?“, fragte Leah.

„Wir feiern! Es gibt ein Festmahl und Musik und es wird getanzt.“ Rajiv stieß seine Faust in die Luft. „Es wird großartig!“

Phil lachte. „Du klingst wie Tony, der Tiger, wenn er das sagt.“

„Ich kenne Tony nicht“, murmelte Rajiv.

Howard schnaubte. „Ich trinke und esse, aber erwarte nicht von mir, zu tanzen.“

„Ach, komm schon.“ Rajiv verpasste ihm einen Rippenstoß. „Ich will sehen, wie Puuh-Bär den Tigertanz tanzt.“

Leah lächelte, kam jedoch nicht gegen die wachsende Furcht in ihrem Inneren an. Der Plan für den Tag war ein voller Erfolg gewesen, aber sobald die Sonne unterging, mussten die Vampire sich den Konsequenzen stellen, wenn Master Hans Soldaten ein leeres Dorf und ein niedergebranntes Feld entdeckten. Im schlimmsten Fall musste Dougal um sein Leben kämpfen.

Dougal hockte zusammen mit Angus und J. L. hinter ein paar Büschen neben dem abgebrannten Feld.

Kyo und seine Freunde hatten sich auf der gegenüberliegenden Seite positioniert. Rauch quoll aus der schwelenden Asche des Dämonenkrauts in den Nachthimmel hinauf.

Angus hatte Betäubungspfeile verteilt und den Befehl gegeben, die Soldaten, wenn möglich, gefangen zu nehmen. Dann würden sie sich mit ihnen zurück zur Schule teleportieren.

Kurz vorher hatte J. L. eine Textnachricht von Rajiv erhalten, in der stand, dass sie die Dorfbewohner sicher nach Tiger Town gebracht hatten. Dougal konnte es kaum erwarten, Leah wiederzusehen.

„Darafer wird stinksauer sein“, sagte eine leise Stimme hinter ihnen. Dougal warf einen Blick über die Schulter und entdeckte Russell ein paar Schritte von ihnen entfernt.

„Schön, dass du dich uns anschließt.“ Angus stand auf und hielt ihm die Hand hin, aber Russell ignorierte sie und hielt die Distanz.

„Ihr solltet Darafer nicht verärgern“, murmelte er. „Er ist weit mächtiger als wir und wird sich rächen.“

„Deshalb sind wir hier.“ J. L. deutete Russell an, ebenfalls in die Hocke zu gehen. „Wir werden die Soldaten daran hindern, ihm Bericht zu erstatten."

Russell kauerte sich auf den Boden. „Das wird euch höchstens eine Nacht Zeit verschaffen."

Angus hockte sich ebenfalls wieder hin. „Wir haben ein Serum entwickelt, das Master Hans Soldaten wieder zurückverwandelt, und wir haben eine Klinik auf einer verlassenen japanischen Insel errichtet, wo wir sie behandeln können."

Russell schnaubte. „Sie sind der Feind. Tötet sie einfach."

„Ihre Seelen werden in die Hölle fahren", merkte Dougal an.

„Wir sind in der Hölle", brummte Russell. „Abgesehen davon war es ihre eigene Entscheidung."

„Schhhh." J.L. hob die Hand. „Ich habe einen Motor gehört."

„Wir brauchen sie lebend, wenn möglich", flüsterte Angus.

Zwei Jeeps tauchten am Ende des Felds auf und bewaffnete Soldaten sprangen heraus. Nach dem ersten Schock teilten sie sich in zwei Gruppen auf. Die eine überprüfte das Feld, während die andere ins Dorf eilte.

Angus deutete seinen Männern an, ihm ins Dorf zu folgen. Sie versteckten sich hinter den Büschen und Bäumen, bis sie knapp über den ersten Hütten waren, dann machten sie sich auf den Weg nach unten und teilten sich auf.

Die Soldaten durchsuchten die Hütten. Dougal positionierte sich neben einer Tür, und als der Soldat herauskam, rammte er ihm das Betäubungsmittel in den Hals – und zur Sicherheit gleich ein zweites. Der Soldat fiel vornüber und Dougal fing ihn auf, warf ihn sich über die Schulter und trug ihn zum Hauptversammlungsort. Angus war bereits mit einem bewusstlosen Soldaten da und J. L. schleppte gerade einen dritten an.

„Wo ist Russell?", fragte Angus, während sie die Soldaten auf einen Haufen warfen.

Ganz in der Nähe ertönte ein Schmerzensschrei. Sie folgten dem Geräusch und fanden zwei tote Soldaten vor, die zu Russells Füßen lagen. Blut tropfte von dessen Schwert.

„Zum Teufel." Angus starrte ihn wütend an. „Ich habe dir gesagt, dass wir sie lebend wollen."

„Du hast mich um meine Hilfe gebeten." Russell wischte seine Klinge an der Uniform eines Soldaten sauber. „Und du hast sie bekommen." Er verschwand.

Mit einem unterdrückten Fluch auf den Lippen kehrte Angus zu den drei bewusstlosen Männern zurück.

J. L. seufzte. „Russell hat zu lange unter Feinden gelebt."

Dougal nickte und stampfte mit J. L. davon. Er verstand, wie hart eine Person werden konnte, wenn sie ums Überleben kämpfte. Im Laufe der vier Jahre, die er als Sklave verbracht hatte, hatte er so oft miterlebt, wie andere Sklaven ausgepeitscht und gefoltert wurden, dass er innerlich kalt und gefühllos geworden war. Einzig seine Musik hatte seine Seele am Leben erhalten. Und die Musik hatte Li Lei in sein Leben gebracht. Hätte sie ihn nicht gerettet, wäre er wahrscheinlich als Sklave gestorben. Letzten Endes war es jedoch Li Lei gewesen, die jung gestorben war.

Vergib mir. Er würde sich ihre Vergebung verdienen, indem er die nächsten Jahrhunderte damit verbrachte, für Leahs Sicherheit zu sorgen und sie glücklich zu machen.

Kyo tauchte in Vampirgeschwindigkeit vor ihnen auf. „Wir mussten einen töten, haben aber drei Bewusstlose."

„Dann lasst uns sie in die Schule bringen", sagte Angus.

Innerhalb weniger Minuten teleportierten sie die Soldaten in die Klinik und legten sie auf den Krankenbahren ab. Abby und Laszlo versetzten sie in Stasis, während Gregori berichtete, dass alles ruhig in der Schule war.

Dougal wollte Leah sehen, doch zuerst mussten sie die verbliebene Ausrüstung zurückbringen, die noch immer versteckt in der Höhle im Bergkamm lag. Sie durften keine Hinweise auf das zurücklassen, was dort passiert war. Also teleportierten sie sogar die toten Soldaten auf die Insel, wo sie eine angemessene Beerdigung erhalten würden.

Als sie die Mission zu Ende gebracht hatten, sprang Dougal unter die Dusche und zog sich seinen Kilt und sein weißes Hemd an. Dann schnappte er sich die Uilleann Pipes. Er würde das Versprechen halten, das er dem Großen Tiger gegeben hatte – und dann würde er den Rest der Nacht mit Leah verbringen.

27. Kapitel

Leah klatschte im Takt der dröhnenden Trommeln, während sich Howard und Phil am Tigertanz versuchten. Anfangs hatten sie sich noch gesträubt, doch nach ein paar Bechern des in Tiger Town hergestellten Alkohols konnten sie es kaum erwarten, loszulegen.

Fast alle Bewohner von Tiger Town und ihre Gäste aus dem Zombiedorf hatten sich im Innenhof versammelt, um zu feiern. Fackeln erhellten das Gelände und ein halbvoller Mond leuchtete vom sternenklaren Himmel auf sie herunter. An beiden Enden des Innenhofs stand eine Reihe von Tischen voll mit Köstlichkeiten: gegrilltem Fisch, Reis, Früchten und etwas, das Rajiv Tigersaft nannte.

Vor dem Palast standen große Trommeln, auf die in einem fesselnden, fast schon hypnotischen Rhythmus eingeschlagen wurde. Sie brachten jeden dazu, tanzen zu wollen. Das und der hausgemachte Alkohol. Nach einer halben Tasse machte sich Leah weit weniger Sorgen um Dougal. Und als sie von Rajiv erfuhr, dass die Vampire ihren Teil der Mission erfolgreich erledigt hatten, sprang sie vor Freude auf und versuchte sich ebenfalls am Tigertanz.

Es war ziemlich einfach. Einem Partner gegenüberstehen, mit dem rechten Fuß viermal auf den Boden klopfen, in die Hocke gehen und mit einer halben Umdrehung wieder aufspringen. Dann das Ganze noch mal mit einem anderen Partner. Anschließend hakte man sich beim Partner ein und drehte sich. Der Tanz endete mit einem Fauchen und damit, seine – echten oder imaginären – Krallen zu zeigen. Natürlich versuchten sich die Wertiger gegenseitig zu übertreffen, indem sie am höchsten sprangen. Andere Männer trugen gigantische Tigermasken und sprangen so hoch, dass sie über den Köpfen der anderen Feiernden schwebten. Immer wieder gab es einen betrunkenen Zusammenstoß, aber sie alle lachten nur darüber und gingen zurück zum Tisch für noch mehr Tigersaft.

„Ist das Howard, der da tanzt?", rief J. L. über den Lärm hinweg. „Und Phil?"

Leah hob den Kopf und erkannte J. L. und Angus, die gerade erst ankamen. Ihr Herz begann zu rasen, beruhigte sich jedoch schnell wieder, als sie Dougal nirgendwo entdecken konnte.

J. L. setzte seine Kühlbox ab. „Wow, sie haben mich gerade angefaucht."

Grinsend gab Angus ihm ein Blier aus der Kühlbox. „Gute Arbeit", sagte er an Leah gewandt.

„Danke. Ich habe gehört, dass bei euch auch alles glatt gelaufen ist."

Angus nickte und nahm sich selbst auch eine Flasche Blier. „Wir haben jetzt sechs weitere Soldaten in Stasis."

Leah konnte sich nicht länger zurückhalten. „Wo ist Dougal?"

„Er musste ein Versprechen einhalten, das er dem Großen Tiger gegeben hat." J. L. trank einen Schluck. „Er hat versprochen, einen Rock zu tragen und Dudelsack für ihn zu spielen. Du findest ihn im Palast."

„Okay, danke." Leah sauste die Stufen zum Palast hinauf.

Sobald sie die schwere Doppeltür hinter sich geschlossen hatte, verwandelte sich das Trommeln von draußen in ein dumpfes Pochen. An dessen Stelle trat der traurige, melodische Klang des Dudelsacks.

Der Wächter nickte ihr zu und erlaubte ihr damit, den Thronsaal zu betreten. Sie schlich vorwärts und hielt sich an der Seite, halb hinter den Säulen versteckt. Und dann sah sie ihn.

Dougal saß am Rande des Podiums, den Kopf leicht gebeugt, während er sich auf die langsame, klagende Melodie konzentrierte. Rajivs Großvater saß auf seinem Thron. Er hatte die Augen geschlossen und wiegte sich sachte zur Musik.

Tränen traten ihr in die Augen. Wie könnte sie nicht den Rest ihres Lebens mit Dougal verbringen?

Als die Musik endete, trat sie hinter der Säule hervor.

Dougal legte den Dudelsack ab und stand auf. „Leah."

Ihr Herz explodierte beinahe, als sie seinen Gesichtsausdruck sah. So viel Liebe und Zärtlichkeit.

„Ah." Der Große Tiger beobachtete sie genau. „Hast du wieder Liebe gefunden, Dou Gal?"

„Ja, Eure Eminenz", antwortete er, ohne den Blick auch nur eine Sekunde von Leah abzuwenden.

Sie sah kurz zu Rajivs Großvater hinüber. Was meinte er mit *wieder*?

„Wahre Liebe", flüsterte der Große Tiger mit Tränen in den Augen.

Dougal verbeugte sich vor ihm. „Entschuldigt, Eure Eminenz. Ich wollte Euch nicht traurig machen. Leider kann ich nur noch langsame Musik spielen."

„Es war wunderschön." Der Große Tiger deutete auf die Tür. „Du darfst jetzt gehen. Ich möchte mit den Erinnerungen an meine Frau, die vor mir gestorben ist, allein sein."

„Ja, Eure Eminenz." Dougal griff nach Leahs Hand und führte sie durch die Doppeltür hinaus.

Sie warf einen Blick zurück, nur um die Träne zu sehen, die über die Wange des Großen Tigers rann. Er musste seine Frau sehr geliebt haben.

Dougal stieß die Türen auf, und sofort drang das gleichmäßige Trommeln wieder an ihr Ohr. Der Innenhof sprühte vor Leben. Menschen lachten und tanzten. Tränen ließen ihr die Sicht verschwimmen, als sie erkannte, wie gesegnet sie war.

„Das Leben ist ein Abenteuer, Mädchen“, hatte Großvater ihr gesagt. „Genieß es in vollen Zügen und schau niemals zurück.“

Das werde ich, Grandpa. Sie blinzelte die Tränen zurück und lächelte Dougal an. „Wolltest du tanzen?“

Er zog sie bis an den Rand des Innenhofs. „Ich habe eine andere Aktivität im Kopf.“

Sie folgte ihm durch eine schmale Gasse zwischen zwei Gebäuden. „Wohin gehen wir?“

„Ich habe ein Zimmer im Gästehaus.“

„Warte.“ Sie blieb stehen.

Er drückte sie gegen eine Steinmauer. „Warum soll ich warten? Ich habe mich jede Nacht nach dir verzehrt.“

„Ich muss dir etwas sagen.“

Er liebkoste ihren Nacken. „Dann sag es, bevor ich dir diese hübsche Robe runterreiße.“

„Sie ist hübsch, oder? Rajivs Cousine Jia hat sie mir geliehen. Sie ist ein nettes Mädchen.“

Dougal hob den Kopf und musterte sie ungeduldig. „Das wolltest du mir sagen?“

„Nein.“ Das Trommeln im Innenhof wurde lauter und ihr Herz hämmerte im gleichen Rhythmus. „Ich habe mir wirklich Sorgen um dich gemacht.“

„Ich auch um dich.“ Er nahm ihre Hand, um sie in sein Zimmer zu führen.

„Warte.“ Sie blieb erneut stehen. „Ich hatte solche Angst, dass mir etwas Wichtiges klargeworden ist.“

„Was? Dass du dir zu viele Sorgen machst?“

„Nein. Dass ich nicht ohne dich leben will.“ Sie strich über seine Wange. „Ich gehöre ganz dir, Dougal. Zu einhundert Prozent.“

Seine Augen glühten rot auf. Innerhalb von Sekunden hob er sie hoch und trug sie in sein Zimmer. Kurze Zeit später hatte er die Kerze in der Papierlaterne vor der Tür angezündet. Sie nahm das Bettzeug von der Kommode und breitete es auf dem Boden aus.

Seine Schuhe, Socken und sein Sporran fielen zu Boden.

„Warte", sagte sie, als er sich das Hemd vom Körper riss.

„Was ist jetzt?"

„Es gibt eine Sache, die ich tun wollte. Eigentlich sogar ein paar Sachen."

„Aye, ich auch." Er begann seinen Kilt zu öffnen.

„Nein, warte!" Sie deutete auf das Bettzeug. „Leg dich hin."

Ungeduldig breitete er sich auf dem improvisierten Bett aus. „Und jetzt?"

Sie kickte sich die Schuhe von den Füßen. „Genieß die Show." Langsam löste sie die Bänder, die ihre Robe zusammenhielten. Unter ihren bloßen Füßen vibrierte der Boden von den Trommelschlägen im Innenhof. Sie war völlig nackt unter der Seide, wodurch sie sich herrlich dekadent vorkam. Ihre Brustwarzen verhärteten sich, als sie die Robe über ihre Schultern schob. Der Stoff landete zu ihren Füßen und sie stand nackt vor ihm. Nackt, bis auf den Jadedrachen um ihren Hals.

Er atmete scharf ein und seine Augen glühten in einem noch intensiveren Rot. „Du bist so wunderschön." Er streckte die Hand nach ihr aus. „Komm her."

Lächelnd trat sie aus seiner Reichweite. „Ich bin noch nicht fertig. Da gibt es noch etwas anderes, das ich tun wollte."

„Und das wäre?"

Sie kniete sich neben seine Beine. „Das hier." Sie griff nach dem Saum seines Kilts und warf den Stoff hoch.

Seine Mundwinkel zuckten. „Wolltest du mir unter den Kilt?"

„Ja." Allein sein Anblick ließ sie feucht werden. Er war so hart und prall, aber sie wandte den Blick von seiner Erektion ab und strich mit den Fingerspitzen über seine muskulösen Waden bis hinauf zu seinen Oberschenkeln.

„Mädchen, wenn du über mich herfallen willst, bist du ein bisschen zu weit südlich unterwegs."

Sie lächelte. „Beschwerst du dich?"

Er erwiderte ihr Lächeln. „Aye. Du bist zu langsam."

„Wo habe ich das nur schon mal gehört?" Sie umfasste seine Eier. Er atmete zischend ein. „Ich verlange eine Entschädigung."

„Was immer du willst", knurrte er. „Aber mach weiter."

Sie legte eine Hand um seine Erektion und drückte zu. „Ich nehme das hier."

Ein Tropfen sickerte aus seiner Spitze und sie beugte sich hinunter, um ihn abzulecken. Dann nahm sie ihn in den Mund. Sie schloss die Augen, konzentrierte sich ganz auf das Gefühl und den Geschmack, während die Trommeln immer schneller und schneller wurden. Nie zuvor hatte sie sich so ursprünglich gefühlt. So frei.

„Das reicht!" Dougal warf sie auf den Rücken und schob sich zwischen ihre Beine.

Seine Lippen und Zunge brachten sie um den Verstand. Sie wand sich, aber er packte ihre Hüften und hob sie an, um die Folter zu intensivieren. Ein feuriger Orgasmus peitschte durch sie hindurch und ließ sie unter seiner Kraft erzittern. Als sie noch immer davon geschüttelt wurde, drang er in sie ein und sie kam erneut. Sie war gefangen in einem Wirbelsturm aus Trommelschlägen und pulsierenden Muskeln, während er immer schneller und schneller in sie stieß. Er kam mit einem Schrei, dann ließ er sich neben sie fallen und zog sie eng an sich.

Sie klammerte sich an ihn und strich mit der Hand über sein Drachentattoo. Sein Herz schlug so kräftig wie die Trommeln im Innenhof.

„Leah." Er streichelte über ihr Haar. „Du bist mein. Für immer."

Sie lächelte. Ihr Leben war wunderbar perfekt. Mit einem zufriedenen Seufzen schloss sie die Augen.

Aber wie lange wird das anhalten? warnte eine kleine Stimme in ihrem Kopf. Sie schlug die Augen auf. Sie hatten Darafers wertvolles Feld mit Dämonenkraut niedergebrannt. Das war gleichbedeutend damit, dem Dämon den Krieg zu erklären. Und er würde sich ohne Zweifel dafür rächen.

Am nächsten Nachmittag arbeitete Leah wieder im Labor.

Die Vampire hatten sie und die Wandler kurz vor Sonnenaufgang zurück in die Schule teleportiert. Dann waren sie für ihren Todesschlaf in den Keller gegangen.

Leah war ebenfalls erledigt von ihrer Liebesnacht mit Dougal, also legte sie sich für ein paar Stunden hin. Gegen ein Uhr dreißig wachte sie wieder auf und machte sich an die Arbeit. Sie nahm den neuen Soldaten Blut ab und ging ins Labor, um es zu untersuchen. Abby hatte die Ergebnisse der ersten beiden Gefangenen, und es sah ganz danach aus, als würden sie Fortschritte machen.

„Was könnt ihr mir über Laser sagen?", frage Gu Mina, die auf Laszlos leerem Stuhl saß.

„Er ist ein netter Kerl", antwortete Leah, während sie einen Objektträger vorbereitete.

Mina machte eine wegwerfende Handbewegung. „Das weiß ich schon. Was wisst ihr sonst über ihn?"

„Ich glaube, er ist Ungar", sagte Abby, die gerade durch ein Mikroskop schaute.

„Das weiß ich auch schon." Mina drehte sich ungeduldig mit dem Stuhl. „Warum ist er so nervös in meiner Nähe? Ich sage ihm ständig, dass er süß ist und dass ich ihm nie wehtun würde, trotzdem fummelt er immerzu an seinen Knöpfen herum."

Leah lächelte. „Das tut er immer."

„Warum?"

Sie zuckte mit den Schultern. „Ich schätze mal, er ist nervös."

„Aber warum?"

Leah seufzte. Mit einem neugierigen Fuchs im Raum war es schwer, sich zu konzentrieren. „Ich weiß es nicht. Vielleicht solltest du ihn das fragen."

„Das habe ich und einer seiner Knöpfe ist abgesprungen."

Schmunzelnd schaute Leah durch das Mikroskop.

Das kreischende Geräusch eines Schwerts, das aus der Scheide gezogen wurde, ließ sie aufblicken. Mina richtete ihr Schwert auf einen fremden Mann. Er war ganz in Schwarz gekleidet, hatte schulterlanges schwarzes Haar und funkelnde grüne Augen. Genau wie Dougal, dachte Leah, aber er hatte immer herrlich anziehend auf sie gewirkt. Die Art, wie dieser Mann sie anstarrte, war kalt und niederträchtig.

Abby schnappte nach Luft und sprang auf die Beine. „Darafer."

Er warf ihr einen genervten Blick zu. „Ich bin nicht deinetwegen hier." Er richtete seine Aufmerksamkeit wieder auf Leah und machte einen Schritt auf sie zu. „Du bist die Närrin, die mich plagt, nicht wahr?"

„Stopp!" Mina stürzte sich auf ihn, aber Darafer ließ sie mit einer einzigen Handbewegung quer durch den Raum fliegen. Sie knallte so heftig gegen die Wand, dass sie einen Riss darin hinterließ.

Dann fiel sie bewusstlos zu Boden.

„Mina!" Leah wollte zu ihr rennen, zögerte dann jedoch. Ihr Blick fiel auf den Dolch auf ihrem Tisch. Sie musste sich verteidigen.

Abby zog eine Pistole aus einer Schublade. Im selben Moment rannten Howard und Phil in den Raum und richteten ihre

Schusswaffen auf den Dämon. Rajiv war ihnen dicht auf den Fersen und hielt ein Schwert in der Hand. Mit einem gelangweilten Gesichtsausdruck wedelte Darafer mit der Hand und sie alle erstarrten.

Leah brauchte eine Sekunde, um zu begreifen, was er getan hatte. Marielle hatte sie davor gewarnt, dass er die Zeit anhalten konnte. Er hatte jeden im Raum erstarren lassen. Jeden außer ihr.

Sie griff nach dem Dolch und warf ihn mit aller Kraft. Er stoppte mitten in der Luft.

„Dr. Galileah Chin. Die brillante Enttäuschung ihrer Familie." Darafer schlenderte auf sie zu und riss den Dolch aus seiner Starre. „Sie haben dich nie so geschätzt, wie ich es tun werde." Er prüfte die Schärfe der Klinge. „Ich frage mich, ob sie um dich genauso trauern würden wie um deine Brüder?"

Sie schluckte hart. Marielle hatte ihr gesagt, dass Darafer in der Sekunde, in der er sie sah, wissen würde, welche Wunden er aufreißen und welche Ängste er manipulieren musste. Verzweifelt sah sie sich nach einer anderen Waffe um. Ein Skalpell vielleicht? Sie näherte sich dem Instrument langsam.

„Das würde ich an deiner Stelle nicht tun." Keine Sekunde später stand Darafer neben Abby und richtete den Dolch auf ihren Bauch. „Es wäre eine Schande, sie aufzuschlitzen, wo sie doch schwanger ist, findest du nicht auch?"

Leah ballte die Hände zu Fäusten. „Was wollen Sie?"

„Rache natürlich." Er warf den Dolch zu Boden. „Und du wirst sie mir verschaffen."

Er kam auf sie zu und verwandelte sich dabei in eine schwarze Wolke. Sie rannte los und war doch Sekunden später von Dunkelheit umgeben, die ihr die Luft abdrückte. Panik erfasste sie, ließ sie vor Angst erstarren, bis alles um sie herum schwarz wurde.

28. Kapitel

In dem Moment, in dem Dougal aus seinem Todesschlaf erwachte, wusste er, dass irgendetwas nicht stimmte.

Howard und Phil waren im Keller und beobachteten ihn mit grimmigen Gesichtern.

Rajiv eilte die Stufen hinunter, in den Händen einen Sack. „Ich habe ein paar Flaschen für sie aufgewärmt."

„Was ist los?", wollte Angus wissen.

„Leah", wisperte Dougal. Als die Wandler das Gesicht verzogen, blieb ihm das Herz stehen.

Er raste die Treppe hinauf und weiter in Leahs Schlafsaal. Ihr Bett war leer. Abby saß darauf, schniefend, während Gu Mina sie zu trösten versuchte.

Als Abby Dougal entdeckte, brach sie in Tränen aus. „Es tut mir so leid. Wir haben versucht, sie zu beschützen …"

„Abby!" Gregori blieb vor ihr stehen. „Geht es dir gut?"

„Darafer war hier." Sie warf sich in Gregoris Arme. „Er hat Leah mitgenommen."

Dougal stolperte zurück. Leah … war fort? Er rannte ins Labor. Es war leer. Minas Schwert lag auf dem Boden, direkt neben einer Wand mit einem Riss. Der *Sgian Dubh*, den er Leah gegeben hatte, lag auf dem Boden hinter Abbys Tisch.

„Wir haben versucht, sie zu beschützen", sagte Howard leise hinter ihm. „Wir waren vorbereitet, wollten auf ihn schießen, aber dann war er plötzlich weg und Leah war verschwunden."

„Er hat uns erstarren lassen", fügte Phil hinzu. „Wir haben uns die Videoaufnahme angeschaut, um herauszufinden, was passiert ist."

„Ich will es sehen“, sagte Angus, als er den Raum betrat.

Dougal ging zu Leahs Tisch und ihrem leeren Stuhl. Ein Mikroskop und ein Objektträger standen darauf. Sie hatte gearbeitet.

Und jetzt war sie fort.

Ein sengender Schmerz schoss durch ihn hindurch und riss ihn aus seinem Schockzustand. Leah war fort. Von Darafer entführt. Und er hatte sie nicht beschützen können.

Seine Handprothese ballte sich zur Faust. Es gab noch Hoffnung. „Ihr Sender.“ Er wandte sich an Howard. „Habt ihr sie gefunden?“

Howard zuckte zusammen. „Er funktioniert nicht. Wie versuchen es schon seit drei Stunden.“

Ein eisiger Schauer kroch Dougals Wirbelsäule hinunter. Wie sollte er sie jemals wiederfinden? Er hatte sie im Stich gelassen.

„Ich habe jeden kontaktiert, direkt nachdem die Sonne bei ihm untergegangen war“, sprach Howard weiter. „Mikhail in Moskau. Zoltan in Budapest. Jack in Venedig und Connor in Schottland. Sie haben sich alle nach Westen teleportiert. Emma hat sich ein paar der älteren Werwolfjungs geschnappt. Ian, Carlos, Robby, JeanLuc, Phineas, Nate und Finn haben sich alle freiwillig gemeldet. Wir haben jetzt fünfzehn Männer in Hawaii, die auf unser Zeichen warten.“

„Ruf sie an“, befahl Angus. „Und ruf die drei Kerle in Australien an. Wir brauchen alle verfügbaren Leute.“

„Hier.“ Rajiv zog eine Flasche Blut aus seiner Tasche und reichte sie Angus. „Ihr müsst stark bleiben.“

Dougal ignorierte die Flasche, die Rajiv ihm geben wollte, und marschierte aus dem Raum. Wie hatte er sie nur so im Stich lassen können? In dem Moment, in dem er Leah getroffen hatte, hatte er sich geschworen, sie zu beschützen.

Der Flur war voll mit Vampiren, die ihre Frühstücksflasche tranken und ihm mitfühlende Blicke zuwarfen.

Verdammt. Spart euch euer Mitleid für jemanden, der es verdient hat. Er stürzte aus der Eingangstür und rannte die Stufen hinunter. Er war schon fast am Strand, als ihm auffiel, dass seine Socken feucht waren, weil er durch den Schnee gelaufen war. Er blieb stolpernd stehen und starrte auf das dunkle Wasser hinaus, während sich eine Eiseskälte in seinen Füßen ausbreitete.

Er verdiente es. Der kalte Wind zerrte an seinem Shirt und Kilt und fand einen Weg bis in seine Knochen. Das verdiente er auch. Der ganze Schmerz der Welt war nichts im Vergleich zu jenem in seinem Herzen. Er hatte sie im Stich gelassen.

Wo war sie? War sie noch am Leben? Solange sie ihm nützlich sein konnte, würde Darafer sie hoffentlich am Leben lassen. Folterte er sie? Peitschte er sie aus, bis sie sich ihm unterwarf und seine Sklavin wurde?

Neuer Schmerz schoss durch ihn hindurch, zerriss ihm das Herz und verdoppelte sich. Schuld und Hunger. Aber die Schuldgefühle waren am schlimmsten. Er verdiente den Schmerz, den der Hunger in ihm auslöste.

„Da bist du ja", sagte Connor hinter ihm. Die Steine an der Küste knirschten unter seinen Schritten, als er näherkam. „Hier." Er hielt Dougal eine Flasche Blut hin.

Dougal ignorierte ihn.

Connor seufzte. „Ich weiß, dass du leidest …"

„Lass mich allein."

„Nein."

Wieder schnitt der Hunger schmerzhaft durch seinen Körper.

„Nimm schon." Connor drückte ihm die Flasche gegen die Brust.

Dougal trat einen Schritt zurück.

„Du Mistkerl." Connor riss den Deckel ab. „Wenn du leidest, wird das Leah nicht helfen."

Dougal wandte den Blick von ihm ab und richtete ihn auf die schwarzen Wellen, die gegen die Klippen donnerten. „Ich habe sie im Stich gelassen." Tränen brannten in seinen Augen. „Schon wieder."

Connor hielt einen Moment inne. „Du kannst sie nur im Stich lassen, wenn du aufgibst."

Dougal antwortete nicht. Wenn Leah in irgendeiner Form Schmerz zugefügt wurde, hatte er versagt.

Connor seufzte. „In Ordnung. Ich erlaube dir noch drei Sekunden Selbstmitleid, dann schlage ich dir den Schädel ein."

„Selbstmitleid?" Dougal wirbelte zu ihm herum. „Glaubst du etwa, ich denke an mich? Leah könnte in diesem Moment gefoltert werden!"

„Aye." Connor blickte ihn finster an. „Und was wirst du dagegen unternehmen?"

Dougals Handprothese ballte sich zur Faust. „Ich muss sie retten."

„Gut." Connor deutete auf die Schule. „Du hast Glück, dass du eine Menge Freunde hast, die alle hier sind, um dir dabei zu helfen."

Dougal blinzelte die Tränen fort und packte die Flasche, um das Blut hinunterzukippen.

„So kommen wir der Sache schon näher." Connor schob ihn in Richtung Schule. „Lass uns reingehen, bevor du dir deine verdammten Füße abfrierst. Willst du etwa auch noch Fußprothesen?"

Fünf Stunden später in Tiger Town war Dougal kurz davor, etwas zu zertrümmern. Jeder erzählte ihm, dass sie Fortschritte machten. Dass er die Hoffnung nicht aufgeben sollte. *Was für ein Schwachsinn.*

Sie hatten sie nicht gefunden.

Aus sechsundzwanzig verfügbaren Vampiren und Wandlern

hatten sie zehn Teams gebildet. Laszlo, Gregori, Emma und Gu Mina waren auf der japanischen Insel zurückgeblieben, um Abby zu beschützen. Dougal und J. L. hatten sich zu allen dreißig Lagern von Master Han teleportiert und per Satellitentelefon angerufen, sodass die anderen ihre Stimmen als Signal nutzen konnten. Innerhalb einer Stunde wussten alle Vampire, wo sich die Stützpunkte befanden. Sie hatten sie auf zehn eingegrenzt. Jedes Team war einem Lager zugeteilt und jeder Vampir aus jedem Team teleportierte sich in den jeweiligen Stützpunkt, um nach Spuren von Leah zu suchen.

Inzwischen waren sie alle nach Tiger Town zurückgekehrt. Keiner von ihnen war vom Feind entdeckt worden und sie gratulierten sich alle gegenseitig zu ihrer hervorragenden Arbeit.

Was für ein Schwachsinn. Dougal starrte sie finster an. Niemand hatte Neuigkeiten, was Leah betraf.

Angus grenzte die Stützpunkte auf die fünf wahrscheinlichsten ein. Den Wandlern Howard, Phil, Rajiv, Carlos und Finn wurde je ein Lager zugewiesen, während die verbliebenen Werwolfjungs in ein Team mit Rajiv, Phil und Finn gesteckt wurden. Tagsüber würden sie die ihnen zugewiesenen Stützpunkte beobachten, doch jetzt sollten sie ein paar Stunden schlafen.

Die Vampire teleportierten sich zurück zu den Lagern, um weiter nach Leah zu suchen. Kurz vor Sonnenaufgang kehrten sie nach Tiger Town zurück. Ohne Neuigkeiten. Die Wandler wurden geweckt und für ihre Aufgabe bei Tag wegteleportiert.

Als die Sonne sich dem Horizont näherte, schleppte Dougal sich mit schweren Schritten in das Zimmer, in dem er sich vergangene Nacht mit Leah geliebt hatte. Ihr Duft nach Jasmin haftete noch an ihrem Kissen und er zog es an seine Brust, während er gegen den Todesschlaf ankämpfte. Wie konnte er sich ausruhen, wenn Leah noch immer eine Gefangene war? Hatte sie Schmerzen? *Hab keine Angst, Leah. Ich werde dich finden.*

Doch egal wie sehr er sich dagegen wehrte, der Todesschlaf

fand ihn und zerrte ihn mit sich in die Dunkelheit, während ein alter Schwur durch Dougals Kopf geisterte. *Ich werde dich finden. Egal, was passiert. Selbst wenn es tausend Jahre dauert, werde ich dich finden.*

Leah erwachte keuchend.

Noch mehr Dunkelheit. Sie atmete tief ein und beschwor sich selbst, Ruhe zu bewahren, während die Erinnerungen auf sie einprasselten. Die schwarze Wolke. Das eisige Gefühl, als Darafer sie gepackt hatte. Das Grauen, das in ihr ausgebrochen war, bevor sie das Bewusstsein verloren hatte.

Sie war am Leben, rief sie sich in Erinnerung. Es gab immer Hoffnung, solange sie am Leben war.

Aber wo war sie? Sie sah sich um und versuchte dabei, keinen einzigen Muskel zu bewegen. Falls jemand sie beobachtete, wollte sie ihn nicht wissen lassen, dass sie wach war. Sie lag auf der Seite und etwas Raues kitzelte ihr Gesicht. Langsam öffnete sie die Hand, um die Oberfläche zu ertasten. Stroh oder Heu, das auf Stein lag.

Es war nicht völlig dunkel um sie herum. In der Ferne erkannte sie eine Fackel. Das flackernde Licht warf tanzende Schatten. Sie kniff die Augen zusammen. Stangen. Hölzerne Stangen wie bei einem Gitter. War sie in einem Käfig? Sie hob den Blick zur Decke. Nein, es schien eher eine Gefängniszelle zu sein.

Schritte ließen die Decke über ihr knarren. Über ihr musste sich ein Stockwerk befinden. Sie bewegte den Kopf ein wenig, versuchte sich umzusehen. Keine Fenster. Eine Steinwand hinter ihr, an den anderen drei Seiten Holzstangen. Nirgendwo waren Fenster zu sehen. War sie unter der Erde?

Sie tastete nach ihrem Jadedrachen. Wenn es Nacht war, würde Dougal nach ihr suchen. Sie würden alle nach ihr suchen. Und sie hatte einen Sender in ihrem Unterarm.

Sie atmete erleichtert auf. Es bestand kein Zweifel daran, dass ein Rettungsteam bereits auf dem Weg war.

„Ich weiß, dass du wach bist, Miststück“, knurrte eine Stimme auf Chinesisch. „Du machst niemandem etwas vor.“

Ihr blieb das Herz stehen. War das eine Wache? Sie setzte sich auf und ließ den Blick umherwandern. Rechts von ihr löste sich eine Gestalt aus den Schatten und näherte sich dem Holzgitter. Ein Gefangener in der Zelle nebenan. Als er ins Licht trat, erkannte sie ihn. Es war der Soldat aus dem Keller bei Romatech.

Aber er war Master Han treu ergeben geblieben. Warum war er eingesperrt? „Wieso bist du hier?“

Er schnaubte. „Du erinnerst dich also an mich. Das ist alles deine Schuld, du Miststück.“ Er deutete auf den vorderen Bereich ihrer Zelle. „Willst du dein Abendbrot? Falls nicht, nehme ich es.“

Langsam stand sie auf. „Sind wir allein?“

„Fürs Erste.“ Wieder zeigte er nach vorne. „Dein Essen?“

Sie ging in den vorderen Bereich des kleinen Raums. Die Zelle links von ihr schien leer zu sein. Ein schmaler Korridor führte an den drei Zellen entlang. Rechts endete er in einer Steinwand, links führte er zu einer schmalen Treppe. „Sind wir unter der Erde?“

„Planst du etwa einen Fluchtversuch?“, höhnte der andere Gefangene. „Es gibt nur einen Weg aus Darafers Kerker. Na ja, vielleicht auch zwei.“

Sie drehte sich zu ihm. „Welche?“

„Du schließt dich ihm an. Oder du stirbst.“ Er deutete auf das Essen. „Komm schon, Miststück. Ich habe Hunger.“

Sie entdeckte eine zusammengefaltete Decke bei der Tür. Direkt daneben stand ein Tablett mit einer Schale und einem Löffel sowie einem kleinen Becher mit Wasser. Sie tunkte den Löffel in die Schale. Es schien eine Art Reisporridge zu sein, kalt und flüssig. Sie hob den Becher und roch an dem Wasser, dann nahm sie einen kleinen Schluck. Kein seltsamer Nachgeschmack. Nach dem, was sie im Zombiedorf gesehen hatte, traute sie keinem Essen und Trinken von Darafer.

Andererseits würde sie ohne Flüssigkeit und Nahrung nicht lange durchhalten. Und sie musste stark bleiben. Sie trank den halben Becher aus und nahm einen Bissen vom Porridge, dann schob sie das Tablett ans Gitter zur anderen Zelle. Sie würde ihren rabiaten Nachbarn den Rest des Porridges essen lassen und abwarten, ob er irgendwelche Anzeichen von Drogen oder Betäubung zeigte.

Aber statt nach dem Essen zu fassen, griff der Gefangene nach ihr. Sie sprang zurück.

Er lächelte spöttisch. „Ich versuche, dir einen Gefallen zu tun, Miststück. Würdest du nicht lieber durch meine Hand sterben, bevor Darafer dich in die Finger kriegt?"

„Wieso solltest du mich töten wollen? Ich habe versucht, dir zu helfen."

„Mir helfen?", spie er ihr entgegen. „Ich habe meine Superstärke verloren, und jetzt sagt Darafer, dass ich beschädigt bin! Du hast mich zerstört, Miststück, und dafür wirst du bezahlen!"

„Das reicht, Guang", ertönte eine Stimme von den Treppen her. „Es ist nun an mir, unseren Gast zu begrüßen."

Leah unterdrückte den Schauder, der sich beim Klang der kalten Stimme in ihr ausbreiten wollte. Darafer war gekommen, um Rache zu üben.

Er erreichte die unterste Stufe und trat ins Licht der Fackel. Sie wich zurück und wappnete sich.

Ihr Nachbar Guang fiel auf die Knie. „Vergebt mir, Meister. Ich flehe Euch an, gebt mir meine alte Macht zurück, damit ich Euch dienen kann."

Darafer warf ihm einen genervten Blick zu. „Wie soll ich dich zurückverwandeln, wenn Dr. Chin und ihre Freunde meinen ganzen Vorrat an Dämonenkraut verbrannt haben?"

„Dann lasst mich sie für Euch töten!“

Darafer schnaubte. „Und mir den ganzen Spaß verderben? Wohl kaum.“ Er verschränkte die Arme und bedachte Leah mit einem amüsierten Blick. Seine Mundwinkel zuckten. „Es wäre eine Schande, jemand so Kluges wie dich zu töten. Ich werde dich lieber benutzen.“

Leah hielt den Mund. Es wäre schwerer für ihn, Katz und Maus mit ihr zu spielen, wenn sie sich weigerte, mitzumachen.

Darafer näherte sich den Holzstangen und lehnte sich mit den Unterarmen gegen einen horizontalen Balken. „Wie gefällt dir dein neues Zuhause?“

Sie antwortete nicht.

„Du könntest in Luxus leben und alles haben, wovon du immer geträumt hast.“ Er zuckte die Schultern. „Du musst dich mir nur anschließen. Warum zeigst du deinen Eltern nicht, wie clever du wirklich bist? Wenn du dich mir anschließt, könntest du die Welt beherrschen. Du wärst deinen Brüdern überlegen. Und all die Idioten, die dich auf dem College schikaniert haben, würden sich vor dir winden.“

Sie blieb still.

„Glaubst du wirklich, deine Seite hat eine Chance? Du hast doch gesehen, was passiert ist. Deine Wandlerfreunde konnten mich nicht aufhalten, genauso wenig wie deine Vampirfreunde. Warum schließt du dich nicht der Gewinnerseite an?“

Sie verschränkte die Arme vor der Brust. *Dem bösen Team beitreten? Niemals.*

„Du wirst dich widersetzen, nicht wahr?“ Darafer lächelte langsam. „Das habe ich gehofft. Ich liebe Herausforderungen.“

Sie schluckte hart. Wie von selbst wanderte ihre Hand zu dem Jadedrachen an ihrer Brust. *Bleib stark. Dougal wird bald hier sein.*

Darafer lachte leise. „Vielleicht sollte ich es dir sagen. Schließlich wäre es wirklich schade, wenn du dir Hoffnungen machst.“

Sein Gesichtsausdruck wurde hart. „Es gibt keine Hoffnung für dich. Der dämliche Sender in deinem Arm wurde entfernt und zerstört. Niemand wird dich retten."

Kälte kroch ihr Rückgrat hinab und ihre Finger schlossen sich fester um den Drachen. Wie sollte Dougal sie finden?

Darafer legte den Kopf schief und musterte sie. „Glaubst du immer noch, dein Liebhaber wird zu deiner Rettung herbeieilen? Wie wird er dich finden?"

Ihre Augen brannten. Sie durfte nicht aufgeben. Dougal würde kommen. Er liebte sie.

Darafer schnaubte. „Glaubst du etwa, dass er dir treu sein wird? Weißt du denn nicht, dass du nur ein Ersatz für ihn bist?"

Sie zuckte zusammen. Sie durfte nicht auf ihn hören. Marielle hatte sie gewarnt, dass er wissen würde, wie er sie am besten manipulieren konnte.

„Dougal heißt er, richtig?" Darafer lächelte höhnisch. „Er hat seine erste und einzige große Liebe vor fast dreihundert Jahren gefunden. Du bist nur eine billige Kopie. Einfach zu finden und noch einfacher zu ersetzen. Komm schon, sei ehrlich. Er hatte es leicht, dich ins Bett zu kriegen, nicht wahr?"

Sie wich vor ihm zurück. Sie konnte sich das nicht länger anhören. Es war zu brutal, zu grausam, zu … wahr? Sie schüttelte den Kopf. Nein. Dougal liebte sie.

„Ich gebe dir etwas Zeit, um darüber nachzudenken." Darafer wandte sich ab und begann die Treppe hinaufzusteigen. „Übrigens ist Lord Qing zu Besuch. Vielleicht bringe ich ihn her, damit ihr euch kennenlernen könnt. Falls er Hunger hat."

Lachend verschwand Darafer aus ihrem Blickfeld. Eine Tür wurde zugeschlagen und das Geräusch des einrastenden Schlüssels schwebte wie ein Echo zu ihr hinab.

Guang lachte und griff durch die Stäbe nach ihrer Schüssel Haferbrei. „Du wirst als Mittagessen enden, Miststück."

29. Kapitel

Keine Rettung? Und man würde sie einem Vampir zum Fraß vorwerfen?

Leah sank auf den Boden. Zitternd zog sie die Knie an ihre Brust.

Reiß dich zusammen, sagte sie sich selbst. *Keine Panik. Darafer will, dass du in Panik ausbrichst.*

Sie atmete mehrmals tief durch, um sich zu beruhigen. Sie musste logisch denken. Rational. Darafer würde sie nicht töten. Er brauchte sie lebend, damit er sie für seine Zwecke benutzen konnte. Und er wollte, dass sie Angst hatte, damit sie leichter zu manipulieren war. *Du musst die Sache mit deinem Verstand angehen. Konzentrier dich.*

Sie stand auf und ging zum vorderen Teil ihrer Zelle. Sie begann links und rüttelte an jedem horizontalen und vertikalen Gitterstab.

Höhnisches Gelächter ertönte rechts von ihr. „Glaubst du etwa, dass du fliehen kannst, Miststück?"

Vielleicht nicht, aber sie wollte auf alles vorbereitet sein. Sie prüfte das Schloss an der Tür. Stabil. Sie traute sich nicht, ihrem Nachbarn zu nahe zu kommen, also prüfte sie das Holzgitter auf der linken Seite bei der leeren Zelle.

Marielle hatte recht behalten. Darafer wusste genau, in welchen Wunden er herumstochern und welche Ängste er manipulieren musste. Überraschenderweise hatten ihr seine Seitenhiebe bezüglich ihrer Familie und ihrer sogenannten Collegefreunde überhaupt nichts ausgemacht. Es war gut zu wissen, dass diese Wunden verheilt waren. Seit sie ihren Job bei den Vampiren begonnen hatte, war sie stärker und selbstbewusster geworden.

Sie hielt inne, als ihr Darafers Behauptung bezüglich des Senders wieder einfiel. Warum sollte sie etwas glauben, das ein Dämon ihr erzählte? Sie schob den Ärmel ihres Pullovers bis zum Ellbogen hoch, um ihren Unterarm zu untersuchen. In dem dämmrigen Licht war es schwer, etwas zu erkennen, aber sie bemerkte keine frischen Schnitte oder Eingriffe. Mit den Fingerspitzen strich sie über die Stelle, wo man ihr den Sender direkt unter die Haut gepflanzt hatte. Glatt. Die kleine Unebenheit war verschwunden.

Das Herz wurde ihr schwer. Darafer hatte die Wahrheit gesagt. Welche anderen Wahrheiten hatte er ihr noch entgegengeschleudert? *Du bist nur ein Ersatz.*

Kopfschüttelnd schob sie diesen Gedanken von sich. Darafer versuchte sie nur zu manipulieren, damit sie die Hoffnung aufgab und sich ihm anschloss.

Sie ging zur hinteren Wand zurück, um diese ebenfalls zu untersuchen. Eine dünne Wand aus Stroh grenzte eine kleine Ecke mit einem Nachttopf von der restlichen Zelle ab. *Entzückend.* Sie zog die Nase kraus. Wenigstens musste sie sich nicht vor den Augen ihres mürrischen Nachbarn erleichtern.

Guang hatte sich in seine Decke gewickelt und sich hingelegt. War er einfach müde oder waren Drogen im Porridge gewesen? Sie seufzte. Es gab keine Möglichkeit, es mit Sicherheit zu wissen.

Sie untersuchte die Wand weiter und drückte gegen jeden Stein. *Ein Ersatz. Eine billige Kopie. Einfach zu finden und noch einfacher zu ersetzen.* Sie schüttelte den Kopf. *Denk nicht daran.* Aber sie war wirklich schnell mit Dougal ins Bett gegangen. Sie hatten sich kaum einen Monat gekannt, als sie sich das erste Mal in ihrem Apartment geliebt hatten.

Sie hielt in ihren tastenden Bewegungen inne. Was hatte

Dougal in jener Nacht zu ihr gesagt? *Ich werde dich nie wieder verlieren.* Und erst gestern Abend hatte Rajivs Großvater ihn im Palast von Tiger Town gefragt, ob er *wieder* Liebe gefunden hatte. Dougal hatte mit Ja geantwortet.

Sie begann in ihrer Zelle auf und ab zu gehen. Dougal war Jahrhunderte alt. Natürlich hatte er vor ihr andere Freundinnen gehabt. Hatte sie wirklich geglaubt, sie wäre die Erste gewesen?

Er hat seine erste und einzige große Liebe vor fast dreihundert Jahren gefunden. Darafers Worte kamen ihr wieder in den Sinn. Seine erste und einzige?

Ich habe so lange auf dich gewartet. Wie oft hatte Dougal ihr das gesagt? Er hatte sogar zugegeben, beinahe dreihundert Jahre gewartet zu haben.

Ein Ersatz. Eine billige Kopie.

Sie griff nach dem Jadedrachen. Dougal liebte sie. Sie musste ihm das glauben. Das hier war nichts weiter als Darafers Lieblingsmethode, um jemanden zu foltern. Warum sollte sie auch nur ein Wort von dem glauben, was ein Dämon ihr erzählte?

Ihre Augen brannten. Doch wie kam es dann, dass Dougals eigene Worte ihn verurteilten? *Ich werde dich nie wieder verlieren.*

Sie sank in sich zusammen und zog die Knie an die Brust. *Keine Panik. Darafer will, dass du in Panik ausbrichst.*

Ihre Gedanken rasten, und sie versuchte sich an jedes Detail von dem zu erinnern, was Marielle ihr erzählt hatte. Sie besaß einen freien Willen, also konnte Darafer sie zu nichts zwingen. Natürlich hieß das nicht, dass er sie nicht foltern oder an Vampire verfüttern würde.

Sie atmete tief durch. *Gib die Hoffnung nicht auf.* Es musste einen Ausweg geben.

Sie schreckte auf, als ihr etwas einfiel, das Marielle gesagt hatte. Sie sprang auf die Beine und sah sich um. „Josephine?“

Keine Antwort.

In dem Versuch, ihren Schutzengel sehen zu können, kniff sie die Augen zusammen. „Josephine? Du bist hier, oder? Kannst du mir helfen?"

„Mit wem zum Teufel redest du?", murrte Guang auf Chinesisch.

Sie sackte in sich zusammen. Nichts deutete auf die Anwesenheit eines Engels hin.

„Halt's Maul, Miststück. Ich versuche zu schlafen."

„Miss. Wachen Sie auf, Miss."

Leah öffnete blinzelnd die Augen. Sie wusste nicht, wie viel Zeit vergangen war, aber irgendwann war sie müde genug gewesen, um sich auf ihre Decke zu legen. Doch selbst dann war sie zu angespannt gewesen, um tief schlafen zu können.

„Miss", flüsterte die hartnäckige Stimme erneut auf Chinesisch.

Leah setzte sich auf und legte die Hand automatisch an ihren Jadeanhänger. Guang schnarchte in seiner Zelle. Eine dunkle Gestalt hockte vor ihrer Zellentür.

Sie rutschte näher, aber nicht zu nahe, falls der Fremde sie genauso durch die Gitterstäbe zu packen versuchte wie Guang zuvor.

„Sind Sie Doktor Chin?", fragte die Gestalt. Die Stimme war eindeutig männlich, die Kleidung schwarz. Eine Kapuze verdeckte die obere Hälfte seines Gesichts.

„Ja. Ich bin Leah Chin."

„Sie haben die Menschen im Dämonenkrautdorf gerettet."

Es wirkte mehr wie eine Feststellung als eine Frage, dennoch antwortete Leah mit einem „Ja".

„Meine Schwester und ihre Familie leben dort. Yu Jie sagt, sie wären gestorben, wenn Sie sie nicht gerettet hätten."

„Sie kennen Yu Jie?"

„Sie ist meine Nichte.“ Die Gestalt wich zurück.

„Warten Sie.“ Leah machte einen Schritt nach vorn. „Können Sie mir helfen? Können Sie mich hier rausholen?“

Der Mann rannte die Stufen hinauf.

„Warten Sie“, rief Leah etwas lauter.

Die Tür knarrte beim Schließen.

„Ich brauche Hilfe!“

„Halt's Maul, Miststück“, knurrte Guang. „Ich versuche zu schlafen.“

Als die Sonne unterging, erwachte Dougal mit einem Ruck.

Er atmete tief ein und Leahs Jasminduft drang ihm in die Nase.

Ich werde dich finden, Leah. Ich werde dich nicht im Stich lassen.

Nach einer schnellen Frühstücksflasche teleportierten die Vampire sich zu den ihnen zugewiesenen Lagern. Dougal schlich durch die Basis und lauschte den Gesprächen. Niemand erwähnte eine weibliche Gefangene oder Darafer. Leah war nicht hier.

Er ließ den Rest seines Teams zurück und teleportierte sich zu anderen Lagern. Eines nach dem anderen. Keine Hinweise auf Leah. Angus rief an, um sich darüber aufzuregen, dass er die Befehle missachtete. Dougal legte auf und fuhr darin fort, die Stützpunkte zu überprüfen.

Zwei Stunden später rief er Angus via Satellitentelefon an. „Sie ist in keinem dieser Lager!“

„Vielleicht halten sie sie versteckt“, antwortete Angus.

„Ich sage dir, sie ist nicht da. Sie muss an einem anderen Ort sein, von dem wir nichts wissen. Wir sollten unsere Truppen versammeln und eines der Lager angreifen. Wir können den Kommandanten gefangen nehmen und ihn dazu bringen, uns zu verraten, wo sie sie verstecken.“

„Ich würde lieber kein Lager angreifen“, grummelte Angus. „Es würde damit enden, dass wir die Soldaten töten. Diese ganze Mission war darauf ausgelegt, genau das zu vermeiden.“

„Glaubst du etwa, das macht mir etwas aus?“

Angus materialisierte sich neben ihm und packte ihn an der Schulter. „Reiß dich zusammen, Dougal.“

Seine Augen brannten. „Ich kann sie nicht im Stich lassen. Verstehst du das?“

„Aye. Ich verstehe, wie du dich fühlst. Ich war bereit, zu sterben, um Emma zu retten. Wir schaffen das. Du musst daran glauben.“

Dougal schnaubte und schaltete sein Satellitentelefon aus. „Ich würde lieber mein Schwert einsetzen.“

„Verständlich.“

Dougal atmete tief ein. „Sie haben Stützpunkte, von denen wir nichts wissen.“ Sie brauchten mehr Informationen. Geheiminformationen. „Wir brauchen Spione.“

Nachdenklich legte Angus den Kopf schief. „Das müssten Einheimische sein. Vielleicht könnten ein paar der Wertiger die Lager infiltrieren?“

„Oder ein paar der Leute, die wir aus dem Zombiedorf gerettet haben“, schlug Dougal vor.

Angus nickte. „Lass uns zurück nach Tiger Town gehen und einen Plan aufstellen.“

Das Knarren der Tür weckte Leah.

Sie setzte sich auf und packte ihren Jadeanhänger. Mit hämmerndem Herzen wartete sie darauf, dass die dunklen Gestalten die Treppe hinunterkamen und ins Licht der Fackel traten.

Es waren Frauen. Vermutlich Dienerinnen, so gebückt wie sie liefen und die Köpfe gesenkt hielten. Jede von ihnen trug ein Tablett, das sie zwischen die Gitterstäbe der beiden besetzten Zellen hindurchschoben.

„Danke“, sagte Leah auf Chinesisch. Sie lächelte die Frau an, aber diese weigerte sich, sie anzusehen.

„Kannst du mir sagen, wie spät es ist?“, fragte Leah. „Ist es schon Nacht?“

Keine Antwort. Die Frauen hasteten die Stufen hinauf, dann schlossen sie die Tür knarrend.

Leah nahm einen vorsichtigen Schluck vom Wasser, dann kippte sie den Rest hinunter. Das Porridge war noch heiß, also aß sie ein paar Bissen. In der Zelle nebenan schlang Guang seinen Haferbrei hinunter. Darafer hatte behauptet, Guang nicht wieder verwandeln zu können, da er kein Dämonenkraut mehr hatte. Wenn das stimmte, war das Porridge vermutlich ungefährlich. So oder so war sie hungrig, also aß sie es auf.

Ob es Nacht war? Sie hatte keine Ahnung, wie viel Zeit vergangen war. Aber wenn die Sonne untergegangen war, würde Dougal nach ihr suchen. Allerdings wäre dann auch Lord Qing wach.

Sie schob diesen Gedanken beiseite. Es hatte keinen Sinn, wenn sie sich selbst verrückt machte. Ihre Situation war auch so schon beängstigend genug …

Die Tür knarrte.

Sie wich zurück und nahm den Löffel mit. Bei ihrer Suche durch die Zelle war sie auf keine Waffen gestoßen. Zumindest nicht, solange sie nicht vorhatte, jemanden mit dem Nachttopf zu erschlagen.

Zwei Gestalten kamen die Treppe herunter. Eine war ganz in Schwarz gekleidet. Darafer. Die andere trug eine Robe aus bestickter roter Seide. Das lange schwarze Haar des Mannes war zu einem Zopf geflochten und seine langen gelblichen Fingernägel wirkten wie riesige Krallen.

Darafer blieb am Fuße der Treppe stehen und drehte sich zu ihr. Ein selbstgefälliges Grinsen umspielte seine Lippen. „Zeit fürs Abendessen!“

Guang lachte höhnisch.

„Lass mich dir deinen Dinnerpartner vorstellen." Darafer deutete auf den Mann neben ihm. „Lord Qing."

Der Vampir betrachtete sie von oben bis unten. Als er lächelte, entblößte er spitze gelbe Eckzähne.

Leah wich zurück und schob den Löffel in den Ärmel ihres Pullovers. Wenn sie genug Kraft aufbrachte, könnte sie den Vampir vielleicht mit dem Löffelgriff erdolchen.

Lord Qing teleportierte sich in ihre Zelle und näherte sich ihr langsam.

„Ich könnte ihn aufhalten, weißt du." Darafer stützte sich mit den Unterarmen auf einen horizontalen Balken auf. „Du musst dich mir nur anschließen."

Leah wappnete sich für den bevorstehenden Angriff. Dougal wäre so enttäuscht, wenn sie nicht alles gab, um sich selbst zu verteidigen.

Lord Qing sprang auf sie zu. Sie ließ den Löffel hervorschnellen und zielte damit auf seine Brust. Plötzlich wurde sie zurückgeschleudert und fiel auf ihren Hintern, während der Löffel durch die Luft sauste. Geschockt sah sie, wie er direkt in Darafers Hand flog.

Lachend hielt er das Besteck in die Höhe. „Wolltest du mich etwa damit überwältigen?"

Sie kämpfte sich wieder auf die Beine.

Darafers Lächeln wurde von einem harten, grausamen Ausdruck ersetzt. „Du wirst gleich angegriffen. Der einzige Weg, um es aufzuhalten, ist es, dich mir anzuschließen."

Lord Qing stürzte sich in Vampirgeschwindigkeit auf sie und stieß sie zu Boden. Sie wehrte sich, aber er hielt sie mit seiner übernatürlichen Stärke niedergedrückt. Seine Fangzähne erschienen. Lang, tödlich und scharf.

Guang kicherte. „Beißt sie! Beißt sie!"

Leah schüttelte den Kopf, doch Lord Qing packte sie und hielt sie fest.

Sie biss die Zähne zusammen. Das hier würde sie nicht umbringen. *Stell es dir wie eine Blutspende vor.* Sie hatte schon früher Blut gespendet. Es war keine große Sache.

„Ich kann ihn aufhalten", flüsterte Darafer. „Du weißt, was du tun musst."

Sie biss sich auf die Unterlippe. Darafer würde sie nicht sterben lassen. Er wollte sie lebend.

Die Fangzähne kratzten über ihren Hals.

„Stopp", sagte Darafer.

Lord Qing zischte und riss den Mund auf, um sie zu beißen.

„Ich habe Stopp gesagt." Plötzlich stand Darafer in der Zelle und schickte Lord Qing mit einer einzigen Handbewegung zu Boden. Darafer warf Leah einen verärgerten Blick zu. „Du wirst dich mir nicht anschließen, um dich selbst zu retten?"

Lord Qing stand auf. Seine Augen glühten. „Ihr habt mir Blut versprochen", fauchte er mit hervorstehenden Fangzähnen.

Darafer deutete auf die andere Zelle. „Nimm ihn. Du kannst ihn aussaugen, wenn du willst."

Guang schnappte nach Luft – und schrie, als Lord Qing sich in seine Zelle teleportierte. „Nein! Meister, rettet mich!"

Der Vampir sprang ihn an und bohrte seine Fangzähne in seinen Hals.

Bei dem Anblick drehte sich Leah der Magen um und sie sah zur Seite. Aber sie konnte noch immer das Schlürfen hören.

„Du weißt, dass er sterben wird." Darafer verschränkte die Arme. „Da du dich weigerst, dich selbst zu retten, willst du vielleicht jemand anderen retten. Ich halte den Vampir auf, wenn du mich darum bittest. Und wenn du einwilligst, dich mir anzuschließen."

Leah kniff die Augen zu. Wie konnte sie einwilligen, böse zu sein?

„Du hast keine Chance", flüsterte Darafer. „Wenn du ihn

sterben lässt, lasse ich einfach andere herbringen, um sie zu töten. Vielleicht können ja ein paar Kinder deine Meinung ändern."

„Aufhören."

„Hm. Es könnte schon zu spät für Guang sein. Ich glaube, er ist erledigt."

„Aufhören!" Sie sprang auf die Beine.

Darafer lächelte. „Heißt das, du schließt dich mir an?"

„Ich werde nicht zulassen, dass du jemanden tötest." Sie hob das Kinn. „Aber um eines klarzustellen, Dämon. Du kannst mich vielleicht dazu zwingen, Böses zu tun, aber ich werde dem niemals zustimmen. Ich habe einen freien Willen. Den kannst du mir nicht nehmen."

Darafer kniff die Augen zusammen. „Ach, denkst du?" Sein Gesicht wurde kalt und hässlich. „Glaubst du wirklich, du kannst mich mit deinem geliebten freien Willen überlisten? Ich zeige dir, wie schwach und armselig du bist!"

Er verwandelte sich in einen riesigen schwarzen Wolf mit glühend roten Augen. Knurrend kam er auf sie zu.

Leah rannte, aber es gab keinen Ausweg. Innerhalb kürzester Zeit hatte er sie in eine Ecke gedrängt. Gott hilf mir, dachte sie in dem Moment, in dem er sich auf sie stürzte.

Sie schrie auf, als sich seine Reißzähne in ihre Schulter gruben.

30. Kapitel

Ungeduldig lief Dougal im Innenhof von Tiger Town hin und her.

Die Wertiger hatte ihre Hilfe bei einem Angriff auf eines von Master Hans Lagern zugesagt, aber das Ausspionieren gefiel ihnen nicht. Da sie nicht wussten, wie lange dieser Job dauern würde, wollte sich keiner von ihnen für mehrere Monate von seiner Familie trennen. Einzig Rajivs Cousine Jia hatte sich freiwillig gemeldet.

„Auf keinen Fall!", fuhr Rajiv sie auf Chinesisch an. „Es ist zu gefährlich."

„Ich gehe!" Jia stieg eine Stufe auf der Treppe hinauf, die zum Palast führte, damit sie auf gleicher Höhe wie ihr Cousin war. „Master Han hat meine Eltern abgeschlachtet, also habe ich jedes Recht auf Vergeltung. Genau wie du!"

Rajiv stemmte die Hände in die Hüften. „Du bist zu jung und hübsch. Die Vampirlords werden dich beißen wollen."

„Sollen sie es doch versuchen." Jia zog einen Dolch aus ihrem Gürtel.

„Sie sind stärker als du!", brüllte Rajiv. „Sie werden dich zu ihrer Konkubine machen."

Sie wurde blass.

Dougal stöhnte. So verzweifelt er Leah auch finden wollte, konnte er trotzdem nicht zulassen, dass sich ein unschuldiges Mädchen in Gefahr brachte.

„Jia", rief eine Stimme vom Palast her. Der Große Tiger kam die Stufen hinunter. „Du wirst nicht gehen. Ich werde es tun."

„Großvater, nein!", rief Rajiv.

Der Große Tiger bedachte ihn mit einem strengen Blick. „Ich werde gehen. Sie werden sich nichts bei einem alten Mann denken, der darum bittet, ihr Diener sein zu dürfen."

„Aber Eure Eminenz …", begann Rajiv, doch sein Großvater brachte ihn mit einer Handbewegung zum Schweigen.

„Ich bin es überdrüssig, den ganzen Tag auf dem Thron zu sitzen", sagte der Große Tiger. „Ich möchte meine Tage damit beenden, etwas Nützliches für mein Volk zu tun." Er wandte sich an Dougal und deutete auf Angus. „Sag deinem Anführer, dass ich Master Hans Lager infiltrieren und für sie ausspionieren werde."

„Was geht hier vor?", fragte Angus auf Englisch.

„Seine Eminenz will das Lager für uns ausspionieren." Dougal ballte seine Handprothese zur Faust. „Das wird nicht funktionieren. Es könnte Tage dauern, bis wir einen Spion in einer Basis untergebracht haben, und Wochen, bis er etwas Nützliches erfährt. Wir müssen jetzt handeln!"

„Ich verstehe dein …" Angus hielt abrupt inne, als gleißende Lichter den Himmel erhellten. „Was zur Hölle?"

„Es ist ein Zeichen des Himmels!", rief der Große Tiger aus. Er hastete die letzten Stufen hinunter und sank im Innenhof auf die Knie.

Rajiv eilte zu seinem Großvater und Jia stellte sich an seine andere Seite, den Dolch noch immer in der Hand.

Dougal schirmte sich die Augen mit der Hand ab, als das Licht immer stärker wurde und näherkam.

Am Flussufer versammelten sich die Wertiger und zeigten nach oben.

Das Licht teilte sich in sieben Feuerbälle auf, die in den Innenhof herabstürzten und nur Zentimeter über dem steinigen Boden abbremsten. Jeder dieser Feuerbälle nahm die Gestalt eines Mannes an. Große Männer, die alle ein Schwert in der Hand hielten, das gen Himmel gerichtet war. Ihre Gestalten flackerten in der Hitze des Feuers, das sie umgab, doch dann zogen sich die Flammen zischend zurück, wanderten über ihre Körper und ihre ausgestreckten Arme hinunter, bis nur noch ihre Klingen lichterloh brannten.

Sie trugen Hosen und ärmellose Tuniken in einem königlichen Blau. Goldene Bänder schlangen sich um ihre Oberarme und Handgelenke und ihre Oberkörper wurden von Brustpanzern in strahlendem Gold geschützt. Jeder von ihnen hatte schulterlanges Haar, das mit einem schmalen Goldreif um ihren Kopf zurückgehalten wurde.

Einer von ihnen stand vor den anderen sechs, und als er sein Feuerschwert senkte und auf den Boden richtete, folgten die anderen seinem Beispiel. Sie alle senkten den Arm, und als die Spitzen ihrer Klingen den Boden berührten, lösten sich die Flammen zischend auf.

Rajiv und Jia fielen neben ihrem Großvater auf die Knie. Alle drei verbeugten sich.

Dougal lehnte sich hinunter. „Passiert das oft hier?", fragte er im Flüsterton auf Chinesisch.

Rajiv schüttelte den Kopf. „Nie."

„Wir sind gesegnet", wisperte der Große Tiger.

Angus räusperte sich. „Seid willkommen."

Der Anführer betrachtete sie neugierig. „Habt keine Angst, teure Seelen. Der Himmlische Vater liebt euch sehr."

Dougal wechselte einen Blick mit Angus. „Das müssen Engel sein."

Der Anführer neigte den Kopf. „Du hast recht. Ich bin Briathos, Kommandeur der Epsilons, der fünften Einheit der Gotteskrieger."

Ein Funke Hoffnung keimte in Dougal auf. „Also seid ihr hier, um uns zu helfen?"

Briathos schob sein Schwert in die Scheide. „Unsere Mission betrifft den Dämon Darafer."

„Großartig." Dougal ging auf ihn zu. „Los geht's. Wir müssen Leah retten."

Briathos hob die Hand, um ihn aufzuhalten, dann wandte er sich an Angus. „Du wirst deine Truppen versammeln, damit wir angreifen können."

„Genau." Angus zog sein Satellitentelefon aus seinem Sporran. „Rajiv, geh und weck die Wandler auf."

Rajiv rannte zu den Gästehäusern, während Angus ein paar kurze Telefonate führte.

Nach Angus' schnellen Erklärungen teleportierten sich die Vampire her und starrten die Neuankömmlinge an. Dougal beobachtete sie ebenfalls. Je länger er sie anschaute, desto solider schienen sie zu werden und desto mehr Details nahm er wahr. Briathos hatte blaue Augen und goldbraunes Haar. Die Haarfarben der Männer hinter ihm gingen von blond bis schwarz.

Das Seltsame war jedoch, dass ihre Gestalten zu schimmern schienen, wenn er kurz weg- und dann wieder hinsah. Nur ein paar Sekunden lang, dann wurden ihre Umrisse wieder scharf. Es war, als wären sie hier und gleichzeitig auch nicht. Er versuchte sich an alles zu erinnern, was Marielle ihnen über sie erzählt hatte. Mit ziemlicher Sicherheit würden sie Darafer nicht töten, aber ihn zurück in die Hölle schicken. Für Dougal ging das in Ordnung, solange Leah in Sicherheit war.

Connor kam lächelnd auf ihn zu. „Jetzt werden wir Leah finden können."

Dougal nickte, dann machte er einen Schritt auf die Engel zu. „Wie geht es ihr? Wie geht es Leah?"

Briathos zögerte. Die Epsilons hinter ihm wechselten einen Blick, dann antwortete ihr Anführer ihm schließlich. „Ihr Schutzengel steht mit uns in Kontakt. Sie ist … am Leben."

Dougal blieb das Herz stehen. Etwas lief falsch. Schrecklich falsch. „Wenn ihr euch einmischen dürft, bedeutet das, dass Darafer gegen ein Gesetz verstoßen hat?"

„Das Recht auf freien Willen wurde verletzt“, erwiderte Briathos leise. „Ein Kind Gottes wurde zum Bösen gezwungen.“

Eiseskälte wanderte Dougals Rückgrat hinunter. „Wer?“

Briathos warf ihm einen traurigen Blick zu. „Leah Chin.“

„Nein!“, schrie Dougal. Er ballte die Hände zu Fäusten und brüllte seinen Zorn dem Himmel entgegen. Blut rauschte in seinen Ohren, so schnell und laut, dass er glaubte, gleich würde sein Kopf explodieren. Mit einem Wutschrei rammte er seine Handprothese in die Tigerstatue und zerstörte ihren Kopf.

„Dougal!“ Connor riss ihn zurück. „Wir müssen jetzt stark bleiben.“

Er stieß Connor zurück. „Er hätte mich nehmen sollen!“ Der verdammte Dämon hätte ihn gefangen nehmen sollen. Nicht Leah. Sie hatte ja nicht mal das Schießen lernen wollen, weil sie sich davor fürchtete, jemanden zu verletzen. Wie konnte sie umgeben von so viel Bösem überleben? Wie hatte er sie so schrecklich im Stich lassen können?

„Macht euch bereit“, befahl Angus. „Wir ziehen in den Kampf.“

Die Vampire und Wandler rannten zu den umstehenden Gebäuden, in denen sich zusätzliche Waffen und Ersatzmunition befanden.

Dougal stapfte auf die Gotteskrieger zu. „Wie kann ich sie vor dem Bösen retten?“

Briathos seufzte. „Es gibt keine Heilung für den Biss eines Dämons.“

Dougals Handprothese ballte sich schlagartig zur Faust. „Er hat sie gebissen?“

„Er hat die Gestalt eines schwarzen Wolfes angenommen und sie gebissen. Dadurch wurde ihr das Böse injiziert. Der einzige Weg, sie zu retten, ist es, Darafer zurück in die Hölle zu schicken. Dann wird sie wieder geheilt und normal sein.“

„Dann los!“ Dougal zog sein Claymore. „Wo ist sie? Bringt mich zu ihr. Sofort!“

Briathos betrachtete ihn ruhig. „Alles zu seiner Zeit.“

„Was? Was zum Teufel soll das heißen?“

Briathos zog eine Braue in die Höhe. „Es bedeutet, alles zu seiner Zeit.“

„Ich will jetzt los, verdammt noch mal!“

„Dougal“, flüsterte Connor. „Zeig ein bisschen Respekt vor einem Engel.“

„Ich drehe noch durch!“, rief Dougal und wandte sich dann wieder an Briathos. „Wo ist sie?“

„Du wirst deine Antwort ...“

„Wann?“, schrie Dougal.

Briathos runzelte die Stirn. „Bald.“

Fluchend stapfte Dougal davon. Was bedeutete *bald* für einen Engel? Eintausend Jahre?

Die Vampire und Wandler kehrten bis an die Zähne bewaffnet in den Innenhof zurück. Rajivs Cousine Jia hatte sich ihnen angeschlossen. Sie trug ein Schwert und drei Dolche bei sich.

Scheinwerfer tauchten in der Ferne auf, als sich ein Fahrzeug dem Dorf näherte. Die Wertiger versammelten sich um den Jeep, sobald er am Flussufer anhielt.

„Siehe, Dougal.“ Briathos zeigte auf den Jeep. „Deine Antwort ist da. Und Leahs gute Arbeit wurde belohnt.“

Die Wertiger begleiteten den Fahrer des Jeeps die Treppe in den Innenhof hinauf.

Er war in eine lange schwarze Robe gekleidet. Als er die Kapuze zurückschob, schnappte J. L. nach Luft.

„Wu Shen?“ J. L. näherte sich ihm langsam. „Was tust du hier?“

„Wer ist das?“, wollte Angus wissen.

„Er ist einer von Master Hans hochrangigen Offizieren“, erklärte Dougal.

Wu Shen bedachte sie alle mit einem argwöhnischen Blick. „Ich vertraue darauf, dass ihr mich nicht töten werdet, da ich mit wertvollen Informationen gekommen bin. Ich weiß, wo Dr. Leah Chin gefangen gehalten wird.“

„Warum solltet wir dir trauen?“, fragte J. L. „Du könntest uns in eine Falle locken wollen.“

Wu Shen hob seine Arme. „Ich bin unbewaffnet und eurer Gnade ausgeliefert. Meine Schwester und ihre Familie stammen aus dem Dorf, das Dr. Chin gerettet hat. Meine Nichte Yu Jie hat mir gesagt, wie sie versklavt wurden. Ich bringe euch zu Darafers Lager.“

„Wie viele Männer hat er?“, fragte J. L.

„Fünfundvierzig Soldaten“, erwiderte Wu Shen. „Zahlreiche Bedienstete. Und Lord Qing ist da.“

Rajiv atmete scharf ein. „Hast du das gehört, Großvater? Ich werde meinen Vater rächen.“

„Ich werde mit dir kommen“, sagte der Große Tiger.

„Ich auch“, meldete sich Jia.

„Wie weit ist es?“, fragte Dougal auf Chinesisch.

„Etwa drei Stunden mit dem Auto“, antwortete Wu Shen.

„Oder drei Sekunden, wenn ihr mit uns reist“, fügte Briathos hinzu und bedachte Dougal mit einem ironischen Blick. „Ist das schnell genug für dich?“

Leah erwachte mit einem Ruck.

Ihr Sichtfeld verschwamm in einem roten Nebel und ihr Kopf hämmerte im gleichmäßigen Rhythmus eines einzigen Gefühls. *Hass. Hass. Hass.*

Zorn raste durch ihre Adern. Raserei prickelte auf ihrer Haut, heiß und unerbittlich. Sie wollte Tod. Zerstörung. Leid.

Sie sprang auf die Beine und streckte sich. Eine Welle der Macht breitete sich in ihrem Körper aus. Sie war stark.

Unbesiegbar. Ihr Herz hämmerte im gleichen Rhythmus wie ihr Kopf.

Hass. Hass. Hass.

Sie sah zur Nachbarzelle hinüber. Guang lag auf dem Boden, die Kehle aufgerissen, die Kleidung blutbesudelt.

Und sie lächelte.

„Das ist mein Mädchen." Darafer trat aus den Schatten. Seine Augen glänzten voller Stolz.

„Meister." Sie erkannte ihn sofort und neigte den Kopf vor ihm. Nur ihr Meister konnte so wunderschön sein. „Wie kann ich Euch dienen?"

Er schloss die Zellentür auf. „Du und ich, wir haben viel zu tun. Zusammen werden wir eine neue Rasse erschaffen."

„Ja." Sie schritt aus der Zelle. Sie würde unbesiegbar sein. Allmächtig.

„Wir werden die Welt beherrschen."

„Ja!" Wie glücklich sie sich schätzen konnte, dass der Meister sie ausgewählt hatte. „Danke, Meister. Ich würde alles für Euch tun."

„Wirst du für mich sterben?"

„Liebend gern." Ihre Mundwinkel zuckten. „Aber noch lieber würde ich für Euch töten."

Lachend führte er sie zur Treppe. „Ich bringe dich in dein neues Quartier. Du wirst die schönsten Kleider aus der kostbarsten Seide tragen. Und die besten Waffen bekommen. Falls ich entscheide, dass du für mich töten sollst."

„Ja, Meister." Sie stieg die Stufen an seiner Seite hinauf und mit jedem Schritt verstärkte sich der pochende Rhythmus in ihrem Kopf. *Hass. Hass. Hass.*

Dougal starrte auf die Holzbarrikade, die Darafers Stützpunkt umschloss.

Er war zusammen mit sechsundzwanzig Vampiren und

Wandlern hergekommen. Zehn weitere Wertiger hatten sich ihnen angeschlossen, darunter der Große Tiger und seine Enkelin Jia. Briathos hatte sie alle mit einer einzigen Handbewegung hergebracht. Er stand ganz in der Nähe, zusammen mit seiner Einheit aus sechs Gotteskriegern.

Wu Shen zufolge befanden sich fünfundvierzig Soldaten im Inneren, also standen ihre Chancen gut. Er war mit ihnen gekommen, hatte sich aber dafür entschieden, sich während der Schlacht in den Wäldern versteckt zu halten. Angus hatte ohne Weiteres zugestimmt. Auf diese Weise konnte Wu Shen seinen Posten in Master Hans Armee wieder einnehmen und ihnen eines Tages hoffentlich erneut helfen.

„Wir könnten uns hineinteleportieren", schlug Angus vor. „Einen Überraschungsangriff starten."

Dougal schüttelte den Kopf. „So überraschen wir vielleicht die Soldaten, aber Darafer und Lord Qing wären gewarnt und könnten sich wegteleportieren." Und Leah vielleicht mitnehmen.

„Darafer darf nicht wissen, dass wir hier sind", sagte Briathos. „Wenn wir ihn erst mit sieben Feuerschwertern umzingelt haben, ist er gefangen und kann nicht mehr fliehen."

„Jia und ich haben eine Idee." Rasch erklärte Rajiv ihnen den Plan. „J. L. sagt, er wäre dabei."

„Eure Idee hat Potenzial", verkündete Briathos. „Ihr dürft beginnen."

Angus warf Rajiv einen schiefen Blick zu. „Wie es aussieht, hat er mir den Rang abgelaufen. Legt los. Wir sind bereit."

Rajiv und J. L. verließen den Schutz der Bäume und marschierten auf das Lager zu. In ihrer Mitte war Jia, die sie mit sich zerrten. Sie lieferte eine beeindruckende Show ab, als sie sie verfluchte und sich wehrte. Trotzdem schleppten sie sie zum Haupttor.

„Was wollt ihr hier?", rief ein Soldat vom Festungswall herunter.

„Ich will mich Master Hans Armee anschließen.“ Rajiv deutete auf J. L. „Mein Freund ebenfalls.“

Der Soldat schnaubte. „Und wozu habt ihr das Mädchen dabei?“

„Sie ist ein Geschenk“, erklärte J. L. „Damit ihr uns aufnehmt.“

Rajiv stieß Jia auf die Knie. „Wir haben gehört, dass es bei euch einen Vampirlord gibt, der hübsche junge Mädchen mag.“

Der Soldat zögerte, dann flüsterte er einem anderen etwas zu, der davoneilte. „Wir werden Lord Qing über euer Geschenk informieren. Ihr wartet hier auf seine Antwort.“

„Danke.“ Rajiv packte Jia, die davonkriechen wollte.

Wenige Minuten später öffnete sich das Tor und Lord Qing kam heraus.

„Nein!“, schrie Jia, aber Rajiv und J. L. hielten sie fest.

Lord Qings Reißzähne erschienen und er packte Jia mit einem Fauchen. Sie trat ihm fest zwischen die Beine. Er jaulte auf und krümmte sich vor Schmerz. Im selben Moment fesselte J. L. ihn mit einer Silberkette, damit er sich nicht wegteleportieren konnte.

„Das ist für meinen Vater!“ Rajiv zog einen Dolch und bohrte die Klinge in Lord Qings Herz. Der Vampir zerfiel zu Asche.

Soldaten rannten schreiend durch das Tor. Jia ging mit ihrem Dolch auf sie los. J. L. und Rajiv zogen die Schwerter, die sie unter ihren Mänteln versteckt hatten. Mit gezückten Waffen verließen die Vampire und Wandler ihre Deckung und stürzten sich in den Kampf. Das Klirren von Metall und die Schreie der Verwundeten und Sterbenden erfüllte die Luft.

Mit einer Handvoll Vampiren stürmte Dougal durch das Tor, um die Soldaten im offenen Innenhof zu bekämpfen. Briathos und die Gotteskrieger eilten an ihnen vorbei in Richtung Hauptgebäude. Vermutlich auf der Suche nach Darafer. Dougal kämpfte sich bis zur Treppe vor, die in das Gebäude führte. Alles, was er wollte, war Leah. War sie dort drinnen?

Er hob den Blick und erstarrte. Leah kam aus dem Gebäude. Sie trug eine rote Seidenrobe und hielt in jeder Hand einen Dolch. Aber es waren nicht die Waffen, die ihn schockierten, sondern der zornige Hass in ihrem Gesicht.

Darafer stand an ihrer Seite und blickte auf das Schlachtfeld hinab. Seine Lippen verzogen sich verächtlich. „Diese Soldaten sind zu schwach. Wir werden eine Armee erschaffen, die weit mächtiger sein wird!"

Leah nickte, ihre Augen leuchteten.

„Du wirst zurück in die Hölle fahren", verkündete Briathos, der plötzlich mit brennendem Schwert neben Darafer erschien.

Der Dämon stolperte zurück und wurde blass, als er erkannte, dass er von Gotteskriegern mit sieben Flammenschwertern umzingelt war.

Er riss Leah als Deckung an sich.

„Nein!" Dougal rannte auf die Treppe zu. Unglücklicherweise musste er sich seinen Weg freikämpfen. Schnell sandte er die Seelen der Soldaten in die Hölle und erreichte das Treppenende.

Als Darafer ihn sah, stieß er Leah nach vorne. „Töte ihn für mich."

„Töten, töten", wiederholte Leah, während sie die Stufen herunterkam.

Dougal senkte sein Schwert. Tränen brannten in seinen Augen, als er den Hass in ihrem Gesicht erkannte. All das war seine Schuld. Er hatte sie beschützen wollen und versagt.

„Töte ihn!", brüllte Darafer. „Wenn ich zurück in die Hölle muss, werde ich dafür sorgen, dass du in der Hölle auf Erden lebst!"

Mit einem wütenden Schrei stürzte Leah sich auf Dougal.

„Nein!" Im letzten Moment sprang der Große Tiger dazwischen und ihre Klinge traf ihn. Er erstarrte und schnappte nach Luft, dann fiel er gegen Dougal.

„Nein!" Dougal packte den älteren Mann und legte ihn vorsichtig auf den Boden. Blut strömte aus seiner Wunde. „Warum habt Ihr …?"

Keuchend sah der Große Tiger zu ihm hoch. „Für die wahre Liebe." Seine Augen schlossen sich.

„Nein!" Rajiv kam zu ihnen gerannt.

Ein langes, heulendes Kreischen durchschnitt die Luft. Dougal hob den Kopf gerade rechtzeitig, um zu sehen, wie Darafer von sieben brennenden Schwertern durchbohrt wurde. Sein Körper schwankte, dann löste er sich auf.

Leah schüttelte sich und stolperte dann auf den Stufen. Die Dolche entglitten ihren Händen und fielen klirrend die Treppe hinunter. Sie sah von Dougal und dem Großen Tiger zu ihrem blutigen Dolch. Ihre Augen weiteten sich vor Entsetzen.

„Was hast du getan?", brüllte Rajiv.

Sie fiel auf die Knie und schrie.

31. Kapitel

Dougal trug ein Tablett mit Suppe in Leahs Schlafsaal auf der japanischen Insel.

Sie saß auf dem Bett, die Knie an die Brust gezogen, die Augen rot und geschwollen vom vielen Weinen.

Sie sagte kein Wort, als er näherkam, und weigerte sich sogar, ihn anzusehen. Wenigstens hatte sie aufgehört zu schreien. Der Schmerz in ihren Schreien hatte ihm das Herz zerrissen. Sogar Rajivs und Jias Zorn war angesichts von Leahs andauerndem gequälten Schreien verblasst.

Nachdem die Schlacht vorüber war, hatten einige der Vampire die Wertiger und ihren gefallenen Anführer zurück nach Tiger Town teleportiert. Die restlichen Vampire und Wandler waren in die renovierte Schule zurückgekehrt.

Briathos war vorbeigekommen, um sie darüber in Kenntnis zu setzen, dass sie die Situation weiter beobachten würden. Darafer war wieder in der Hölle, aber wenn zwölf seiner Anhänger einen Kreis formten und ihn herbeiriefen, könnte er entkommen. Allerdings versicherte Briathos ihnen, dass Darafers Arroganz ihn höchstwahrscheinlich in falscher Sicherheit gewiegt hatte, weshalb er seinen Anhängern wohl nicht beigebracht hatte, wie sie ihn aus der Hölle befreien konnten. Dougal hoffte, dass das die Wahrheit war und dass sie nie wieder etwas von dem Dämon hören würden, der Leah traumatisiert hatte.

„Ich habe dir Suppe mitgebracht." Dougal stellte das Tablett auf dem Nachttisch ab und setzte sich auf die Bettkante. „Und Limonade. Du magst doch Limonade, aye?" Er hielt ihr das Glas hin.

Sie sah ihn nicht an und griff auch nicht nach dem Glas.

„Leah, du musst stark bleiben, damit du dich erholen kannst."

Keine Antwort.

Seufzend stellte er das Glas ab. „Deine Arbeit hier ist noch immer wichtig. Abby sagt, dass das Serum wirkt und die mutierten Soldaten sich zurückverwandeln. Jetzt, da Darafer fort ist, kann er nicht eingreifen. Wir können jede Menge Soldaten herbringen, die du retten kannst."

Sie runzelte die Stirn. „Wie geht es Rajiv? Und Jia?", fragte sie mit einer Stimme, die heiser vom vielen Schreien war.

„Es geht ihnen … den Umständen entsprechend. Sie sind stark. Wir müssen alle stark sein."

Eine Träne rann ihr über die Wange.

„Es gab eine kleine Überraschung", sprach Dougal weiter, in der Hoffnung, ihr Interesse zu wecken. „Wie es aussieht, hat der Große Tiger ein Testament hinterlassen, in dem er Rajiv zu seinem Nachfolger macht. Ganz Tiger Town spricht darüber, dass der Große Tiger seine Söhne übergangen und Rajiv als seinen Erben gewählt hat."

Leah blinzelte. „Ich denke, Rajiv wird ein großartiger Anführer sein."

„Das glaube ich auch." Dougal lächelte. „Aber wie ich höre, ist Tiger Town gespaltener Meinung. Einige von ihnen sagen, Rajiv sollte ihr Anführer sein, weil sie den letzten Willen des Großen Tigers ehren müssen und weil Rajiv Verbündete im Kampf gegen Master Han zu ihnen gebracht und Lord Qing getötet hat. Aber andere sind der Ansicht, er wäre zu jung und unerfahren. Außerdem sind sie wütend darüber, dass er Fremde hergebracht hat, die dafür verantwortlich sind, dass …" Er hielt inne, als ihm klar wurde, in welche Richtung sich dieses Gespräch entwickelte.

„Die wofür verantwortlich sind?" Leah zog eine Grimasse.

„Für den Tod ihres Anführers? Warum es so nett umschreiben, wenn ich ihn ermordet habe?"

„Leah …"

„Es ist wahr!" Weitere Tränen strömten ihr übers Gesicht. „Ich habe ihn ermordet! Und ich hätte dich getötet, wenn er sich mir nicht in den Weg gestellt hätte."

„Ich hätte nicht zugelassen, dass du mich tötest."

„Du verstehst es nicht. Ich wollte dich töten!" Wütend wischte sie sich die Tränen weg. „Wie kannst du mich überhaupt noch ansehen?"

„Du warst nicht du selbst. Darafer hat dich gebissen, Leah. Er hat dir das Böse aufgezwungen. Du hattest keine Wahl …"

„Oh, der Teufel hat mich verführt", höhnte sie. „Wo habe ich das nur schon mal gehört? Ich bin nicht besser als all die anderen Mörder da draußen."

„Das ist nicht wahr! Connor hat Marielle angerufen, um ihr zu erzählen, was passiert ist, und sie hat gesagt, dass du dir keine Vorwürfe machen darfst. Niemand kann dem Dämonenbiss widerstehen. Das reinste Böse hat sich in deinem System ausgebreitet. Sogar die stärksten Engel, die Gotteskrieger, unterliegen dieser Macht. Und wenn sie dem Bösen nicht widerstehen können, wie solltest du da eine Chance haben?"

Sie schüttelte den Kopf. „Das ändert nichts am Ergebnis. Ich habe Rajivs Großvater ermordet. Dieser wundervolle alte Mann ist tot, weil ich ihn umgebracht habe! Wie soll ich damit leben? Jedes Mal, wenn ich in einen Spiegel schaue, sehe ich eine Mörderin!" Sie drehte sich zur Seite und schloss die Augen. „Lass mich allein. Bitte."

Als Dougal am nächsten Abend erwachte, hastete er die Treppe hinauf, um nach Leah zu sehen.

Sie hatte sich auf ihrem Bett zusammengerollt und schlief,

die Hand um den Jadeanhänger geschlossen. Auf dem Tablett stand noch immer das Essen, das sie nicht angerührt hatte.

Er schleppte sich in die Cafeteria, um sich eine Flasche Blut zum Frühstück aufzuwärmen.

Abby saß neben ihrem Ehemann und winkte ihn heran. „Ich mache mir Sorgen um Leah“, sagte sie, als er sich setzte. „Sie hat den ganzen Tag nichts gegessen. Und sie verlässt das Bett nur noch, um ins Bad zu gehen.“

Gregori tätschelte ihr die Hand. „In ihrer Situation ist es normal, niedergeschlagen zu sein. Mit etwas Zeit …“

„Wenn sie nicht bald etwas isst oder trinkt, bleibt ihr nicht mehr viel Zeit“, beharrte Abby, dann wandte sie sich an Dougal. „Wenn du sie nicht dazu bringen kannst, etwas zu essen, gebe ich ihr eine Infusion.“

Dougal nickte. „Verstanden.“ Er verstand, dass er sie im Stich gelassen hatte. Wenn er sie beschützt hätte, würde sie jetzt nicht leiden. „Ich habe nach ihr gesehen und sie hat geschlafen.“

„Gut.“ Abby seufzte. „Sie hatte stundenlang Albträume und ist schreiend aufgewacht.“

„Vielleicht sollten wir Olivia holen“, schlug Gregori vor. „Oder Marielle. Irgendjemand, der ihr dabei helfen kann, das durchzustehen.“

Tränen schimmerten in Abbys Augen. „Ich fürchte, sie wird das niemals durchstehen.“

Als Leah ein paar Stunden später aufwachte, brachte Dougal ihr ein neues Tablett und flehte sie an, etwas zu essen.

Sie ignorierte ihn, was ihn wütend machte. „Wie kannst du einfach so aufgeben? Ich liebe dich, Leah. Wir können Jahrhunderte zusammen haben, aber du musst stark bleiben.“

„Ich hätte dich fast getötet.“

„Du warst nicht du selbst! Leah, ich weiß, wie schwer es ist, mit Schuld und Scham leben zu müssen. Ich habe es beinahe dreihundert Jahre getan. Habe ich dir je erzählt, wie ich der Sklaverei entkommen bin?“

„Nein. Was ist passiert?“ Sie sah ihn an und er wertete ihr Interesse als gutes Zeichen.

„Ich hatte eine Blechflöte und habe jede Nacht gespielt, um mir selbst und den anderen Sklaven Trost zu spenden. Ich wusste nicht, dass die Tochter des Herrn vor meiner Hütte saß und jedes Mal zugehört hat. Aber in einer Nacht hörte ich ein Weinen und habe durch das Fenster geschaut und sie gesehen. Ich hielt sie für eine Dienerin, also habe ich sie angesprochen. Von da an kam sie jede Nacht und wir haben geredet.“

„Sie war deine erste und einzige große Liebe“, flüsterte Leah.

„Meine erste. Ein paar Jahre später fand sie einen Weg, mich zu befreien. Als wir zum Hafen rannten, habe ich ihr gesagt, dass mein Brandmal mich als flüchtigen Sklaven kennzeichnen und uns beide in Schwierigkeiten bringen würde. Es war ihre Idee, das Brandmal mit einem Tattoo zu verdecken. Am nächsten Morgen hat sie einen Kapitän bezahlt, damit er mich auf seinem Schiff mitnimmt, wenn sie lossegeln. Ich wollte für immer mit ihr zusammen sein, aber sie wusste, dass ihr Vater mich niemals akzeptieren würde. Ich versprach ihr, ein Vermögen zu machen und als ein Mann zurückzukehren, der ihrer würdig war. Ich sagte ihr, dass ich sie wiederfinden würde. Egal, was geschähe. Ich würde sie wiederfinden, auch wenn es eintausend Jahre dauern würde. Ein paar Jahre habe ich als Pirat verbracht und Geld angehäuft, aber als ich zurückkehrte, hatte ihr Vater sie bereits fortgeschickt, um sie gegen ihren Willen zu verheiraten.“

„Also hast du sie erneut verloren?“

Dougal schüttelte den Kopf. „Ein Schiff sollte sie den Jangtse hinauf zu ihrem neuen Ehemann bringen. Ich folgte ihr und hatte sie beinahe eingeholt. Ich konnte ihr Schiff sehen, doch dann kam ein Sturm auf und das Schiff kenterte. Ich sprang in den Fluss, um sie zu retten, aber ich kam zu spät." Er sah mit Tränen in den Augen zur Seite. „Ich habe sie im Stich gelassen. Sie hatte mich aus der Sklaverei befreit und ich habe sie im Stich gelassen."

Leah runzelte die Stirn. „Der Sturm hat sie getötet. Nicht du."

„Wenn ich nie geflohen oder auch nur einen Tag früher zurückgekehrt wäre, dann wäre sie noch am Leben gewesen."

„Das ist nicht dasselbe", beharrte Leah. „Du hast sie nicht getötet. Ich habe jemanden getötet."

„Es ist dasselbe. Das Böse hat dich besessen und dich dazu gezwungen. Du hattest keine Kontrolle darüber, genau wie ein Sturm. Du kannst dir nicht die Schuld daran geben."

Sie wandte sich ab. „Darafer hat mir von ihr erzählt. Von deiner einzig wahren Liebe."

„Ich liebe dich, Leah."

Sie warf ihm einen finsteren Blick zu. „Du hast selbst gesagt, dass du dreihundert Jahre gewartet hast. Dass du mich nicht wieder verlieren würdest. Ich bin nur ein Ersatz. Eine billige Kopie des Mädchens, das du vor dreihundert Jahren geliebt hast."

„Nein! Du bist anders, Leah. Sollte ein Teil von Li Leis Seele einen Weg gefunden haben, zu mir zurückzukehren, dann bist du dir dessen nicht bewusst. Das macht dich nicht aus. Du hast Dinge erreicht, von denen Li Lei nicht einmal träumen konnte. Es gibt keine wie dich."

Sie kniff die Augen zusammen. „Warum glaubst du, dass sie in mir steckt?"

„Ihr Vater war ein Händler. Der Familienname lautete Ka, was Händler bedeutet. Ihr Name war Ka Li Lei. Und du bist Galileah."

Sie zuckte zusammen. „Das ist nur ein seltsamer Zufall. Ich kann nicht sie sein."

„Es spielt keine Rolle für mich. Du bist immer noch Leah und ich liebe dich als die Person, die du bist. Du bist stark und mutig und die brillanteste Frau, der ich je begegnet bin. Wie könnte ich dich nicht lieben?“

Ihr Gesicht fiel in sich zusammen. „Aber du hast dich ihretwegen in mich verliebt. Du hast dreihundert Jahre lang auf einen Ersatz gewartet.“

Verdammt. Er hätte ihr nichts von Li Lei erzählen sollen. Er hatte gehofft, dass es sie trösten würde, wenn er seine Geschichte voller Reue und Scham mit ihr teilte. Dass sie erkennen würde, dass sie nicht allein war. Stattdessen hatte er es nur noch schlimmer gemacht.

Tränen füllten seine Augen. „Ich habe dreihundert Jahre auf eine Chance gewartet, wieder lieben zu können, und du bist es, die ich liebe, Leah. Wie kann ich dir beweisen, dass ich dich liebe? Du bist diejenige, mit der ich für den Rest meines Lebens zusammen sein will.“

Eine Träne rann über ihre Wange und sie wandte sich ab. „Wie kannst du mich wollen? Ich bin eine Mörderin. Ich habe versucht, dich zu töten.“

„Leah, bitte. Gib dich selbst nicht auf.“

„Lass mich allein. Bitte.“

Als sie ihn weiter ignorierte, stapfte Dougal aus dem Raum. Am liebsten hätte er auf etwas eingeschlagen. Er ging nach draußen, wo er Briathos entdeckte, der am Rande der Klippe stand und aufs Meer hinausblickte.

„Warum wart ihr so langsam?“, wollte Dougal wissen. „Wenn ihr Darafer nur ein paar Sekunden früher zurück in die Hölle geschickt hättet, wäre sein Einfluss auf Leah gebrochen gewesen und sie hätte niemanden getötet!“

Briathos betrachtete ihn traurig, dann sah er wieder aufs Meer hinaus.

„Weißt du denn nicht, wie sehr sie leidet?“, fragte Dougal.

Der kalte Wind peitschte ihm ins Gesicht und ließ seine Augen tränen. „Sie will sterben! Kümmert dich das überhaupt?"

„Natürlich kümmert es mich." Briathos seufzte. „Du kannst dich stundenlang fragen, was gewesen wäre, wenn … Aber es bleibt nur eine Wahrheit, die unvermeidbar ist." Er drehte sich zu Dougal. „Wird ein Kind Gottes vom Bösen verzehrt, muss immer ein Preis bezahlt werden."

„Sie hat nicht um das Böse gebeten!"

„Dennoch wurde sie davon verzehrt. Der Preis muss bezahlt werden." Seine Konturen verschwammen, dann verschwand er.

Dougal stand bewegungslos da, während die Wellen sich vor seinen Augen an der Klippe brachen. Ein Preis musste bezahlt werden.

Seine Augen brannten schon wieder vor Tränen. Sie litt so sehr. Er ertrug es nicht, das noch länger mitanzusehen. Und jetzt zweifelte sie sogar daran, dass er sie liebte. Wie konnte er ihr beweisen, dass seine Gefühle echt waren? Wie konnte er ihre Qual lindern?

Indem er den Preis für sie bezahlte.

Eine Idee keimte in seinen Gedanken auf. Er griff mit Verzweiflung danach und ließ sie wachsen. Er hatte die Macht dazu, Leah den Schmerz zu nehmen.

Er marschierte in die Schule zurück und direkt ins Labor. Laszlo und Gu Mina saßen nebeneinander an seinem Arbeitstisch, Gregori und Abby an ihrem.

Abby setzte sich auf. „Hast du sie dazu bekommen, etwas zu essen?"

„Nein."

Abby wechselte einen Blick mit ihrem Ehemann. „Was können wir noch tun? Ich befürchte, sie könnte selbstmordgefährdet sein."

„Keine Sorge. Ich habe einen Plan." Dougal atmete tief ein. „Ich werde ihre Erinnerungen an China löschen. Für sie wird es so sein, als wäre sie nie da gewesen. Sie wird sich nur an den guten Fortschritt erinnern, den ihr hier gemacht habt. Aber ihr müsst alle mitspielen. Tut so, als sei sie nie in China gewesen."

Gregori runzelte die Stirn. „Das scheint mir ein bisschen extrem zu sein."

Abby berührte ihn am Arm. „Wir müssen etwas tun."

„Es ist der einzige Weg." Bei der Vorstellung zog sich Dougals Herz in seiner Brust zusammen. Sie würde sich nicht an die Nacht erinnern, in der sie in Tiger Town Liebe gemacht hatten. Sie würde sich nicht daran erinnern, dass sie eingewilligt hatte, ihn zu heiraten. Wie konnte er einzelne Stücke ihrer Beziehung auslöschen? Die daraus entstehenden Lücken würden sie misstrauisch machen.

Die Lösung traf ihn wie eine Streitaxt und er stolperte zurück. Der einzige Weg, sie zu beschützen, war reinen Tisch zu machen. Keine Erinnerungen an China und keine an ihn. Sie würde sich nie gedemütigt fühlen, weil sie sich für einen Ersatz hielt. Sie würde einfach ihren Job zu Ende bringen und dann in ihr Zuhause in Houston zurückkehren, froh und stolz darüber, dass sie etwas Gutes getan hatte.

Sie wäre frei von jedem Schmerz. Er würde ihr all das Leid nehmen und auf seine eigenen Schultern legen. Er würde den Preis bezahlen.

„Ich werde mich selbst aus ihrem Gedächtnis löschen", flüsterte er.

Abby schnappte nach Luft.

Laszlo runzelte die Stirn. „Das geht doch jetzt wirklich zu weit."

Dougal schüttelte den Kopf. „Es ist der einzige Weg, um sie zu beschützen."

Mit schweren Schritten schleppte er sich den Flur hinunter und betrat ihren Schlafsaal. Sie lag noch immer im Bett und weigerte sich, ihn anzusehen.

Er setzte sich auf die Bettkante und betrachtete sie. Es brach ihm das Herz. Er würde sie verlieren müssen, um sie zu retten.

Tränen traten in seine Augen. „Ich werde dich wiederfinden. Egal, was passiert. Selbst wenn es weitere dreihundert oder tausend Jahre dauert. Ich werde dich finden."

Sie sah ihn an. „Gehst du irgendwohin?"

„Aye." Er legte seine Hand auf ihre Stirn, schlüpfte in ihr Bewusstsein und begann, sich selbst auszulöschen.

32. Kapitel

Eine Woche später

Leah nahm ihrem Patienten die Blutdruckmanschette ab und lächelte ihn an. „Perfekt! Sie sind wieder zu hundert Prozent normal."

„Danke, Dr. Chin." Er grinste. „Heißt das, ich kann jetzt nach Hause?"

Sie nickte und legte sich das Stethoskop um den Hals. „Heute Nacht. Einer der Vampire wird Sie zurückteleportieren."

Ihr Patient neigte den Kopf. „Danke! Danke, Dr. Chin. Ich kann es kaum erwarten, meine Familie wiederzusehen."

„Dank unserem Wohltäter Kyo haben wir auch ein Abschiedsgeschenk für Sie: Ein Sack Reis für Sie und Ihre Familie."

„Danke!" Er strahlte die anderen sechs Patienten an, die erst gestern aus der Stasis erwacht waren. „Wir sind frei!"

Sie alle jubelten und Leah grinste. Sie war so froh, dass sie diesen Job angenommen hatte. Zuerst war es ihr völlig bizarr vorgekommen, mit Vampiren und Wandlern zu arbeiten, aber soweit sie das beurteilen konnte, waren sie eine Gruppe großartiger Leute, die etwas zu bewegen versuchten und gegen das Böse kämpften. Mit Briathos hatten sie sogar einen Engel vor Ort, der jeden Tag vorbeischaute.

„Sind Sie verheiratet, Dr. Chin?", fragte einer der Patienten.

„Du kannst sie nicht haben", kam es von einem anderen Patienten. „Heiraten Sie mich, Dr. Chin. Ich gebe Ihnen fünf Hühner!"

„Ich gebe Ihnen ein Schwein", prahlte ein dritter.

Leah lachte. „Das ist sehr süß, aber ich bin mit meiner Arbeit verheiratet."

Wie sie gehört hatte, gab es noch immer fast tausend mutierte Soldaten, die zurückverwandelt werden mussten. Sie konnte nur hoffen, dass alle die Prozedur so gut aufnehmen würden wie diese Männer hier. Sie freuten sich darauf, ihre Familien wiederzusehen, von denen sie jahrelang getrennt gewesen waren. Und sie waren wütend auf Master Han, der sie in seelenlose Roboter verwandelt hatte. Unbezahlte Roboter, wie es sich herausstellte. Die meisten Männer hatten sich Master Hans Armee in dem Glauben angeschlossen, dass er ihren Lohn an ihre Familien schicken würde. Doch sobald Master Han sie unter seiner Kontrolle hatte, bezahlte er ihnen nicht mehr das, was er ihnen versprochen hatte.

„Ich habe noch mehr gute Nachrichten", fuhr Leah fort. „Wir werden euch die verlorenen Löhne erstatten."

Ihre Patienten jubelten und klatschten. „Danke!", riefen sie immer wieder.

Leah gab ihnen High fives. Als Angus und Roman erfahren hatten, wie diese jungen Männer um ihren Verdienst betrogen worden waren, hatten sie entschieden, die Dinge richtigzustellen. Es war eine bewegende Geste der Vampire, aber auch ein kluger Schachzug. In Zukunft würden die geheilten Soldaten auf ihrer Seite sein.

„Ich bringe euch etwas Leckeres aus der Cafeteria." Sie verließ die Klinik, während dort noch Jubel herrschte.

Briathos stand im Flur und nickte ihr zu. „Du hast gute Arbeit geleistet. Der Himmlische Vater ist höchst zufrieden."

„Oh. Danke." Wow. Sogar Gott war zufrieden mit ihr. Konnte das Leben noch besser sein?

„Kann ich dir zu Diensten sein?", fragte Briathos.

„Nein, mir geht es gut. Vielen Dank." Sie eilte den Flur zur

Cafeteria hinunter. Warum fragte der Engel sie das jeden Tag? Vielleicht war es einfach normal für einen Engel.

Sie legte sechs Eiscreme-Sandwiches auf ein Tablett, dazu sechs Trinkpäckchen und brachte das Ganze ihrem Fanclub in der Klinik. Dort diskutierten die Männer immer noch darüber, wer ihre Hand gewinnen sollte, vergaßen sie aber, als sie das Eis sahen.

Schmunzelnd schlenderte sie ins Labor. „Hi, Abby. Hi, Mina."

Sie begrüßten sie lächelnd.

„Ich habe genug Serum fertig für zehn weitere Patienten", verkündete Abby. „Die Vampire können heute Nacht mehr herbringen."

„Wunderbar." Leah ging zu ihrem Tisch hinüber, um den Papierkram über die sechs gesunden Soldaten in der Klinik fertig zu machen.

Wenn die Vampire für die Übergabe herkamen, war hoffentlich der Gutaussehende im Kilt dabei. Sie hatte ihn vor drei Nächten zum ersten Mal gesehen und freute sich seither, jede Nacht einen Blick auf ihn zu erhaschen. Leider machte er seine Arbeit immer schnell und ging dann. Wie sollte sie ihn ansprechen, wenn er nie in ihre Richtung sah?

Sie schaute aus dem Fenster in den grauen Himmel. Es war eiskalt draußen, aber sie genoss es, jeden Tag für ein paar Minuten rauszugehen. Allerdings war sie dabei besonders vorsichtig, da sie vor etwa einer Woche an einer glatten Stelle ausgerutscht und hingefallen war. Dabei hatte sie sich den Kopf an einem Stein aufgeschlagen. Sie konnte sich nicht daran erinnern, aber Abby zufolge hatte sie eine Gehirnerschütterung erlitten. Deshalb waren ihre Erinnerungen zum Teil etwas lückenhaft. Sie wusste noch, wie Dr. Lee sie angestellt hatte, und erinnerte sich an den Schock, als sie bei Romatech erfahren hatte, dass Vampire und Wandler existierten. Aber an die Reise hierher zu dieser Schule konnte sie sich nicht erinnern.

Sie rieb sich mit der Hand über den Kopf. Welche Beulen sie sich auch immer bei ihrem kleinen Unfall zugezogen hatte, sie waren verschwunden. Nichts tat weh. Eigentlich sollte sie Abschürfungen oder offene Wunden haben, schließlich war sie an der steinigen Küste hingefallen.

„In zwei Stunden wacht Laser auf“, gab Mina bekannt. Sie saß an Laszlos Tisch und nähte einen Knopf an seinen Laborkittel.

Leah lächelte. Die Fuchswandlerin und Laszlo waren so niedlich zusammen. Es machte Spaß, dabei zuzusehen, wie diese süße Romanze erblühte. Wie von selbst wanderte ihre Hand zu ihrer Brust, um nach etwas zu greifen, das nicht da war. Sie runzelte die Stirn. Es war eine nervige Angewohnheit, die sich mehrmals am Tag zeigte, auch wenn sie nicht wusste, warum.

„Es ist dir wirklich ernst mit ihm, nicht wahr?“, fragte Abby.

Mina nickte. „Ich habe herausgefunden, warum er sich ständig seine Knöpfe abreißt. Wollt ihr es wissen?“ Sie sah sich um. „Aber erzählt es nicht weiter.“

Abby warf Leah einen Blick zu. „Wir können ein Geheimnis bewahren.“

Leah nickte. „Sag schon.“

„Nun.“ Mina verknotete den Faden und schnitt ihn ab. „Er ist in einem Dorf in Ungarn aufgewachsen. Es gab nur ihn und seine Mutter. Jeder dachte, sie wäre eine Witwe. Sie war eine … wie sagt man? Sie hat teure Kleidung für reiche Frauen gemacht.“

„Eine Schneiderin?“, schlug Leah vor.

„Genau.“ Mina fädelte ihre Nadel ein. „Sie waren sehr arm und sie hat viele Stunden gearbeitet. Als kleiner Junge hat Laser gelernt, dass er ihre Aufmerksamkeit nur auf einem Weg bekam – indem er sich einen Knopf abriss. Dann würde sie ihn wieder annähen und mit ihm reden. Über die Jahre wurde das dann zur Gewohnheit."

„Oh." Abby zog eine Grimasse. „Er muss sehr einsam gewesen sein."

Mina nickte. „Mit neun Jahren wurde er auf eine teure Schule geschickt. Ein mysteriöser Wohltäter hat die Kosten übernommen. Aber die reichen Jungs haben Laser immer schikaniert, und er hat sich so falsch am Platz gefühlt, dass er sich ständig die Knöpfe abgerissen hat."

„Armer Laszlo", murmelte Leah.

Mina nähte einen weiteren Knopf an. „Dann erfuhr er, dass der Wohltäter in Wirklichkeit sein Vater war. Der Mann war am Leben und wohnte in der Nähe der Schule. Also hat sich Laser jedes Mal, wenn er einen Mann getroffen hat, gefragt, ob er wohl sein Vater ist. Das hat ihn sehr nervös gemacht."

„Niemand hat ihm verraten, wer sein Vater war?", fragte Abby.

„Nein." Mina nähte weiter. „Als er das College in Wien beendet hat, hat er sich aufgemacht, seinen Vater zu finden. Doch dann wurde er eines Nachts auf einer dunklen Straße von Vampiren angegriffen." Sie schniefte. „Armer Laser. Er hat die Suche nach seinem Vater aufgegeben, weil er Angst hatte, dass er ihn für ein Monster halten würde."

Abby seufzte. „Das ist so traurig."

Leah runzelte die Stirn. „Armer Laszlo." Hatten alle Vampire solche traurigen Geschichten? Auch der attraktive Vampir mit dem schwarzen Haar und den grünen Augen? Er wirkte so ruhig und … intensiv. Als würde er einen riesigen Sturm an Gefühlen sorgfältig unter der Oberfläche verstecken. Es bestand kein Zweifel daran, dass er eine faszinierende Geschichte hatte. Wenn sie ihn nur dazu bringen könnte, mit ihr zu reden.

Verliebte sie sich etwa in einen Vampir? Seltsamerweise kam

ihr das überhaupt nicht komisch vor. Vielleicht, weil Abby mit einem verheiratet und Gu Mina total in einen anderen verknallt war. Es fühlte sich einfach richtig an.

Sie warf einen Blick aus dem Fenster. „Es schneit!“ Lächelnd sprang sie auf die Beine. „Komm schon, Abby. Lass uns rausgehen.“

Abby sah nach draußen und verzog das Gesicht. „Es sieht kalt aus.“

„Zieh einfach deine Jacke und Handschuhe an.“ Leah steuerte die Tür an.

„Ich habe vergessen, Handschuhe einzupacken“, brummte Abby.

„Vielleicht habe ich welche für dich.“ Leah deutete ihr an, ihr zu folgen. „Komm schon! Das wird lustig!“

Sie sauste den Flur hinunter und bemerkte dabei, dass der Engel verschwunden war. Er hatte eine seltsame Art, ohne jede Vorwarnung aufzutauchen und wieder zu verschwinden.

Im Schlafsaal angekommen öffnete Leah die Nachttischschublade neben ihrem Bett und nahm ihre Mütze und Handschuhe heraus. Ihre Jacke hing an einem Haken an der Wand neben der Tür. Sie zog ihren Koffer unter dem Bett hervor und öffnete ihn. Ihre Erinnerung ans Packen war etwas lückenhaft, aber sie wusste, dass sie sich auf das kalte Wetter vorbereitet hatte.

Sie fand einen dicken Pullover und zog ihn über ihr langärmliges Shirt. Jetzt musste sie nur noch ein Extrapaar Handschuhe finden. Sie schob einen anderen Pullover beiseite und entdeckte etwas Rotes und Hauchdünnes.

Ein Negligé? Sie hielt es in die Höhe.

„Das ist hübsch“, sagte Abby, als sie den Schlafsaal betrat.

„Ich kann mich nicht daran erinnern, das eingepackt zu haben.“ Leah ließ es zurück in den Koffer fallen. Warum sollte sie etwas, das so fein und sexy war, für eine Geschäftsreise auf eine eisig kalte Insel einpacken?

„Mach dir keine Gedanken darum", murmelte Abby, als sie sich auf ihr Bett setzte.

Leah durchwühlte ihren Koffer. „Aha!" Sie zog einen Strickhandschuh hervor. „Bitte sehr!" Sie warf ihn Abby zu und griff dann nach dem zweiten Handschuh. Er blieb an etwas hängen und sie zuckte zusammen, als sich ein Faden löste.

„Verflixt. Er hängt fest." Sie schob die Kleidungsstücke beiseite, um herauszufinden, woran der Handschuh festhing. Es war die halbgeöffnete Kette einer Art Lederhandtasche.

„Was ist das?" Sie zog es hervor. „Ein Sporran?"

„Ja." Abby streckte die Hand danach aus. „Lass mich mal versuchen, den Handschuh loszumachen."

Leah gab ihr die Tasche. „Wo habe ich einen Sporran her?"

Abbys Augen wurden groß. „I-ich schätze, du hast ihn in Schottland gekauft."

„Ich war in Schottland?" Wie konnte sie das vergessen? Sie hatte schon immer nach Schottland gewollt.

„Du … du warst mit Emma und Angus dort." Abby arbeitete daran, die Kette zu lösen. „Sie wollten Marielle wegen der Engel und Dämonen befragen."

„Marielle." Leah runzelte die Stirn, während sie sich zu erinnern versuchte. Bruchstücke tauchten in ihrem Kopf auf. Inverness. Ein Einkaufsbummel mit Marielle und ihrem Sohn Gabriel. „Ich erinnere mich! Ich habe einen Kilt, eine Bluse und einen Sporran gekauft. Und eine rote Baskenmütze!"

Abby lächelte traurig. „Schön, dass du dich erinnerst. Du hattest eine wundervolle Zeit auf dieser Reise."

„Die hatte ich! Ich habe einen von Marielles Engelfreunden getroffen. Einen Heiler namens Bunny. Ist das nicht verrückt?"

„Ja." Abbys Lächeln wirkte angespannt, als sie den Sporran zurück in den Koffer legte. „Lass uns rausgehen."

Fünfzehn Minuten später verkündete Abby, dass sie nicht

noch mehr Spaß haben könnte, überreichte Leah ihre Handschuhe und ging wieder rein.

Leah baute ihren Minischneemann fertig und sammelte kleine Steine am Strand, um ihm Augen und einen lächelnden Mund zu verpassen. Halb erfroren flitzte sie zurück in den Schlafsaal. Nachdem sie Jacke, Mütze und Handschuhe ausgezogen hatte, warf sie das zweite Paar in den Koffer.

„Ein Sporran." Sie hob ihn auf und strich mit den Fingern über das glatte Fell. Die Ledertasche hatte irgendetwas an sich, das ihr Herz vor Freude überströmen ließ. Sie sah hinein. Die Tasche war bis auf einen Strauß getrockneter Heide leer.

Hatte sie diese Blumen selbst gepflückt? Es musste so gewesen sein. Emma und Angus würden sie wohl kaum für sie gesammelt haben.

Sie setzte sich aufs Bett und starrte die getrockneten Blumen in ihrer Hand an. Wo kamen sie her? Aus irgendeinem Grund schien es unheimlich wichtig zu sein, dass sie sich daran erinnerte. Sie grub in ihrem Gedächtnis, konnte sich aber nicht entsinnen, dass Emma oder Angus mit ihr in Schottland gewesen waren. Aber wer sonst hätte sie dorthin teleportieren können?

„Hier." Eine männliche Stimme tauchte in ihren Erinnerungen auf. Plötzlich hatte sie dieses Bild vor Augen, wie ein Mann ihr den Strauß Heidekraut überreichte. Sie konnte sein Gesicht nicht erkennen, aber er trug einen Kilt und seiner Stimme haftete ein schottischer Akzent an. *„Als Erinnerung an deinen ersten Besuch in Schottland."*

„Danke", antwortete sie und schob das Heidekraut in ihren Sporran. *„Ich werde mich immer daran zurückerinnern."*

„Argh." Sie lehnte sich vor und massierte sich die Schläfen. Wenn dieser Moment in Schottland so wichtig war, warum fiel es ihr dann so schwer, sich daran zu erinnern?

Sie legte die Heide auf ihren Nachttisch. Vielleicht würde die

Erinnerung zurückkehren, wenn sie die Blumen nur oft genug sah.

Doch sie hatte den schrecklichen Verdacht, dass ihr etwas Wichtiges entging. Wieder griff sie an ihre Brust, aber ihre Finger schlossen sich nur um Luft. Dort sollte ein Anhänger sein. Aber wo war er?

Leah verabschiedete sich herzlich von den letzten drei Patienten, bevor Angus, J. L. und Kyo sie zurück nach Hause teleportierten.

Sie mussten es zweimal machen, um alle sechs zu transportieren.

Der Attraktive war nicht aufgetaucht. Leah schluckte ihre Enttäuschung hinunter und machte sich auf den Weg in die Cafeteria, um mit Abby zu Abend zu essen.

Sie setzte sich neben ihre Freundin an den Tisch und bohrte ihre Gabel in den Salat. Grün. Die Farbe starrte ihr entgegen. Grüne Augen. Hatte der Mann, der ihr die Heide geschenkt hatte, grüne Augen? Sie runzelte die Stirn. Angus hatte grüne Augen, aber sie konnte sich nicht vorstellen, dass er ihr Blumen überreichte. Er war seiner Frau völlig verfallen. Könnte es sein …? „Was ist mit dem anderen Vampir passiert?"

„Welcher andere Vampir?" Abby biss in eine Hähnchenkeule.

„Der Schotte mit den schwarzen Haaren und den grünen Augen."

Abby verschluckte sich und griff nach ihrem Wasserglas, um ein paar Schlucke zu trinken. „Oh. Na ja." Sie wischte sich die tränenden Augen mit einer Serviette trocken. „In den letzten Wochen sind hier viele Vampire ein und aus gegangen. Manche davon bleiben in Tiger Town in China."

Etwas versuchte sich in Leahs Bewusstsein zu schleichen, aber sie konnte es nicht richtig erfassen. „Dieser Gedächtnisverlust nervt."

Abby zuckte zusammen. „Ich bin sicher, mit der Zeit wird es besser."

Leah seufzte. Warum schien alles ein Hinweis zu sein? Die kaputte Kette an ihrem Sporran. Das rote Negligé. Die Handvoll Heidekraut. Der Phantomanhänger. Grüne Augen. Die fehlenden Schürfwunden und Kratzer an ihrem Körper. Es fühlte sich so an, als hätte sie die Teile eines Puzzles, aber keine Ahnung, wie das Endresultat aussehen sollte.

Eine Stunde später teilte Yoshi ihnen mit, dass die Vampire neue Soldaten hergebracht hatten. In der Hoffnung, ihn zu sehen, eilte sie in die Klinik. Angus, J. L. und Kyo waren da und legten die Männer auf die Krankenbahren.

Der Attraktive war nicht da.

Ein Gefühl von Verlust brach wie eine Welle über ihr zusammen. So stark, dass sie vor Schmerz nach Luft schnappte.

„Alles in Ordnung?", fragte Abby, während sie einen der Soldaten in Stasis versetzte.

„I-ich bin okay." Aber das war sie nicht. Irgendetwas stimmte nicht. Warum sollte sich der Verlust einer Person so schrecklich anfühlen, wenn sie diesen Jemand nie getroffen hatte?

33. Kapitel

Fünf Nächte später entdeckte sie ihn schließlich.

Leahs Herz machte einen Sprung, als sie ihn in der Klinik sah. Er war bei den anderen Vampiren und brachte weitere mutierte Soldaten vorbei.

Sie beobachtete ihn von hinten. Heute trug er schwarze Hosen, einen schwarzen Pullover und eine Jacke. Sein langes Haar war mit einem Lederband im Nacken zusammengebunden. An seinen Beinen waren Dolche befestigt und er trug ein Schwert um den Rücken gebunden. Er war riesig, stark und unglaublich prachtvoll.

Sie ging zu der Krankenbahre, auf welcher er den Soldaten abgelegt hatte. „Hi. Ich bin Leah Chin."

Er versteifte sich. „Guten Abend." Ein kurzer Blick in ihre Richtung, dann drehte er sich um und marschierte aus dem Raum.

„Was ist mit ihm?", fragte sie Abby, die an der Tür stand und blass aussah.

„Nichts." Abby hastete zum ersten Soldaten, um ihn in Stasis zu versetzen.

Die anderen Vampire nickten Leah zu und verließen den Raum.

Seufzend ging sie zu Abby hinüber. „Warum ist er einfach so gegangen? Hat er etwas gegen mich? Ist er verheiratet?"

Abby schüttelte den Kopf.

„Ist er schwul?"

Ein gepeinigter Schatten huschte über ihr Gesicht. „Nein."

Leah stöhnte innerlich. Warum schlug ihr Herz schneller,

wenn sie diesen Mann sah? Warum vermisste sie ihn so sehr, wenn er nicht da war? Warum dachte sie die ganze Zeit an ihn, obwohl er doch ein Fremder war?

War er das?

„Kenne ich ihn?"

Abby zuckte zusammen. „I-ich bin gerade beschäftigt."

„Natürlich. Entschuldige." Schnell prüfte Leah die Vitalzeichen der neuen Soldaten, dann ging sie mit den Tabellen ins Labor.

Briathos stand im Gang und neigte den Kopf, als sie vorbeiging.

„Hi." Sie wusste nie so recht, was sie zu einem Engel sagen sollte. Sie war ja nicht einmal sicher, dass er wirklich hier war. Seine Konturen schienen zu verschwimmen, wenn sie ihn nicht gerade anstarrte. Aber ihn anzustarren kam ihr irgendwie unhöflich vor.

„Kann ich dir zu Diensten sein?", fragte er.

„Mir geht's gut. Danke." Sie lief ins Labor und legte die Papiere auf ihrem Arbeitstisch ab. Die Außenlichter waren an und sie bemerkte eine Bewegung draußen. Langsam näherte sie sich dem Fenster.

Er war es. Er stand an der Klippe und sah aufs Meer hinaus.

Das war ihre Chance. Sie rannte in den Schlafsaal, warf sich Jacke und Mütze über, zog sich die Handschuhe an, und eilte aus der Vordertür nach draußen.

Er war fort. *Verdammt.* Sie ging bis an den Rand der Klippe. Hatte er sich wegteleportiert?

Nein. Da war er. Am Strand. Vorsichtig ging sie die vereisten Stufen hinunter und lief über den steinigen Grund. Sie wollte nicht wieder ausrutschen und sich den Kopf noch mal anstoßen.

„Hi!" Sie blickte zu ihm auf und war überrascht von seiner

schroffen Miene. Um Himmels willen. War ihre Gegenwart so schrecklich?

„Ich frage mich, ob wir uns schon mal begegnet sind." Sie zuckte zusammen. War das nicht einer der ältesten Anmachsprüche überhaupt?

„Du hast mich vielleicht schon mal gesehen", antwortete er leise. „Ich arbeite für Angus."

Seine Stimme hatte einen tiefen, melodischen Klang, der ihr vertraut vorkam. Instinktiv wanderte ihre Hand auf der Suche nach dem Phantomanhänger an ihre Brust.

Aus der Nähe war er sogar noch attraktiver. Ein starkes Kinn, ein schöner Mund und unglaublich grüne Augen. Eine breite Stirn und so ausdrucksstarke Brauen. Warum wirkte er so, als hätte er Schmerzen? „Geht es dir gut?"

Er nickte. „Wie geht es dir? Bist du glücklich?"

„Ja." Sie lächelte in der Hoffnung, dass er ihr Lächeln erwidern würde, doch der Schmerz in seinen Augen schien sich nur zu verstärken.

Sie senkte den Blick auf seine Brust und zuckte zusammen. „Was …?" Ein Jadedrachen. *Ihr* Jadedrachen. Warum glaubte sie das?

Er packte das Schmuckstück und schob es unter seinen Pullover.

Warum versteckte er es vor ihr? Sie rieb sich die Stirn. „Bist du sicher, dass wir uns nicht kennen?"

„Ich muss jetzt gehen. Guten Abend." Er stapfte auf die Treppe zu, drehte sich dann aber noch mal zu ihr um. „Du solltest nicht hier draußen in der Kälte bleiben."

Ihr Herz geriet bei seinem schottischen Akzent ins Stolpern. So vertraut. Weshalb konnte sie sich nicht erinnern?

Mit Vampirgeschwindigkeit raste er die Stufen hinauf und ins Gebäude.

Verärgert stieß sie den Atem aus – eine kleine weiße Wolke, die in der eisigen Luft verschwand. Für einen großen, starken Vampir ließ er sich erschreckend leicht vergraulen. Sie drehte sich um und starrte auf die dunklen Wellen, die auf die steinige Küste trafen.

Eine Erinnerung flackerte auf. Wellen, die an einen goldenen Sandstrand gespült wurden. Wärme unter ihren bloßen Füßen. Der Duft von Blumen und tropischen Pflanzen in der Luft. Und so viel Liebe. Sie war voller Liebe. Und sie fühlte sich so geliebt. Sie öffnete eine kleine Schatulle, in der sich ein Anhänger befand. Der Jadedrachen.

Die Erinnerung löste sich wie eine Rauchwolke auf. Wieder tastete sie nach dem Phantomanhänger, doch diesmal wusste sie, was er darstellen sollte.

Er trug ihren Anhänger. Warum?

Wer war er? Und warum zum Teufel konnte sie sich nicht an ihn erinnern?

Er hatte zwölf Nächte überlebt, dabei fühlte es sich eher wie zwölf Jahre an.

Er hatte um eine Versetzung gebeten, aber Angus hatte abgelehnt. Er brauchte ihn hier, weil er Chinesisch sprechen konnte. Ein armseliger, trauriger Teil von ihm wollte hierbleiben, damit er sicherstellen konnte, dass Leah glücklich war. Doch jedes Mal, wenn er sie sah, war es, als würde man ihm einen Dolch ins Herz stoßen.

Er schleppte sich in die Cafeteria, um sich eine Flasche Blut aufzuwärmen. Gerade als er sie aus der Mikrowelle zog, marschierte Abby auf ihn zu und starrte ihn wütend an.

„Es war ein Fehler“, flüsterte sie. „Du hättest es nicht tun sollen.“

Er stöhnte innerlich. „Ich will nicht darüber reden.“ Auch wenn er sich selbst immer wieder dasselbe fragte. Darafer hatte Leah Unrecht getan, aber hatte er das ebenfalls in dem Versuch, ihr zu helfen?

„Wir müssen darüber reden“, beharrte Abby.

„Sie ist glücklich. Das hat sie mir selbst gesagt. Also gibt es nichts mehr zu sagen.“ Solange sie glücklich war, konnte er sich selbst einreden, das Richtige getan zu haben. Er nahm einen Schluck aus seiner Flasche. „Ich verschwinde, sobald ich diese Mahlzeit beendet habe. Sie erwarten mich in Tiger Town.“

„Warte.“ Abby packte seinen Arm. „Sie … sie fühlt sich zu dir hingezogen.“

Sein Herz zog sich in seiner Brust zusammen. Damit hatte er nicht gerechnet. Aber das hätte er tun sollen. Ganz gleich, wo sie waren, ihre Seelen würden sich zueinander hingezogen fühlen.

„Wenn du sie wieder umwirbst, drehe ich durch“, sagte Abby.

„Ich werde sie nicht umwerben.“

„Diese ganze Sache macht mich verrückt. Du kannst abhauen und dich verstecken, aber ich sitze hier fest und muss sie anlügen. Ich musste ihr erzählen, dass sie mit Angus und Emma in Schottland war. Ich kann das nicht mehr!“

„Du hast meiner Entscheidung zugestimmt.“

„Ich weiß!“ Abby fuhr sich mit der Hand durchs Haar. „Ich habe mir solche Sorgen um sie gemacht.“

„Aye. Ich war auch verzweifelt.“

„Aber jetzt …“ Abby zog eine Grimasse. „Sie hat dich so sehr geliebt. Es kommt mir wie eine Sünde vor, ihr das wegzunehmen.“

„Ich musste etwas tun. Ich konnte es nicht länger ertragen, sie so zu sehen. Ich hätte sie beschützen sollen, aber ich habe versagt. Es war meine Schuld, dass sie leiden musste.“

Abby starrte ihn erschrocken an. „Oh mein Gott. Du … du hast das getan, um dich selbst zu bestrafen.“

„Nein! Ich habe es getan, um sie zu retten. Es war der einzige

Weg, um sie zu beschützen. Ich habe ihr den Schmerz genommen."

Tränen schimmerten in Abbys Augen. „Du hast dir ihren Schmerz aufgebürdet."

„Und? Sollte ich das nicht tun, wo ich sie doch liebe?"

Abby boxte ihm gegen die Brust. „Sie liebt dich auch, du nobler Idiot! Und du hast ihr das genommen." Wütend stapfte sie aus der Cafeteria.

Dougal trank seine Flasche aus, dann teleportierte er sich nach Tiger Town. Die Wertiger versammelten sich bereits für die zweiwöchige Gedenkzeremonie im Innenhof. Rajiv hatte ihn darum gebeten, die Musik zu spielen, die sein Großvater geliebt hatte.

Dougal ließ seinen Blick zu der Tigerstatue wandern, die er mit seiner Prothese zerstört hatte. Damals war er so voller Zorn und Frust gewesen. Jetzt war er voller Zweifel und Hoffnungslosigkeit.

Hatte er einen schrecklichen Fehler gemacht? Sein Scheitern, als es darum ging, Leah zu beschützen, hatte ihn am Boden zerstört. Wie oft hatte er sich geschworen, sie niemals zu verlieren? Er hatte Li Lei im Stich gelassen und dies beinahe dreihundert Jahre lang mit Scham und Schuldgefühlen bezahlt.

Dann war ein Wunder geschehen und er hatte eine zweite Chance bekommen. Li Lei war zurückgekehrt, um ihm zu vergeben, aber er hatte sie erneut im Stich gelassen. Und Leah musste deswegen schrecklich leiden. Wie konnte sie ihm das jemals verzeihen?

Wie konnte er sich selbst verzeihen?

Er marschierte durch die schmale Gasse zu dem Gästehaus, um seinen Dudelsack zu holen. Hatte er Leahs Erinnerungen deshalb unbedingt auslöschen wollen? Nicht nur, um ihr den Schmerz zu nehmen, sondern auch, um sich selbst zu bestrafen.

Denn er konnte sich selbst nicht verzeihen. Er kam zu einem abrupten Halt. Was für ein Idiot er gewesen war. Warum hatte er sich all die Zeit nach Li Leis Vergebung gesehnt? Die Tatsache, dass sie zu ihm zurückgekehrt war, bedeutete doch, dass sie ihn noch immer liebte. Ihre Liebe hatte Jahrhunderte überbrückt, nur um ihn zu finden.

Sie war es, die Wort gehalten hatte. Sie hatte ihn gefunden. Und sie hatte ihm immer vergeben. Ihn immer geliebt.

Würde das auch Leah tun? Würde sie ihn wiederfinden? Würde sie sich an ihre Liebe zu ihm klammern, egal, was passierte?

Tränen brannten in seinen Augen. So eine Hingabe verdiente er nicht. Aber diesmal würde er nicht zulassen, dass sich ihm seine Scham- und Schuldgefühle in den Weg stellten. Irgendwie würde er weitermachen. Sich selbst vergeben. Und Leah anflehen, ihn zurückzunehmen.

Frustriert stöhnend gab Leah auf. Zehn Minuten lang hatte sie sich zu erinnern versucht, aber das einzige Ergebnis war, dass sie Kopfschmerzen bekam.

Der steinige Strand knirschte unter ihren Stiefeln, als sie sich auf den Weg zurück zur Schule machte. War der mysteriöse Mann noch dort drinnen? Sie könnte ihn aufspüren, aber dann würde er vermutlich nur weglaufen. Oder sich wegteleportieren. Und nie mehr zurückkommen.

Im Eingangsbereich stand Briathos und neigte den Kopf zur Begrüßung. „Kann ich dir zu Diensten sein?“

„Nein, mir geht es gut. Danke.“ Sie ging zurück in ihren Schlafsaal, um ihre Jacke, Mütze und Handschuhe abzulegen. Wenn sie dieses Puzzle vervollständigen wollte, brauchte sie mehr Teile. Mehr Hinweise. Ihr Blick fiel auf ihren Koffer unter dem Bett. Dort hatte sie gleich mehrere Hinweise gefunden. Vielleicht gab es noch mehr.

Sie ging in die Hocke, um ihn hervorzuholen, als ihr etwas anderes auffiel. Ein Stück Papier ragte ein klein wenig unter der Matratze hervor. Sie zog es heraus, setzte sich auf ihr Bett, faltete es auseinander und begann zu lesen.

Liebe Leah,

ich weiß, dass ich dir Angst mache, aber ich hoffe, dass du mir eine Chance gibst. Ich weiß, die Möglichkeit ist gering, weil du so klug und wunderschön bist. Wie könnte ich deiner jemals wert sein?

Du bist ein Schatz, der festgehalten werden sollte, eine süße Melodie in meinen Ohren.

Du bringst Licht in meine dunklen Nächte und Wärme in mein kaltes Herz.

Du erfüllst mich mit Hoffnung darauf, dass alles möglich ist, sogar eine Ewigkeit voller Liebe.

Dougal

Tränen stiegen ihr in die Augen. Eine schmerzhafte Sehnsucht breitete sich in ihr aus und sie schluchzte auf. Er hatte sie geliebt. Und sie hatte ihn geliebt. *Dougal.*

Wie konnte sie ihn verloren haben?

Er war es. Der geheimnisvolle Mann. Er musste es sein. *Dougal.*

Sie las den Brief ein weiteres Mal. Tränen rannen ihr über die Wangen und benetzten das Papier.

Was war geschehen? Warum waren sie getrennt? Wieso konnte sie sich nicht daran erinnern?

Sie sprang auf und drückte sich den Brief an die Brust. Andere Leute mussten davon wissen. Hier gab es keine Privatsphäre.

Sie wischte sich die Tränen fort und machte sich auf den Weg ins Labor. Abby würde es wissen. Aber wenn es so war, warum machte sie dann ein Geheimnis darum?

„Kann ich dir zu Diensten sein?“, fragte Briathos, als sie an ihm vorbeikam.

„Mir geht's gu…“ Sie hielt inne. Warum belog sie einen Engel? Ihr ging es nicht gut. Wieder brannten ihre Augen vor Tränen.

Sie drehte sich zu ihm um. „Was für Dienste kannst du anbieten?“

Er betrachtete sie traurig. „Teure Seele, was ist es, das du brauchst?“

Eine Träne rann ihr über die Wange. „Ich muss mich erinnern.“

34. Kapitel

Leah näherte sich dem Engel. „Kannst du mir helfen?“

„Ja.“ Briathos beobachtete sie aufmerksam. „Aber ich muss dich warnen. Die schönen Erinnerungen, nach denen du suchst, kommen nicht allein. Es wird andere geben, die dir großen Schmerz bereiten werden. Du kannst die guten nicht ohne die schlechten haben.“

Eine weitere Träne rann ihr über die Wange und sie drückte Dougals Brief fester an ihre Brust. „Ich will es.“

Ein Lichtblitz ließ sie blinzeln, dann erkannte sie den zweiten Engel, der aufgetaucht war. „Bunny.“

Buniel lächelte. „Du erinnerst dich an mich.“

Sie nickte. „Du hast meinen Knöchel geheilt.“

„Sie wünscht sich ihre verlorenen Erinnerungen zurück“, verkündete Briathos.

Buniels Lächeln verblasste. „Bist du sicher? Einige davon werden schmerzhaft sein.“

Sie schluckte hart. „Das verstehe ich. Aber ich bin bereit.“

Buniel legte eine Hand auf ihre Stirn, dann trat er einen Schritt zurück. „Es ist vollbracht.“

Sie blinzelte. „Aber ich erinnere mich an nichts.“

„Die Erinnerungen sind da. Du musst den Schlüssel finden, um sie hervorzuholen.“

„Den Schlüssel?“ Sie warf dem Engel einen verärgerten Blick zu. „Welchen Schlüssel?“

„Sieh in dein Herz“, erwiderte Buniel.

Leah stöhnte. Warum mussten die Engel in Rätseln sprechen?

Sie sah an sich hinab. Sie drückte sich Dougals Brief noch immer an die Brust.

Ihr Herz schien vor Sehnsucht überzuquellen. Sie brauchte ihn. Ihm gehörte ihr Herz. „Ist Dougal der Schlüssel?" Würde sie sich an alles erinnern, wenn sie ihn fand?

Sie rannte den Flur hinunter und betrat das Labor. „Wo ist Dougal?"

Abby schnappte nach Luft.

In einer beschützenden Geste legte Gregori den Arm um seine Frau. „Erinnerst du dich an ihn, Leah?"

„Ich werde mich an alles erinnern, wenn ich ihn nur sehen kann. Wo ist er?"

Gregori zuckte zusammen. „Das ist kein guter Zeitpunkt."

„Er ist in Tiger Town", sagte Laszlo.

„Laszlo." Abby warf ihm einen warnenden Blick zu.

„Ich werde diese Lüge nicht weiterleben." Laszlo schob seinen Stuhl zurück und stand auf. „Sie gehören zusammen. Sie sind füreinander bestimmt."

Mina sah voller Bewunderung zu ihm auf. „Du bist so mutig, Laser."

„Einer von euch Vampiren muss mich nach Tiger Town bringen", beharrte Leah.

Gregori fuhr erneut zusammen. „Heute Nacht findet dort eine Gedenkveranstaltung statt. Unter den gegebenen Umständen wäre es sehr unhöflich von dir, dort aufzutauchen."

Welche Umstände? „Ich muss Dougal sehen!"

„Wir werden dich hinbringen", sagte Briathos hinter ihr.

Sie erstarrte. „I-ihr könnt mich dorthin teleportieren?"

Buniel lächelte. „Zieh deine Jacke an. Es ist kalt draußen."

Sie ging in den Flur, blieb dann jedoch stehen und sah zurück. Buniel trug eine weiße Kapuzenrobe und Briathos seine übliche Kleidung: Hosen und eine ärmellose Tunika mit einem Brustpanzer. „Wird euch nie kalt?"

Lächelnd schüttelte Buniel den Kopf.

Briathos runzelte die Stirn. „Wir sind nicht von dieser Welt."

„Richtig." Als ob das irgendetwas erklären würde. Sie rannte in ihren Schlafsaal, zog Jacke, Mütze und Handschuhe an, dann hastete sie zurück in den Eingangsbereich, wo die Engel bereits auf sie warteten.

Ganz in der Nähe stand Abby zusammen mit ihrem Ehemann. „Sei vorsichtig." Tränen schimmerten in ihren Augen. „Und wenn du dich an alles erinnerst, versuch nicht wütend zu sein. Wir hatten Angst um dich."

„Alles wird gut." Leah umarmte sie. „Danke, dass du eine so gute Freundin bist."

Abby schniefte. „Mach nur weiter so, dann fange ich an zu weinen."

Auch Leahs Blickfeld verschleierte sich vor Tränen und sie wandte sich den Engeln zu. „Wie machen wir das?"

Buniel legte ihr einen Arm um die Schultern. „Ganz einfach."

Ein Blitzlicht blendete sie einen Moment lang, dann strauchelte sie. Buniel stützte sie.

Sie sah sich um. Sie standen in einer kleinen Gasse zwischen zwei Steinmauern.

„Hier entlang." Briathos deutete Buniel und ihr an, ihm zu folgen. „Seid leise. Sie sind in einer Gedenkzeremonie."

Er führte sie um ein kleines Haus im chinesischen Stil herum und dann hinauf auf eine überdachte Terrasse. Hier konnten sie sich im Schatten versteckt halten. Vor ihnen breitete sich ein steinerner Innenhof aus. Überall saßen Leute auf Schilfmatten.

Das mussten die Wertiger sein. Sie blickten alle zum Palast, die Hände vor ihrer Brust aneinandergelegt, während sie beteten. Für wen war diese Gedenkzeremonie?

Zwei Männer traten aus dem Palast und kamen die Stufen zum Innenhof herunter. Den einen erkannte sie als Rajiv, auch wenn er sehr viel teurere Kleidung trug, als sie es je bei ihm gesehen hatte. Der andere war der geheimnisvolle Mann. Er hatte einen Kilt an und trug Uilleann Pipes in den Händen.

Und nichts geschah. Keine Erinnerungen. War das nicht Dougal?

Sie drehte sich zu den Engeln um. „Was ist los? Warum kann ich mich nicht erinnern?“

„Alles zu seiner Zeit“, sagte Briathos.

Sie runzelte die Stirn. „Was zum Teufel soll das bedeuten?“

Seine Mundwinkel zuckten. „Ihr zwei passt gut zusammen.“

„Geduld, kleiner Grashüpfer.“ Buniel winkte sie heran.

Sie setzte sich neben den Heiler, während Briathos steif neben ihnen stehenblieb.

Der mysteriöse Mann setzte sich auf die Stufen und begann den Dudelsack zu spielen. Eine klagende Melodie erfüllte den Innenhof. Es war ein wunderschönes, trauriges Lied.

Etwas blitzte in ihrem Bewusstsein auf. Sie hatte diese Melodie schon einmal gehört. Dougal hatte sie auf dem Grundstück von Romatech gespielt. Weitere Erinnerungen prasselten auf sie ein. Die anfängliche Anziehungskraft. Wie sie sich in den Keller des Stadthauses geschlichen hatte, um ihn zu sehen. Ihr Ausflug zum Empire State Building. Ihr erster Kuss. Sein Termin beim Friseur und ihr Geständnis. Noch mehr Küsse im Pavillon. Ihre Reise nach Schottland. Das Heidekraut, das er ihr geschenkt hatte. Ihre Sporrans, die sich ineinander verhakten. Wie sie in ihrem Apartment Liebe gemacht hatten.

„Ich erinnere mich“, flüsterte sie. Sie erinnerte sich an alles. Die Neckereien, die Sehnsucht, das Glück.

Das traurige Lied schwoll an, wurde lauter und melancholischer, als würde Dougal all seine Gefühle hineinlegen. Und die schlimmen Erinnerungen strömten auf sie ein. Die Entführung. Das Entsetzen. Der Dämonenbiss.

Der Mord.

Sie schnappte nach Luft und krümmte sich. Oh Gott, nein. Die Gedenkveranstaltung war für den Großen Tiger. Und sie hatte ihn getötet. Sie erstickte fast an dem Schluchzen in ihrer Kehle.

Buniel tätschelte ihr den Rücken. „Ich weiß, teure Seele. Es ist schlimm."

„W-wie soll ich damit leben?"

„Für diese Art von Schmerz gibt es keine Heilung", erklärte Buniel traurig. „Du kannst das Glück nicht ohne den Schmerz haben."

Tränen rannen ihr über die Wangen. „Warum?"

„Solange das Böse existiert, wird es auch Schmerz geben", murmelte Briathos.

„Aber wir können dir Trost spenden." Buniel legte seinen Arm um sie und drückte sie an sich.

Sofort breitete sich ein Gefühl von Ruhe und Frieden in ihr aus. „Danke." Der Schmerz war noch immer da, aber ein bisschen gedämpft.

„Komm schon, großer Kerl." Buniel winkte Briathos heran. „Hilf mir."

Briathos verlagerte sein Gewicht von einem Fuß auf den anderen. „Ich bin kein Heiler."

„Aber du bist trotzdem ein Engel. Komm schon." Buniel deutete ihm an, näherzukommen.

Briathos bewegte sich langsam auf sie zu und tätschelte Leah linkisch den Kopf. „Hier, hier, teure Seele."

Eine neue Welle von Trost spülte über sie hinweg. „Danke."

Stirnrunzelnd trat Briathos einen Schritt zurück.

Auf einmal brach eine riesige Welle an Liebe über sie herein. Ihr blieb das Herz stehen, zu überrascht war sie von dieser Kraft. Sie gab ihr Stärke. Die Stärke, es auszuhalten. Und Hoffnung. Hoffnung darauf, dass sie mit dem Schmerz leben könnte. Und Weisheit. Die Gewissheit, dass der Himmlische Vater sie noch immer liebte und ihr vergab. Und wenn Gott ihr vergeben konnte, konnte sie sich auch selbst verzeihen.

Verwundert starrte sie Buniel an. „Warst du das?"

Er hatte Tränen in den Augen, als er sie anlächelte. „Das war Josephine. Sie liebt dich sehr."

Leah erwiderte sein Lächeln, während weitere Tränen über ihr Gesicht liefen. „Danke, Josephine." Sie wischte sich über die Wangen. Sie konnte es. Sie konnte mit ihrem Leben weitermachen. Sie konnte Dougal lieben und gegen das Böse kämpfen.

Die Melodie ging weiter, traurig und süß. „Seine Musik war der Schlüssel."

Buniel nickte. „Es war seine Musik, die eure Seelen ursprünglich miteinander verbunden hat. Schließ die Augen und hör genau hin. Da sind noch mehr Erinnerungen."

Sie ließ sich von dem Klang einlullen, und weitere Bilder blitzten in ihrem Kopf auf. Sie saß vor einer Sklavenhütte und hörte ihm beim Spielen zu. Nacht um Nacht lauschte sie seiner Musik. Dann rannte sie mit ihm zum Hafen. Die Sonne strahlte hell vom Himmel und ihre Strahlen glitzerten auf den Wellen. Dougal war jung. Ein bisschen dünner. Aber seine Augen waren dieselben. Er betrachtete sie mit so viel Liebe.

Er wollte sie nicht verlassen. Er wollte, dass sie zusammen mit ihm weglief, damit sie für immer zusammenbleiben konnten.

Und sie weigerte sich.

Ein letzter tränenreicher Abschied und sein Versprechen.

Ich werde dich finden. Egal, was passiert. Selbst wenn es tausend Jahre dauert, werde ich dich finden.

Leah öffnete die Augen. Sie war Li Lei. Sie hatte Dougal schon immer geliebt. Und sie hatte ihn wiedergefunden.

Dougal beendete die Melodie und durchquerte den Innenhof leise.

„Komm." Briathos wollte, dass sie ihm folgte, und führte sie zurück zur der steinernen Gasse. „Er wird hier entlangkommen."

„Ruf mich, wenn du mich brauchst." Buniel umarmte sie, dann verschwand er.

Sie wandte sich an Briathos. „Du hast mir schon seit Tagen zu helfen versucht, nicht wahr?"

Er neigte den Kopf.

„Warum wolltest du, dass ich mich erinnere? Bist du tief im Herzen ein Romantiker?"

Er wirkte verblüfft. „Selbstverständlich nicht. Ich bin ein Gotteskrieger. Ich gebe mich nicht dieser …" Er räusperte sich. „Dougal hat deine Erinnerungen ohne deine Erlaubnis gestohlen. Er hat dein Recht auf einen freien Willen verletzt. Ich wollte die Dinge richtigstellen."

„Ich sehe schon." Leah lächelte vor sich hin. Er war ein Romantiker. „Nun, ich danke dir." Sie sah zu ihm, aber er war bereits verschwunden.

Mit schwerem Herzen durchquerte Dougal den Innenhof.

Wie hatte er es nur geschafft, ein solches Chaos zu stiften? Wie sollte er ohne Leah leben können? Wie konnte er mit ihr leben? Wie konnte er ihr erklären, was er getan hatte?

Er bog in die Gasse ab und blieb ruckartig stehen. Sein Dudelsack fiel mit einem klagenden Ton zu Boden.

„Leah?" Weshalb war sie hier? Warum waren ihre Wangen feucht, ihre Augen rot und geschwollen? „D-du erinnerst dich?"

Sie nickte. „Ja.“ Sie warf einen Blick auf das Gästehaus am Ende der Gasse. „Dort haben wir uns geliebt, nicht wahr?“

Sein Herz zog sich zusammen. „Wie …?“

„Die Engel haben mir geholfen.“ Sie zog das zusammengefaltete Papier aus ihrer Jackentasche. „Und dann waren da noch Hinweise. Wie dieser Liebesbrief von einem Kerl namens Dougal. Anscheinend waren wir sehr verliebt, also irritiert es mich sehr, dass du all das auslöschen würdest!“ Die letzten Worte schrie sie ihm entgegen.

„I-ich kann das erklären.“ Er zuckte innerlich zusammen. Konnte er das wirklich?

Sie stopfte die Notiz zurück in ihre Tasche. „Ich weiß nicht, ob ich dich umarmen oder schlagen soll. Wir hatten eine wunderschöne, denkwürdige Zeit miteinander und du hast sie mich einfach vergessen lassen? Wie konntest du alles auslöschen, was wir zusammen durchgestanden haben?“

„Ich habe dich im Stich gelassen. Ich konnte dich nicht beschützen. Und ich konnte dich nicht davon überzeugen, dass ich dich liebe. Du dachtest, du wärst nur ein Ersatz. Und du hast so sehr gelitten. Ich konnte es nicht ertragen, dich so zu sehen. Ich habe nur versucht, dich zu retten.“

Sie sagte nichts, blickte ihn nur weiterhin mit Tränen in den Augen an.

„Es tut mir leid, Leah. Ich war verzweifelt genug, dir deinen Schmerz zu nehmen. Abby zufolge bin ich ein nobler Idiot und sie hat recht. Ich habe einen schrecklichen Fehler gemacht.“

„Ich glaube, ich war diejenige, die einen Fehler gemacht hat.“ Langsam kam Leah auf ihn zu. „Wir waren am Hafen und du hast mich angefleht, mit dir zu kommen, aber ich habe mich geweigert. Ich wollte keine Schande über meine Familie bringen.“ Sie schnaubte. „Ich schätze, ich war auch eine noble Idiotin.“

Ihm blieb das Herz stehen. „D-du erinnerst dich daran?"

Lächelnd hob sie die Hände. „Ich erinnere mich an alles."

„Du erinnerst dich an Li Lei?"

Sie nickte. „Und ich finde, deine Küsse haben sich über die Jahre gewaltig verbessert."

Er versteifte sich. „Du warst die Erste für mich."

„Du warst auch der Erste für mich."

„Kannst du mir vergeben?"

„Wofür? Ich war es doch, die sich geweigert hat, mit dir davonzulaufen."

„Ich habe dir versprochen, dich wiederzufinden, aber ich kam zu spät. Ich habe gesehen, wie dein Schiff im Sturm gesunken ist."

Sie seufzte. „Ich glaube nicht, dass ich besonders hart ums Überleben gekämpft habe. Ich hatte erkannt, dass ich einen Fehler gemacht habe, und wollte nicht ohne dich leben." Sie wischte sich über die Augen. „Kannst du mir verzeihen?"

„Wofür? Du bist zu mir zurückgekehrt. Du hast mir eine zweite Chance gegeben."

Sie runzelte die Stirn. „Und du hast alles auszulöschen versucht. Hattest du vor, weitere dreihundert Jahre zu warten, in der Hoffnung, dass ich wiedergeboren werde und dich noch mal finde?"

Er zuckte zusammen.

Sie musterte ihn verärgert. „Das ist ja alles schön und gut für dich, aber was ist mit mir? Sollte ich das in diesem Leben einfach verpassen? Wag es ja nicht, je wieder in meinem Kopf herumzupfuschen!"

„Ich dachte nicht, dass du mich vermissen würdest, wenn du dich nicht an mich erinnern kannst. Inzwischen weiß ich aber, dass ich mich nur selbst bestrafen wollte. Ich konnte mir nicht vergeben, dass ich dich nicht beschützen konnte."

„Wie hättest du mich beschützen sollen? Dougal, es gab

nichts, das du hättest tun können. Und als der Dämon mich gebissen hat, konnte ich genauso wenig tun. Wir müssen lernen, damit zu leben."

Er nickte. „Ich versuche, mir selbst zu vergeben."

Sie lächelte traurig. „Das versuche ich auch."

„Also …" Er machte einen Schritt auf sie zu. „Bin ich immer noch bei hundert Prozent?"

„Ja."

Er nahm ihre Hand in seine. „Und willst du mich noch immer heiraten?"

Sie nickte. „Ja."

„Du hast zugestimmt, dass wir fünf Kinder bekommen."

Sie starrte ihn entsetzt an. „Habe ich? Daran kann ich mich nicht erinnern."

Seine Mundwinkel zuckten. „Nein, hast du nicht. Ich habe dich nur getestet."

Sie boxte ihm gegen die Schulter.

Er zog sie in seine Arme. „Wolltest du in meinem Zimmer da drüben über mich herfallen?"

„Ja." Sie legte die Hände auf seine Brust. „Und ich will meinen Drachen zurück."

„Den unter meinem Kilt?"

Sie schnaubte. „Den, den du unter deinem Pullover versteckst." Sie fand die Kette und zog den Jadedrachen heraus. „Ich kann nicht fassen, dass du meinen Anhänger geklaut hast."

„Er hat mich davor bewahrt, den Verstand zu verlieren. Ich habe dich so sehr vermisst." Er küsste ihre Stirn.

Sie schlang die Arme um seinen Hals. „Ich liebe dich, Dougal. Ich habe dich immer geliebt."

Er drückte sie fest an sich. „Ich liebe dich auch."

Sie gab ihm einen spielerischen Schubs, der ihn nach hinten stolpern ließ. Dann hob sie seinen Dudelsack auf und rannte zum Gästehaus.

Er folgte ihr. „Ach Mädchen, ich sehe schon, du willst mir ganz schnell unter den Kilt."

Sie lachte. „Das hättest du wohl gern."

„Und wie."

– ENDE –

Lesen Sie auch von Kerrelyn Sparks:

Band-Nr. 65113
9,99 € (D)
ISBN: 978-3-95649-237-2
336 Seiten
Auch als eBook erhältlich!

Kerrelyn Sparks
Liebe auf den zweiten Biss

Auf der Jagd nach einem bösen Blutsauger verschlägt es den New Yorker Vampir Phineas McKinney bis in die Wildnis von Wyoming. Zum Glück wird er von der Werwolf-Prinzessin Brynley begleitet, sonst wäre er als Großstädter in der Gegend komplett aufgeschmissen. Obwohl das Knistern zwischen Brynley und Phineas bald nicht mehr nur vom Lagerfeuer kommt, stellt sie leider klar: Sie hasst Vampire – und zwar alle! Und doch gelingt es Phineas eines Nachts, Brynleys animalische Leidenschaft zu wecken. Aber bevor er die sexy Werwölfin gänzlich von seinen guten Absichten überzeugen kann, wird sie entführt – ausgerechnet von dem gefährlichsten aller Vampire …

Band-Nr. 65103
9,99 € (D)
ISBN: 978-3-95649-089-7
352 Seiten

Kerrelyn Sparks
Ein Vampir
für jede Gelegenheit

Alarmstufe Blutrot im Reich der Vampire! Seit ein Video ihre Existenz bewiesen hat, schweben sie in höchster Gefahr. In letzter Not wendet sich der Vampir Gregori Holstein sogar an den US-Präsidenten. Doch keine Hilfe ohne Gegenleistung: Zuerst soll Gregori die Präsidententochter Abby in geheimer Mission begleiten …

Abby Tucker würde alles tun, um ihre sterbenskranke Mutter zu retten! Für Kräuter mit sagenhafter Wunderwirkung muss sie jetzt bis ans andere Ende der Welt reisen – ausgerechnet zusammen mit dem unwiderstehlich attraktiven Vampir Gregori! Bedrohlicher als der tödliche Fluch eines chinesischen Dämons ist für Abby bald nur ihr unsterbliches Verlangen nach Gregoris Küssen …

Band-Nr. 65115
9,99 € (D)
ISBN: 978-3-95649-647-9
352 Seiten
Auch als eBook erhältlich!

Gena Showalter
Atlantis:
Der Nymphenkönig

Für eine Berührung des Nymphenkönigs würden Frauen alles tun. Alle, bis auf die Menschenfrau Shaye. Obwohl sie füreinander bestimmt sind, wehrt sie sich mit allen Kräften gegen die magische Bindung, die ihnen vorbestimmt ist. Aber nun, da er sie gefunden hat, wird keine andere Frau ihn jemals wieder zufriedenstellen können. Und Valerian wird erst ruhen, wenn er Shaye in einer sinnlichen Eroberung bezwungen hat und sie wahrhaft die seine ist …

Prickelnd, aufregend, sexy – Showalter übertrifft sich selbst